暗访十年 第三季

无数次死里逃生

李幺傻◎著

云南出版集团公司
云南人民出版社

图书在版编目(CIP)数据

暗访十年. 3 / 李幺傻著.—昆明:云南人民出版社,2010.9

ISBN 978-7-222-06787-5

Ⅰ.①暗… Ⅱ.①李… Ⅲ.①长篇小说—中国—当代 Ⅳ.①I247.5

中国版本图书馆 CIP 数据核字(2010)第 181523 号

暗访十年. 3

作　　者: 李幺傻
策　　划: 俞根勇
责任编辑: 朱海涛
执案编辑: 高龙柱
装帧设计: 颜森设计工作室
出　　版: 云南出版集团公司　云南人民出版社
发　　行: 云南人民出版社
社　　址: 昆明市环城西路 609 号
邮政编码: 650034
网　　址: http://www.ynpph.com.cn
E-mail: rmszbs@public.km.yn.cn
开　　本: 710mm×1000mm　1/16
印　　张: 17.5
字　　数: 260 千字
版　　次: 2010 年 11 月第 1 版
2010 年 11 月第 1 次印刷
印　　刷: 廊坊市兰新雅彩印有限公司
书　　号: ISBN 978-7-222-06787-5
定　　价: 29.80 元

目录 Contents

引　子　每个打工者都有一部辛酸史

【第一章】　暗访盗墓团伙

第一节　异乡团圆 / 20
第二节　盗墓人成长记 / 26
第三节　狼口逃生 / 36
第四节　夜半聊盗墓 / 46
第五节　墓室斗狼 / 57
第六节　中计落狼群 / 63
第七节　接头行动 / 68
第八节　盗墓前的婚礼 / 77
第九节　信任危机 / 84
第十节　被埋墓中 / 94
第十一节　逃出生天 / 106

【第二章】 暗访盗窃团伙

第一节 两个月的变迁 / 118
第二节 救助站的小毛贼 / 120
第三节 我被抓了 / 127
第四节 打入盗窃团伙 / 135
第五节 盗窃培训 / 143
第六节 实习测验 / 150
第七节 哭笑不得的暴露 / 155
第八节 上岗未遂，卷入战争 / 161
第九节 围观的督察 / 166
第十节 疑影重重 / 171
第十一节 小偷组失控了 / 176
第十二节 再入贼窝 / 181
第十三节 传说中的江洋大盗 / 187
第十四节 连窝端 / 193

【第三章】 暗访盗猎团伙

第一节 差点被杀了 / 200
第二节 除了屎，什么都吃 / 203
第三节 卖蛇者说 / 207
第四节 深入捕蛇腹地 / 211
第五节 与捕蛇人同行 / 217
第六节 黑市遇麻烦 / 226
第七节 夜半高跟鞋 / 235
第八节 命悬一线 / 244
第九节 饭店里的猫腻 / 251
第十节 搭车遇路匪 / 258
第十一节 亡命猎鹰 / 269

引 子

每个打工者都有一部辛酸史

我常常在想，如果可以重新开始，我会选择在一座小乡村里做一名教师，或者在小乡镇里做一名职员。我愿意生活在恬静的田园风光中，面朝大海，春暖花开，喂马劈柴，关心稼穑。

我知道，很多厌倦了大城市生活的人，都有和我一样的想法。

我们都是打工者，我们生活在大城市的成本太高了，生活在大城市的代价太重了。我们付出了青春的代价，而收获的却是不确知的未来。

所有来到城市的打工者，都和当初的我一样年轻，都和当初的我一样怀揣梦想，意气风发。然而，10 年过后，20 年过后，当我们腰身佝偻，两眼昏花，两鬓斑白，当我们已经不能适应城市繁忙的生活，而我们当中，只有少量人能够在这座城市站稳脚跟，更多人从这座城市悄然消失，像风一样，飘散到了一个个不为人知的地方。有的可能回到老家，在暮年的寂寞中，凄凉度日；有的继续漂泊，像浮萍一样，不知道会被水流带到哪里。

大城市就是一片丛林，它遵循着丛林法则，血腥飘散，优胜劣汰。

常常地，在暗夜里，我望着黑洞洞的屋顶，不知道我的明天在哪里，我的未来在哪里。

也许，打工者没有明天。

暗访黑医窝点结束后，我被调到了集团总部。

那时候的我依然很贫穷，我没有钱租住市区的居民楼，只能在郊外城乡结合部的一座村庄租一间住房。

每天早晨，先坐公交车，再坐地铁，辗转一个多小时，才能来到位于市中心的报社。

在这座城市里，每一辆公交车上都站满了人，每一趟地铁里都挤满了人。每一辆公交车都要走走停停，每一个路口、每一座桥上都要堵车，每一个人都被挤成了相片，每一个人都屏住呼吸，苦苦忍受。一辆公交车开过来，一趟地铁开过来，呼啦啦围上一大片人，像潮水一样席卷而来，车厢里的人说“别挤别挤”，车厢外的人说“快上快上”。

每次坐上公交车，每次乘上地铁，我都能看到那些疲惫得睡着了的乘客。他们怀中抱着公文包，倚靠着车厢，睡得很香甜。有的人没有座位，手扶着栏杆，也睡着了，车厢一阵摇晃，他们一个激灵，又会醒来。

有一次，我在公交车上认识了一个男子，也是一名来自北方的打工者，他在同城的一家报社做编辑，报社的编辑都是上夜班；同时，他还在一家杂志社兼职做编辑，杂志社的编辑都是上白班。每天早晨7点，他准时起床，匆匆洗漱，登上公交车。在车上摇晃一个多小时后，就到了杂志社。杂志社下午5点下班，他又匆匆登上公交车，来到报社上班。报社编辑通常凌晨1点下班，如果等候稿件，还会延续到凌晨2点。下班后，匆匆吃点夜宵，倒头就睡，早晨7点钟又要起床。由于夜晚睡眠不足，他练就了一种本领，每天一上公交车，手抓着扶手，就能入睡，而到了目的地后，又会准时醒来。他兼职了半年时间，这半年来一直都是这样。

有一次我还在公交车上认识了一个女孩子，她在不停地打电话，电话里总会不断地出现公司的名字。她每天早晨下车后，都会来到一家肯德基餐厅里，找一个角落坐下来，摊开文件夹，开始工作。她的公司没有她的办公桌椅，她把肯德基当成了办公室。邻桌端来了汉堡和鸡腿，浓郁的香味刺激得她直流口水，她竭力控制着自己不要去看，她没有钱，她买不起这样昂贵的食物。为了防止餐厅服务员赶她走，她把别人喝剩下的空纸杯放在面前，冒充自己已在这里消费。

公交车上那些西装革履的人，可能是最没钱的人。我认识一个男子，他做营销，每天都是西服领带，看起来很有款，其实，他只有那一套西装、那一双鞋子。他每天都要穿着这套西装去见客户，低声下气地让客户购买自己公司的产品。在别人的面前，他器宇轩昂；而独自一人时，他总会偷偷抹泪。

每个打工者都有一部辛酸史。

我所居住的那个村庄，几乎每家每户都住满了打工者。城里的房租太贵了，我们只能选择这里安身。

每天早晨7点钟，这座村庄就从沉睡中苏醒。村外有座小桥，通往城里，早晨的小桥上，人声鼎沸，奔走的都是年轻的面庞。他们中有的操持着各种方言打电话，有的拿着早餐边走边吃，有的埋头疾走，担心赶不上公交车……早晨9点过后，村庄又恢复了寂静，家家店铺门扉敞开，老板坐在店门口打盹，野狗在巷道上觅食，偶尔有收荒者的三轮车驶过，一声“收旧家具旧电视喽——”的声音响过，所有人都会被惊醒，野狗也会在村道上仓皇逃遁。

而到了夜晚，村庄又变得热闹起来。那些在城里打工的人们回来了，家家锅碗瓢盆叮当作响，煎炒的声音次第响起，村庄的空气中飘荡着一层辣辣的气味。无数来自全国各地的人在这里聚集，用各种不同的方言在这里交流，抽烟、喝酒、聊天、争吵、做梦，甚至心怀鬼胎，而过了一段时间，有的人搬走了，有的人继续居住。搬走的不知道去了哪里，居住的也不知道自己哪一天会搬走。这里的生活充满了太多的不可预知、太多的不确定因素。

有时候，在夜晚12点，我还能看到刚刚下班回家的身影，他们拖着疲惫的脚步，走进了村庄，拉亮了电灯，煎炒的声音开始响起了……我看着这些亮灯的窗口，总在想：我们为什么要这么辛苦？我们这样辛苦会有我们想要的结果吗？我们用青春赌明天，这样到底值不值得？

我无数次地想过回去，离开这座喧嚣的城市，不让自己再这样忙碌劳累，不让自己再这样提前透支生命。可是，和几乎所有的打工者一样，我们都已经回不去了。

除了这座打工的城市，我们还能去哪里？

居住在我对门的是一个30岁左右的男子，在来南方之前，他在北方一所学校上班。他的名字很有个性，叫迟刀，而他的长相也像一名持刀抢劫的凶犯。其实他很善良，他那种粗犷的外貌很容易把人误导到一些恐怖的事情上面。

迟刀从师范学院毕业后，分配在一所初中任教。而这所学校的会计，是他的一个亲戚。

他的亲戚是一个被生活磨没了棱角的人，他掌握着校长所有贪污受贿的证据，可是他怯于揭发。就在他退休前，他才鼓足勇气把这些肮脏的罪证告诉了迟刀。

校长以前是北方农村的劁猪汉，每天在脖子后插根木条，木条上挑着红布条，来往于乡村山寨，这种奇特的打扮是这种职业的独特标志。这种职业是不便于吆喝呐喊的，而人们一看到红布条就对他的职业一目了然。

后来，劁猪汉的亲戚做了教育局局长，让劁猪汉做了一名学校的临时工，劁猪汉每天人模狗样地夹着一个文件夹检查学生到校人数，没有上过一天的讲台。不久，劁猪汉又作为优秀教师而获得转正的机会，成了公办教师。

成了公办教师后，劁猪汉就堂而皇之地被调到教育局工作，每天督促清洁工打扫局机关的卫生。两年过后，他被下派到一所初中做校长。

做了校长的劁猪汉没有任何能力，但是他能够通过泼妇骂街的形式赶着教师们上课上自习，教师们又赶着学生进教室。这样，学校的升学率就提高了，而学校升学率提高在有关人士的眼中就标志着这个劁猪汉有能力。他每年都是教育系统的先进工作者，后来，他就被调到了北方小城的一所初中，继续担任校长。

学校的校长大权独揽，迟刀列举了劁猪汉 36 个受贿项目：学校的楼房改造，桌椅的更换，教学用品比如篮球架、球门、乒乓球桌的添置，教导主任、年级主任的任命，乡下教师想进城任教，学生参考资料的购买，学生想进重点班，学生免试进入重点高中，特殊考生的加分……

迟刀一直受到的是廉洁奉公、奉献社会的教育，他对校长的贪污腐败深恶痛绝，曾经多次匿名向有关部门举报校长的不法行为，但都是石沉大海。但是，迟刀还是一直锲而不舍地举报。

那时候没有电脑，迟刀每次举报都是采用手写体书信。

有一天中午，教育局突然来人了，紧急通知召开全体教师大会。在会议室里，教育局的纪检书记拿出一些书信展示在大家面前，大家看到那都是迟刀书写的，都回头看着迟刀。迟刀的字迹很特殊，每个字都像即将站起来奔跑似的。迟刀想不明白，为什么自己举报给各级部门的书信，最终会回到小城的教育局手中。

那名纪检书记在会上喊道："凡是写匿名信的都是坏分子，我们要坚决刹住写匿名信的歪风。"

迟刀投诉无门，只能选择消极反抗。此后，每逢开会的时候，他都是坐在墙角，徐庶进曹营，一言不发。

那年暑假，教师大变动。在这座小城市，每年暑假教师都会有大的调整，行贿了的就进城，听话的留在原地，而像迟刀这种不听话的，就被调到了乡下初中，尽管迟刀每年考试，成绩都名列前茅。

被发配到乡下初中的迟刀更加豁出去了，他辞职了。他说："我就不相信一个小小的初中校长，能够黑手遮天。"他每隔几天就坐着长途汽车，到省会城市举报。

两个月后，上面来人调查，校长被免职，而迟刀的岗位并没有恢复。

此后，迟刀就来到了这座南方城市打工，居住在了我的对门。

迟刀离开了那座北方的小城后，现在在这座南方大城市的私立学校里做老师。南方的大城市需要大量私立老师。无数的打工者没有这座城市的户口，他们的后代要在这座城市的公立学校读书，就要多掏上万元甚至几万元的赞助费。打工者都很贫穷，他们的生活仅仅维持温饱，哪里有钱交纳赞助费。但是，孩子又要读书，于是，大量的私立学校应运而生。

迟刀和我的年龄相仿，他热爱生活，心地善良，对美好的生活充满了无限眷恋和憧憬。现在，他已经流浪到了南方另一座城市里。迟刀在那里娶妻生子，买房定居，每月的余钱都还了房贷。

那时候，我经常和迟刀聊天到半夜，抽着质量恶劣的廉价香烟，偶尔还会买上一瓶几元钱的老白干或二锅头。多年后回想起来，感觉那段时光非常美好。回忆美好的事物，总让人感到很温暖。

我们的少年时代都是从 20 世纪 80 年代开始的。20 世纪 80 年代，那是一个纯情的年代，那是一个物质相对丰足而精神绝对丰富的年代，那是一个白衣飘飘充满了无限浪漫情愫的年代，那是一个爱情掺杂了物质就会被认为低俗的年代。那个年代，以后再也难以复制。

迟刀会说起那时候的雪花膏，几毛钱一盒。他说那时候他的初恋女友总是偷偷地涂抹她妈妈的雪花膏，然后偷偷溜出家门，坐在他的飞鸽牌自行车后面，他一路摁响铃声，穿过阳光照耀的寂静小巷，空中，有鸽哨的声音缭绕不绝。很多年过去了，迟刀说他还能闻到那种雪花膏淡淡的像午后阳光一样的芳香。现在，几毛钱一盒的雪花膏早就消失了，代之而来的，是各式各样非常名贵的价格高昂的化妆品。

迟刀还会说起更早以前的小人书，那些被无数双孩子的小手翻得破破烂烂的小人书，有的卷起角边，有的残缺不全，却都被视为至宝。一本小人书的后面，总会排列着很多人的名字。前一个人还没有看完，后一个人已经在旁边等候，催促说“快点，快点”。那些带给了孩子们无限想象的小人书，最后总是不知道去了哪里，不知道在谁的手中丢失了。后来，小城市的街边有了小人书的摊点，这些摊点的老板都是一些老人，他们把上百本小人书摆放在木架上，让路过的每一个孩子都驻足围观，垂涎欲滴。那时候，他们每天下午一放下书包，就直奔这些树荫下的小人书摊点。

还有那时候的喇叭裤和牛仔裤，一个极宽、一个极窄。喇叭裤比牛仔裤更早。那时候穿着喇叭裤总会引来异样的目光，牛仔裤更会让人指指点点，因为那时候的人们对这种从港台流行过来的奇异裤子视为洪水猛兽，人们认为只有流氓阿飞才会穿这样的裤子。没有想到的是，喇叭裤现在早就没有人穿了，而牛仔裤居然有着伏地魔一样的强大生命力，流行了这么多年，而且还会继续流行下去。

有时候，我们还会说起一些上学时候的趣事。那时候我们上初中，经常有一些小地痞来学校里骚扰学生，也有一些不好好学习的学生和街上的地痞混在一起。初中的学生分为住校生和走读生。住校生都是偏远地区的学生，而走读生都是乡镇上的学生。走读生感觉自己比住校生高人一等，他们的穿着也比我们这些住校生要好，他们穿着的确良和的卡、凡立丁，这是那时候的料子衣服，只有有钱人家才穿得起。凡立丁的裤子很软和，走起路来呼啦啦的，像刮过一阵风，感觉很有面子；我们住校生都是一身粗布衣服，个别家境条件好的，会穿上洋布衣服。住校生都只有一身衣服，这一身衣服就要穿一周，周末回家“背馍”的时候才能洗，所以，我们这些住校生身上总散发着一种酸菜的气味，那些走读生坐在我们身边，总要故意掩着鼻子，以表示他们是乡镇上的人，他们家庭条件好，他们有钱。

住校生一周回家一次，每次来学校的时候，背上都背着一个布袋，布袋里装着馍，那是一周的干粮，我们那里的人把这叫“背馍”。馍布袋里并不全是馍，还有红薯，还有一点辣子和装在罐头瓶子里的野菜。

童年和少年时代的农村时光总是让人难以忘怀。农村有着一眼望不到边的原野，有着层层叠叠的山峦，有着天空中变幻莫测的云朵和无比辉煌的火烧云，还有种种植物和动物，各种叫的上名字的和叫不上名字的昆虫和野草。在这里，人和动物、植物都是平等的，可以对话、可以交流，人们把猪呀牛呀羊呀都当成了自己家中的一个成员。屋檐下的燕子窝和门前树上的喜鹊巢，会被当做吉祥的象征，而山沟石缝里的猫头鹰和乌鸦则被当做凶险的代表，人们把这里的每一种动物都分为吉凶，都对它们赋予了极为生动细致的感情。甚至树木也是这样，甚至树木也都有感情，这些树木像一个个人一样，有他们的喜怒哀乐。乡间还有很多很多的传说，这些离奇古怪的传说，随着乡间的风雨一起传播，在每一个孩子的心中扎下根来，无论什么时候回想起来，都感到无比古朴和温馨。

童年和少年生活在农村，是无比幸福的。

有一天夜晚，迟刀突然和我说起了狼和盗墓。

迟刀说在他小时候生活的山城里，每到黄昏的时候，就能听到山顶上狼的嗥叫，狼的声音很怪异，好像是一种在压抑中发出的声音，声音并不高亢，却穿透力很强，传播很远。每天黄昏的时候，听到嗥叫的人们，就急急忙忙赶回家去，严严实实地关起房门，将危险和恐惧关在门外。

20 世纪七八十年代，狼还会出现在北方山村，而现在，狼在北方大多数农村都绝迹了。

我小时候也见过很多次狼，那些狼和狗并没有多少区别，甚至在外形上还不如狗，没有狗的毛色光滑，也没有狗显得高大有力。但是，狼在我的心中异常恐怖，这些恐怖来源于父辈们的传说。

小时候，记忆中那时候的我还没有上学，父亲也还没有轧糖条。每当夜晚来临的时候，父亲他们就会来到打麦场，抽着旱烟袋，围坐成一圈，大家想说什么就说什么，老家人把这种情景叫做“说古经”。常常地，夜风不知从什么地方凉凉地吹来，吹得旱烟锅的火光一明一暗。一个人在说，所有人在听，那些故事总与狐狼鬼怪有关，还与盗墓有关，那些故事常常让紧挨着父亲的我毛骨悚然、浑身颤抖。天上横亘着一条银河，星汉满天，争先恐后地眨着眼睛。突然，一颗流星划过，说的人闭上了嘴吧，所有人都仰望着天空，有人喃喃地说着：“什么地方又死人了。”

老家的人认为天上一颗星，地上一个人，落了一颗星，就会死去一个人。

而在最炎热的夏天，父亲他们则会选择在井台边“说古经”，这些故事内容照样更多的是鬼怪和盗墓。古井很深很深，井台边的石头上有深深的凹槽，那是被井绳积年累月磨出来的。人们背对着古井，坐成一排，丝丝凉气从古井深处袅袅上升，冲淡了酷热。坐在井边的人们，连蒲扇都不用摇，脸上也不会有汗水。

但是，小时候的我对古井充满了深深的恐惧，总感到古井里潜藏着鬼怪，一到夜深人静的时候就会偷偷跑出来，在村庄里游荡。很多的时候，看到人们用巨大的轱辘吊出一桶井水，我就偷偷探看，看鬼怪有没有攀着水桶跑上来。

还有“老碗会”，那时候中午吃饭的时候，每家每户的男人都端着一个很大的碗，碗里面盛着面条，面条上抹着一层辣椒，面条有小麦面的，也有包谷面和红薯面的。大家蹲在村口的老槐树底下，边吸溜吸溜地吃着面条，边“说古经”。人群的旁边围着一群小鸡，小鸡们等着谁的碗里掉出一根面条，就叼起来飞快地逃走，别的鸡就气急败坏，追了上去。

“说古经”的时候，围坐在一起的都是男人，男人是一家之主。奇怪，那时候的女人们都干什么去了？我想不起来，她们可能就待在各自的家中吧。

这样的场景再也不会存在了。现在的乡村里很少看到青年人和中年人，他们都去了遥远的城市里，居住在逼仄的房间里，从事着城里人不愿意干的脏活累活，节衣缩食，锱铢必较，把省下的每一分钱寄回家中，补贴家用。而家乡，只剩下了老人和孩子。他们早早就回到家中，关起房门，天上依然星汉灿烂，而地上只有一星半点的灯火。曾经的农业文明，现在已经走向了衰落。

我现在还能记得当时听到的很多故事。狼吃羊的故事记载在各种各样的印刷书籍中，但是我小时候听到的这样一个故事，却没有见到任何文字记载。一只狼钻进了羊圈里，想吃羊，没想到却被羊顶死了。那只羊生下了几只小羊羔，为了保护小羊羔，它超越了上天赋予它的力量，用犄角将狼死死地钉在墙上，狼用爪子抓着羊的脸，羊的脸上脖子上血肉模糊，但是它就是不退缩。第二天早晨，主人来到羊圈的时候，看到狼被钉在墙上，早就死了，而羊还在顶着狼，一动不动。主人一拨拉羊，羊才轰然倒下，原来它也早就死了。

母爱让一只羊变成了金刚。这个故事我到今天还记忆犹新。父亲曾经指着村中的一个人说："就是他家的羊。"

猪和羊比起来，更有力量。但是，猪却天生是一个愚蠢的家伙，它无法像羊那样超越自己的天性。狼经常会偷猪，它跳进猪圈里，像个按摩小姐一样，给猪挠痒痒、松骨敲背，猪很舒服，很惬意，放松了警惕。然后，狼从里面拱开圈门，牙齿轻咬着猪的耳朵，和猪并排走在一起，尾巴打在猪的后背上。蠢笨无知的猪就上当了，就屁颠屁颠地跟着狼跑了。狼向哪边走，猪就往哪边走；狼跑多快，猪就跑多快。一直到了狼窝里，猪才大梦初醒，后悔莫及。

狼很狡猾，村子里很多人都被狼咬过，有的人的脖子上至今还有狼咬后留下的疤痕。狼攻击人的时候，会先扑上去咬脖子，一击不中后，就会逃窜。狼还会偷婴儿，村子里有的婴儿就被狼偷走了，再发现的时候，只剩下半个身子了。

古人常常讲，狼狈为奸，可是我没有见过狈。这是一种非常神秘的动物，就连父亲也只见过一次。

"文革"初期，那时候父亲还没有结婚。有一次，父亲赶夜路，脚步飞快，月光朗照，他突然一回头，看到身后跟着一群狼。

狼是以家族为集团活动的，一个集团里会有一只公狼，两三只母狼，还有数量不等的小狼。父亲说那晚他看到那些狼有大有小，高高低低，那是一个完整的狼的家族。家族作战时，每只狼都会非常疯狂。

父亲看到了狼，但是他不能跑。如果你一跑，狼就知道你害怕，就会发动攻击。狼这种动物非常聪明，它就像阴险的小人一样非常善于察言观色。父亲背包里有几个馒头，他把馒头扔在地上，幻想着吃了馒头的狼群就不会追赶他了。然而，狼群吃了馒头后继续跟在后面，他走慢，狼也走慢；他走快，狼也走快。父亲知道这是狼在观察他，如果他稍微露出怯意，狼就会扑上来。

父亲装出一副无所畏惧的样子，大声唱着秦腔，这种古老的戏剧唱腔高亢、声嘶力竭、响遏行云，传说是苏武牧羊的时候，心怀悲愤，随口呐喊，后来就演变成了秦腔，流传在广阔的西北。狼群顿了顿，还是跟在他的后面，不离不弃。

父亲个子很高，可能有一米八左右，可惜我只有一张照片，还是父亲那年在省城看病时拍摄的。照片拍摄后不久，父亲就去世了。那张照片我一直带在身边，每次妻子看到父亲的照片，都要感叹父亲高大威武、男子气十足，哀叹自己没有机会见到父亲。其实，父亲那时候已经是一个患病的50多岁的老人了。

我小时候对男子汉所有的理解，都来自于父亲。父亲也一直是我学习的榜样，我从父亲身上学会了豁达、乐观、宽容、善良、正直、坚强和对生活的热爱。其实，中国绝大多数的农民都和父亲一样。他们从最艰苦的岁月中走出来，中国传统的道德品质在他们身上一脉相承。直到现在我还记得当初在政府做副局长的时候，父亲一再叮咛我："庄稼人来求你办事，一定要办好。能来找你的人，都是恓惶得再想不出什么办法的人。"父亲担心我贪污受贿，每次回家他都要教训我说："要做清官，不要做贪官，你看那些老戏上，贪官留下千秋骂名，清官让人一辈辈赞颂。"农民父亲总是用他非常朴素的观点教育我，"做人走得端、行得正，走到哪里都不怕"。

在那个恐怖的杀机逼近的冬夜，父亲在前面走，狼群在后面跟。后来，在明亮的月光下，父亲看到了远处的村庄，就发足向村庄奔跑，狼群在后面狂追。

村庄在渐渐接近，而狼群距离更近了。北方的冬天异常寒冷，很多小动物都选择了冬眠，躲在深深的洞穴里，像个老财主一样守着一冬的干粮不愿出窝。所以，这个季节的狼群总是饿着肚子，它们不到万不得已的时候，是不会主动攻击人类的，而如果攻击人类，那就表明它们已经极度饥饿，它们已经变得极度疯狂。

就在狼群快要追上父亲的时候，父亲突然看到了村庄外的一面断墙，他一只脚踩在墙上，一纵身，就跃上了墙头。然后，骑在墙头上，看着脚下气急败坏的狼群。

由于北方地处温带，所以北方的房屋都是单边修盖，门窗朝南，而房屋的背墙则建在土墙上。拆除房屋时，檩条木椽和砖瓦都拆走了，只留下拆不走的土墙。这些土墙足有一丈多高，上窄下宽，墙头的宽度仅有半尺。

父亲骑在一丈多高的墙头上想，他就这样等着，等到天亮，村子里的人出门来，狼群就会散了。

狼群围在一起，大概在商量什么，几分钟后，一只大狼离开了，别的狼分散地守候在断墙周围，防止父亲突然逃走。父亲心中笑着说，老子才不逃，老子干吗要逃？

北方的冬夜异常寒冷，那种寒冷砭入骨髓，滴水成冰。为了驱寒，父亲骑在墙头上继续大声高唱秦腔，活动四肢，几十米开外的村庄依旧悄无声息。那时候的农村夜晚没有任何娱乐活动，农民们总是很早就入睡了。

大约一个小时后，父亲的视线里出现了一个奇怪的动物，身躯庞大，身下的六条腿在欢快地舞动着。父亲不知道那是什么，他也从来没有听说过还有六条腿的动物。

六条腿的动物来到近处，父亲才看清楚那是两只动物，一只是狼，另一只不是狼，但是很像狼，那就是传说中的狈，一种比狼更坏的动物。狈的前腿很短，不便行走，所以它的前腿要搭在狼的背上。狈平时都待在窝中，无法单独行动，只有当狼群遇到困难的时候，它才会出现。狈是狼群的狗头军师，一种老奸巨猾的动物。

父亲后来还告诉我说，如果狈这种动物真的存在，那为什么他一生只见过一次这种动物，而别人都没有见过。所以，父亲怀疑狈其实就是狼，这种狼被猎人的夹子夹断了前腿，狼是向前爬行，所以猎人的夹子只能夹住狼的前腿。狼偏偏又特别强悍、特别刚烈，被夹子夹住前腿后，它们会生生地咬断前腿，然后逃跑。经历了一次死里逃生的狼，就变得非常狡诈，猎人布置的圈套，它们一眼就能识破。

但是，到底狈是真实存在，还是狈本身就是断了前腿的狼，书籍上没有明确记载，我也搞不清楚。

暂且还把这种动物称为狈吧。

父亲看到狼群围在狈的头前，狈好像在布置什么任务。过了一会儿，狼群四散走开了，再回来的时候，它们的嘴边都拖着一根木柴，将木柴堆放在了墙角下，它们堆放得很整齐。

那时候的北方农村都烧柴禾，家家户户的门前都有一个摞得整整齐齐的柴禾堆。狡猾的狈让狼群搬运柴禾，狼群沿着柴禾就能攀上墙头。

父亲感到极度恐惧。他只能大声呐喊，希望村子里熟睡的人能够醒来，然而，村庄里依然悄无声息。

柴禾在脚下越堆越高，一只大狼站在柴禾堆上，跳起来扑向父亲的脚。父亲一踢，没有踢到，而布鞋却被狼咬掉了。父亲手中没有武器，只能把布袋里装满了土，像流星锤一样抡圆了，砸向狼头，砸得砰砰作响。狼的头是很硬的，老人们说狼是铜头铁腿麻杆腰，只有狼的腰才是它的命门，但是，狼在仰攻，它的腰守护得很严实。

柴禾堆还在不断加高，另外一只狼攻了上来，一口咬住了布袋，不松口。父亲没有办法，只能脱下棉衣当做武器，然而，这种柔软的棉花填充物，对狼群不能构成任何威胁。父亲说，他当时想跳下墙头，手抓两根柴禾，和狼群拼个你死我活。

就在千钧一发的时候，远处的村庄传来了门扇转动的咯吱吱的响声。这种刺耳的声音在寂静的黑夜听起来异常嘹亮。那时候的农村都是木门，门轴门墩都是木头制作的，经常要给门墩上浇油，如果不浇油，就会开启困难，发出咯吱吱的声音。父亲知道有人起夜了，就大声呐喊着："打狼！打狼！"村庄响起了回声，接着亮起了灯光，狼群仓皇逃遁，那只狈又趴在大狼的背上逃走了。

除了狼，我和迟刀谈论最多的还有盗墓。迟刀生活的那个地方，在古代的时候靠近帝王之都。所以，历朝历代盗墓的人非常多。而我生活的那个省份的很多地方，还有我们家乡的很多村子，仅仅从名字上就能看出历史久远，比如御史村、三王城、封城村、侍郎台、尚书庙等。因为这些地方历史沉淀深厚，古墓众多，所以，就有很多以盗墓为生的人。

我们小时候都听说过很多关于盗墓的故事，这些故事比狼的故事更为精彩。这些故事都是在"说古经"上听到的。这些地方的盗墓历史源远流长。

我小时候听到的最恐怖的两个盗墓故事都是关于孩子的。一伙盗墓贼掘开了一个古墓，突然发现死者是一个孩子，孩子的头顶上插着一根铁钉。这个孩子在死的时候，家人并不知道他是怎么死的，而盗墓贼揭开了这个惊天的秘密，他是被人用铁钉楔进头顶上死亡的。据说，孩子的头顶有一个地方特别柔软，拿一根铁钉，用手指按着，就能插进去。

还有一伙盗墓贼，挖开甬道后，却发现甬道口有一个孩子的骨骼，距离石棺仅有两米远。这个孩子也是一个盗墓贼。盗墓团伙一般由几个人组成，其中有一个必定是极瘦的人或者孩子，这个人就是进入墓葬的人。盗墓贼把所有器物吊了上去后，就把这个孩子埋在了地下。不知道过了多少年，另一伙盗墓贼又来了，挖开古坟，才发现了这个秘密。

把人埋在土层里是一种最恐怖的死亡方法，这种方法活不见人死不见尸。小时候听说有两户人家有纠纷，一户人家盖房打墙，就将邻居家的孩子打进了土墙里。几十年来，邻居家一直不知道当初的那个孩子去了哪里，还以为被狼叼走了。后来，一场大雨，土墙倒塌了，人们才看到那个孩子是被打进了土墙里，他身上的衣服还完好无缺。打墙的时候，铺一层土，用石墩击出土窝，再铺一层土，再击出土窝。所以，土墙很结实，虫子都叮不动，孩子的尸首才能保存完好。

迟刀说起了他们村庄的一件事情，这件事情是他亲眼看到的。有一天，村子里一户有钱人家的女孩子死了。按照北方的风俗，孩子安葬只能选择晚上，大人安葬才能在白天，否则，两个鬼会在去阴间的路上相遇，小鬼会被大鬼欺负。

那家有钱人安葬孩子的时候，陪葬了很多值钱的东西，什么录音机啊、手表啊，还有给孩子的项链戒指。不想，这些东西被盗墓贼盯上了。

孩子是在黄昏时候安葬的，盗墓贼是在凌晨动工的。

第二天早晨吃饭的时候，农村的早饭是在早晨9点左右吃，那个死去的女孩子突然披头散发出现在了村道上，所有人见了，都吓得说不出话了，这可真是大白天见到鬼了。女孩子跑回家，拍打着房门，她的父母吓瘫了，一动也不敢动。后来，女孩子就在村道上游荡，村道上冷冷清清，家家关门闭户，人人躲在门后瑟瑟发抖。后来，还是村中一个老人胆子大，走了出去，和女孩子交谈，发现这个女孩子不是鬼，她是死而复生的人。

人们再去安葬女孩子的坟墓那里观看，看到昨天晚上的坟墓被扒开了，棺材也打开了，棺材边躺着一个男人，这是一个盗墓贼，他被死而复生的女孩子吓死了。

这种现象在医学上叫做假死。看起来死亡了，其实还没有死去，一旦受到某种刺激后，又会活过来。

千百年来，盗墓贼生生不息，代代相传。安葬者总在穷尽心机，死后想得到安逸；盗墓贼总是挖空心思，想盗得财宝。这种猫与鼠、鹰与兔的战争，从来就没有停止过。

所以，秦始皇将自己的坟茔修建得异常牢固，而且将所有参与修建的人都作为了陪葬品，想守住自己坟茔的秘密。很多王侯将相都建有多个坟茔，希望以假乱真。至于坟墓中的种种机关：毒箭、弩弓、流沙、滚石、毒气、檑木、蛇蝎，那更是不一而足。

然而，这些都难不倒盗墓贼。

盗墓贼偷盗到的每一件文物，都有一段故事。每一段故事，都是一段传奇。

不久之后，我的隔壁搬来了一对夫妻，他们来自中部一座城市。在古代，这座城市经常作为偏安一隅的小朝廷的都城。

这对夫妻以前在那座城市里开有一间文物商店。后来，因为房屋拆迁，他们和开发商谈不拢价格，开发商就将他们的房子夷为平地，他们就只好来到南方打工。这对夫妻还说，那个推倒他们房子的开发商，其实就是他们的初中同学，当初因为打架斗殴调戏女同学而被学校开除了，没想到后来却成为了身价亿万的房地产开发商。

这对夫妻口中有着更多的关于盗墓的故事，故事中的主角人鬼莫辨，我常常怀疑这些故事的真实性，可是他们却振振有词地说，有些是亲眼看到，有些是亲耳听到。

这对夫妻，男子叫钟封，女子叫马玲。

钟封说，能够找到马玲做妻子，这一生就很满足了。马玲是一个很好的妻子，模样俊俏。她当初嫁给钟封的时候，钟封是一家文物商店的老板，而现在，钟封成了化妆品厂的打工仔，而马玲没有后悔，她在一家服装厂做工。化妆品厂和服装厂的工作都不是很好，遇到有执法部门检查的时候，工厂就要关门歇业，他们没有活干，就躲在家中。和居住在村庄的一些因为生活贫困而脾气暴躁的夫妻不同，他们相依为命，从不抱怨。

钟封所在的化妆品厂，按照现在的话说，专门生产山寨产品。经常坐火车出差的人都能知道，当火车进入了某一段地域的时候，就不能下车买东西，因为你所买到的食品可能都是山寨食品。你想买“康师傅”，结果买到的是“康帅傅”；你想买“雪碧”，结果买到的是“雲碧”；你想买“百事可乐”，结果买到的是“日事可乐”；你想买“娃哈哈”，结果买到的是“哇哈哈”；你想买“蒙牛”，结果买到的是“蒙午”；你想买“营养快线”，结果买到的是“营养专线”……

钟封所在的化妆品厂就专门生产这样的产品，他们生产“沙宜”洗发水，还生产“太宝”系列护肤霜，也生产“漂柔”洗发水和“舒肤佳”沐浴露。这样的工厂没有营业执照，没有产品检验，这就是通常人们所说的黑工厂。

马玲的服装厂同样是黑工厂。这家工厂生产各种牌子的衣服，这段时间流行欧美款式的衣服，他们生产出的衣服就是英文商标；过段时间流行韩版衣服，他们的衣服又换成了韩文商标。这些衣服商标上的英文和韩文是什么意思，顾客看不懂，他们也看不懂。

为了逃避打击，生产山寨化妆品和仿名牌的黑工厂小作坊一般都会选在城乡结合部。

钟封和马玲以前开文物商店，为什么又会来到城乡结合部打工？

很长时间里，他们都闭口不谈，似乎有难言之隐。直到有一天，他们才告诉我说，是一件文物害了他们。

有一天，钟封行走在山区的小路上，看到田地里有几个盗墓的人，他们对钟封很警惕，一见到他就赶紧把探杆呀洛阳铲什么的往面包车的后盖里装，准备逃跑。这一切都好像是钟封是和他们偶然相遇。

钟封经常收文物，他知道很多文物就是出自这些盗墓贼之手。钟封估计这些人手中有货，就跑步上前拦住了车子。他们看起来很惊慌，钟封说：“我是收文物的。”但是，他们将信将疑。

后来经过一再解释，他们才相信了。钟封问他们手中是否有货。他们拿出一件圆形的东西，让钟封看，他们说这是刚刚从坟墓里挖出来的。

钟封向他们脚下看，那里确实有坟墓，也有一条竖井，一直通往坟墓里。

那件圆形的东西是一件玉器，中间雕刻着太阳图案，两边是两个把手，刚好能够放进四个手指。以前，钟封看到过类似的东西，他知道这是原始社会部落里的酋长祭奠太阳神的时候所用的物品，是部落的图腾。这个东西价值连城。

站在竖井旁边的钟封相信他们是刚刚盗墓挖出来的，就没有怀疑这件东西的真实性。

然而，他们开价要200万元，绝不还价。

钟封越发相信了这是一件无价之宝。

后来，钟封拿出了所有的存款，并向亲戚和同行借了几十万元，以120万元的价钱买到了这个“无价之宝”。他想转手倒卖，说不定能赚上千万，他相信自己是以异常便宜的价格从一伙盗墓贼手中买到了一件稀世之宝。

几个月后，当一个经常从他这里倒卖文物的南方客商来到他这里，他炫耀地拿出稀世之宝让对方看。这个一辈子浸泡在文物中的南方客商却对这件宝物心存疑惑，他说，他想找到那些盗墓贼，和他们交谈。

钟封拨打盗墓贼的电话，却都无法打通。他这才意识到自己被骗了，汗如雨下。

为什么钟封会刚好在坟墓旁边遇到那伙盗墓贼呢？后来，他想，应该是那些骗子早就盯上了他，从他一出门就被人盯梢了，他们已经算好了他什么时候会在坟墓边出现，他们就设计好了“局”在那里等他，等他自投罗网。

在河南的几个小城里，有几伙专门制作假文物的人，这种行业叫“做旧”。这些假文物流到了全国很多地方。

我们经常会在天桥上、地下通道、商场门口，看到一些穿着工作服、戴着安全帽的好像是建筑工人一样的男子，蹲在地上，面前摆放着一些很旧的字画，什么《清明上河图》，什么《王羲之草书》，有时候还有一些看起来很像文物的东西，上面锈迹斑斑，他们说这是从建筑工地刚刚挖出来的，为了让你相信，他们还给你看文物上的新鲜的土。其实，这些假文物几乎都是从那些地方出产的。这些文物的生产日期长则一年，短则一个月。

这类假文物，千万不要买。

迟刀和钟封是我在城乡结合部这个村庄里最好的两位朋友。其实，尽管这个村子的居住人口足有10万人，然而，能够经常交往的却只有那么几个。每

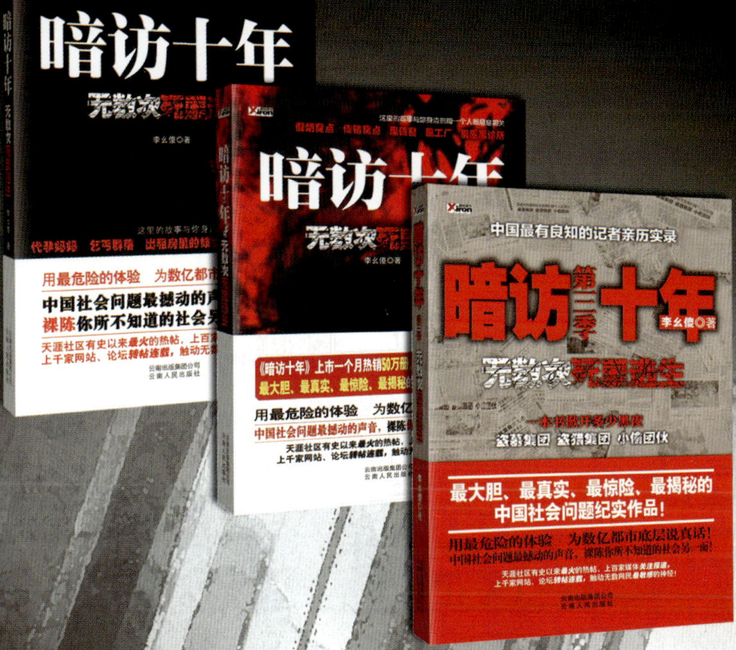

暗访十年

代孕妈妈　乞丐群落　出租房里的妓女　血奴　酒托群体

用最危险的体验 为数亿都市底层说真话！

不愿被人启齿的真实与无奈

暗访十年第二季

中国社会问题最撼动的声音，让14亿中国人一起思考！假烟窝点　传销窝点　黑砖窑　黑工厂　黑医黑诊所！揭示大量不为人知的事件真相，行业的潜规则，种种让人防不胜防的骗术……

暗访十年第三季

最有良知的记者亲历实录，暗访盗墓集团、盗猎集团、小偷团伙

富豪俱乐部

胡润中国富豪榜某副总经理自爆顶级会所经历

富豪俱乐部2——半上流社会

“胡润中国富豪榜”xxx副总经理的所见所闻
揭底高级会员制俱乐部不为外人所知的私秘
真实再现不同派系富豪们的百态人生

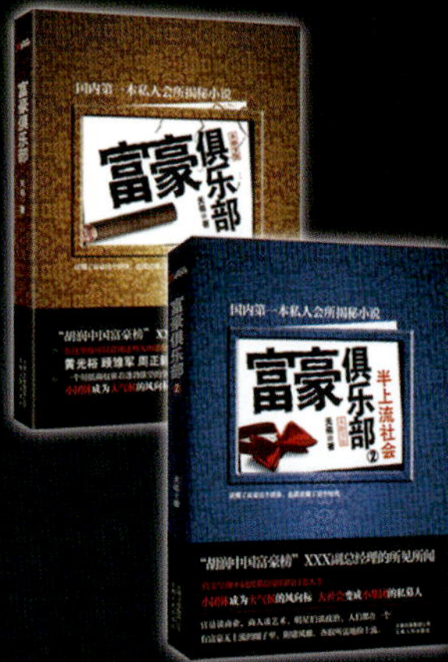

大圈——冲出亚洲的华人第一黑帮

退伍军人的热血抗争，国仇家恨的血腥爆发。

华人黑帮的世界名片，大圈就是北美世界的地下王者，自他们诞生之日起，许多国外黑道势力就进入了覆灭倒计时。

打拼

打拼（4册）：
南方黑道二十年
没有英雄，只有无奈的江湖
一个南方黑道王朝的落寞身影

天早晨和夜晚，我们匆匆忙忙地从村庄走出，又走回村庄，看到的都是陌生的年轻的面容。他们当中，绝大多数都没有超过 30 岁，都怀揣着梦想，都将这座村庄作为了青春的驿站，都幻想着下一个驿站会抵近市中心，是那些代表着财富和幸福的高楼大厦。

我在这座村子居住了一年多，前几个月，每个月都能见到房东，一个红着眼圈，似乎总也睡不醒的中年人，其实他夜晚总是在孜孜不倦地打麻将，才会这样。有时候是他的妻子来收房租，一个非常漂亮的年轻女子，操着外地口音。后来我听说，他是在土地被征用后，一夜之间进入了暴发户行列，才娶了妻子的。而此前，他是一名菜农，每天早晨挑着一担韭菜或者莴笋，咯吱咯吱地走过田埂，走过村口的小桥，走进菜市场里。他和那些广大农民的生活毫无二致。

在我搬进这座村庄的后几个月，房东嫌每月一家家收取房租麻烦，他把整幢楼房承包给了一个外地来打工的小伙子。那个小伙子不厌其烦地一家家敲门收取房租，和前来租房的人讨价还价，然后把房租中的一部分交给房东，自己留一部分做生活费用。

我们与房东和二房东的来往，仅限于每月的房租来往。二房东看不起我们这些人，房东更看不起，他们说话的语气很冲，总好像我们每个人都欠了他八吊钱。

村子里的人很少乘坐出租车，出租车总是从村外的道路上呼啸而过，连望一眼喧嚣的村庄也不会。这里的人每天的交通工具就是两条腿，当走路需要半小时以上的时候，才会考虑是否坐公交车。村子里各种各样的摊点：水果摊、百货摊、小饭店……价格都非常便宜，尽管这样，很多人还是选择在家中做饭吃，这样花费可以更少些。

由于楼房之间空间很小，所以这里的手机信号都很差，而小灵通就更没有信号了。这里，直到很晚都有很大的说话声。那几年有一个段子：“通信基本靠吼，交通基本靠走，娱乐基本靠手……”我们经常用这个段子自嘲。

村庄里的人从事各种各样的职业，主要有工厂工人、公司文员、营销职员、超市员工等，这些职业收入都偏低。他们像蚂蚁一样聚集在一起，每个人的生存空间都非常小，每一幢楼房、每一层房间，都密密麻麻地住满了人。这里的每一个人都以最低的姿态、最低的标准介入生活，整天像蚂蚁一样忙忙碌碌，忙得昏天黑地，摄取的养分却非常少，仅仅满足于温饱。多年后，国家政策进行了调整，种植庄稼不再收取那么多的税，很多居住在这里的农民返乡了，或者选择自己创业；而代之而来的则是更多的更年轻的大学毕业生。多年前扩招的政策，现在出现了恶果。

他们被后来的人们称为蚁族。

迟刀曾经说过：小时候，老师总是教导我们“知识改变命运”。长大后，我们发现，知识并没有改变命运，改变命运的，是出身。官二代一出生就有锦绣前程，富二代一出生就锦衣玉食，而穷二代一出生就面临生存的压力。

【第一章】

暗访盗墓团伙

第一节　异乡团圆

那年初秋，母亲来到了我所工作的这座南方城市。

这是母亲第一次来到大城市。此前，她连县城都没有去过，她去过最远的地方就是与家乡相隔十多里的山下的乡镇。那个乡镇每隔十天就有一次庙会。母亲每隔几个月，就和同村的婶子们提着竹篮，去庙会上购买生活用品：肥皂火柴、油盐酱醋什么的。每次去山下的乡镇赶庙会的时候，母亲和婶子们都像孩子过新年一样兴奋，她们提前几天就会做好准备，而去“上会”的那一天，都会穿着平时舍不得穿的，一直压在箱底的洋布衣服。

母亲是我们村第一个来到大城市的人，而且是南方的异常繁华的大城市。她是由在县城蹬三轮车的、见过世面的弟弟送来的。

此前，我给家中邮寄了1000元钱，这些钱足够母亲和弟弟买两张卧铺车票。可是，他们舍不得花钱，他们买了两张绿皮车厢的硬座车票，在闷热的车厢里摇摇晃晃了30多个小时，才来到了我生活的这座城市。

这是母亲和弟弟第一次坐火车。

我在火车站接到母亲的时候，母亲和弟弟都穿着厚厚的棉衣，他们在大街上单衣短袖的人群中显得异常抢眼和臃肿。他们站在出站口的墙边，惊恐地看着身边来来往往的人，用胆怯的目光在人群中寻找着我。他们一看到我，脸上的怯懦一下子荡然无存，拉着我的手用粗笨的家乡话又说又笑，惹来很多好奇的目光。

他们的脚边放着两个蛇皮袋子、两个帆布提包。那两个提包是我当初上中学时用来背馍的，已经洗尽了原来的黄色，变成了不灰不白的颜色。我问：“怎么带这么多东西？这么远的路，太难拿了。”

母亲说：“村里人知道我要来你这里，都给你送东西，这都是你叔你婶的心意，我就都带上了。”

我拎起蛇皮袋子和提包，感觉每个都沉甸甸的。我问里面都是些什么，弟弟说：“有大红枣、核桃、绿豆、坨坨馍、花生仁、辣椒面、花椒面，还有脆瓜。”

弟弟说，当时脆瓜在我们那个偏远的山区还没有上市，这是村里一个种脆瓜的叔叔专门挑选了几个熟了的脆瓜，让带给我的。脆瓜，在一些地方叫香瓜，最好吃的是一种叫做“小白兔”的脆瓜，用拳头砸开后，香气四溢。我知道这个种瓜的叔叔，他种了一辈子瓜，小时候我们偷过他无数次瓜，我们趁着月色潜进瓜地里，摸到大大的圆圆的东西就摘下来，然后，西瓜在前面滚动，我们在后面爬动，一有风吹草动，就赶快停下来，全身贴紧地面，心跳如鼓。那时候偷到的瓜几乎都没有成熟，我们到了安全地带后，将这些半生不熟的西瓜用拳头砸开，用手抓着瓜瓤吃，吃完后满手都是黏黏的糖汁……有时候，我们还偷脆瓜，没有成熟的脆瓜瓜瓤很苦，我们只能啃吃瓜皮……第二天，种瓜叔叔看到瓜皮瓜瓤，总会在村中悲愤地叫骂。

没想到，多年后，种瓜叔叔把他的头茬熟瓜给我送来了。

我们先乘地铁，后坐公交车，我们在公交车上用家乡话大声交谈着，完全没有顾及到身边诧异的目光。家乡话咬字很重，尾音较长，即使轻声说话，也像和人吵架一样。而南方话发音轻柔，莺莺燕燕，显得非常好听。浓重的西北方言在南方婉转的语言中，显得极为另类，就像鸟语林里突然传来了粗犷的叫声。

母亲对城市的一切都感到很好奇，她问我地铁是什么，我说，地铁就是地下跑的火车。母亲想了想后，感慨地说：“啊呀，这城里人就是行，地底下还能跑火车，我回去给村里人说，他们肯定都不相信。”

母亲最感慨的是城市的高楼大厦，还有街道上川流不息的车辆。母亲站在一幢大楼前面，仰着头看着，她说：“这楼这么高，都要踮起脚后跟看，嘎嘎肯定都飞不过去。”家乡人把喜鹊叫“嘎嘎”。

我说：“城里就没有嘎嘎。”

母亲疑惑地说：“城里咋能没嘎嘎呢？嘎嘎是益鸟，专吃虫子的。”

我不知道该怎么回答。母亲想了想，似乎想通了，就说：“城里没有庄稼，可能就不要嘎嘎。”

我们过马路的时候，在路边等候了很长时间，红灯才转为了绿灯。母亲抓着我的手臂，小心翼翼地迈动着脚步，惊慌不安地看着身边的汽车。母亲说："这车咋就这么多？一个挨一个，一眼望不到头，就像蚂蚁一样。"

我说："在城市生活，有房子有车子，就算成功了。"

回到我居住的城乡结合部的那个村庄的时候，母亲兴奋地说："今儿个跟着我娃来了一趟大城市，坐了地铁，还坐了公共汽车，看了洋楼和这么多的小卧车，这一辈子妈没白活。"家乡人把小轿车叫小卧车，还有的人叫屎壳郎，它确实像屎壳郎一样又矮又小。

母亲还骄傲地说："恐怕在咱整个乡镇，妈是第一个坐地铁的农民。"

我说："可能是的，这地铁不是每个城市都有，现在也只在少数几个大城市才有。"

母亲神情严肃地说："我娃在大城市给国家干事，就要好好干，把国家的事情一定要当回事，不要叫人家戳脊梁骨。"

我点点头。以前每次回家的时候，父亲和母亲都会叮咛我"把国家的事好好干"。

弟弟说："哥，你以后也在城市买房买车，做个城里人。"

我嘴上含糊答应着，其实我知道，要在大城市站稳脚跟，谈何容易。我居住在城乡结合部，这里的每个人都和我一样，都想在这座南方大都市拥有自己的一席之地。我们现在都还爬在梯子的第一个台阶上，不知道往上还有多少个台阶需要攀登。

我的居住环境很简陋，只有七八平方米的一个小房间，一张床一张桌子就占据了所有空间。迟刀听说母亲和弟弟要来，他就搬到了私立学校去住，把他的房间让给了我。

报社听说母亲和弟弟从遥远的西北来到南方，就将三张演出门票给了我。母亲来到这里的第二天，一家美国交响乐团环球演出，来到了这座城市。

我记得那天晚上，坐在我身边观看交响乐演出的母亲，眼光一直在盯着台上那些高鼻深目的老外，面上带着惊异的神情，她悄悄地对我说："这些人咋都长成这个样子？和咱的人一点也不一样。"

我说："那是美国人。"

母亲问："美国在哪里？比咱家还远？"

我说："美国在地球那边，比咱家远多了。"

母亲感慨地说："这些人也恓惶，跑这么远来给咱演出，让咱看。"

母亲和父亲一样，一觉得谁恓惶，就对谁产生了同情。母亲觉得这些漂洋过海的老外们很恓惶，日子肯定也过得不好，才给人演出，就像乡村里那些只有在红白喜事上才会演唱的戏子一样。母亲看着这些老外演出的时候，眼睛里就多了一种怜惜的神情。

那天晚上，给母亲留下印象最深刻的，是一个又高又胖的黑人。那个黑人体重足有300斤，身材像一个圆球，似乎一跌倒就会骨碌碌滚起来。母亲说："这人咋这么黑，还这么胖。"母亲还说如果这个黑人生在我们村子里，都没人能够养得起。

演出结束的时候，很多人争抢着上前和老外合影。我带着母亲也走到了台下，让母亲更清晰地看这些她从来没有见到过的老外。那个300斤重的黑人友好地给母亲打招呼，并伸出手来。母亲也下意识地伸出手去。黑人一握住母亲的手掌，就惊叫一声，赶紧放开。母亲的手掌全是老茧，一辈子被农具磨出的老茧，像砂纸一样粗糙；手指关节处的老茧开裂了，又像刀片一样锋利。

老外们都诧异地望着母亲，他们奇怪一个人的手掌怎么会变成这样。我站在一边，心中充满了酸楚和苦涩。

我记得那时候还带着母亲和弟弟一起去看《同一首歌》的演出现场。《同一首歌》是那时候中央电视台最火暴的一个节目。那天演出现场人山人海，绝大多数都是年轻人，母亲可能是所有观众中年龄最大的。母亲看着无数张激动的面容，听着山呼海啸的声音，她异常惊讶，这些人口中同时喊出的一个个名字母亲都没有听过，那一个个名字代表着一个个曾经或者正在走红的歌星，而母亲一个都没有听过。像母亲这样年龄的农村老人，已经完全被抛弃在了现代文明之外，他们年复一年关心的只是一日三餐和春种秋收，那些霓虹闪烁的场面和霓裳飘飘的画面，对于他们来说，是完全奢侈和陌生的。

就像观看美国交响乐团演出后，母亲只记住了那个黑人大胖子；多年后，母亲向我提起那天夜晚的《同一首歌》演出现场时，她说："那么多人，比咱这里庙会上的人多多了。娃娃们一直都在喊，不知道都在喊些啥。"

母亲除了关心那些娃娃，还关心演出票价，一张票就高达680元，让母亲每次提起来就惊讶万分，"那么高的票价，怕怕的死呀，还有那么多人看。城里人咋来这么多钱?”

美国交响乐团和《同一首歌》的演出门票母亲一直保存了好多年，似乎在母亲的眼中，那两张票就代表着南方大都市的生活，那是一种他们完全陌生而又心驰神往的生活。我的一位同事说，在他小的时候，他们村子里有一个人去了一趟北京，回来带了一包点心，点心吃完了，而包裹点心的草纸被那个人珍藏了很多年。

城乡之间巨大的差别，完全超出了母亲这辈人的想象力。只要一走在大街上，来自偏僻农村的母亲就会惊讶万分，她像走进了一个无法想象的神奇世界。马路上那么多的小卧车，一辆接一辆，都是私人掏钱买的，这一辆车就要几万几十万元；而一个农民一辈子也挣不了这么多钱。超市里那么多的商品，堆积如山，想买什么就有什么，想买多少就有多少，啥都不缺，啥都能买到；而乡村每隔十天才有一个庙会，庙会上也仅是一些有限的商品。市中心的名牌服装专卖店，一件衣服就几千元，一双鞋子也高达千元，还排着队购买；而母亲此前一直穿着自己手纳的布鞋，一件20元的洋布衣服穿了十几年，这次要来我打工的城市，才在庙会上买了一双布鞋和一身衣服，花了近百元，让她一直心疼地念叨个没完……

《同一首歌》的票是报社一个女同事给的。每逢有演出的时候，演出单位就会把一些票送到报社，报纸上就会刊登一些演出的消息。每逢有票送过来，报社就会在公告栏张贴启事，员工认领，先到先得。一些女同事特别喜欢观看演出，所以就特别留意公告栏。那天，报社一个胖胖的女同事听说我母亲从遥远的乡下来了，就把自己领到的三张票送给了我，而此前她是准备带着自己的父母去看的。

那位女同事非常乐天，又高又胖，体重高达200斤，她有一句在圈子里流传甚久的格言：“因为善良，所以丰满。”她曾经发起了一个“胖妹俱乐部”，定期举办活动，让很多因为肥胖而自卑的女子摆脱了自卑。现在，这个俱乐部的会员已经多达千人，遍布全国。

有一次，我带着母亲和弟弟去了肯德基店，弟弟看着窗口上的价格表说：“我不吃了，我不爱吃这些东西。”他其实是舍不得让我花钱，那些高昂的价格让弟弟感到恐惧。无论我怎么劝说，弟弟就是不吃。

后来，我只给母亲买了一个汉堡和一杯可乐，还有一包薯条。母亲吃着汉堡的时候，我问："好吃吗？"母亲说："好吃得很，不知道人家这是咋做的。"母亲把汉堡吃完后，我问："还吃吗？"母亲为难地看了看我，犹豫了一下说："吃饱了，不吃了。"我故意说："这东西很便宜的，没有吃饱我再买。"母亲小心地问："刚才吃的那个东西，要多少钱？"我说："不贵，只要一块钱。"母亲终于释然了，她笑着说；"那就再买上一个。"

母亲吃饱后，我们一起走出肯德基店。母亲回头看着肯德基门口的那个大胡子老头儿，高兴地说："今儿个跟着我娃把外国人的东西也吃了，妈真是有福啊。"

然后，我就上班去了。

晚上回来后，我突然看到母亲很不高兴，就问怎么回事，母亲说："你咋能骗我呢？你今儿个晌午就花了40块钱，啊呀，吃一顿饭就花了40块，早知道我就不吃了。"我知道真实情况是弟弟告诉母亲的，40元钱的一顿饭，是母亲想也不敢想的。一直过了很多年，母亲还在念叨着那40元钱的一顿饭，觉得太浪费了。

母亲在城市的那几天，我们每天晚上都睡得很晚，经常会说起小时候的一些事情，说着说着，就会突然流下眼泪，感觉既心酸又温馨。

和父亲一样，母亲从来没有觉得自己这一生苦，母亲总是和"低标准"的年代比较。所谓的低标准，就是20世纪60年代初期的那三年，官方口中所说的"三年经济困难时期"，很多人被饿死。母亲说那时候连榆树皮都吃光了，只有牲口才吃的野草也都被人吃光了，有些地方甚至出现了绝户。绝户，就是一家人全都死了。还有些地方出现了"易子而食"，互相交换孩子吃。

母亲说，现在的日子不知道比以前好了多少倍，"过去的都是好年景"。和父亲一样，母亲也总是这样说。这对老夫妻和绝大多数中国农民一样，这一生从来不知道什么叫抱怨，再苦再累也不发一句牢骚，他们对生活总是充满了感恩。

有时候，钟封夫妻也会来一起聊天，房间坐不下了，我们就搬几张小板凳坐在楼顶上。遥远的城市里，灯如星河，而脚下的村庄，声如波涛，空气中飘荡着煎炒的油香。"城里面就是繁华，就是好。"母亲说，"和乡村比起来，真的是天壤之别。"

钟封夫妻听不懂母亲的方言，总需要我充当翻译。当我把母亲口中的"繁华"和"天壤之别"翻译给他们时，他们深深地惊讶，怎么农村老太太也会说成语？他们不知道我的家乡尽管是一个偏远的乡村，可在先秦的时候，那里就有人居住，此后，秦汉三国、隋唐宋明，那里一直作为中央统治的区域，各朝各代官府的文告张贴在集市上，那些文言词汇就走进了老百姓的耳朵里，留在了心中。

有一天晚上，我们突然就说到了盗墓。我们那里的古墓很多，历朝历代无数的官吏死亡后，都会把尸首埋在那里，以求荫庇后世。据说，我们那里的风水很好。那些机关算尽的人没有想到，他们为后世的盗墓贼提供了发财的机会。

曾经是文物商人的钟封说，盗墓是一个古老的行业，确实是源远流长、博大精深。在三国时期，盗墓曾经合法化，曹操的军队中，有一种官职叫做“摸金校尉”，其实就是带着人去盗墓。三国时期由于连年战争，百姓普遍都很穷，曹操诗歌中说：“白骨露于野，千里无鸡鸣。”在这样的环境中又如何能够筹集军饷？所以，曹操就盯上了盗墓这一行。三国中的蜀国位于天府之国，吴国位于稻米之乡，都比较富裕，而最贫穷的就是魏国了。但是，挖人祖坟毕竟是不光彩的事情，在曹操时代的所有文献中，都没有记载这些事情，这些事情只流传在民间。

这时，弟弟突然说：“狗剩叔现在就盗墓。”

第二节　盗墓人成长记

狗剩叔的家就在我们邻村。

在乡间，狗剩叔是一个传奇。

秦岭像一条大河，从西流向东，浩浩荡荡，横无际涯，流到我们村庄的时候，突然拐了一个弯，然后又掉头向东。我们村庄在这边的山崖上，狗剩叔的村庄在另一道山崖上。小时候，我们经常站在村头的山崖上，和另一道山崖上的小伙伴聊天，我们喊：“嗷——你们中午吃的啥？”对面喊：“嗷——搅团。”这种食物是把红薯面放在开水锅里搅拌，煮熟后凝固，凝固后放凉，放凉后切成小块，放在汤水碗里吃，汤水碗里有辣椒蒜、酱油醋等调料。这种困难年代的食物，现在几乎被人们遗忘了。我们又喊："嗷——晌午上的什么课?"对面喊："嗷——刘文学斗地主。"我们童年心中的"小英雄"刘文学现在也几乎被人们遗忘了。

我们能够看到对面山崖的人影，听到对面山崖的声音，然而，要到对面山崖却要走半天时间。山崖深不见底，一块石子丢下去，半天也听不到响声。村子里曾有一头猪失足掉下山崖，被人们在崖下找到时，已经摔成了好几片。

从山崖这边去往那边，攀高下低，异常难行，两个村子尽管鸡犬之声相闻，却老死也难往来。人们要想和对面山崖上的人商量事情，就喊："嗷——对面春生家的，庙会上等你。"对面春生家的是一个媒婆，一生说媒无数，她经常迈动着一双小脚，欢快地奔走在通往村庄的土路上，她一双小脚踏遍了周围百里的所有村庄。她是我们家乡的名人。

狗剩叔也是名人。

狗剩叔曾经有过一个哥哥，叫做狗娃。我们村中的所有小孩尽管都没有见过狗娃，但是都听说过狗娃。大人们吓唬不听话的孩子的时候，就说："你是不是想当狗娃，叫狼叼走你?"孩子马上就变得很乖、变得很听话了。

狗娃8岁那年，狗剩叔5岁，他们和村子里其他几个孩子在村口玩，那时候刚刚下过一场大雨，他们玩一种叫做"憋炮"的游戏，把泥巴团成碗状，然后使劲扣在地上，中空的泥巴就会发出浑厚的响声，"碗"底会被空气冲击出一个缺口，孩子们比赛谁的缺口最大。那时候，大人们在村子里学习毛主席著作。

狗娃在憋炮的时候，看到几十米远的地方蹲着一只狗，他就喊："嘬嘬——"伸出手掌招呼那条狗。那条狗就摇着尾巴过来了，它张嘴咬住了狗娃的脖子，头一甩，就将狗娃背在了肩膀上，然后摇着屁股慢腾腾地跑进山沟。

狗剩叔看到这种情景，就急急忙忙跑进学习毛主席著作的那间屋子里，上气不接下气地对母亲说："妈，妈，狗把我哥背跑了。"

会场一下子炸开了锅，大家都知道那不是狗，是狼。男人们抄起门后的铁锨木叉就去追赶，女人们忙着寻找自己的孩子。对面山崖的我们村庄听到喊声，父亲他们也拿起农具去截击那只背走了狗娃的狼。

然而，那天一直到天亮，人们打着火把在山沟里到处寻找，也没有见到那只狼，也没有见到狗娃。

三天后，我们村子里有一个老太太去打麦场揽麦草，那时候人们做饭都是烧柴，而柴禾则需要麦草来引火；人们烧炕的时候，也需要麦草。老太太将手伸进麦草堆里，感觉不对劲，拉出来一看，是一条人腿。老太太一下子吓瘫了。

那条人腿上还穿着一只绣花老虎鞋，鞋带绑在脚脖上。那是狗娃的腿，狗娃被狼吃得只剩下了一条腿，吃饱了的狼把这条腿埋在麦草堆里，准备下次再吃。很多年后，母亲对我说，那条腿的切口齐齐的，像被锯子锯掉的一样。

自从失去了狗娃后，狗剩叔的妈妈总是流泪哭泣，后来哭瞎了一只眼睛，另一只眼睛也几乎丧失了视力。我记忆中的那个老太太总是红着眼睛，擦着总也擦不完的眼泪。

狗剩叔长到 8 岁的时候，也遇到了一场劫难。

秦岭山里，冬天酷寒，夏天炎热。我们家乡的人，盛夏睡觉的时候，就都在当院里铺张草席，一家人睡在院子里。夏夜蚊子很多，人们就在草席边点燃一种叫做艾蒿的野草，滚滚浓烟会熏走蚊子。由于那时候正值文革，各家各户的男劳力都去兴修水利了，家里就只剩下妇女和孩子。

那天晚上，狗剩叔的妈妈正在睡觉的时候，下意识地一伸手，身边空空荡荡，没有了儿子，她惊叫着爬起身，借着月光看到门口的水洞处有一团黑影在移动。我们家乡每户人家院门旁的墙根下，都有一个圆形窟窿。这个窟窿有两个用处，下雨天的时候，院子里的水从这个窟窿流出；院门关闭后，晚归的鸡从这个窟窿钻进来。因为这两种特殊的用途，所以这种窟窿不会很大，直径仅有 20 公分左右。狗剩叔的妈妈看到那里有黑影，她顾不得害怕就奔过去，突然就听到了孩子的哭声。她大声吆喝着，打开院门，看到一只狼顺着巷道轻快地跑走了，而孩子被卡在水洞中，进退不得。邻居们跑来后，摁亮手电，看到狗剩叔的脖子上有两个尖尖的伤口，正在汩汩地向外淌血。那是被狼的牙齿咬的。

很长时间里，人们都无法想象，那么小的水洞，狼是如何钻进院子里，又是如何拖着孩子从这里往出爬的。5 岁的孩子都被卡住了，而狼却能够顺利脱身。于是人们就在传说，狼是有缩骨术的。

还有，狼在扑食猎物的时候，总是一下子就咬住对方的喉咙，让对方没有喘息的机会。而狼在换口的时候，对方才会得以呼吸。所以，幼年的狗剩叔被狼咬住后，一直没有哭出声来，而在过水洞的时候被卡住，狼换了口，他才哭出声来。

脖子上的狼牙印伴随了狗剩叔一生，周围村庄的人都知道这个脖子上有着狼牙印的孩子。他长大后，一直说不上媳妇，尽管他的妈妈一次次往春生家里跑，把家里舍不得吃的东西一次次送给春生家的，然而，人家一说起这个脖子上有狼牙印的男子，就连连摆手摇头，说和这样的男人一起生活，会瘆得慌。

哥哥被狼吃了，自己也差点被狼叼走了，脖子上的狼牙印让自己说不上个媳妇，所以，狗剩叔恨透了狼，他一直寻找机会报复狼。

有一次，狗剩叔在山中割草，找到了半山腰的一个狼窝，狼窝里有两只狼崽，两只还不会行走的毛茸茸的家伙对着他龇牙咧嘴，发出威胁的叫声。狼生性是很残忍的，它们的凶悍是与生俱来的。狗剩叔用镰刀砍死了一只狼崽，而把另一只狼崽带回了村庄。

那天黄昏，狗剩叔把小狼崽绑在村口的老槐树上，长长的绳索吊着小狼崽的两条后腿，小狼崽距离地面只有两米，这样的高度，成年狼一蹦就能够着。

这是狗剩叔的一个圈套。

然后，村子里的男人们在小狼崽的下面挖掘了一条堑壕，堑壕里倒放着耙，雪亮的耙齿朝向上方，等待着狼掉下来，堑壕的上方遮盖着荒草和浮土。吃过午饭后，家家关门熄灯，却都没有入睡，都在等待着母狼到来的那惊心动魄的一刻。

快到午夜的时候，母狼终于出现了，它凄厉地叫喊着，那种声音从窗缝钻进屋来，让每一个人的心中都禁不住哆嗦颤抖。母狼来到了老槐树跟前，围着老槐树转来转去，却并没有去解救小狼崽。后来，母狼像疯了一样在村道上跑来跑去，嘶声叫喊着，那种声音像一柄刀子割开了黑沉沉的天幕，露出惨淡的星光。村中的男子原本打算围歼母狼，但听到母狼的叫声也放弃了这种打算。

天亮后，母狼终于离去了。人们打开房门，突然发现村口的饲养室门前，躺倒了一头小牛，小牛的脸被狼爪抓得稀烂，小牛的肚子也被母狼掏空了。这是母狼在向村民示威。

母亲曾经说过，有一个词语叫做“狼吞虎咽”，狼吃东西的时候，总是先急急忙忙吞下去，回到巢穴里再慢慢消化，这是千万年来的生存环境形成的。为了能够在最短的时间里，完成最大的进食量，狼不得不选择“狼吞虎咽”。

母亲说，有一次，村子里的人在追赶一只刚刚吃饱的狼时——那只狼撞进了羊圈里——狼甩动着肥大的肚子慢悠悠地跑着，人群在后面急急忙忙地撵着，距离越来越近。突然，狼停了下来，低下头拼命呕吐，吐出了一大堆血肉模糊的食物后，才轻快地跑远了。这下，人再也追不上了。母亲说，那堆食物中，都是大块大块没有消化的羊肉。

狼还会变换毛色。夏天麦子成熟的时候，狼躲藏在麦地里，毛色和成熟的麦子是一个颜色；麦子收割完毕后，狼的毛色又变成了和土地一样的颜色。

母亲说，在我们家乡，几千年来，狼就和人一直斗争着，谁也不服谁。

千万年来恶劣的生存环境不但决定了狼的进食习惯和外部特征，而且培育了狼的奸诈狡猾和凶猛顽强。在所有的动物中，狐狸是狡猾的，老虎是凶猛的，而唯独狼是两者兼而有之的。

人给狼下套，狼也给人下套。

有一次，狗剩叔他们在山里打柴时，看到几十米开外的埝畔上有一只老态龙钟的狼。狼颠着脚步，毛色干枯，像毡片一样，走一步都要喘口气，好像马上就要死去了。狗剩叔他们异常高兴，挥舞撅头叫喊着冲向那只气息奄奄的老狼。就在距离老狼仅有二十多米的时候，冲在前面的狗剩叔突然看到面前丛生的枣刺上，挂着三个巨大的马蜂窝，每个马蜂窝都有向日葵那么大，成千上万只金黄色的马蜂在蜂窝里爬进爬出，那种景象让人头皮发麻。马蜂异常警觉，蜂窝稍微受到外力的冲撞，就会集团攻击。这些马蜂落在人身上，不消 10 分钟，人就会被蜇死。狗剩叔就曾经见过一群马蜂将一头牛蜇死了。这三个马蜂窝的隐蔽性又非常强，它们悬挂在枣刺的上方，而枣刺的周围又是各种半人高的荒草和艾蒿，将马蜂窝遮盖起来，不仔细看，还真发现不了。

狗剩叔他们惊出了一身冷汗，悄悄地向后退去。他们退到了安全地带，看到那只老狼回头对着他们笑。狗剩叔说，他永远都无法忘记那张诡异的笑脸。老狼笑过后，就迈动着矫健的双脚，轻快地跑远了。

就在狗剩叔和狼进行不屈不挠的斗争中，他发现了古墓。有一次，山洪暴发，引起塌方。狗剩叔上山砍柴时，看到路边横放着一副棺材，棺材盖已经被冲歪了，露出了里面的骨骸。狗剩叔一贯胆子很大，他将骨骸丢在一边，将里面的盆盆罐罐带回家中。小盆盆用来放食盐，大罐罐用来放酱油醋，还有一个更大的，被他做了尿壶。

那时候还在兴修水利，人们常常能够挖出古墓。发现古墓后，人们就将古墓里的东西疯抢一空，拿回家中当做生活用品。那时候的人们并不知道这些东西都是价值连城的古文物。据说，村子里很多人家的尿壶都是秦汉时期的器皿。

“文革”结束后的某一年，村子里来了一个南方客商，他走进家家户户，看到人们的生活用品后大吃一惊，就问这些东西怎么来的，山民们都很善良，都说这是从古墓里挖出来的。南方商人就说：“这东西我买，你们有了钱就能买新的，新的比旧的好看，用的时间也长。”村民们很高兴，他们没有讨价还价，南方商人给多少钱，他们就卖多少钱，然后拿着这些对他们来说是一笔巨款的钱，兴高采烈地去山下的庙会上采购崭新的生活用品。

古墓里面有很多好玩意儿，不但有盆盆罐罐，还有一些字画。南方商人走进一位老太太家中，看到墙上挂着一副仕女图，当然老太太不知道这是仕女图，她只是觉得好看就挂在了墙上。南方商人说：“这幅画卖给我，你要多少钱？”老太太说：“都旧成那样子了，还要什么钱呀，你要就拿走。”南方商人不动声色地从墙上摘下画，他从落款处看出那是唐伯虎的作品。他刚刚迈步走出家门，老太太在身后叫住了他：“哎，这里还有，我准备铰鞋样。”然后，就从席子下面拿出了一幅画，画面上是一匹膘肥体壮的马。南方商人看着这幅韩干的作品，兴奋得手都哆嗦了，他给了老太太100元钱，说：“这些钱能够买很多纸，够你做一辈子鞋子了。”那些年，北方农村的人都穿布鞋，而做布鞋前先要铰鞋样，那时候纸张奇缺，女人们见到什么纸张，都用来铰鞋样。

母亲曾经给我说过：“铰鞋样的事情，说的是八老婆。”八老婆在我很小的时候就去世了，她一生生了八个孩子，却没有一个成活，最后还是侄儿替她送终的。

在我们那里，流传着很多关于古墓、狼和文物的传说。而在过去几千年的人类历史中，我们那里总不乏盗墓贼的身影。

我们那里是中国南北方的分界线，自古也是兵家必争之地，历朝历代，发生在我们那片土地上的战争数不胜数，仅仅当地县志上记载的战争就多达百起。

乡间流传的一个最神奇的故事是，古代有一位将军，征战的途中，从陷阱中救出了一只狼，而这只狼是头狼。头狼召唤了手下所有的上百只狼，供将军调遣。每逢战事发生，这支狼群就成为了将军的先锋部队，攻无不克，战无不胜。

后来，将军战死沙场，厚葬山中，头狼又领着狼群日夜守护着将军的坟茔。头狼死后，它的子孙们继续世代守护。曾有几帮盗墓贼盯上了将军的坟茔，不是被狼群打退，就是被狼群咬死。后来，在那个特殊的战天斗地的年代，将军的坟茔被平整为土地，狼群被英勇的人们打散。这个传说也戛然而止。

这个传说曾经记载在当地的清朝县志中。

其实，现代的很多盗墓贼，都将县志一类的古书作为盗墓的线索。他们从这些古书中寻找蛛丝马迹，然后下手。盗墓团伙一般只有三五个人，而其中必定有一个人至少初通文墨。现代的盗墓团伙，和我们坐在书斋里想象的完全不一样。

由同乡和同族关系组成的盗墓团伙，却绝对没有父子共同参与的。父亲盗墓，儿子绝对不会参与；儿子盗墓，父亲也肯定远离。这是中国几千年来盗墓团伙约定俗成的一条不成文的规定。

盗墓是将头绑在裤腰带上的营生，盗墓也是为人最不齿的行为。民间传说，盗墓贼会断子绝孙，而官府抓住盗墓贼，也会判处重刑。所以，为了避免家中断绝香火，父子不会都参与盗墓的。

很多盗墓贼的技艺都来自于祖传。

狗剩叔的父亲曾经就是一名盗墓贼。解放前，他跟着一伙盗墓人最远跑到了东都洛阳，经常来往于东都洛阳和西京长安之间，长安也就是以后的西安。据说，狗剩叔的父亲曾经发了一笔财，可是在半路上遇到土匪绑票，结果，家人用多年的积蓄换回了他半条性命，另半条性命丢在了秦岭山中土匪的营寨里。

这次劫难后，狗剩叔的父亲洗手不干了。其实，他要干也没力气继续干了。土匪把他的腰打断了，他此后走路不得不像瞌睡虫一样前倨后恭、唯唯诺诺，完全没有了盗墓贼那样的刚勇和狡诈。

狗剩叔是遗腹子。他的母亲怀上他不久，他的父亲在一次赶庙会的路上一去不返。等到人们发现时，狗剩叔的父亲已经死在了山路边的悬崖峭壁下，两只眼睛和心肝都被人挖走了，那是“文革”前夕。穿着白上衣蓝裤子的公安多方查找，没有找到凶手，这起案件最终成为了一起悬案。

关于这起悬案曾经很长时间里在我们家乡传播得沸沸扬扬，也演绎出了很多不同的版本。有人说，他是被厉鬼勾去的，他挖了那么多坟墓，游魂就找到他索命；也有人说，是被盗坟墓的后人杀了他。他的死相很惨，就说明凶手和他有着深仇大恨。

从未谋面的父亲死了，年长几岁的哥哥也死了，年幼的狗剩叔和凄苦的性格懦弱的母亲相依为命，人们说他小时候从来没有衣服穿，全身黑油发亮，像泥鳅一样，但胆子出奇地大，常常一个人拿根棍子就敢走夜路，在坟地里出没无常。他翻山越岭，如履平地，脚步轻捷，连兔子都能追上。他是周围村庄少年们心中的英雄，也是我心中的英雄。

那时候，很多小伙伴都模仿一种“以鼠治鼠”的方法。孩子们都说，这种方法最初是从狗剩叔的手中传出的。

这种方法是：抓住一只活老鼠，不要打死，给它的肛门塞进两粒黄豆，然后用线缝上，再把老鼠放走。黄豆被老鼠的体液浸泡后，就会膨胀，老鼠疼痛难忍，就会疯狂地啃咬同类，结果，一窝的老鼠都会被它咬死。最后，它自已也会被憋死。

那时候山区粮食奇缺，人吃不饱，而老鼠又特别多，和人争食。所以，要抓一只活的老鼠很容易。

我一直想抓只老鼠做这种刺激的实验。可是，想到那种血淋淋的缝老鼠屁股的情景，就放弃了这种想法，小时候的我胆子很小。直到今天，我也不知道这种方法是否管用。

这对孤儿寡母，生活非常贫穷，每年都要依靠国家照顾。那时候的国家照顾也没有什么东西，无非就是一床军用被子，或者一件军大衣，而且也不是年年都有。因为贫穷，长大后的狗剩叔就有些小偷小摸的毛病。不过，他不偷本村和周围村庄的人，每次偷盗的时候，都要去很远的地方。其实，那时候的农村人都普遍很穷，偷也偷不到什么东西，无非就是一些吃的。多年后，我在阅读《夹边沟记事》的时候，读到了里面写到的一个小偷。反右期间，那个小偷从死了很多人的夹边沟逃离后，来到了北京，偷盗机关和工厂，每次都能偷到很多钱和粮票。和这个小偷比起来，狗剩叔显得非常可怜，他每次偷盗的，仅仅是一些馒头和洋芋。

我现在还能记得，每年除夕夜，家中刚刚蒸好了过年的馒头，就会响起敲门声。敲门声夹杂在呼啸的风声中，显得轻弱而胆怯。母亲就说："狗剩来了。"

父亲总会一翻身从炕上跳下来，打开院门。接着，狗剩叔就会跟在父亲的身后走进房间，走到了煤油灯昏黄的光亮里。狗剩叔又矮又小，身高只到父亲的腰部，他袖着双手，脸上是可怜巴巴的讨好的神情，鼻子冻得乌青。父亲说："上炕。"北方农村的冬天，家家户户都烧着热炕，来了客人就先坐到热炕上。狗剩叔说："李哥，不了。"父亲说："还没吃饭？"狗剩叔说："李哥，吃了。"他一口一个李哥，显得很谦卑。父亲知道从他的村庄走到我们这座村庄，少说也要走好几个小时，父亲不由分说，从厨房里拿来两个热蒸馍，端来油汪汪的肉辣子，让狗剩叔夹着吃。狗剩叔一口下去，半个蒸馍就没了。

吃完蒸馍后，狗剩叔说："李哥，借上两块钱，手头一宽松就立马还你。"

父亲不说话，叫来母亲，从箱子底翻出 5 元钱，递到狗剩叔的手中。然后，用手巾包上两个夹了肉辣子的蒸馍，让狗剩叔带给他妈妈。狗剩叔临出门的时候，父亲又把两盒羊群烟塞进狗剩叔的衣袋里。

羊群烟一盒 9 分钱，是那时西北农民们最常抽的香烟。

看到狗剩叔走出了院门，我急急忙忙赶出去，追在屁股后面问："狗剩叔，给老鼠沟子里头塞黄豆，是不是能咬死老鼠？"沟子就是屁股。

狗剩叔还没有回答，父亲就一巴掌拨开了我："哪里这么多干话？"干话，就是闲话，不顶用的话。

父亲一直把狗剩叔送到村口，黑暗中我听到父亲说"要学好，要好好做人"之类的话。

那时候，父亲年年轧糖条，家中略有积蓄。

父亲曾经带着狗剩叔轧糖条。可是轧糖条是一件极苦极重的体力活，身材干瘦单薄的狗剩叔跟了父亲两天，就受不了了。后来，他依然小偷小摸，依然一贫如洗。

秋天是北方农村最美丽的景色，也是农民们最盼望的季节。这时候，包谷、洋芋、红薯、黑豆都成熟了，人人都能吃饱了。

记忆中的童年秋天，我有几次跟在狗剩叔的屁股后面玩。天高云淡，清风拂面，远处连绵的群山像被水洗过一样，有一种旺盛的青翠，空中有大雁飞过，一会儿排成一字，一会儿排成人字，小时候我曾经很诗人地想过："能变成一只大雁多好，那就能到很远很远的地方，还不用花一分钱。"可是，那时候我总是不知道它们从哪里来，要飞到哪里去。后来上大学的时候，读到范仲淹的诗词"衡阳雁去无留意"，我才知道了这些飞跃我童年记忆中的大雁，它们要从蒙古高原一直飞到洞庭湖边。

我跟着狗剩叔掏马蜂窝，还掏鸟蛋。掏马蜂窝的时候，要把全身包裹得严严实实，用棍子把马蜂窝戳下来，马蜂汹涌飞来时，赶紧顺着埝畔往下跳。跳过几个埝畔，马蜂就追不上了。马蜂的眼睛长在头顶上，它看不到自己的身下。马蜂全部飞走后，我们就捡起马蜂窝，抠出里面的幼虫，烧烤着吃。

掏鸟蛋的时候，狗剩叔站在下面，我踩在他的肩膀上，将手伸进鸟窝。有一次，我手伸进鸟窝后，感觉冰冰的，我说："怎么是冰凉的？"狗剩叔在下面说："拉出来看看。"我一拉，居然拉出了一条蛇。那条蛇多亏是无毒的。

那时候因为经常吃不饱，我们见到什么就吃什么，生产队的庄稼不敢动，我们就打起了动物的主意。点起一堆火，能爬的动物都放进去，夏天吃得最多的是知了，雨天吃得最多的是"夹子"（一种黑色的爬行昆虫，下雨天才会出现）。

后来，我上了中学，又上了大学，又参加了工作，然后来到南方打工，和狗剩叔断绝了联系。

参加工作后，曾有过多次站在悬崖峭壁旁对着对面的村子喊："嗷——狗剩叔在不在？"

对面不知道从什么地方传来声音："嗷——不在。"

"嗷——去哪了？"

"嗷——不晓得。"

尽管每次回家都没有见到狗剩叔，但是我从别人口中听到他依然贫穷，不好好种地，依然游手好闲，娶不到媳妇。其实，我常常在想：哪个女人跟着他，可就倒霉了。

现在，我没想到狗剩叔居然去盗墓了。

第三节　狼口逃生

我决定跟着狗剩叔，看看他们是怎么盗墓的。关于盗墓的故事，民间传说很多很多，惊险刺激，千奇百怪，然而，报纸上却从来没有登载过关于盗墓贼的事情。我给报社说了自己的想法后，报社非常赞同。

但是我没有把这个想法告诉母亲，我不想让她老人家揪心。这些年来，母亲只知道我是记者，并不知道我做了一个又一个暗访，和各种各样危险的人物打交道。她一直以为我就是那种电视上扛着摄像机穿得人五人六对着路人哇啦哇啦的记者，她觉得这种记者很风光。她一点也不知道她的儿子做着最危险的工作。

母亲来的那些天，我每天都要很早就出去上班，从值班领导手中领到当天的线索，然后像头猎犬一样奔出房门，挤在公交车上，奔赴现场采访。等到采访完毕，已是后半天，回到报社后，连饭也顾不上吃，就坐在电脑前噼里啪啦地打字。交了稿后，就已经很晚了，这时候又挤上回村庄的公交车。站在公交车上，手扶着扶手就打盹，经常坐过了站点。而回到村庄后，已是很晚，端起饭碗狼吞虎咽。

母亲常常会在一边默默地看着我，悄声说："我娃是不是累得很？累了咱就回家啊，家里还有几亩地，够一家人生活。"

我轻松地笑着说："不累不累。"其实我知道，我已经回不去了，累死累活我也只能待在这座城市。我已别无选择。

我想起了那段时间曾经和迟刀的一次交流。我说如果可以重新来过，我愿意生活在小乡镇，做一名小学教师或者小职员，一家三口过着恬淡安然的生活，与世无争。

迟刀说，他也有这样的想法，但前提是，要有一个好校长，可是现在要找到一个公正廉明的好校长，比在秃子头上逮个虱子还难。

中学语文老师迟刀是一个很睿智的人，他有很多惊人之语。他说，如果你赞美一个人，就说她是小姐，人靓有钱；如果你贬斥一个人，就说他是诗人，迂腐穷酸。

迟刀的这些话，直到现在我还能记得。可是，现在，我不知道迟刀去了哪里，我们已经很多年没有联系了。

几天后，我送母亲和弟弟回家。这次，我们买的是卧铺车票。母亲一直坐在窗口，向窗外望着，她感慨于窗外的土地怎么是红色的，农民怎么吆喝着牛在水里耕地，牛怎么能长那么大？她不知道这个世界上有两种牛，北方的牛是黄牛，南方的牛是水牛，水牛要比黄牛大很多。她不认识水稻，不认识甘蔗，不认识香蕉和很多南方庄稼和植物。她感叹地说，咱国家这么大，有这么多庄稼。

农民母亲最关心的也是庄稼。她对庄稼最有感情。

回到家乡后，我们先来到山下的乡镇中学，妹妹在这里做民办教师。一年前，一名做公办教师的远房亲戚推荐妹妹做了初中的民办教师，也就是代理教师。这所初中的公办教师都想着往县城调动，师资力量严重不足。

在这所学校里，妹妹教初一数学，每次考试，她的学生都排名第一。但是，因为她是民办教师，每月只有 80 元钱的工资。而那些教学成绩不如她的公办教师，工资是她的十倍。

那时候，妹妹最大的理想是，能够转正成为一名公办教师。

回到家后的第二天，我就谎称回南方，偷偷地翻过深沟去找狗剩叔。

二十年前，我们就好几次翻越深沟，来到了狗剩叔所在的这座村庄，偷红枣，偷柿子，偷表皮刚刚有了一点红色的西红柿。还有一次我们和这座村庄的孩子打群架，结果被占据了地利优势的他们打得落荒而逃、满沟乱窜。

二十年后，我再次踏上了这座村庄，童年的生活一下子回到眼前。

二十年来，这座村庄一点也没有变化，村口还是那棵老槐树，长得粗壮干枯，枝条上是细碎稀疏的树叶，树身斑驳，树根凸出地面，屈曲盘旋，显得面目狰狞。曾有一只小狼被狗剩叔吊在树杈上，想引诱老狼掉进陷阱，而最终没有成功。距离老槐树最近的是一座孤零零的古庙，古庙的大门在“文革”中被拆除，当成柴禾烧掉了。古庙里的泥塑东倒西歪，和我们小时候看到的一模一样。古庙的窑顶上有一些粘贴上去的泥巴，这二十年来一直没有掉下来。那是二十年前的一个雨后，我们用手捏成碗状的泥巴，向上抛起来，碗内空气爆破碗底，就将泥巴牢牢地粘在了窑顶。古庙的墙上只有四个字“忘记阶级”，和我们二十年前看到的也一模一样。想来以前这里应该有一排墙壁，上面写着“千万不要忘记阶级斗争”，这是“文革”时期遍布全国的一条领袖语录，后来，两边的墙壁坍塌了，就只剩下了“忘记阶级”。其实，想想古庙墙壁上剩下的这四个字也挺有意思，它可以说是一种预言。现在谁还提“阶级”？谁还提你是贫农还是地主？特殊年代的人斗人让人们吃尽了苦头。

这座村庄像个裤裆，老槐树和古庙位于裤腰的位置，两条裤腿的地方，是两排窑洞和房屋，裤裆的下面，则是深沟。深沟同样深不见底，只有冷冷的风飕飕地吹上来，让人头皮发麻，让人眩晕。悬崖上有几棵枣树，落光了叶子，几粒红色的枣子珍珠一样点缀在骨头一样坚硬的枝干上，让人倍觉寒意。

二十年前的这座村庄很热闹，人喊马嘶娃娃哭，鸡鸣狗跳猪羊跑。二十年后则显得异常沉寂。几间院子的土墙已经坍塌了，从半截土墙望进去，院子里的空地上长满了齐膝高的荒草，荒草间游走着蜈蚣、蚂蚱和蛐蛐，残破的房屋窗子紧闭，门上铁锁高悬。村中仅有的几棵树木，白杨树和梧桐树，比二十年前长得更高大了，却落光了叶子，显得异常萧索。村道上见不到觅食的鸡和散步的猪，只有一根蓬草像圆球一样在村道上滚动着，掉进了深沟。

人都去了哪里？

狗剩叔家在村子的另一头，裤子的裤脚处。小时候我曾经去过他家。

他家的院门敞开着，所谓的院门，其实就是用柳条编织的栅栏门，这多少年来一直是这样。院门下的水洞，就是狼曾经钻进去过的地方，他也差点被狼从这个地方拖走了。他家的院子倒没有长荒草，还种了一点蔬菜，韭菜、大葱和辣椒，还有白萝卜，肥大的白萝卜撑开了地面，露出洁白的根系。他家只有一间窑洞，窑门上锁。我从门缝看进去，看到炕上还没有折叠的棉被、放在箱盖上的碗筷。估计他肯定没有出远门。

我去了几户有人居住的院子，看到家中只有老人和孩子，老人们听说我找狗剩叔，就摆摆手：“那个货，谁知道多会儿回来。有时候半夜才回来，有时候好几天不回来，没人管。”从老人的口气中可以听出，他们都很厌恶“那个货”。

“昨天和今天见没见他？”我问。

“昨天还见了。”

可能狗剩叔今晚就会回来，于是，我决定留在村庄里等他。

那时候已经是深秋，北方的天空清澈如洗，空气清冷。小时候每逢这个季节，就能看到大雁从头顶飞过，飞向南方，它们的声音清亮而高远，一声一声，声声相连，田间地头扶着犁铧的农人总会停下手中的活计，仰头望着大雁排队飞过的身影。大雁飞远了，他们才会接着甩响手中的鞭子：“驾——”犁铧前的老牛又会慢腾腾地走起来。然而，那天我却没有见到飞跃头顶的大雁。听说，蒙古大草原已经不再绿草如茵，而变成了沙子和石头夹杂的荒漠。大雁离开了世代居住的家园，不知道迁徙到了什么地方。我也没有见到扶着犁铧的农人，他们去了遥远的城市打工，田间长满了萋萋的荒草。

归去来兮，田园将芜，胡不归？

天色渐渐暗淡下去，寂静的村庄上空，连一缕炊烟也看不到，我小时候所有关于乡村的记忆，此刻都找不到了。裤裆一样的村庄，似乎像座史前遗址，沉寂得令人恐惧。

我走进了破庙里，我决定在这里等候狗剩叔，兴许他今晚会回来。

半山腰传来了羊叫声，声音在空旷的山谷传出很远，我循声望去，看到一个穿着黑色粗布棉衣的老汉，弓着腰身爬上坡来。老汉已经很老了，像这里的很多老汉一样，头上绑着一个白羊肚手巾，颜色已经由白色变成了灰色；腰间扎着一根皮条，皮条颜色发黑，显然有些年头。老汉脸色黧黑，布满皱纹，一把乱蓬蓬的花白胡子。在城市里，这样年龄的老人早就走在公园里遛鸟，泡在茶馆里聊天，坐在房檐下打牌，而在这里，这样年龄的老人却还要在山沟里放羊，为生活奔波。

老汉看到站在庙门前的我，伸开左手手掌在脸上抹一把，打了一个喷嚏，右手的长鞭在空中甩响，一只好奇地走出队伍企图走进庙门探个究竟的山羊立即乖乖地回到羊群里。老汉问："娃娃，找哪个？"

我说："找狗剩。"

老汉说："那货野着呢。"

老汉说完后，又赶着羊群向前走，走进了裤腿处的一个院子里。

天色越来越暗，也越来越冷。我从庙后的野地里划拉了一堆柴草，抱进庙里，点燃了一堆篝火。坐在篝火旁，我感觉暖和多了。

庙门外是一望无际的黑暗，庙门里是一堆熊熊燃烧的篝火，这种情景让我恍若隔世，不知道自己置身何处，不知道今夕是何夕。我突然想起了《水浒传》中的情节，武松、鲁智深、李逵、林冲，还有刘唐，他们每个人的身上都有一段与古庙相连的故事，也就是在这样的夜晚，走进了古庙里，遭遇了一段离奇的让人热血沸腾的情节。我又想起了金庸的武侠小说，古庙也是他小说中一个很重要的故事发生的场景，可见，古庙作为一个标志，一直贯穿在中国古代的乡村生活中。来来往往的绿林好汉和江洋大侠，甚至鸡鸣狗盗之徒，都会在漆黑的夜晚把古庙作为栖身之所，那么，我的今晚，会有哪些故事上演？

我不知道今晚需要等待多久，就从背包里拿出一本书籍来看。

后来，看累了，我就合上书页，向两边望去，篝火照耀在两边泥塑的脸上，显得异常诡异，它们在篝火飘曳的火光中影影绰绰、忽明忽暗，似乎一纵身就会跳下来。我突然感到极度紧张和害怕，强迫自己不要向两边看。我望向庙门，突然看到了更可怕的一幕：

一个女鬼披头散发，悄然无声地走进古庙……

我惊惧万分，向后坐倒，喊不出一句话来。此前我听到过很多关于盗墓的故事，也听到过很多女鬼的故事，难道我来找狗剩叔了解盗墓，女鬼就跑来报复我？

女鬼继续向前走，火光照耀着她身上破烂的衣服，还有纷乱头发后一张惨白的脸。她看着我，突然笑起来，边笑边指着我，一副很开心的神情。

我的慌乱慢慢消除了，我看清楚了，她是一个疯子，不是女鬼。

疯子看到我不再害怕她，脸上的笑容也消失了，她觉得不好玩，就转身走出庙门。庙门外响起了一个老汉的呵斥："跑出来干什么？回去！"我一看，站立在庙门前的老汉就是黄昏时分的放羊老汉。

放羊老汉对我说："娃娃，夜里风大，受不了就回咱屋里头，咱屋里住得下。"

我向老头儿笑笑，说再等一会儿。其实我是害怕和这样一个疯子住在一个屋里，一晚上都会做噩梦，我心存恐惧。

疯子前头走了，老汉也跟在后头走了。老汉边走边回头叮咛："受不了冻就回咱屋里头，啊——"

老汉走远了，我站在庙门口，望着夜空，感觉这里距离星空很近很近，似乎一蹦起来就能摘一颗下来。长长的银河横亘在天空中，像一条缎幅，缎幅里的星星密密麻麻，竞相眨着眼睛。一弯残月挂在天边，像一把镰刀，显得很落寞。很多年了，我没有再看到过这样的星空。城市的夜空覆盖着一层工业烟雾和废气，星光和月光无力穿透。城市的夜晚只有路灯光，这种虚假的光亮让城市人忘记了远古的神话传说，让城市人忘记了对上天的敬畏。

繁星点点的星空，对于城市人是一种奢望。

我站在庙门口，站在寂静的北方乡村，站在落满童年故事的土地上，痴迷地遥望着星空。这是北斗七星，这是天狼星，这是大熊星座，这是织女星和牛郎星，他们一年才能相会一次……在二十年前那些幸福的夜晚，我们经常坐在打麦场的空地上听父辈讲故事、数星星、辨星座。而二十年后的今天，乡村的孩子们还能经历这样的情景吗？他们知道自己的父亲在哪里吗？他们能够见到父亲吗？他们能够认识天空中的星座吗？

现在，他们的名字叫留守儿童。

星星还是那颗星星，月亮还是那轮月亮，山也还是那座山，梁也还是那道梁……然而，当初遥望星空的那些人呢？现在，还会有谁在遥望星空？

物是人非，是最令人伤感的。

我走回庙门，继续坐在篝火旁，篝火有些暗淡，柴草已经烧透了。我不得不又在庙后划拉柴草，这次再没有划拉到多少，黑暗中，我的手指还被一颗刺扎破了。

我抱着一小捆柴草回到庙里，想了想，又在庙外转悠，看到一棵锨把粗细的死树，拗断了，也拿回庙里。《水浒传》和金庸小说中的故事总让我有些害怕，我用这根木棒来防身。

篝火又噼噼啪啪燃起来，照耀得庙墙亮堂堂的，庙墙上有一些用粉笔划出的痕迹，还有一些被岁月打磨得模糊不清的字迹："小琴不要脸，爱吃大肉片。"如今，写字的儿童和这个小琴都去了哪里？他们在这座村庄里度过了一段怎样的生活？他们结婚了，还是依然单身？

庙门外起了夜风，风声先像细铁丝一样，发出尖利的啸叫，接着又像波涛声，响成了一片。风声过后，是一片窸窣的声音，好像树叶落在了地上，又像军队在衔枚疾走。我点着一根烟，细细地品味着，已经好久好久没有听到夜晚的声音了。

风声时有时无、时紧时慢，风中还夹杂着夜鸟受惊后的叫声、枯枝断裂的声音，还有不知名的小动物厮打的声音。乡村的夜晚内容丰富。

我正出神地听着，一扭头，突然就看到篝火旁站立着一只狼，不知道它什么时候站立在了篝火旁……

我叫声"啊呀"，顺手操起了木棒，站起身来。狼隔着篝火看到我突然起身，也惊恐地后退几步，却没有跑开，歪着头斜着眼睛看着我，三角形的眼睛里充满了不屑。

狼的耳朵高高竖起，而本地笨狗的耳朵则有些下垂；狼的尾巴像扫帚一样丰满，而狗的尾巴则显得细长；狼的尾巴夹在两腿间，而狗见到人只会摇尾巴。狼在观察着我，我也在观察着狼，这分明纯粹是一只狼了，一只成年狼。

狼和我都在互相估量着对手，看对手的力量和胆量。母亲说过，狼是一个很鬼的动物，它通常是在暗中打量对手，然后突然发起攻击，一口咬住对手的喉咙，让对手失去反抗能力，致对手于死地。可是，这只狼为什么会突然闯进古庙里和我对峙？母亲说，狼又有两怕，一怕铁器，二怕火。那么，这只狼没有突然向我发起攻击，一定是不敢跳过篝火。

狼在篝火的那边斜睨着我，我在篝火的这边凝视着它。狼装着漫不经心，其实它非常在意，它在寻找我的软肋。

在远古的时候，人能够战胜狼，人有尖利的牙齿，又有锋利的爪子，人的体型比狼大了很多，力气也比狼大很多。可是，随着人的不断进化，人的牙齿磨钝了，无法咬穿生肉；人的爪子退化了，变成了指甲。人的头脑在进化，发明和驯化出了各种各样的工具来代替自己劳动，而人的身体却在退化，退化得越来越没有力气。所以，体型很小的狼也居然敢于对人叫板。

我慢慢举起木棒，突然跳过篝火，砸向狼。我的嘴巴里恶狠狠地骂着："操你妈！"狼扭头就跑，跳下台阶，一溜烟地消失在了夜色中。

狼能够听懂人的话。人见到狼的时候，即使赤手空拳，也绝对不能胆怯。你狠狠地骂它几句，狼也会害怕。上小学三年级的时候，有一年冬天，夜晚下了大雪，雪光反照，让母亲以为天亮了，就摇醒我，让我赶快上学。我睡眼惺忪地走到了校门口，就看到校门口蹲着一只狼，斜着眼睛打量着我，和今晚一模一样。我那时候也不知道害怕，还以为是狗，就没有在意。狼摇摇摆摆地走向我，距离只有十几米了。突然，伯父从学校旁边的山坡下跑来了，伯父把木工袋子扔在地上，手持利斧，高声喊道："把你妈日的，砍死你！"狼吓得夹着尾巴落荒而逃。

伯父是个木匠，他年轻的时候经常背着木工袋子来往于周围几十里的乡村间，盖房子做桌椅，给生产队修理农具。周围几十里村庄的人都认识他。

赶跑了狼后，回到古庙，我有些害怕。如果狼再来怎么办？如果来了两只狼怎么办？

按照狼的习性，狼一定没有跑远，一定就在不远处的黑暗中盯着我。

我在古庙里转来转去，篝火渐渐熄灭了，只剩下了灰烬。我背起包，手持木棒，一路小心翼翼地来到狗剩叔的家门口，房门上依然铁锁高悬，狗剩叔还没有回来。

我不敢再去古庙了，只好去找那个放羊老汉。

放羊老汉的房门虚掩着，我一推就打开了，声音吱呀呀地传出很远。我感到很意外，不知道该进去，还是不该进去。

放羊老汉拉亮了电灯，昏黄色的灯光中，放羊老汉披衣下炕，做着谦让的手势说："进来进来，娃娃，我知道你会来，就专门在等你。"

我不明白老汉为什么就知道我一定会来，我还没有发问，老汉紧接着说："山里头后半夜冷着哩。"

老汉居住的是一个窑洞，窑洞年代久远，墙壁被灶烟熏得乌黑，那个疯女人躺在床上，盖着陈旧的棉被，蜷缩成一团，看起来就像一只小狗那么大，让人怜惜。灯泡是一只 15 瓦的，山里人为了省电，都选择这样的小灯泡照明，这种灯光的光线是红色的，昏暗不清，坐在灯下看书的时候，也不能看清字迹。

借助微弱的灯光，我看到墙上贴着几张年历，每张年历上都有几行字：“祝老红军、老八路新年愉快　民政厅敬贺”。我惊讶地回过头去，看着这个腰身佝偻的老汉：莫非他是老红军老八路？

我脱掉鞋子，坐在炕上。我指着那个女子，问老汉：“这是谁？”

老汉说：“我孙女。”

我问：“多大？”

老汉说：“16岁了。”

原来她才16岁，夜晚我无法看清楚她的脸，还以为她是大人。

我又问：“娃她大她妈呢？”我们那里的人把父亲叫“大”。

老汉说：“都去省城打工了。”

老汉又说，他还有两个孙子，都20多岁了，跟着父母一起去城里打工，一年也难得回来一趟。

老汉说话的时候，一直咳嗽着，一张饱经风霜的脸在昏暗的灯光下显得异常愁苦，让人心中生出很多酸楚。

我指着墙上的年历问：“你是老红军？”

老汉说：“那都是老早老早以前的事情了。”

我饶有兴趣地说：“你给我说说那些年的事情？”

老汉轻描淡写地说：“说那些干啥，都过去了。”

我说：“大爷，我外爷也当过红军。”

我看到老汉的眼睛像火花一样突然闪亮了一下，他看着我问：“你外爷？哪个部队上的？他是哪个庄子上的人？”

我说外爷以前在刘子丹的部队干过，从红军、八路、解放军一路干下来，革命成功后，要求回家种地，后来就一直当农民，前年刚刚去世。

老汉突然问：“你外爷是不是白朝定？”

我惊叫一声站起来。老汉说：“你外爷和我在一个部队上，也是一搭回来的。”

我的外爷叫白朝定，当地县志上记载有他的名字。

外爷当红军的时候，都已经结婚了，那时候的人结婚早，但他也只有十几岁。外爷给后来的一位共和国少将做警卫员，少将当初是地下党的负责人，他们在窑洞里开会，外爷就在远处站岗放哨。后来，红军长征经过这里，他们一起跟着去了陕北，被编在刘子丹的部队里。然后，东渡黄河抗击日军，后又跟着彭德怀的军队打马家军，一直打到全国解放。再后来，组织要安排外爷工作，外爷说："我一个农民，一个字不识，我还是回家种地吧。"就这样回到了家中。

我问："大爷，你们当初咋就回来？有工作多好，你看当农民多苦。"

大爷笑了："你外爷和我一样，不识字只会给国家添累赘，咱农民就是农民的命。"

大爷还说，那时候很多人革命成功后，都回来种地。当初闹革命就是为了能够分上几亩地，地分了，就好好回家种地。

我问："你当初咋个就想起当红军？"

大爷说，那一天他给地主家放牛，牛掉进了暗窟窿里，他不敢回去，看到山下过红军，就跟着队伍走了。那时候他还没有步枪高。队伍一直走，一直走，他走累了，就抓着前面人的裤腰带，就这样走到了陕北。

我问："你杀过日本鬼子？"

大爷突然腰身挺直，目光炯炯："杀过，杀了好几个。"

大爷把日本鬼子叫日本鬼，他说他拼刺刀的时候用大刀片砍过一个日本鬼的头，还有一次送信，看到埝畔下两个日本鬼正在拉屎，一个手榴弹丢过去，两个日本鬼就送命了。

大爷的生活非常清苦，但是那天晚上我看到他很乐观，他呵呵笑着，好像又回到了打日本鬼的峥嵘岁月。

我问："大爷，你还会唱军歌吗？"

大爷腰身又挺直了，他用浑浊不清的嗓音唱道：

铁流两万五千里，
直向着一个坚定的方向！
苦斗十年，
锻炼成一支不可战胜的力量。
一旦强虏寇边疆，
慷慨悲歌奔战场。
首战平型关，

威名天下扬。

………

这首歌我非常熟悉，因为当初就听外公唱过，我也跟着外公学会了。

我的眼睛湿润了，昏暗的灯光下，大爷的眼睛也泪光闪闪。

那天晚上，我们一直谈论到了天亮。天亮后，我要起身，大爷才好像突然想起来什么，问："你找谁?"

我说："我狗剩叔。"

大爷说："你咋找那货?"

我故意问："他怎么了?"

大爷右手五指弯曲，做了一个向下挖的姿势说："刨人家墓子，断子绝孙啊。"

杀下蛋鸡，毒看门狗，敲寡妇门，挖绝户坟，这是北方农村最忌讳的四件事情。

我谎称说，自己是写书的，想了解盗墓的事情。

我临走的时候，把给狗剩叔的一条红塔山拆开，留给大爷六盒。大爷说啥也不要，后来看我很坚决，就只收下了一盒香烟。我刚跨出院门，大爷又在身后叫住了我，拿着一个老南瓜硬要塞给我。我不要，大爷梗着脖子说："收了你的，不还给你，就不成礼数。"

老南瓜，可能就是大爷家中仅有的能够拿出手的东西。

我像逃离一样地离开了大爷家，匆匆走在村道上，眼泪又流了下来。

第四节　夜半聊盗墓

北方初冬的早晨很冷，杨树灰色的树皮上结了一层白霜，屋瓦上湿漉漉的，也是霜打的。太阳刚刚升起来，红彤彤的，像一个纸糊的灯笼，没有一点热量。路边的荒草，树上还没有掉光的叶子，都瑟缩成一团。

我来到狗剩叔家门前，看到没有上锁，心中一阵狂喜。狗剩叔的木门从里面闩上，此刻他正在呼呼大睡。

敲了好一会儿，狗剩叔才起床了，他睁着惺忪的睡眼，拉开房门看着我问："你找谁？"

多年不见，狗剩叔还是非常矮小，身体瘦得就剩下一把一捏就嘎巴响的骨头。他那年还不到40岁，可是头发已经一半花白，脸上皱纹密布，像网眼一样。

我还没有吭声，他突然就认出了我："啊呀呀，你是幺傻啊，个子比原来高了很多，脸还是没变，叔认得出来。"他很为自己的眼光自得。

狗剩叔的家非常简单，一盘土炕，炕前放着桌子，桌子上是仅有的几件锅碗瓢盆，墙上楔个钉子，钉子上挂着一个自行车外胎，但是我没有见到家中有自行车。

我坐在炕沿上，狗剩叔坐在脚地的杌子上，显得更为矮小。他问："今个咋想起看叔来？"

我正在很难为情地想着怎么回答，他又说："听说你当官了，来是不是开的车？"

还是和以前一样，狗剩叔说话从来不考虑。他不会考虑对方会不会难堪，也不考虑会不会让自己难堪，他是一个很简单的人，一个心无城府的人。

我说："我不当官了，我现在写书。"

狗剩叔说："憨娃，当官多美，要啥有啥，你写书能挣几个钱？"

我说："我不会当官，不会和人拉关系，也不会给人进贡，就只知道踏踏实实干事，就这人家还弹嫌。我写书不看谁的眉高眼低。"

狗剩叔说："那你写一本书能挣多少钱？"

我说："弄得好的话，能挣一万元；不好的话，一分钱挣不上，人家不给你出版，你就没钱。"

狗剩叔有些得意地说："你那事情，还没有叔的事情来钱。"

我心中一阵狂喜，这些天一直想着怎么才能打开狗剩叔的话匣子，一直想着他会对自己的职业讳莫如深，没想到他主动给我提起自己的职业。

我问："你能挣多少钱？"

狗剩叔说："叔出去一趟，就弄一杆子；弄得好了，还能挣两杆子。"他先伸出一根指头，接着又伸出两根指头。

我也伸出一根指头："一百？"

狗剩叔轻蔑地笑了："后头再加个零。"

我故意惊讶地问："干啥事啊？这么来钱？"

狗剩叔面不改色地说："挖墓子。"

太阳升起一竿子高的时候，我跟着狗剩叔来到了田地里。

狗剩叔家的土地本来很遥远，沿着陡峭的山路需要走半天，可是，因为村子里的青年人都出去打工了，很多本来很好又很近的土地就都撂荒了，长满了荒草。狗剩叔就在村外找了两块地，点燃荒草做肥料，一块种小麦，一块种包谷。

狗剩叔不喜欢种庄稼，可是农民不种庄稼，又吃不到口，狗剩叔就不得不种庄稼。那两块本来很肥沃的土地，就像两头肥猪，可是落在狗剩叔手中，就喂得瘦骨嶙峋。两块巴掌大的土地上，麦苗无精打采、垂头丧气，好像一群还没有睡够就被父母拎起耳朵让去上学的孩子。包谷都已经扳完了，包谷秆还没有挖，横竖都不成行的包谷秆叶片低垂，像一群被缴了枪械的士兵。

那天，我帮着狗剩叔把包谷秆全部搬进了院子里，这些包谷秆足够他烧一个冬天的热炕。

夜晚，我们躺在炕上，抽着香烟聊天。

狗剩叔的家中没有电灯，也没有煤油灯，甚至连半截蜡烛都找不到。其实，他的家也没有人来，而他一个人在这个居住了40年的窑洞里，闭着眼睛都能摸到任何东西。

我们先聊起了那个老红军，我问："那老红军也是恓惶人。"

狗剩叔说，老红军这些年一直老老实实做农民，没有人知道他曾经有过那样一段经历，他也从来没有给人提起过。几年前，有一个大官来到村子里找到老红军，说老红军是他的战友，这些年一直在找，现在终于找到了。大官要把老红军接到城里享福，老红军不去；给他钱，他也不要。村里人就问他，老红军说："当年打仗的时候，那么多的人就在眼皮底下倒下了，能活着回来就是福气。要钱干什么？现在日子就好着哩。"

他们这代老红军太让人敬仰了，外爷也是这样的人。外爷回家后也一直没有给人提起过自己那些往事，有一年，少将回来省亲，和一帮儿时伙伴说起过去的事情，突然就问："白朝定现在在哪里?"有人就说了外爷家的地址，少将来看外爷，就这样，外爷当过红军的事情人们才知道了。

月亮升上来了，透过窗棂，照在窑顶的墙上，照在那一个破旧的自行车外胎上，房间里的一切都显得影影绰绰。遥远的地方突然响起了狼嗥，一声过后，有一个短暂的停顿，然后又是长声嗥叫。狼的叫声低沉有力，就像从水窖里发出来的一样。

我说了昨天晚上遇到狼的情景，"怎么到现在还有狼，狼不是消失了很多年了吗?"

狗剩叔说，当初人多的时候，到处开荒种地，狼逼得没办法，就跑到了秦岭深处。最近几年，年轻人都出去打工了，土地撂荒了，狼就又回来了。

我问："那你挖墓子见到过狼吗?"

黑暗中，狗剩叔笑了："见过？只要挖墓子，就要和狼打交道，有时还和狼打得不可开交。"

说到挖墓子，我突然想起了以前看到过的一些电影和书籍，它们都将盗墓渲染得神乎其神，说什么坟墓里面有怪兽、毒箭，还有的说有什么专门吃死尸的蝎子、蟑螂。我问狗剩叔："是不是这样?"

狗剩叔说："那都是胡写哩，你想，就算有这些怪物，它们吃什么？早都饿死了。没有空气，也在墓子里憋死了。"

我一想，狗剩叔说的很有道理，我又想起了回家前刚刚看到过的一部名叫《天脉传奇》的电影，电影中的古墓里有着发射毒箭的铜人，还有火焰，我问："这些东西有没有?"

狗剩叔说："这些也没有，就算有毒箭，几百年上千年过去，箭杆早就朽了；火焰更没有，没人点火，哪来的火焰？就算古墓里有火药，过了这么多年，也早就失效泛潮，点不着了。"

狗剩叔已经是一个老江湖了。

我说："很多书上说，你们都有缩骨术?"

狗剩叔笑着对我说："你看你叔像不像有这种本事的人?"黑暗中他的牙齿闪闪发亮，"你叔有这本事都钻到财东家偷钱去了，谁还愿意钻墓子?"

窗外突然又响起了狼的嗥叫，这次，叫声非常近，好像就在耳边。

那个深秋的夜晚，我和狗剩叔在北方一间残破的窑洞里说着天方夜谭一样的传奇故事，狼在窑洞外的星光下嗥叫奔走，如果没有墙壁之隔，我们之间的距离仅有几米。我们的说话声，狼能够听见；狼流着口水的粗重的喘息声，我们也能够听到。那样一个刮着冷风的北方的夜晚，到底是狼在倾听着我们的谈话，还是我们在聆听着狼的交流？

那天晚上的情景，我相信我永远也不会忘记。

窑洞里散发着一种浓郁的霉烂潮湿的气味，还有一种说不出来的臭味，狗剩叔的窑洞我相信至少有十年没有清扫，墙角上方的蛛网层层叠加，残破的旧蛛网像棉絮一样在清冷的风中飘飘荡荡，上面还黏着蜘蛛吃剩的昆虫躯壳。墙壁上裂开的缝隙里，潜伏着蝎子、蜈蚣等各种各样的多足昆虫，还有蛇。这些毒物都非常喜欢阴冷的环境，所以，四季不见阳光的窑洞就成了它们居住地的最佳选择。

我问狗剩叔："你们挖墓子的时候，都有几个人？"

狗剩叔说："旧社会的时候，挖墓子一般是两个人，一个人在墓子里，一个人在墓子外。墓子里的人把东西包裹好，墓子外的人就吊上来。但是，现在一般最少也有三个人，但最多也不会超过五个人。"

我问："为什么是这样？"

狗剩叔说："旧社会找到一个墓子，可以挖十几天，现在不行了，找到墓子，三天内就要出货，不出货就要换地方。公安抓得紧了，你在一处地方待上十天半月，谁看见都会怀疑的。挖墓子要多叫几个人，但也不是人越多越好，墓子只有那么大一坨地方，也装不下多少人。"

我问："一年中的什么时候挖墓子？"

狗剩叔说："挖墓子最好的季节是冬天，天寒地冻，没有人出来，所以最适合挖墓子了。另外还有麦子刚收割时候、秋庄稼长高的时候。"

我好奇地问："大冬天适合挖墓子，这个我懂。为什么麦子收割和秋庄稼长高也适合挖墓子？"

狗剩叔抽了一口烟，从黑暗中浮现出的那张苍老的脸上荡漾着得意，他说："你念的书多，可你不懂挖墓子，要说到挖墓子这门学问，叔算是行家了。"

我心中暗暗好笑，挖墓子还是学问？我掌握了这门学问能干什么？有什么用处？

狗剩叔说，麦子收割入仓，人就累瘫了，谁还关心野外有人在转悠。秋庄稼长高了，刚好就能挡住挖墓子的人。

我又问："野外的地那么大，你咋能知道哪里就有墓子？哪里没有墓子？"

狗剩叔说："我给你说啊，这挖墓子的学问很大，叔给你说三天三夜也说不完，就只给你拣紧要的说。"

我静静地听着，窗外没有了动静，狼可能也在窗下静静地听着。

狗剩叔说，要判断啥地方有墓子没墓子，有很多窍门。听老人"讲古经"，村村都有那些见多识广的老人，他们说村子里的财东埋在什么地方，一般都八九不离十。看古书，古书里都有记载，当地的著名人物埋在了哪里，周围有什么特点，只要你费工夫找，一般也能找到。"可惜的是叔不识字，叔识字的话，早就不在这里住了，叔肯定都成了城里人。"

狗剩叔说，还有看地形。古人讲究背山面水，这就是好风水，这些地方肯定就有古墓。两边高中间低的地势，像圈椅一样的地形，圈椅中间的地方肯定也有古墓。"挖墓子的高手，也都会看风水。"

还要看土质。一般人看土壤，看到的都是一样的，盗墓人看土壤，就能分出个子丑寅卯来。土壤分生土、熟土、活土、死土等很多种。有经验的盗墓人一眼就能看出脚下的土有没有被人动过，多少年前被动过，没有动过那就肯定没有坟墓，动过就说明地底下有坟墓。不仅仅这样，盗墓人还能分辨出平平整整的地面下的坟墓，有没有人盗过，盗过几次，什么年代什么时候被盗的。

我越听越感到神奇。

狗剩叔说："这还不算什么，还有更神奇的。"盗墓人到了下雪天都不会待在屋子里，都会到处走走，从雪粒中也能看出地底下有没有坟墓。

我惊讶地问："这怎么能看出来啊？"

狗剩叔说："地底下没有墓子，落下来的雪就是一片一片的；地底下有了墓子，落下来的雪就是一粒一粒的。年代越远的墓子，雪粒越细。"

我惊讶万分。

狗剩叔接着说："最高级的是，闻一闻土，就知道土里面有没有墓子。"

"哦——"我已经不知道该说什么了。

狗剩叔又吸了一大口香烟，烟雾中的那张脸显得异常诡异。他说："挖墓子离不开洛阳铲，高手用洛阳铲从地下几米的地方铲上一撮土，放在鼻子跟前闻一闻，就知道有没有墓子、什么朝代的墓子。”

“哦？”

狗剩叔说：“人死了，尸体腐烂，就会发出一种气味，渗进土里，几百年几千年都不会散。高手一闻就知道埋了有多少年。”

“哦……”

我从不知道，盗墓还有这么多的讲究，还真的有这么高深的学问。

我又问：“挖墓子都需要些什么工具？”

狗剩叔反问我：“你栽过树没有？”

我说：“当然栽过树，农村孩子谁没栽过树？”

狗剩叔说：“挖墓子和栽树是一个道理，要先挖坑，不同的是，栽树挖的坑浅，挖墓子挖的坑深。”

我说：“我还是想不出来怎么挖墓子。”

狗剩叔说：“挖墓子最重要的工具就是洛阳铲，其余的还有铁锹、绳索、洋镐、蜡烛什么的，解放前用螺旋器，现在用洛阳铲，洛阳铲就是……”

狗剩叔突然住口不说了，又吸了一口烟，脸上的表情很怪异，我问：“怎么了？”

狗剩叔悄声说：“你趴到窗上看……”

北方的窑洞都挖得很深，最外面能够得到阳光照射，通风透亮，所以，土炕就盘在最外面；接着是灶膛，做饭的时候，烟火能够通过炕筒流出，便于加热土炕；最里面是堆积粮食的仓库。为了光线照射方便，土炕的炕头一定会有一扇木窗。天冷的时候，关闭木窗；天晴的时候，打开木窗。

我好奇地爬起身来，凑近木窗，突然与窗外一只绿色的眼睛撞在一起。那是一只狼的眼睛，它正透过窗缝向里张望。我惊惧地一跤坐倒，半天说不出话来，黑暗中传来狗剩叔的坏笑声。

狼似乎也受到惊吓，离开了窗口。

我为了平息怦怦乱跳的心脏，也点燃了一根香烟，问狗剩叔：“现在狼咋这么多？”

狗剩叔说：“每天晚上一过半夜，狼就在村子里闲逛。现在也不能打狼了，属于保护动物。”

窗外传来了刺啦刺啦的声音，那是狼在划拉包谷秆。我想看看窗外有几只狼，鼓足很大勇气，爬到窗口，又坐了回去。

“窑门关好了没有？”我颤着声音问。

狗剩叔说：“关了，也顶了，要不，狼早就跑进来了。”北方的窑洞门都是木制的，两扇，围着门轴转动，夜晚，闭上窑门后，先插上门闩，然后在闩子下再顶一根坚硬的槐木棍子，棍子一般都有手臂粗细。这样，窑门就无法推开，也无法抬开。

我问：“螺旋器是个啥？洛阳铲是个啥？”

狗剩叔说：“螺旋器就像螺丝一样，一圈一圈的，上面有个手柄，握着手柄的两边，向一个方向旋转，螺旋器的尖端就钻进了土层里，提起来，就带出来地底下的土，挖墓子的高手根据地底下的土，就能知道下面有墓子没有。”

我想，狗剩叔所说的螺旋器，可能就像城里人开红酒的起子，它们的原理也是一样的。

狗剩叔接着说：“现在没人用螺旋器了，都改用洛阳铲。洛阳铲就是一个圆筒，不过一面有缺口，就像马蹄铁一样，上面有手柄。洛阳铲也能带出来地底下的土，比螺旋器方便多了。”

我想，狗剩叔所说的洛阳铲的顶端，可能是U形铁，只是他不知道什么是U形。

螺旋器还能开红酒瓶塞，而洛阳铲则完全就是盗墓用的，是盗墓的专用工具。

我问：“发明洛阳铲的人可能也是挖墓子的吧？为啥就叫个洛阳铲？”

狗剩叔没有回答，突然对着窗户喊：“他妈的你听什么？谁给你说呢！”

窗外响起了轻悄悄的脚步声，渐渐远去了，狼挨了骂，就羞赧地走开了。

狼是一种非常聪明的动物，它能听懂人话，我在很小的时候，就听大人们这样说。

洛阳铲是盗墓人最重要的工具，它的发明者是一个洛阳人，所以就叫洛阳铲。

洛阳铲的历史很短暂，距今还不到百年。盗墓史上最恐怖的人物是民国时期一个叫做孙殿英的军阀，他也是盗墓史上除曹操之外的最著名的人物。这个土匪出身的军阀胆大包天，出动军队在光天化日之下掘开了慈禧太后的坟墓。

然而这个土匪后来居然逃脱了惩罚，他把从坟墓里挖到的宝贝分批送给了国民党要员，保住了一条狗命。每每阅读历史，看到这里就让人感慨欷歔，这样一个恶贯满盈的人民公敌居然能够逃脱惩罚，可想而知那时候的政府腐败到了何种程度。

洛阳铲诞生在孙殿英盗墓之后。它的发明人外号叫李鹞子，还有人叫他李麻子。

鹞子是鹰的一种，飞得很高，喜欢吃鸡。小时候在北方的时候，经常能够看到高空中盘旋的鹞子，伸展开翅膀，慢悠悠地飞着，然而，一旦看到地面上没有防范的鸡，就像子弹一样落下来，挟着风声，雷霆万钧，聪明的鸡赶快钻进枣刺里，躲过一劫；而愚蠢的鸡只顾低着头发足狂奔，然而，跑得再快的鸡还是在跑，而飞得再慢的鹰也是飞，鹞子俯冲下来，再升空的时候，爪子下就抓着一只鸡了。小时候，大人们总是告诫我们，看到鸡跑远了，就赶紧追回来，别让它们离开村子。在那个贫穷的年代，一只老母鸡可就是一个银行啊，家中的油盐酱醋全靠鸡蛋钱来买。鹞子只能在野外逞威，不敢落在村子里，那时候山区养狗的人很多，狗又和鸡很有感情，凶猛的鹞子落在地上，又不是狗的对手。

那个人外号叫鹞子，可能就是说那个人很凶悍吧。而叫李麻子，则是说他的脸上有麻子吧。

传说中的李鹞子有一天去赶集，在集市外看到有一个卖甑糕的人在搭帐篷。搭帐篷需要在地上挖四个小坑，用来埋竹竿。卖甑糕的人拿着一个前面是圆筒、后面是长杆的东西，在地上墩一下，圆筒里就有了土，倒出来，再墩墩，又套出来土……李鹞子那一刻灵光一闪，急急忙忙跑回家去，让铁匠打造了一个U形圆筒，安上长柄，一试，果然套出了土，这就是最初的洛阳铲。

最初的洛阳铲后面安装着长柄，这样的长柄一般是竹竿或者韧性强的腊木杆，最长需要十几米，携带很不方便。后来，洛阳铲演变成了短柄，短柄的后面绑着长绳，这样携带就方便多了，绳子有多少米，就能挖掘到地下多少米。还有一种洛阳铲，采用的是螺纹钢管，层层相套，随意延长，想要多长就有多长。

洛阳铲最关键的是U形铲，弧度要恰到好处，太大太小都不行，太大了抓不上土，太小了倒不出土。另外，U形铲的钢质也要恰到好处，能够一直打进墓砖里，太硬了容易断，太软了又不够锋利。“这里面学问深着呢。”狗剩叔说。

我又问："人站在地面上，墓子在地底下，怎么就能判断出墓子的方位？有没有挖墓子的时候挖错方向的？"

狗剩叔说："以前没有洛阳铲，这种事情经常发生，自从有了洛阳铲，挖墓子就变得轻松多了。"

我不理解："就这么一个铁铲，怎么就会引起挖墓子革命？"

狗剩叔伸直双腿，我们长时间盘膝坐在炕上，两条腿都变得麻木了，狗剩叔一边捶打着双腿，一边说："你千万不要小看洛阳铲啊，这东西就是我们的大炮，有了它，再坚固的碉堡都能攻破。"

我问："有这么神？"

狗剩叔说："要挖一个墓子，先要用洛阳铲打洞，这样的洞一般十几米深，也有的几十米深。刚才我说了，高手按照挖上来的土就能知道下面有没有墓子。其实，最直接的办法就是，如果带上来的土有木炭、卵石、流沙这些东西，那下面百分之百就有墓子，而且是值钱的古墓。"

我歪头问："这是为什么？"

狗剩叔笑了，黑暗中传来他戏谑的笑声："你真是个书呆子，念书把你的脑子念成实心的了。你叔刚开始听人家这样一说，就知道是怎么回事。"

我也笑着，陪着他笑。

狗剩叔说："挖墓子这个职业很长久很长久，古人下葬的时候，就要防人挖墓子，所以就设置了各种各样的机关。最常见的就是卵石和流沙，会挖的人就避开了，不会挖的人，一挖到墓室，上头的卵石和流沙就会流下来，把挖墓子的人都埋了……"

我问："有人埋进去过？"

狗剩叔说："被埋的人多了。我经常挖墓子都能看到死人骨头，那都是被流沙和卵石埋的人，都是挖墓子的。"

我问："卵石和流沙是为了防盗的，那木炭呢？"

"木炭是防潮的。人埋在地底下，很潮湿，用不了多久，人就会腐烂。而如果有了木炭，木炭吸水，人就会干爽，就会保存很长时间。哎，你知道木乃伊吗？"

我很震惊，不识字的狗剩叔居然还知道木乃伊。

狗剩叔说："我是听人家说的，说是外国有一种木乃伊，能保存几千年，就是因为墓子里放的是木炭。所以说嘛，只要你拿洛阳铲铲出来木炭啦流沙啦卵石啦，那下面百分之百就有墓子。"

我问："墓子这么大，你怎么就能判断墓子的方位?"

狗剩叔说："想着哪里有墓子，就先用洛阳铲打洞，打出了木炭什么的，就再围着这一个洞打。就这样，一般需要用洛阳铲打50个左右的深洞，就知道了墓子在地下的什么位置、墓室的朝向什么的。"

"挖一个墓子需要多少天?"

"一般需要三五天，也需要三五个人，要先挖，挖出一个竖井，然后放炸药，炸出人能够钻进去的洞。挖墓子的人都很瘦小，这是为了方便钻进去。刚炸出洞，千万不能进去，人一进去就是个死。要先用荒草什么的把洞口盖好，让旁人看不出来，第二天再来，硝烟散尽了，人才能进去。"

"那炸药会不会把墓子炸坏了?"

"哎呀，叔说你是个书呆子，你还说你不呆。炸的时候，肯定不能放在墓室的上面，要放在墓室的前面或者后面。炸出洞后，人钻进去。这个洞要比墓室还深。人用绳子吊着，不得上来不得下去，拿着洋镐在侧面挖，挖进墓室里。挖出来的土就用双脚蹬到深洞里。"

"黑咕隆咚的，这可咋挖?"

"旧社会的人用煤油灯，后来用蜡烛，现在的人都用矿灯，戴在头上，挖起来很方便。黑咕隆咚倒不怕，最怕的是臭气和水。死人的气味散发在土里，你一挖出洞，臭气又会聚在洞里，把人能熏死。每个坑的行情也不同，分为生坑、熟坑、干坑、湿坑。"

"这是咋区分的?"

狗剩叔说："生坑就是没有人挖过的坑，东西没有被盗过；熟坑就是有人盗过，但是一般还能再挖到东西；湿坑就是墓室里有水，这是非常可怕的，弄不好人会被淹死；干坑就是里面没有水。"

我现在对狗剩叔佩服万分。我从来没有想到盗墓居然如此博大精深，尽管它几千年来从来都不登大雅之堂。

一生贫穷的狗剩叔很豁达，他已经看穿了生死之事。他说："有的人一辈子和人闹意见，总想着整人害人；还有人一辈子都想多吃多占，最后死了，还不都成了骨头架子。所以啊，人一辈子啥最重要，你知道吗?"

我问："啥呀？"

狗剩叔说："身体啊，身体好了，一好百好，其余的，球都不顶。要那么多钱，花得完？要那么多的房子，住得完？人死了，都装在棺材里，穷人富人都是一样的。在世争哩抢哩，死了都是一样的。"

我说："人最后都要死，那在世这几十年咋个活才算是活？"

狗剩叔说："甭和人争抢，甭给自己肚子装气，自己想咋个活，就咋个活，只要自个儿高兴就成。"

狗剩叔算是活得很明白。

第五节　墓室斗狼

我又接着挖墓子的话题问："我想不明白，人都在地底下埋了那么多年了，咋墓室里面气味还这么难闻？有没有过墓室不臭的？"

狗剩叔住口不说了，黑暗中我看不到他的脸，不知道他是难为情，还是在思考。过了几分钟，他悠悠地说："有过一次。"

我好奇地问："那是怎么回事？"

狗剩叔说："唉，那次差点把命给搭上了。"

我想不明白，墓室里没有臭气，咋会差点把命搭上？应该是那些臭气才是致命的啊。

狗剩叔说："有一次，我挖开墓子，边挖边觉得蹊跷，一点也闻不到臭气，我想，会不会是弄错了，但是，这里的土里夹杂着木炭和流沙，肯定有墓子啊。你知道这是咋回事？"

我想了想，也是想不明白，墓子怎么就会没有臭气？后来，我试探着说："该不会是墓子被人家挖过，臭气跑了？"

狗剩叔说："没有，这是个生坑。"

我问："那是为啥？"

狗剩叔悄声说："这畜生又回来了，在窗外偷听，听它听去吧。"

狼又回来了，我心中一阵阵发紧。可是，我听不到窗外的任何声响。多年的野外生活，让狗剩叔变成了一头猎犬。

狗剩叔接着慢悠悠地说："我继续挖着，突然一洋镐下去，挖到空里了，面前是一个洞，土刷刷地掉下去，我也差点掉了下去。原来到了墓室。可是呀，这个墓室有点怪，没有死人的臭味，却有一种尿骚味。还有，墓室因为几百年上千年不进阳光不透风，里面都是阴森森的，可是这个墓室却还有点暖和。我想，肯定这里发生了我不知道的事情，肯定也不是好事，我想退出去，可是已经晚了。我感到有一股风向我扑过来……"

狗剩叔突然剧烈咳嗽了几声，在这样清冷的午夜，声音传播了很远，让人感到一阵惊悸。窗外传来了包谷叶片划拉的声音，我知道那是从窗口匆忙奔逃的狼，不小心踩到了窗台下堆放的包谷秆上。

狼果然就一直在窗外偷听。

是什么东西扑向狗剩叔？我想问他，可是感到喉咙发紧，说不出话来。我觉得自己的呼吸都快要停止了。

狗剩叔在黑暗中拉住我的手说："你摸摸我的肩膀。"

他的肩膀上有三道凹槽，我清清楚楚地摸出了那是三道伤疤。

狗剩叔说，洋镐挖空后，他也掉进了墓室里，矿灯也摔落了。他刚刚站起身，就感到黑暗中有一股阴风袭来，他本能地低下头，肩膀上就火辣辣地疼痛。

他大喊一声，声音在墓室里隆隆作响。狗剩叔说，到了这种地步，就是比谁的胆量大了、谁能不怕死了。前面是人是鬼，都要硬扛着，把它打退。"其实你害怕也不顶用，害怕肯定是个死，不害怕也许不会死。"

狗剩叔说，多亏他在黑暗中掉下墓室的时候，手中下意识握着洋镐，洋镐那一刻成了他的救命稻草。当时，他呀呀叫着，在黑暗中抡圆了洋镐，发疯一般。洋镐砍在了墓室的青砖上，砍在了黄土上，他能感到因为年代久远而变得松酥的青砖像豆腐一样刷刷掉落，而黄土的尘灰在墓室里四散飞扬，有几次都落进了他的嘴巴里。终于，他感到洋镐砍进了软软的肉里，然后听到了一声凄厉的惨叫，接着，墓室里又恢复了寂静。

狗剩叔满头大汗，不知是累的，还是吓的。他坐在地上，坐了很长时间，才颤抖着手臂捡起矿灯，他看到那是一只小狼，小狼的肚子上被洋镐扎出了一个窟窿，正在汩汩地向外冒着血泡。小狼的眼睛还睁着，散发着仇恨的光芒。

那是一只不到半岁的小狼。

狼没有咬死狗剩叔，而狗剩叔却将狼打死了。

狗剩叔的肩膀一直在疼痛，他一摸，摸着一把黏黏的血液。这么小的狼崽子居然会这样凶猛！狗剩叔说他那一刻感到很失落。拼着老命打了半天，原来是只小狼崽。

这是墓室，也是狼穴，狼将这座墓室当成了巢穴。

狗剩叔在墓室里细细地看着，看到墙面上残留的泥沙，他判断这是一个湿坑。这个墓室曾经灌满了雨水，后来雨水夺路而出，墓室就与外界连通了。

"雨水灌进墓室，怎么就能夺路而出？"我不解地问。

狗剩叔解释说："北方的土壤中，有一种叫做穿山甲的动物，这种动物全身有着硬硬的甲，就好像身披盔甲的将军一样。这种动物没有牙齿，但是它的盔甲就是它的牙齿、它的利器。它喜欢吃蚂蚁，而蚂蚁洞一般又很深，穿山甲要吃到蚂蚁，就要不断地打洞，不断地在土壤里钻探，就这样，穿山甲就将墓室与外界连通了。然后，墓室里的雨水夺路而出，又将穿山甲的洞冲开了。又过了很久，狼来到了这里，将这个墓室当成了天然的巢穴。

我深深地感到：大自然实在太奇幻了。

狗剩叔的眼睛适应了黑暗，他看到墓室的中央，放着一口棺材，棺材是用石板做的，棺材两边还有雕刻的花纹，这口石棺证明了主人在世的时候，一定身世显赫。

矿灯的灯光越来越暗，刚才的一场打斗，让矿灯的电快要耗完了。他谋划着先出去，换个矿灯再说。

狗剩叔说，他正在墓室里查看的时候，竖井上方传来了同伙的声音，问他在下面看到什么了。

狗剩叔刚想回答，突然看到前面出现了两盏绿色的灯光，那是母狼的眼睛……

狼是非常奸诈狡猾的动物，为了防备大型食肉动物进入巢穴，狼窝的进出口都很狭窄，仅仅能够母狼和公狼钻进钻出，而花豹狗熊之类的动物，见到这么狭窄的进口，只能望而却步。狼窝的通道上还有一些凌厉的石头，如果有别的动物强行通过，则会被划得遍体鳞伤。

狗剩叔看到母狼的时候，母狼也看到了他。母狼咆哮着，扭动着身躯，想快速钻过通道，进入墓室。狗剩叔头顶上暗淡的矿灯光照到了石棺，他来不及多想，跑到了石棺跟前，推开了石棺的石盖，跳了进去，然后，又盖上了石盖。

狗剩叔说，石盖异常沉重，少说也有几百斤，他当时也不知道怎么会有那么大的力气，将石盖推开了。而后来，他无论怎么用力，也无法搬动石盖分毫。

我说，人在极端危险的情况下，会爆发出平时没有的潜能。我曾经听到过这样一个故事，说是一个飞行员在飞机失事后，降落在一片原始森林中，突然，一头熊来袭，飞行员在千钧一发之际，跳起来，抓住了空中的树枝，逃过一劫。后来，飞行员获救，却再也跳不到那样的高度。

我还说，有一个成语叫做“狗急跳墙”，是说狗在危机的时刻，能够跳过平时跳不过的墙壁。话丑理端，其实说的都是同样的道理。

石盖尚未盖严，母狼就扑过来了，它的爪子划在石棺上，发出异常刺耳的尖利声音，就像尖利的爪子划在狗剩叔的耳膜上。母狼咆哮着，声音中充满了焦急和愤怒。

狗剩叔担心母狼会扑进来，他在黑暗的石棺里摸索着能够自卫的武器，然而，他触手的任何东西，一捏都会成为粉末。胆战心惊的狗剩叔躺在粉末中，一筹莫展。后来，狼爬上了石棺，然而，它无力地推开石盖，它将头伸进来，一双绿莹莹的小眼睛恶狠狠地盯着狗剩叔，它黏稠的涎水留在了狗剩叔的脸上。

“狼的唾沫有一股腥味和臭味，像鼻涕一样。”狗剩叔说。

他躺在几千年前的一具尸体上，心慌意乱，汗水顺着脸颊流到了石棺上，他忘记了擦一擦。身下是古尸，身上是恶狼，恐惧让他全身变得酥软。

后来，外面静息了，听不到狼的叫声，也听不到狼的脚步，狼似乎已经离开了。可是，他还是不放心，他依然躺在古尸上，纹丝不动。

再后来，墓室上方传来了喊声，声音模糊不清，但是，他能辨别出来他们在询问他的情况。他想，这么长时间过去了，这么长时间寂静无声，狼肯定已经离开了。

狗剩叔身材矮小，在石棺里弓起身子，顶起石盖，慢慢地向旁边挪开一条宽约半尺的缝隙。他刚刚从石棺中探出头，突然感到一阵凉风扑过来，他本能地一低头，狼的爪子打在了石盖上，迸出了火星。

原来，母狼一直隐藏在黑暗的角落等着他出来。

狗剩叔像只乌龟一样躲藏在石棺中，胆战心惊地等待着接下来会发生的一切。石盖的旁边有半尺宽的缝隙，这样的缝隙，狼能够轻松地跳进来。

狗剩叔紧张地在石棺中翻转着身体，寻找着可以用来防身的武器，他的衣服碰在石棺上，当当作响。狗剩叔说，直到这时候，他才想起自己身上穿的是老鼠衣，他当时完全吓懵了，他忘记了自己穿的是特殊的老鼠衣。

我问："什么是老鼠衣？"

狗剩叔没有吭声，他翻身下炕，从地面的柴禾堆中翻出了一件衣服，然后点燃了一根蜡烛，让我看。

这是一件黑色的连体衣服，有帽子、有上衣、有裤子，不同的是，整件衣服都被缝在一起。衣服不知道是用什么布料做成的，摸在手中感觉沉甸甸的，好像是防水雨衣，衣服的腰部，还有很多小口袋。

"你知道这些是干什么的？"狗剩叔扬扬得意地问我。

我摇摇头。

狗剩叔说："这些就是装各种各样工具的，插进去就掉不了。"

我问："都有些什么工具？"

狗剩叔笑着说："怪不得老人说，隔行如隔山，挖墓子的学问把大学生都难住了。呵呵，这里面要装刀子、斧子、钳子，还有螺丝刀什么的。进了墓室，有的棺材很难打开，就要用到这些东西。"

那天，老鼠衣与石棺相撞的当当响声提醒了狗剩叔，他在黑暗中从腰间抽出斧子和刀子，拿在手中。这些别在老鼠衣上的工具都很袖珍，长短不到一尺。然后，手中握着这些工具，狗剩叔胆子一下子壮了。

狼要跳进石棺里，首先要扒住石棺的边缘，然后耸身向上，才能跳进来。黑暗中，狗剩叔看不到狼的动作，但是他能看到狼的绿莹莹的眼睛，每逢这双眼睛一出现，他就拿着斧子向这双眼睛的中间砍去，那双眼睛就急忙消失在了石棺下面。

狼和人就这样一次次试探性地进攻和防守，谁也占不到便宜，双方相持不下。

墓室上方又传来了喊声，他们牵挂着狗剩叔的安危。狗剩叔大声喊："有狼，扔火把。"然而，墓室太狭窄了，隆隆的回声传播上去，上面的人听不到他说什么，只是一遍遍地问："啥？啥？"

狗剩叔说，狼有两怕，一怕火焰，二怕铁器。

墓室上方的人大概等不及了，又派了一个人下来，寂静的墓室中，狗剩叔能够听到衣服与竖井的黄土摩擦的声音，还有土粒掉落墓室的声音。狗剩叔又大声喊："狼！有狼！"这下，快要下到墓室里的人终于听清楚了，他惊慌失措地喊："拉上来，拉上来。"上面的人又将这个即将下到墓室的人拉上去了。

过了一会儿，有火把丢到了墓室里。狗剩叔说，他们在野外挖墓子的时候，经常和狼打交道，知道狼最怕的什么，一遇到狼，他们就会马上点燃火把。

火光照进石棺里，狗剩叔突然站起来，威风凛凛，敲响了手中的刀子和斧子，铁器相撞的声音和熊熊燃烧的火焰让狼瑟瑟发抖，它仓皇钻进通道，逃到了野外。

狗剩叔担心母狼还会进来，他捡起火把，放在了通道口，然后瘫坐在地上，浑身乏力，几乎要晕过去。

先前的那个同伴又下到了墓室，狗剩叔这时候才有力气站起来。他们拿着矿灯照进石棺，却发现石棺里空无一物，只有一些灰烬样的粉末。

我问："怎么会这样？陪葬品呢？"

狗剩叔说："没有陪葬品。"

我问："这种情况多吗？"

狗剩叔说："不是很多，但是还是有一些墓子没有任何陪葬，这都是些穷人。一般石棺里放的都是有钱人，而这个石棺里面没有东西，我还是第一次见到。"

第六节　中计落狼群

我们正说话的时候，门外响起了包谷叶片刺啦刺啦的声音。狗剩叔一口吹灭蜡烛，我趴在窗口向外望去，看到明亮的月光下，一只老狼瘸着腿慢慢地跑向远处，一路都跑得很艰苦，从后面看去，它就像一棵被风吹卷起来的蓬草，柔弱无力，迟钝而缓慢。我说："瘸子狼，撵不撵？"

狗剩叔从门后拿起铁叉，说："把这瘸子狼捅死了，今晚上咱是两个人，能打过狼。"我拿起了炕前的烧炕棍，这种棍子长约一米，棍前分叉，经常会靠在炕墙前，遇到危机情况，可以作为防身武器。

我们打开房门，大声呐喊着追出去。我个子高，步幅大，追在前面；狗剩叔身材矮小，紧紧地跟在后面。我们追到了古庙前，瘸子狼回过头来，朗润的月光下，我看到了它窄长的脸上突然露出了诡异的笑容。我一愣神，突然看到从庙后又闪出了两只狼，它们像两道灰色的闪电扑过来。

我们中埋伏了。狼果然是狡猾的，它们在给我们设套。

狗剩叔大声叫喊着："打狼，打狼！"声如裂帛，他的声音因为惊惧而破裂了，听起来异常刺耳，像午夜鸱鸮的惨叫，让人头皮发麻；又像刀片划过玻璃，让人浑身起了一层鸡皮疙瘩。

瘸子狼镇静自若，它笑眯眯地蹲坐在了地上，像个阴谋家，一副稳坐钓鱼台的神情。庙后的两只狼快要扑到我们的身边了，距离不到几米远，我们都全神贯注地盯着这两只流着涎水张牙舞爪的恶狼。突然，我看到月光下的一道阴影，长长的阴影像湖水一样晃动着，我下意识地回过头，身后的一只狼已经竖起身体扑了上来，我用烧炕棍捅过去，棍前的分叉卡住了狼的身体，狼在地下打了两个滚，一骨碌爬起来，又扑了上来。

就在我用烧炕棍卡住后面那只狼的时候，前面的狼已经扑到了我的身上，我能够感觉到它温热而沉重的身体，速度带来的巨大的惯性让这只狼像巨石一样击倒了我，我被压在它的身下，我看到了月光下它白惨惨的牙齿。现在我还能记得当时的想法，我想：完了，这下完了！

那只狼正低头咬向我，狗剩叔持叉捅来，那只狼轻快地闪躲开了，而另外两只狼却转头围向狗剩叔。狗剩叔大声呐喊着，在这个山区的夜晚，他的声音听起来异常恐怖，他抡圆铁叉，两只狼暂时无法近身。

在北方农村，铁叉是一种重要的农具，收割小麦的时候，需要用铁叉插住麦捆子扔上大车；整理麦秸堆的时候，需要用铁叉插住麦秸秆扔上堆顶；铁叉也是最好的防身武器，当夜晚来贼的时候，男主人都会手持铁叉追赶；当需要赶夜路的时候，赶路人也会手持铁叉壮胆。铁叉有柄，长一米六七；前段有四根弯曲的铁棍，长不到一尺，筷子粗细，顶端异常锋利，像锥子一样。

拿着铁叉的狗剩叔威风凛凛，他大呼酣斗着，铁叉舞动得像风车一样。而我手中的烧炕棍仅有一米长，就显得捉襟见肘，好在烧炕棍的前端有个分叉，而且是质地坚硬的槐木，拿在手中沉甸甸的，像铁制的一样。我爬起身来，用烧炕棍的前端对着那只扑倒我的恶狼，我们都在试探着对方，谁也不敢贸然出手。

小时候，听村里人说，和狼打架的时候，千万不要把手中的棍子举起来，因为等不到你的棍子落下，狼已经扑到了你的跟前，你只能把棍子当枪使，用棍子的顶端来戳击狼。

就在我和这只狼僵持的时候，突然听到狗剩叔喊："后边，后面。"我来不及回头看，往旁边一闪，另外一只狼已经跳到了我的身前，这是那只一直观战的老狼。老狼老奸巨猾，一肚子坏水，它冒充自己是瘸子，其实它一点都不瘸。

狗剩叔在和两只狼搏斗，还一直留意着我的安危。

这么短的烧炕棍，对付一只狼已经有些吃力，而现在要对付两只狼，更勉为其难。我突然闪过一个念头：赶快跑到庙墙边，背靠庙墙，就可避免腹背受敌。然而，这个念头只是电光火石般地一闪，我马上意识到这种方法不可行。狼的奔突速度远远超过我，我刚刚起步，就会被它们追上，从后面咬住脖子。

我只能一只手握着烧炕棍，也把烧炕棍舞动得像风车一样。然而，烧炕棍毕竟太短了，我的两条腿露了出来，一只狼弓下身子攻击我的双腿，我用烧炕棍前面的分叉砸向它的脑袋，它跳向一边，躲过了。就在我抽回烧炕棍的时候，另一只狼人立而起，向我的怀里扑来，我来不及躲闪，一曲臂，用烧炕棍的后把砸在了狼的脖子上。人在拼死抵挡的时候，力气是非常大的，那头狼被烧炕棍的后把砸翻在地。

狼非常聪明，它们看到围攻手持铁叉的狗剩叔较为困难，就只留下一只狼缠住狗剩叔，而其余的三只狼一起向我进攻。我现在非常后悔刚才出门追赶的时候没有拿上铁锨之类的农具，铁锨前面的圆铲像钢刀一样；至少也应该拿上一根较长的木棒，长木棒舞动起来虎虎生风，狼也不敢这样肆无忌惮地攻击我。

狗剩叔大声叫骂着，手端铁叉刺向那只狼，趁狼躲闪的时机，他跨出两步，靠近了我，他喊："背靠背，背靠背。"小时候在黑白电影中经常看到这样的情景，当两个人遇到危险的时候，就采取背靠背的方式抵御强敌。我也跨出了两步，想靠近狗剩叔，然而，狼非常狡猾，四只狼都插在了我和狗剩叔的中间，不让我们靠近。

就在双方僵持不下的时候，那只老狼跳出了圈外，它将嘴巴贴着地面，长声嗥叫，声音在这样惨烈的月夜听起来异常恐怖。我知道这是老狼在呼唤同伴，用不了多长时间，狼的大队援兵就会赶到。

我急得出了满头大汗，我听见狗剩叔也在呼哧呼哧喘着粗气。我们都异常疲惫。

远处传来了狼的回声，起先是一只，接着是好几只，声音高低起伏，让人毛骨悚然。

怎么办?

突然，村庄传来了木门被推开的咯吱声，火把照亮了凹凸不平的村道，几个苍老的喉咙都在喊着"打狼，打狼!"杂沓的脚步声传过来，四只狼吓得落荒而逃。它们边跑边回望着身后的人群，三角形的脸上流露着心有不甘的神情。

打着火把跑来的是村中的几个老人，大爷跑在最前面，他一手举着火把，一手提着明晃晃的刀片。他的身后是几个同样年老的人。

狼跑远了。大爷说："人生地不熟的，半夜跑出来干什么?"

我还没有说话，狗剩叔讨好地说："叔，今晚上多亏了你。你屋里头还藏了这把刀，我咋没见过?"

大爷别过头去，不理狗剩叔，鼻子里喷出了一声"哼"。我想到他给我说起狗剩叔的时候说"那货"，他显然对狗剩叔一辈子偷鸡摸狗的行径很不齿。

我把大爷的刀拿在手中掂了掂，说："大爷，您这真是一把好刀。"

大爷用手比划着说："是好刀，日本鬼的头就是拿这刀砍下的，骨碌碌滚了好远。"

另一位大爷说："快点回去睡觉吧，天都快亮了。"

我回头看去，看到又黄又圆的月亮快要落下远处的山坳了，沟那边的村庄传来了鸡的叫声，声音含糊黏稠，像被冻住了。

没想到，我竟和狗剩叔谈论了一个晚上。

狗剩叔说，夜晚的时候他的窗外经常会有狼出现，他都是置之不理，有时候他睡着了，听见狼的爪子在扒拉窗户，他骂几声，狼就没动静了。

"今天晚上本来想着我们两个人，能够把瘸子狼打死，没想到会有那么多的狼。"狗剩叔是个老江湖，说起刚才的情景，他也有些后怕，他不断地用手擦着额头的汗水。

我们坐在房间里，长时间抽着烟，心有余悸。尽管已经是深秋，窗外的瓦楞上已经凝结了一层寒霜，但是我们都感到很燥热，解开了衣服扣子。

我说："那个老狼是给咱设套哩。狼咋会这么狡猾，你看在和咱打架的时候，避实就虚，各个击破……"我说着说着突然想起了什么，问："这个老狼你以前见过没有?"

狗剩叔说："狼和狼都长得差不多，月亮底下看不清。"

我说："你那时候喜欢掏狼窝，我估计这个老狼一直在寻仇呢。"

狗剩叔突然坐了起来，惊惧地说："啊呀，恐怕是真的啊。"

我说："我从书上看到过，狼的记忆力非常强，它比狗还聪明。你以后真的要注意了。"

狗剩叔沉重地点着头。

黎明到来了，一缕青光从窗缝挤进来，房间里的一切都显得影影绰绰、模模糊糊，窗外响起了鸟叫声，各种各样清脆的鸟叫声，争先恐后、此起彼伏。我好奇地打开窗户，看到一群鸟站在树上，比赛着谁的歌声更动听。而落光了叶子的树木，则像鹿角一样简洁而美丽。

我们还是毫无睡意。

我又问起了挖墓子的事情。

我问："你夜黑了说挖墓子是三五个人，这三五个人要都进墓室里，那墓室里怎么能装得下这么多人？"

狗剩叔说："我们这行就是一个社会，你们这些读书人不懂得。进墓子的只有下苦的。"

我问："什么下苦的？"

狗剩叔说："挖墓子这行分四种人：掌眼、支锅、腿子、下苦的。"

我一下子来了兴趣，经过一晚上的交谈，本以为已经将盗墓行业了解透彻了，没想到还有这么多古怪的名称，没想到我越了解，发现不知道的越多。这实在是一个外界完全不知道的隐秘社会啊。

我问："这四种人咋个区分呢？"

狗剩叔点燃了一根香烟，慢悠悠地说："这里面学问深着哩，三天三夜都说不完。算了，不说了，说起来就没个长短。"

我问："叔，那你在这四种人里算什么？"

狗剩叔长长地吐了一口烟说："嗨，你叔没门路没钱，也不识字，只能当下苦的。"

我继续问："那啥是下苦的？"

狗剩叔说："下苦的，就是给人家下苦，挖墓子钻墓子的。挖一个墓子，人家老板挣得再多，都没有下苦的什么事。"

我问："那你挖个墓子能给多少钱？"

狗剩叔说："也就是几百块钱。"

我问："那你夜黑了不是说出去一趟就弄一杆子，弄得好的话，就是两杆子吗？"

狗剩叔脸有些红，显然被我戳穿了他的大话，感到有些羞赧，他自己找着台阶下，说："叔说过了？叔咋忘了，你看这记性。"

狗剩叔是盗墓团伙里最下等的人，盗墓贼各个腰缠万贯，可是"下苦的"狗剩叔依然一贫如洗。

我问："你们啥时候挖墓子呢？也带上我。"

狗剩叔说："明个黑了就要挖墓子，你敢去？"

我笑着说："咋个不敢？你都敢我咋不敢？"

狗剩叔说："好，明个黑了叫你见见腿子，那狗日的能行得很。"

在盗墓组织中，狗剩叔属于最末等的级别，所以叫“下苦的”，在西北方言中，下不念“xia”，而念“ha”。

比下苦的高一级的是腿子。为什么叫这个名字？我不理解。腿子在北方一些地方指狗腿子，就是走狗。如果腿子是走狗，那比腿子更低一级的下苦的，就更是走狗了，他们为什么就不叫腿子？

西北打麻将的时候，如果三缺一，就会喊上旁边一个人：“支个腿。”这个腿可能就更接近腿子的真正身份。腿子能够进入麻将群体，但毕竟是替补出身，没有进入权力核心阶层，但又比端茶倒水的高一个级别。我想，盗墓团伙中的腿子称呼，可能来源于这里。

腿子其实就是盗墓团伙中的技术工人。

第七节　接头行动

第二天是狗剩叔口中的黄道吉日，狗剩叔说，盗墓团伙每次挖墓子的时候，都会翻开老黄历，查找凶吉。

那天早晨，狗剩叔早早就起床了，带着我来到了山下的集市上。我和狗剩叔来得很早，集市上还没有一个摊点摆出来。青石板铺就的街道上，牵着牛扛着犁的老汉低头走过，人和牛的脚步都同样拖沓而沉重，也同样苍老而迟钝；一只脏兮兮的母狗缓慢跑过，肚腹和屁股一路都在摇晃着；几只母鸡在大街上埋头觅食，神情专注；一只公鸡站在台阶上，登高望远，器宇轩昂，一副贪官模样。

街边有一家商店，经营着糖果烟酒铅笔橡皮香烛纸钱等活人和死人都用得着的东西。我们赶到的时候，老板刚刚起床，打着哈欠卸下门板，把门板依次靠在门外。老板又矮又胖，四肢粗短，五官肥硕，而一个又红又大的鼻子是他脸上最引人注目的显著标志。他的头顶上仅有几根头发，随着他搬动门板时身体的不断起伏，那几根头发就左摇右摆，摇摇欲坠，看起来就让人揪心。

狗剩叔说，他们每次都先在这家商店聚集。

商店老板的身份很神秘，连狗剩叔都不知道，只知道他是开商店卖货的。而“一锅儿”里的人也对这个秃头商店老板闭口不谈，讳莫如深。“一锅儿”是道上的称呼，指的是整个盗墓团伙。

商店老板将我们让进了店铺，泡了一壶茶，就不再理我们了。他自顾自地坐在商店门口，捧着一本皱巴巴的书在看。

我在和狗剩叔说话的间歇，偷偷地打量着他，却发现他也在偷偷打量我，他的眼睛像碎玻璃片一样，让人心中发毛。

我突然想起了《水浒传》中的旱地忽律朱贵，那是梁山安插在山下的眼线。这个容貌奇特的商店老板，是不是也是盗墓团伙安插在镇子上的眼线？

过了半个小时，镇子上的人渐渐多了起来，有孩子在街面上追逐嬉闹，像一群刚刚飞出笼子的鸟雀；还有妇女们的说笑声，像哗啦啦的流水声。镇子开始有了热闹的气息。

街道上走来了一个干瘦的男子，背着一个土布背包。走到商店门口，他抬起一只脚，用手掌拍打着裤脚的尘土，拍完这只脚，又拍另一只脚。他直起身来，我赫然看到他只有一只眼睛。

他走进商店，独眼在我的脸上转了两圈，然后就直戳戳地问狗剩叔：“这谁呀？”

狗剩叔赶忙说：“我侄儿，自家人。”

他的眼睛又在我身上转了两圈，又问：“是秀才？”

狗剩叔又赶忙点头哈腰：“是的，是呀。”

独眼很高兴，他对自己的判断很满意，他是真正的“一目了然”，只用一只眼睛就看出我是秀才。我们那里把读书人都叫做秀才，还沿用古代对读书人的称呼。

狗剩叔向我介绍说：“你权叔，能行人。”

我不失时机地点点头。

我猜测，狗剩叔所说的腿子，就是面前这个独眼，这个权叔。

独眼说话的时候，脸上带着笑，然而我从他的独眼中看不到任何笑意，他的独眼像一块冰，冷冷的，让人不敢对视。他还非常喜欢眨眼睛。按照家乡人的说法，喜欢眨眼睛的人，都是比较鬼的人。

独眼来后没有多久，商店里又走进了一个人，这个人膀大腰圆，身上的每块肌肉都像石头一样坚硬，就连脸上的肌肉也是块块饱绽，看起来应该很凶恶。他的衣服和狗剩叔的一样陈旧破烂，挽着裤脚，一条裤脚高，一条裤脚低，脚上是一双黄胶鞋，没有穿袜子。他的头发很短，短发间夹杂着隔夜的草屑。

然而，他却一点也不凶恶。

他的脸上总是笑眯眯的，笑容很愁苦，也很小心，似乎一股风就会将笑容吹走。他和别人说话的时候，总是习惯性地身体前倾，陪着小心，小心地查看着别人的神情。他的话语中更多的是一些模棱两可的语气词：嗷、呵、嗯、啊呀……像这里的很多一辈子没有走出穷山沟的中年农民一样，他说话毫无主见，总是附和着别人。

狗剩叔向我介绍说："这是你才娃叔。"

我感到他是一个很可靠、很本分的人，就叫了一声："才娃叔。"

他非常感动，一下子拉住了我的手，不知道该说什么好，脸上是受宠若惊的神情。他的手很大，像钢圈一样，箍得我疼痛，我下意识地抽了抽手，他赶紧放开了，把手掌背在身后，脸上写满了愧疚，还是不知道该说什么。

想了想，他终于说了。他说："啊呀呀……"

狗剩叔又向他介绍我说："我侄儿，是个秀才。"

他更受宠若惊了，可还是不知道该说什么，想了想，又是说："啊呀呀……"

我想，才娃叔可能和狗剩叔一样，都是下苦的。才娃叔像鲁达，狗剩叔像时迁，才娃叔应该是挖墓子的，狗剩叔应该是钻墓子的。

太阳升到东边山顶的时候，集市也开始了。通往镇子的每条土路上，都走着身穿干净衣服的兴高采烈的赶集人。土路上还有架子车，车上装着绑了四蹄的肥猪，车前套着神情忠厚的老黄牛。老人、孩子、妇女、男人……甚至装在粪笼里的鸡，牵在手中的毛驴，赶在鞭子下的羊……像一条条溪水，流进了镇子的大河。

镇子热闹得像一锅煮沸的开水。

集市的边上是骡马市场，那里人喊马嘶，经纪人和买卖两方在袖套里捏着指头；接着是猪羊市场，羊可怜地叫着"妈妈，妈妈"，猪扭着脖子喊"不去，不去”；然后是卖零食的，麻花、点心、饼干、核桃、花生、柿饼等，一家挨一家地摆放着；而集市的中心则是卖布的，卖布的最排场，手扶拖拉机的车厢做成了货架，各种各样颜色花色的布匹一捆一捆地摆在上面；卖布的旁边是卖吃食的，炉火通红，喊声震天，卖油糕的把手掌拍得啪啪响，卖面条的手臂一伸一缩，好像在练太极拳；卖炒粉的拿着铲子在平锅里欢快地忙活着；卖烧饼的挥舞着擀面杖敲击着案板……

这样古色古香的集市，现在只有在偏远的山区才能见到。

我们四个人——狗剩叔、才娃叔、独眼、我——在集市上一人吃了一碗炒粉、一碗面条，然后就拦了一辆手扶拖拉机，去往距离集市十多里的一座山下。

那座山并不高，却因为山下就是通衢大道，所以在周围几个县都很有名。早几年，我在县城上班的时候，有好几次骑着自行车来到山下，把自行车放在山下的老乡家中，然后沿着崎岖的山路上山。山上以前有人家，后来因为交通不便等原因，就搬迁到了山下，山上只剩下几座光秃秃的土窑。

那时候我刚刚大学毕业，每逢节假日我就会骑着那辆叮当作响的自行车，奔驰在乡间尘土飞扬的道路上，像一只大鸟随处乱飞、随处栖落。我现在还记得有一次，我爬到了这座山上，在一面被灶烟熏得乌黑的墙壁上留下了一首打油诗，前面的已经忘记了，后面两句是“他年男儿得志，踏碎万水千山”。那时候我正是多愁善感的年龄，也正是不知道天高地厚的年龄。

然而，这次我惊讶地发现，这座山已经被辟为了一座旅游景点，山上盖起了一座庙，庙里有几个和尚，他们一个个贼眉鼠眼，完全没有出家人的温柔敦厚、慈眉善目。

我们沿着崎岖盘旋的山路上山，山路上挤满了旅游和朝拜的人群，一些衣衫破烂的善男信女背着布包，布包里装着在山下购买的纸钱和香烛，山上也有专门经营此类祭祀用品的商店，不过价格翻了几番，这些贫穷而虔诚的人买不起。

那些被人遗弃的土窑看不到了，代之而起的是一座金碧辉煌的寺庙，相隔很远，就能听到音箱里播放出来的诵经声，声音拖沓而冗长，像一条怎么拉也拉不断的皮筋。空气中飘散着香烛的气味，让人飘飘欲飞，又让人直想打喷嚏。

寺庙的外面围着高墙，只有一扇大门可以进人，门口设立了卖票处，一张门票就要20元。20元钱，是当地很多家庭一个星期的生活费。门口还有一副狗屁不通的对联，上联是“有烦恼有痛苦，进此门皆走”，下联是“想发财想幸福，烧炷香必灵”。看到这副对联，我想起了我在《暗访黑医窝点》中写到的私人医院，它们的墙上挂满了自己送给自己的锦旗，上面也写着什么“药到病除”、“华佗再世”之类的话，专门骗没有多少社会经验的乡下人。

独眼买了四张票，带领我们走进了寺庙。狗剩叔悄悄地告诉我，每次挖墓子前，都要进来上香问卦，这家寺庙的卦非常灵验。

上香的人居然排着队，每个人在一名胖大和尚的带领下，先对着寺庙连鞠三躬，然后把香扔进香炉里，再跟着胖大和尚走进寺庙，在一尊不知道名叫什么的佛像前跪下来，磕完三个头后，胖大和尚要求你在功德箱里放钱。接着，另一名和尚把你带到后堂，后堂里，有一个蓄着胡子的老和尚，让你抽签算卦。

我们依次跪在佛像前的蒲团上，双目合闭，我听见旁边有一个和尚敲击着木鱼，声音圆润。和尚的口中念念有词，不知道在念些什么，油腔滑调，可能连他也不知道自己在念些什么。

功德箱是透明的，没想到现在就连寺庙的箱子也与时俱进，是用有机玻璃制作的。隔着玻璃，我看到里面装满了各种面值的纸币，100元和50元很多。这里的山民生活异常贫困，然而却都把省吃俭用的钱捐献给了一尊不知名的泥塑佛像，我感到很悲哀。

独眼向功德箱里放了400元，一名肤色黝黑的和尚把我们带进了后堂。后堂光线暗淡，地面上摆放着一张桌子，蓄着胡子的老和尚气定神闲，双目微闭，一副得道高僧的模样。

黑和尚从桌子上拿起竹筒，竹筒里放着各种卦签，晃了两晃，让独眼抽签，独眼小心地抽出一支签，黑和尚把竹签交到了老和尚手中，老和尚仔细看了看后，神情平静地说：“上上签。”

独眼脸上喜不自禁。

黑和尚在一边怂恿独眼：“赶紧解签，再给佛主敬献点爱心。”

独眼从裤袋里掏出了500元，交给了老和尚。

门票要钱，磕头要钱，解签还要钱，这间寺庙简直就是“留下买路钱”

的收费站。我想到打卦抽签是道教才有的仪式，这里供奉的是佛像，要钱的是和尚，为什么也要打卦抽签？

我感到蹊跷，就走前两步，仔细观察老和尚，突然大吃一惊。他的嘴唇边有颗黑痣——这个人，我以前就认识，就见过。他不是和尚，他是卖老鼠药的，他是跑江湖的。

老和尚在一边闭着眼睛，口中念念有词，一副高深莫测的样子。我悄悄地指着老和尚问黑和尚："大师从哪里来的？"

黑和尚说："大师自小在五台山出家，这里的寺庙修成后就来了，是五台山派来的，我们是五台山的分院。"

大师不是自小出家的，而是自小就卖老鼠药的。

桌子上放着那根所谓的"上上签"，我拿起来一看，上面写着一首诗："荣华富贵是个啥，满天乌云说不清。饭来张口穿皮衣，一句阿弥到西天。"真是狗屁不通，不知所云。正因为不知所云，善男信女们才觉得深不可测，才觉得需要大师解签，而所谓的大师说什么，善男信女们就会信什么。

我悄悄地拿起竹筒里的其他竹签，看到上面写的都是四句古诗一样的东西。我觉得自己古文功底很扎实，然而没有一首能够看懂，全都是云里雾里，疯言疯语，前言不搭后语。这样的签可能都是上上签，既然都是上上签，那施主就会都给钱。

黑和尚发现了我在翻看竹签，就拍打着我的手臂说："不要乱翻，佛祖会怪罪的。"

大师嘴巴念叨了几分钟后，睁开眼睛说："刚才，我见到了佛祖，佛祖告诉我，你们马上就要发大财了。"

独眼、狗剩叔、才娃叔都喜形于色，只有我知道这个大师是在说胡话。

独眼还想再咨询大师几句，黑和尚做出了请出的手势，我们只好走出。

黑和尚又将一个女孩子带进了后堂。

走出十米远，我谎称忘记了东西，又转回后堂，突然听到老和尚又在说："上上签。"女孩子又在喜不自禁。

不知道大师家在哪里，但是几年前，我在市区经常能够看到大师。

大学的时候，我有一个最要好的同学，他毕业后分配到了市区的工厂子弟学校，我分配在县城高中。我们相距四五十里路。那时候，厂矿子弟学校的福利待遇很好，每个月比我们多拿 200 元钱，大家都很羡慕他。

我们每个月几乎都会见面一次，有时候他来县城，有时候我去市区，骑着自行车。他家在工厂旁边开了一家商店，平时是他母亲在那里经营，遇到周末，他就会去代替母亲卖货。

他家的商店门口，经常有一个老头儿在摆摊卖老鼠药。老头儿的嘴角有一颗鲜明的黑痣，头发稀疏，可是胡子浓密，脏兮兮的黑白相间的胡子上，经常夹杂着饭粒和草屑，显得异常邋遢。没有人知道老头儿家在哪里，家中还有什么人。

每次去市区的时候，我都会和老头儿聊几句。几句话过后，我就感觉这个老头儿很不实在，他说话的时候唾沫星子乱飞，眉飞色舞，一双青光眼望着天空，洋洋自得，但是你无法判断他哪句话是真的、哪句话是假的。他是一个老江湖。

那时候我觉得他可怜，每次去的时候，都会带给他一盒香烟，那也是我平时抽的香烟，一盒一元钱。他很高兴，把我当成了知己。

相处熟悉后，有一次，他执意要送我他的老鼠药，我推辞不要，他说："你放心，这包是真药，不是假药。"他又指了指地上摆放的包成一小包一小包的老鼠药说："这些都是假的。"

我非常喜欢结交江湖上的朋友，就问他："假老鼠药怎么做？"

他笑嘻嘻地说："拿两块红砖一磨，就是老鼠药。没人知道，好卖。"

他还是一名天才的演员。有一次，他边叫卖老鼠药边吃着烧饼，烧饼吃完了，突然一头栽倒在地，手上都是血。路边的人吓坏了，叫来三轮车，准备拉着他上医院。人们将他抬上车厢，他突然醒了，挣扎着爬到老鼠药旁边。街道上的人一看，马上拥挤着来购买老鼠药。老鼠药都能把那么大个的一个活人毒倒，小小的老鼠又算得了什么。

只有我和他才知道，他毒倒是假的，手上的血迹也是假的，那是红汞。

还有一次，有人拿出一张假钱买老鼠药，他一声不吭地把药包了起来，我在旁边不断地暗示他，那是一张假钱，可是他不管不顾，将假钱收起来，将老鼠药递给了来人。那个人走后，我说："那是假钱啊，你要它干什么？"他扬扬得意地笑着说："我当然知道是假钱，走江湖的人还能让假钱骗了？我给他的都是假药。”

那时候的他很穷，衣衫破烂，可是，只要衣兜里有点钱，他就去逛窑子。市区汽车站旁边有座村庄，村庄里几乎家家户户都做这种拉皮条的生意。只要你从村口路过，那些模样忠厚的村民就会拦住你问：“老乡，打一炮去？”只要你跟着他们走进家中，他们就会带你走进一间房屋，那间房屋里就有一个妓女。这些妓女租住在拉皮条的家中，她们普遍皮肤粗糙、模样丑陋、年龄较大，她们是从城市退役的妓女，或者是农村好吃懒做的离婚女子。这些妓女很便宜，二三十元的也有。

他卖假药的钱都供养了妓女。

没想到，几年不见，这个卖老鼠药的，摇身一变，变成了自小在五台山出家的大师，还会解说那些天书一样的七言律诗，真是“士别三日，当刮目相看”。

这些年来，因为工作的原因，我去过很多寺庙。但是，我看到有一些确实是假寺庙，假寺庙里是假和尚，利用人们相信前世今生、相信命运报应的心理，专门骗钱。

还有一些无良旅行社，组织旅游的时候，会将游客带到这些假寺庙里，骗人烧香，一炷香就会多达成百上千元。然后算命，一个卦也会要个几十上百元。游客们在寺庙自由活动的时候，导游就走进后堂和假和尚坐地分赃。

假和尚会有多富？他们的财富多得会让每一个普通人咂舌。

有一个假和尚，在某一座山上剃了三年光头，回家后买了一座山林。还有更多的假和尚在下山后，蓄起头发，就买豪宅买名车娶娇妻。他们的钱哪里来的？是那些虔诚而贫穷的善男信女们捐献的。

那么，如何区分真寺庙和假寺庙？如何才能防止被假和尚痛宰？

真正的寺庙不会要你买昂贵的门票，有的甚至是免费出入。如果真有佛祖，佛祖难道要他贫穷的信徒像割肉一样留下买路钱吗？按照佛经上的解释，佛祖是充满爱心的，佛光普照，普渡众生，那么他就不会像强盗一样拦路抢劫你。所以，真正的宣传佛教的寺庙，是不会索要高昂的门票的，当然个别名气非常大的已经完全商业化的寺庙除外。

烧香拜佛，听其自愿，你在寺庙里来往自由，没有人干涉。如果有和尚给你做导引，那你就一定要注意了，这些和尚很可能是假和尚，他们像私立医院身披红色绶带的导医一样，专门把你导往你意想不到的地方。和尚不好好念经，做什么导游？真正寺庙里的和尚，是没有这样一个导游业务的。

佛像前都有功德箱，捐献完全依靠你的自愿，没有人会逼迫你。如果有和尚逼迫诱骗你多捐钱，那一定是假和尚。如果真有佛祖，佛祖会爱所有人，不会因为你贫穷就嫌弃你。

叩头完毕，如果有和尚引导你去抽签算命，你可去可不去。如果你去了，抽签要钱，解签还要钱，那一定是假和尚。这些假和尚非常可恶，专门利用一些人相信命运的心理，磨刀霍霍向猪羊，他们不见猪羊的血是不会罢手的。

你在寺庙转悠，如果遇到有和尚向你卖什么开光菩萨，这一定是假和尚。不要以为你没有买佛像、菩萨就会怪罪你，如果真有菩萨，菩萨更会怪罪这些假借她的名气行骗的恶棍。

假寺庙假和尚骗财，到处都有；而有些真寺庙真和尚，也在联手宰客。

越是旅游景区，这样的现象越普遍。开发商、寺庙、游客，已经成为了一条旅游产业链。而那些所谓的大师、活佛、高僧，更是他们手中的卖点，算命、布道、讲经，是他们惯常使用的手段，他们所有的活动、所有的手臂，都伸向你的口袋。如果你在一座寺庙里动辄掏出了几百上千元，还不醒悟，你就是彻头彻尾的傻子。

外界人并不知道，除过那些正规的、口碑很好的、香火延续了几百年的寺庙外，很多寺庙已经被开发商承包，你们给的钱，不是给了佛主，而是给了开放商。一些旅游景点没有寺庙，开发商也会建造寺庙。还有的开发商盖好寺庙后，对外承包，一个只有一进院子的寺庙，一年的承包费就是四五十万元，而两进三进的寺庙，更是多达百万。这样的寺庙不是修身养性之地，而是名副其实的屠宰场。

寺庙建成后，就开始招募假和尚，大打宣传广告，编造一些离奇故事，诱骗善男信女们朝拜烧香。

这些假和尚是些什么人？乡间一些游手好闲的不良青年，偷鸡摸狗的老光棍，不务正业的小混混，还有像老鼠药大师这样的老骗子。

这已经成为了这个行业里公开的秘密。

第八节　盗墓前的婚礼

那天，从寺庙走出后，独眼喜形于色，走在路上忍不住哼起了秦腔。声音高亢嘹亮，像一根伸到了云端的竹竿。独眼唱得脖子上青筋毕露，如痴如醉。在西北，所有的男人都会唱秦腔，他们受苦的时候唱，高兴的时候也唱。

热爱秦腔的独眼还向我讲起了秦腔的历史。

这种古老的剧种传说发源于西汉时期的苏武牧羊。汉朝使节苏武被匈奴单于放逐在莽莽草原上，等到公羊生仔才能回到汉朝。绝望的苏武度日如年，心如火焚。天高地阔，长风冷月，断雁声声，荒草萋萋，孤独而悲愤的苏武站立在天地间，只能依靠呐喊来喊出心中的悲凉。此后，秦腔从这里发扬光大，遍及西北，绵延千年，冠绝古今。

关于秦腔的故事很多，与秦腔有关的传奇人物更多。而最具有传奇色彩的，莫过于董福祥。

董福祥，甘肃庆阳人，早年不甘贪官污吏欺压，揭竿起义，麾下从者数万。每次与清军对阵，数万人必大吼秦腔，声如雷鸣电闪，势同天塌地陷，连败清军。后来，左宗棠进入西北平叛，董福祥被抓，押至刑场，董福祥昂头挺胸，睥睨四方，披头散发，目眦尽裂，万千清军不敢仰视。左宗棠喝令斩首，董福祥面不改色，唱起秦腔《斩单童》中的唱段："雄信本是奇男子……"左宗棠为之一振，感觉这是一员虎将，离座为他松绑，赐酒压惊。后来，八国联军进犯，慈禧落难西逃，董福祥据守京城，连战连胜。董福祥晚年归隐桑梓，仍以秦腔自娱。

苏武和董福祥的故事广泛流传于西北。

那天下午，我们坐着手扶拖拉机来到了距离镇子二十多里的一个村子里。这个村子很小，一共只有七八户人。才娃叔家就在这个村子。这个村子和狗剩叔的村子一样偏远闭塞，一样破败贫穷。不同的是，这个村庄在山下，而狗剩叔的村庄在山上，相隔足有几十里。

才娃叔有老婆，老婆是个罗锅腰。我们在一起说话的时候，他老婆一句话也不说，脸上的表情是一如既往的冷漠。从我们进屋开始，她就一直在炕沿下纳鞋底，她对我们看也不看一眼，好像我们根本就不存在一样。才娃叔有一个男孩，初中没毕业，就跟着村子里的年轻人去了南方打工，三年都没有回来，也没有来电话，不知生死。

在才娃叔家一直捱到了黄昏，一辆面包车不知道从什么地方开来了。开车的是一个20多岁的敦敦实实的青年，小眼睛，大鼻子，大嘴巴，脸上的两坨肉冻得通红，骨节粗大的手背上还有冻疮。

独眼说："走吧。"

狗剩叔说："走吧。"

我们就钻进了面包车。

才娃叔的女人依旧一言不发，没有走出房门。我想，才娃叔的女人可能是瓜子，这里的人把精神病人叫"瓜子"。

面包车沿着崎岖的山路，开进了大山的夹缝里。车前的两道灯光像两柄利剑，劈开了浓密的黑暗。这辆面包车马力十足，轰隆隆的声音异常浑厚，像坦克一样。即使面前是陡坡，面包车的速度丝毫也没有减弱，像跃起的巨兽一样，将陡坡压在身下。

我想，这辆面包车一定经过了改装。它的外表是普通面包车，而内部的结构已经全换了。

面包车行驶了一个小时，还没有停下来，我知道今晚这些人是要去盗墓，感到既紧张又害怕。我想亲眼看到盗墓的经过，但又害怕他们真的挖到了文物，到那时候，我该不该举报？如果举报了，狗剩叔才娃叔肯定就要锒铛入狱，我会很痛苦；如果不举报，地下文物流失，我又会受到良心的谴责。我该怎么办？

他们一路无话，我也没有说什么。借着他们抽烟的火光，我看到他们各个脸色凝重。

面包车又开了半个小时，来到了一片盆地。我们跳下车子，站在路边撒尿。眼前是望不到边的平地，而远处则是锯齿样的山峦。月光照在这片盆地上，盆地的上空氤氲着一层雾气。路边还没有砍伐的包谷地里，叶片滑响，是什么动物跑过去了。

面包车又开出了十几分钟，面前出现了一个村庄。村庄里灯火通明，笑语喧天。借着车灯，能够看到村道上跑过的孩子的身影。

司机停下车来，他骂了一句："妈的，到这时候了，村子咋还这么热闹。"

独眼问："还有没有路能绕过村子？"

司机说："没有了，只有这一条路，一定要穿过村子。"

他们沉默不语，一筹莫展。

后来我才知道，他们今天晚上要挖掘的是这座村子不远处的一座古墓，他们不想惊动村子里的任何人。冬天的夜晚，村子早早就安静了，人们也都上炕睡觉了。他们本来想神不知鬼不觉地穿过村子，没想到今晚村子热闹异常。

山里的孩子难得见到汽车，他们看到村口停着一辆汽车，就高高兴兴地跑过来围观。借助雪亮的车灯，我看到一张张因为激动和喜悦而变得通红的小脸。

独眼离开了副驾驶位，跳下车子，俯下身子，他问一个年龄较大的孩子："今晚是咋了？村子这么热闹。"

孩子说："我亮亮哥结婚哩。"

"哦，"独眼沉吟了一会，接着问，"你亮亮哥家都有些啥人？"

孩子老老实实地说："我姨娘、我亮亮哥，还有我娟娟姐。"孩子口中的娟娟姐可能是这个亮亮的妹子。

独眼继续饶有兴趣地问："你亮亮哥的爹呢？"

"老了，都老了好几年了。"孩子说。西北人把死了叫"老了"，这种称谓专指人，以表示对死者的尊重。

"哦。"独眼站直了身子。

独眼有了主意，他钻进面包车，对司机说："走，开到村子里，你们都不要说话，看我的眼色行事。"

面包车开到了那户结婚的人家门前，停了下来。村里人听到汽车引擎声，都跑出来看热闹。地处大山深处的人家，平时难得见到汽车，一有汽车来临，就都来围观，孩子们更是欢天喜地、笑语沸天。其实，要找到哪家结婚，也很容易，不用打探。乡村结婚的时候，大门口都贴着红对联，灯光彻夜通明；而死人的时候，则贴着白对联。这就是通常所说的红白喜事。而死者过三周年的时候，则要贴黄对联。

我们一下面包车，就有一个戴着老花镜的老者满面笑容地迎上来，手中拿着一盒拆开的香烟，一根根地向我们手中递。这就是“相户头”。在农村，每逢有红白喜事的时候，总有一个男子在统筹安排，这样的人绝对会是村子里德高望重又能说会道的人。要过事的家长先去请相户头，相户然后头安排村子里谁在礼房回礼、谁接客、谁端盘、谁当厨师、谁烧茶水、谁是知客……在乡村，一户人家结婚，一个村子的人都会忙。

父亲当初在世的时候，远近村庄的人结婚，总会请他去当厨师。而母亲现在在老家还做“礼房”。礼房的任务就是：从前来行礼的竹篮子里掏出一部分东西，再把礼房里的一部分东西装回到竹篮子里。等到客人坐席（吃饭）完毕，就挎着自己的竹篮子回家，竹篮子上蒙着一片布，喜事时蒙着红布，丧事时蒙着白布。礼房里的人，什么东西该掏，什么东西不该掏；什么东西该回，什么东西不该回；掏多少，回多少，这些都是学问……几个月前，我和新婚妻子从南方城市回到北方乡村的老家走亲戚，给每户亲戚都买了烟酒礼物，我们离开的时候，这些现在生活还很贫穷的亲戚都要把100元塞到妻子手中，我们坚决不要，走一趟亲戚，还要亲戚们的钱，我们会感到良心不安。可是亲戚们都劝说我们：“娃娃头一次来咱家，不能空手回去。收下吧，这是礼数，在农村不能失了礼数。”长辈们都把我的妻子叫“娃娃”。无奈，我们只好收下钱，亲戚们都非常开心。

这些古老的“礼数”，只有在遥远的淳朴的西北乡村还存活着。

相户头领着我们走进院子里。

独眼一走进院子，就大声喊：“老哥，老哥，我来看你来了。”

所有人都愣住了，不知道他是谁，不知道他口中的老哥是谁。

独眼问：“我老哥呢？咋不见我老哥？”他在人们惊愕的眼光中，在一间间房屋里寻找，人们自发地跟在他的身后，不知道他要干什么。

这一户人家生活应该比较殷实，院子宽敞，有房有窑。槽头拴着骡马，窝里蹲着鸡群。独眼走进了窑洞里，看到放在柜盖上的一张放大了的黑白照片，就扑通一声跪下了，泪流满面。他哭道：“老哥，我来晚了，你走了咋不给兄弟说一声？”

直到这时候，人们才明白，这个一只眼睛的人找的是这户人家去世的主人。北方农村的堂屋里，都会供着死者的照片，照片一般都是黑白的，这样的照片要供奉三年。所以，独眼一看到这张放大了的黑白照片，再加上刚才在村口听到的孩子的讲述，他就冒充死者的生前好友带着我们混进来了。

相户头赶紧扶起了独眼，把我们让坐在了院子里。独眼看着窑门口和房门口的红对联，装着惊讶地说："我侄儿今儿个结婚了？我侄儿呢？"

相户头又赶紧把新郎和新娘叫了过来。一对新人穿着新衣服，羞怯地站在我们面前。独眼用亲切的目光望着新郎，惊讶地说："啊呀呀，我侄儿都长这么高了，那时节见你的时候刚刚学会走路，现在都结婚了。我老哥有福啊。"新郎陪着笑，神情很尴尬。独眼说："那时节你爹带着你，我见过你。"新郎赶紧点头。

独眼抽着相户头点给自己的香烟，对着围坐了一圈的人说："那时节，我来到你们这里的镇子上做生意，丢了本钱，又累又饿，倒在了沟里，是我老哥发现了，把我送到医院里，掏钱交了药钱，救活了我。这些年都再没有见过我老哥……"他突然又像想起一件事情似的，"我嫂子呢？嫂子——"

一个穿着新衣服的妇女走进了圈子里，年龄大约50多岁，也是羞怯地看着独眼。独眼说："嫂子，我老哥给你说我的事没有？"

妇女摇摇头。

独眼感叹地说："啊呀呀，我老哥真是大好人，做了这么大的好事，都不给人说。啥是雷锋，这就是雷锋啊。"

旁边的人也跟着一起感叹。

独眼又问："礼房在哪里？"有人指了指最外面的一间房屋。独眼走过去，掏出了100元，交给了礼房。院子里所有人都发出一片惊呼。在老家，遇到红白喜事，一般都是行5元钱的"门户钱"，也有2元钱的。而独眼一出手就是100元，让人震惊。100元，这是非常重的"门户钱"，只有特别重要的亲戚，或者回报大恩大德的人，才会这样做。

现在，没有人再怀疑独眼的身份了，也没有人再怀疑独眼刚才所说的故事了。

现在，留在这个院子里的，都是这个村庄的人。

按照北方农村的风俗，结婚当天，新娘家的亲戚早早在新娘家聚集，然后在新郎接新娘的时候，跟着一起来到新郎家，这已经到了当天中午。然后，在新郎家坐席，坐完席后，各回各家，新娘的父母也要回去，只把新娘留下来，此后，新娘就是这家的人了。到了晚上，全村每户人家派一名男人，来到新郎家坐席。有的家庭派来的是一家之主的大人，有的家庭派来的则是孩子，而孩子则表示已经长大成人，以后不容小觑。坐席，这是乡村孩子的成人礼，表示他以后就和别人平起平坐了。

我是在13岁的时候完成了自己的成人礼，那天晚上我喝得大醉，不知道怎么被送回了家。男孩坐席的时候，不能不喝酒；不喝酒，就不能和那些成年男人坐在一张桌子旁，就表示你还是个孩子。

同村的男人，只能在夜晚，新客人走了以后，才能坐席。

我们和同村的人一起坐在了桌子旁边。桌子是那种用实木做的一看就异常沉重的方桌，一边坐两个人；凳子是那种长条凳，一条凳子上也坐两个人。桌子被无数次的油腻覆盖清洗，清洗覆盖，被菜油浸泡成了明黄色；凳子被无数的大小屁股磨得锃亮，露出了木头固有的颜色。坐席的人老的老、小的小，年轻的都出外打工去了。

端盘的来了，盘是那种实木做成的木盘，四面有檐。木盘里放着碗碟，碗碟里盛着菜肴。菜肴只有一种。厨师做好一种，端盘的就上一种。为了显示自己是个老端盘的，他们岔开五指，顶在木盘底部，将放着碗碟菜肴的木盘高高托起，跑出了一溜小风。端盘的都是男的，女子没有那么大的手劲，无法将木盘高高举过头顶。

桌子上有了八道凉菜，酒席就开始了。孩子们看着碟子里的肉片，吞咽着口水，不敢摸筷子，他们要等着这桌年龄最大的老者发话，老者说："吃呀，吃呀。"把筷子点向那道菜，先夹一口，孩子们才会迫不及待地拿起筷子。

桌子的旁边都站着女人，一桌一个，这就是知客。她们专门负责这个桌子的服务工作，没有酒了，添酒；没有馍了，上馍；没有茶水了，端茶倒水。

那天晚上，独眼大出风头。相信很多年后，村子里的人都还能记得这个"一目了然"的人。

北方男人只要在红白喜事上喝酒，则一定就要划拳。划拳成为男人们比拼胆识和胸襟的方式，而红白喜事则是男人们张扬个性的舞台。

这天晚上，独眼大出风头。

独眼声音高亢，斩钉截铁，几乎立于不败之地，即使偶尔输酒，也会高喊一声“好酒”，然后一饮而尽。几轮过后，满桌男子皆已趴在桌底。有旁桌男子不服气，立志为村争光，摩拳擦掌，跃跃欲试，独眼站起身来，一条腿踩在凳子上，气势逼人，独眼炯炯。双方交战，声势威吓，端盘的，看客的，准备前来闹洞房的，甚至帮厨的，都来围观。独眼以一当十，所向披靡，几轮过后，满院再无人迎战。

独眼左右环顾，神情萧索，他像再无敌手的武林高手一样，突然落寞而悲伤，泪流半面。

后来我才知道，独眼喝酒不能喝多，一喝多就会气血上涌，流下眼泪。

独眼那晚出尽了风头，然而，他的风头在于他会赖拳。三百六十行，行行能耍赖。

独眼的耍赖在于他眼疾手快、一目了然，他总是比别人出拳慢半拍，为了掩饰，他在喊出酒令的时候，前面先会加上一声短促的“哎”，当他喊哎的时候，别人的酒令和手势已经出来了，他看得清清楚楚，然后后发先至，手势伸出的同时，也会响亮地喊出自己的酒令。

北方乡村的酒令有一个特点。每句酒令都很吉祥，都是把数字放在前面，“一心敬你，二人同行，三足不动，四季发财，五福同寿，六六大顺，七巧齐到，八台大轿，九九长寿，十全十美。”这样的规矩就让独眼这样的人钻了空子。

喝酒和打牌是一个道理，每个人的机会都是对等的。如果有人只赢不输，那一定就是在捣鬼。

那一天晚上，狗剩叔、才娃叔，还有那个敦敦实实的司机，都很少喝酒，他们心中有事，他们接下来就要挖墓子。

我也只喝了少量的几杯。北方乡村的这种酒非常冲，喝到嘴巴里像火一样灼热辛辣。这是在集市上买到的散酒，高粱酿造，一瓢 2 元，这也可能是世界上最便宜的酒。劣质酒入口辛辣，而高档酒味道绵厚。

吃席快要结束的时候，我看到司机去了厕所，再回来的时候，他显得很神秘，他趴在独眼的耳边说着什么。独眼的神色突然变得非常凝重，然后又马上故作轻松起来。

我不知道发生了什么事。

独眼也去了厕所，几分钟后，他回来了，脸上不动声色。他掰开蒸馍，夹着油辣子吃了起来。今晚，他一直在喝酒，顾不上吃饭，现在才感觉饿了。

月亮西斜，坐席结束，酒酣人散，“家家扶得醉人归”，独眼的目的终于达到了。他就是要这座村子的人放松警惕，然后他好趁机盗墓。

面包车发动了，我们钻了进去，相户头和一对新人，还有那个盲目乐观的嫂子，一直把我们送到了门口。面包车一声轰鸣，我们穿村而过，村道寂然无人，家家都熄灭了灯光。

第九节　信任危机

面包车在午夜的旷野行驶了十几分钟，来到了一道山梁下。司机关掉车灯，大家坐在车厢里抽烟，司机问独眼：“那东西到底是个啥?”

独眼说：“是宋瓷。”

司机说：“我就估摸着是个宝贝。你说，咋个弄？是偷是抢?”

独眼说：“甭急，今个晚上先办正事，那个宋瓷还早晚不是咱碟子里的菜?”

我听得云里雾里。狗剩叔问：“你们在叨叨啥哩?”

司机扬扬得意地说：“我上茅坑，路过厨房，看到那家人的盐罐子有点怪，到跟前一看，是宋瓷啊。”

宋瓷是行内的说法，通俗的说法就是宋代的瓷器。宋代瓷器做工精细，价格不菲。

狗剩叔显得很兴奋：“啊呀，馍在锅里，揭锅是早晚的事，甭急，甭急。”

独眼先下车了，他用一只眼睛向四周张望，然后趴在地上，耳朵贴近地面倾听。几分钟后，独眼站起身子，对着车子里的我们说：“好了，开始干活。”

司机从面包车的后座抽出了一个帆布包，拉开后，从里面取出了一架望远镜，他走离了几十米，站在一个小土丘上向远处张望。我悄悄地问狗剩叔："夜黑了，拿望远镜能顶什么用？"狗剩叔说："那望远镜厉害着哩，黑了都能看到人。"我心中一惊，那是一架红外线望远镜。

独眼从帆布包里取出指南针，月光下，指南针发着莹莹的绿光，这是一架军用指南针。独眼确定了方位后，又取出了一个圆盘样的东西，在地上搜索，像过去老电影中的鬼子扫雷一样。后来，在我离开了这个盗墓团伙后，我才知道这个东西是红外线探测仪。现代的盗墓团伙，他们的装备已经武装到了牙齿。

狗剩叔从帆布包里取出了一个防毒面具，拎在手中。才娃叔取出一根一米长的铁棍，我不知道这是干什么用的。才娃叔扳起铁棍一拧，铁棍突然长长了一截，再一拧，又长长一截。我看到前面有一个半圆形的利刃，原来这是一个伸缩自如的洛阳铲。

他们分工明确，司机望风，独眼探墓，才娃叔打洞，狗剩叔钻洞，可能他们这些年一直是这样操作的。

他们的盗墓工具，让我惊叹不已。

独眼一个人在方圆百米的地方来回兜着圈子，不让别人靠近。那天晚上，我还没有看清楚独眼是怎么探测的，他已经在招呼才娃叔："就在这里，挖。"

才娃叔拿起洛阳铲，一铲墩下去，再提起来，就有了半簸箕黄土。狗剩叔提着一个塑料桶，来来回回地把铲出来的黄土倒到十几米远的一个暗窟窿里。看着他们，我暗暗叫苦，如果他们今晚盗墓成功，我就是参与者，我就难逃罪责。我盼望着有人突然出现，然而，这个季节的后半夜，野外滴水成冰，谁会跑到这种地方来？

独眼看到我呆立在一边，就恶声恶气地训斥我："叫你来是帮忙来了，还是叫你来吃肉辣子加馍来了？"

没办法，我只好也从面包车里拿出一个桶，把铲出的黄土倒进暗窟窿里。我装着很吃力的样子，走得很慢，气喘吁吁。我不断地望着来路，盼望会有人出现，盼望着天赶快亮起来。

大约过了一个小时，才娃叔把洛阳铲从洞子里抽出来，又把洛阳铲缩回到一米长短。在惨淡的月光下，我看到他的脸上汗珠闪闪。他说："碰到石头了。"

独眼蹲在地上，抓起一把新鲜的黄土仔细地嗅着，又趴在地上，脸庞贴近洞口嗅着。过了几分钟，他站起身来，说："炸。"

才娃叔从面包车的后备厢取出了炸药和雷管，放进了直径十几公分的洞子里。几分钟过后，地下传来一声沉闷的响声。

后来我才知道，这是烈性炸药，这种炸药威力巨大，放进洞子里后，炸药一爆炸，就会将松散的土质向周边压紧，洞口就会变大。

刚刚爆炸后的洞子里满是硝烟，人进去后就会死亡。独眼让狗剩叔和才娃叔从旁边的地里抱来一大捆包谷秆，盖在洞口。等到第二天晚上，当硝烟散尽后，再进去盗墓。

狗剩叔说："有防毒面具哩，下去没事。"

独眼说："天快亮了，东西还没搬出来，就被人家发现了。"

独眼点起了一根烟，舒舒服服地吸了一口，这么长时间里，为了担心被人发现，他一直没有抽烟。现在不怕了。

突然，远处传来了司机失魂落魄的声音："有人来了，车子来了。"独眼大惊失色，这里无遮无掩，无处躲藏，距离老远就会被人发现。

独眼说："赶紧把工具搬到车厢里。"狗剩叔和才娃叔手忙脚乱地跑向车厢。

司机跑过来了，喘着粗气，就像拉车上坡的老牛。他一钻进驾驶室里，就发动了车子。面包车尚未启动，村庄的方向突然有两道雪亮的灯光打过来，利剑一样穿透了夜空。独眼举着红外线望远镜说："啊呀，是警车，赶紧开。"

面包车一阵摇晃，然后箭一样冲向前方。坐在车中，我暗暗叫苦，怎么办？如果被警察抓住了，我跳进黄河也洗不清了。

远处的车辆鸣响了喇叭，并拉响了警报。凄厉的警报声在寒冷的凌晨听起来异常惊惧，独眼说："不要管，跑！"司机加大油门，面包车轰鸣着，像发现了羚羊的猎豹一样在旷野上狂奔，车灯前的狭窄道路像梯子一样竖起来，又像梯子一样倒下去。这些田间小道是农民们给田地送粪的道路，两边是白色的车辙，中间是萋萋的荒草。面包车穿过青黑色的小麦地，冲过寒风中瑟缩成一团的包谷地，碾过没有种庄稼的长满刺蓬和酸枣树的撂荒地，终于来到了大路上。回到坚实路面上的面包车跑得更快了，我从后车窗望去，看到警车越来越远，最后消失在了拐弯处。

车厢里响起了惊悸过后的说笑声。司机得意地说："和咱比？除非他是奔驰越野车。"

独眼说："他一辆破北京吉普，八辈子都撵不上。"

狗剩叔还是惊魂未定，他问："刚才那是警察？"

独眼说："说不上来，反正是警车，你没听见那声音滴滴呜滴滴呜的。现在有警车的单位太多了，随便穿个制服的，都开警车。有的私人也开警车，嚣张得不知道他姓啥。"

狗剩叔不服气地说："不是警察怕他个啥？他又不敢打人。"

独眼嗤笑一声说："如今穿制服的都能管上你，打你？打你是轻的，逮住了关你几年再说，让你一天吃六两粮。"西北把犯人叫"吃六两粮的"。

独眼见多识广，他绝对和狗剩叔他们这些农村汉不一样。后来我才听狗剩叔说，"文革"时期，独眼是一个造反派的头头，武斗的时候被打瞎了一只眼睛。后来，独眼被安排在生猪收购站过磅秤。在那个年代，这是一个绝对的肥缺，类似于今天的电力局局长。

坐在车上，我也长出了一口气。

独眼说："今个的事情就到此为止，明个就散了，各回各家，你们甭再找我，找我也找不到我。"

狗剩叔问："咋的了？"

才娃叔也问："咋的了？"

我感到很意外，扭头望向独眼，突然看到光线暗淡的车厢里，独眼的眼睛像一柄刀子刺向我。我感到不寒而栗。

面包车顺着大路狂奔，不知道开到了哪里。天蒙蒙亮的时候，前面出现了一大片楼房，街面也显得很宽阔，原来我们来到了临近的一座县城里。

独眼敲开了一家旅社的窗口，窗口里有一个蓬头垢面的人，独眼给了钱后，蓬头垢面没有看身份证，就给我们开了两间房子。我和狗剩叔、才娃叔一间，独眼和司机一间。司机将面包车开进旅社的院子里，将车牌撬了下来，换上了另外一张车牌。原来，每次盗墓的时候，面包车都要换上套牌，即使被人发现，抄走了牌子，那可是别人的，找不到他们的头上。

进了旅社后，我就呼呼大睡，这几天来，一直没有好好睡一觉，和狗剩叔聊天到天亮，又坐着面包车跑了一夜，现在感到身体像泥鳅一样，顺着黑暗而光滑的隧道，一直滑到了睡眠的深处。

不知道过了多久，朦胧中，我听到有人说话，我想睁开眼睛爬起身，可还是没有力气。我听到有一个人一直在追问我的来历，一个人在努力解释着。我突然一下子睡意全无，心中变得非常亮堂，可是为了迷惑他们，我还是装着没有睡醒。

谈话的人是独眼和狗剩叔。独眼怀疑昨天晚上是我把警察叫来的，他认为我是警察安插进来的密探。狗剩叔说，他是我看着长大的，和我父亲的关系非常好，他为了给我父亲治病，把县城的工作都辞了，现在没有工作，又怎么会是警察?

独眼说:“以前咱们都没失手过，为啥他一来，警察就来了?”

狗剩叔说:“肯定是巧合，我侄儿要是警察的话，我还跟着你干这活？肯定都给我安排个看大门之类的好事情干了。”

独眼说：“反正这事蹊跷。”

后来，因为太困，我又睡着了。

等到我再次醒来的时候，已经到了下午，一缕斜阳透过木格窗棂，照射在被无数人涂抹得乱七八糟的白灰墙面上，墙面上有一些小生意人留下的电话号码，还有一些内容暧昧的打油诗。旅社里人来人往，操着各种外地口音，这个县城位于三省交界处，其中有一个村庄叫做“鸡鸣听三省”，说的是这个村庄的公鸡一叫唤，周边分别属于三个省的村庄都能听到。三省通衢的这个县城，自然就人流如梭了。

狗剩叔已经出去了，他的床位空着，才娃叔还在熟睡，鼾声如雷。旅社狭小的房间里弥漫着汹涌的脚臭味和一种什么东西腐烂了的酸臭味。一只老鼠贼头贼脑地从床下钻出来，好奇地看看我，看到我没有反应，就大着胆子跑向墙角的一个苹果核，飞快地啃两口，又扭头打量着我。我拿起桌子上的香烟盒砸过去，它又飞快地钻到了床下。

我点燃了一根香烟，突然回想起了朦胧中听到的独眼和狗剩叔的谈话，难道独眼开始怀疑我?

起床后，我来到隔壁的房间，看到司机还在沉睡，独眼和狗剩叔面对面坐着，独眼正在说着什么，一看到我就马上警觉地闭上了嘴巴，用意味深长的独眼看着我。那只探照灯一样的眼睛看得我心中发毛。

我装着什么也不知道，伸伸懒腰说："睡了一觉起来，浑身都舒坦。咱们一起泡澡去吧，泡完澡吃饭，我请客。"

独眼装着客气地说："咋个能让你掏钱，你是客人。"他双手伸出，做出一个拒绝的手势，而眼睛里却闪烁出一朵兴奋的火花。

距离旅社几十米远，就有一个澡堂子，起架很高，又很宽阔的房间里，热气腾腾，地面中央有一个长方形的澡堂，四周是高约二三十公分的水泥墙，上面坐满了光溜溜的屁股，澡堂里泡着几十个水饺，有的在水中间扑腾着；有的安静地坐在墙角，神情惬意；还有的在互相搓背，满身的污垢又被水冲进了澡堂里。澡堂里闹语喧天，有人高声唱歌："妹妹你大胆地往前走……"有人大声讲话："你那个碎女子还没给（嫁）人吗？"

从澡堂里出来后，我带他们来到了县中心一家饭店里，饭店的对面是电影院和邮局，电影院的门口，一个高音喇叭正在起劲地叫喊着，我记得那天上演的电影是张艺谋的《秋菊打官司》。巨大的宣传海报上，农妇打扮的巩俐穿着格子布红棉袄，满脸都是忧伤。而邮局门口也架着高音喇叭，喇叭里正在起劲地宣传一种手机卡："一分钟只要两毛钱，老婆娃娃都喜欢。一打打到国务院，国务院说你真能干……"

后来，我看到贾樟柯的电影《小武》，感觉那里面的场景就很像这座县城。

饭店里有个小包间，我们在里面吃饭。关起门窗，就与外界彻底隔绝。我当时想，既然独眼已经怀疑了我，那就干脆以退为进，欲擒故纵，我装着要走，看他们怎么说。

北方人只要几个人凑在一起吃饭，就离不了酒。酒是高度白酒，擦根火柴就能点燃。不会喝酒的人，三杯过后，就钻到了桌子底下。而会喝酒的人，则大呼小叫，意气扬扬，把平日的郁闷都借酒发泄出来。

我给每人的杯子里倒了一杯酒，举起来说："喝完这杯酒，吃完这顿饭，我就走了，再回南方去。"

独眼故作惊诧地说："怎么了？你不跟着我们一搭干？"

狗剩叔说："好好在这搭干，比你在南方打工强。"

我说："本来想和大家一起好好干，可是发生了昨晚上的事情，一定有人怀疑我。我想了想，还是走比较好。"

独眼说："哎呀，没有人怀疑你，是你自己多心了。好好干你的。"

我故意装着态度诚恳地说："还是让我走吧。"

我和独眼都在演戏，都没有把话说满，却都装着自己态度很坚定、意志很坚决，其实都是在试探对方的口气、摸索对方的底气，都把火候拿捏得恰到好处。

狗剩叔和才娃叔不知道我们在演戏，他们都在极力挽留我。才娃叔说："多个人多份力，现在数九寒天的，到哪里再找可靠的人？"司机则一副事不关己、高高挂起的神情。

我知道他们需要人，干这种见不得人的事情，只有关系非常亲密的人，才能搭伴在一起。我和狗剩叔关系如此亲密，可能就是他们最合适的人选。可是，我不能在独眼面前说出自己想和他们在一起，这种话必须独眼自己说出，他说出了，而我还要装着犹豫一番，此后，他就不会再随便怀疑我了。

我故作真诚地说："我在南方打工，干得好好的，一月也能赚上个上千元。回来这么多天了，耽误工作，我得赶紧去打工。"

那天，我们在饭店里喝了很多酒，趁着酒劲，我故意对独眼喊："老大，说实在的，我还看不上你这里的事。"

独眼说："别叫我老大，我不是老大，老大只坐在屋里指挥。"原来，独眼的上面还有人，他也只是一个跑腿的。

我说："我看过很多古书，我对这一带历史地理都很了解，我是文化人，文化人要做文化人的事情。"我故意做出一种清高的模样，用两只眼睛斜睨着他的一只眼睛。

独眼剔着牙说："文化人是个鸡巴，现在的人只认老人头。"独眼口中的老人头，就是百元人民币。

我之所以说出自己古文扎实，是因为盗墓团伙中，最缺少的就是能够看懂古书的人。听说盗墓团伙寻找墓址，一个是乡间传说，一个就是古老书籍。而盗墓人，都是一些没有文化的农民。

独眼走了出去，不知道去干什么。过了一会儿，他进来后说："你以后就跟着老大干吧，老大不会亏待你。你以后叫我叔。"可能他刚才出去是给老大打电话了。

到了夜晚，除过司机，我们所有的人都喝得东倒西歪。

我们钻进面包车里，这次，面包车把我们拉到了镇子边那个杂货店老板的店铺前。秃头老板带着我们沿着沟壑拐来拐去，最后走进了一座院子，院子里有两个窑洞。这里，就是盗墓团伙的窝点。

秃头老板把我当成了自己人，他看我的眼睛不再充满了戒备和警觉。他是不是传说中的老大?

在这里，我看到了很多与盗墓有关的稀奇古怪的工具，除了常用的铁锹、铁镐、圆铲、木把长达一米的斧子，还有一根钢钎，钢钎一头扁平，一头有一个圆形的把手，扁平的那边已经磨得发亮，估计撬开过很多石棺。除此以外，我在窑洞的墙角还见到了冲枪钻，一尺长的螺旋状的钻头，能够将石头凿穿。既然有冲枪钻，一定就有发电机，果然，在一块篷布下，我看到了一架小型发电机。发电机的旁边居然还放着一架小型抽水机。

这里简直就是盗墓工具博物馆，然而，如果你不知道内情，你怎么也不会把这些工具和盗墓联系起来。这些工具还是普通的农具，走进那些家境殷实的农家，几乎都能见到这些农具。

然而，我对那架抽水机还是不理解，它在盗墓中起什么作用?

我问狗剩叔，狗剩叔说："抽水机的作用很大，如果墓室被人挖过，就要用抽水机。"

我问："被人挖过，你们还挖它干什么?"

狗剩叔说："要是大墓子，你每挖一次都能挖到宝贝。"

我问："那挖过的墓子为什么会有水?"

狗剩叔说："为了图省事，挖墓子的人都是匆匆把土填进墓坑，然后就跑了。墓坑的土明显比周围的土虚，一下雨，墓坑很快就成了水坑，水积攒到这一坨，就流进了墓子里。墓子都是用砖箍起来的，所以就形成了水潭子。这些水潭子一般都有几米深，人不知道跳进去，就会被淹死。"

我感到更惊奇的是，我在炕边看到了几本边角卷曲、纸页泛黄的古书，打开一看，那居然是几本明清时期的县志和一些家谱。纸页薄如蝉翼，上面的老字笔画细若蚊足，真不知道这伙盗墓贼是从哪里找到这些古董的。

那天晚上，没有见到杂货店秃头老板，不知道他去了哪里。

独眼把我当成了自己人，他和我睡在一张炕上。他说："那狗日的晚上打呼噜，能把人吵死。"他说的那个"狗日的"，就是司机。

这天晚上，司机、狗剩叔、才娃叔都睡在一张炕上，估计今天晚上隔壁窑洞里会开"呼噜大会"。

我装着什么都不懂，向独眼请教盗墓的事情。

独眼摇头晃脑地说："自古以来，盗墓就分官盗和私盗。现在国家的人说他们是考古，其实就是官盗，咱们这是私盗。为什么只许他们挖墓子，就不许咱们挖墓子？"

我知道独眼是在强词夺理，考古和盗墓是两码事，但是我又不好反驳，我点点头，装着附和他的意见。我说："曹操那会子挖墓子，就是官盗吧？"

独眼以一种见多识广的语气说："要说这挖墓子，那历史可就久远了，最早也要从春秋开始。老先人有个刑罚叫做鞭尸。啥是个鞭尸？就是把死人挖出来，拿鞭子打，金银财宝就成自己的了。"

"哦。"我想起了春秋时期的伍子胥，他借助吴王阖闾的势力，平定楚国，将已经去世的仇人楚平王掘坟鞭尸。这可能就是史书中关于鞭尸的最早记载。

独眼已经在这个行业浸泡了很多年，他有着丰富的阅历，也积累了丰富的经验。然而，独眼不像狗剩叔那样有问必答，他不想回答的时候，无论我怎么迂回设套，他总是缄默不言。为了避免引起他的怀疑，我只好改换话题。

然而，尽管这样，独眼还是给我打开了一扇全新的窗口，让我了解到了盗墓这个异常神秘的行业。

独眼说起了一桩匪夷所思的事情。他说，本地清朝的时候，有一位将军从猎人的套索里救起了一只头狼，头狼知恩报恩，一直在暗中保护将军。将军在一次征战中，打了败仗，全军覆没，将军也受伤昏迷。头狼带来了狼群，一只母狼用乳汁把将军救醒了。将军在地上躺了十天，母狼喂养了将军十天，后来，山中的放牧人救走了将军。将军征战十多年，狼群就守护将军十多年。很多次当敌人冲入阵中，是狼群赶走了敌人，保护了将军。再后来，将军立下盖世奇功，慈禧落难西逃的时候，将军护驾，多次击败流寇。慈禧北回京城，将军就患病死亡，慈禧命人厚葬山中，狼群又一直守护着将军的坟茔。曾有几伙盗墓人准备挖墓，却都被狼群赶走。民国年间，此处发生地震，将军坟墓不知所在，狼群也消失了。

独眼说："这个故事记载在县志中。"

我打开一本民国时期的县志，果然找到了这段记载。

独眼说："这一百年来，挖墓子的都在找这个将军的坟墓，可是一直没有找到，谁能找到谁就发财了。"

那天晚上，我问了独眼很多关于墓中机关的问题。

独眼说："有盗墓的，也就有防盗的，只有了解了防盗的技术，才能更好地盗墓。"

每个坟墓都有墓室，每个墓室都有墓门，墓室的大小和墓门的大小，依照墓主人的经济情况各有不同。情况好的，墓门会有一人多高，墓室里能够站起人；情况不好的，墓门不到半米，墓室里除了棺材，连转身的空间都没有。

我问："墓室空间大了，好办；空间小了，一个人跳下去，怎么办？"

独眼说："所以说嘛，钻墓子就要找小个子又有劲的男人。先把棺材盖子撬开，推到一边，然后人钻到棺材里，趴在死人的身上，头对头、脚对脚，身上吊着一个像桶系那样的钩子，从头到脚，把死人的身体分段勾起来，一只手撑着自己和死人，一只手在死人身上摸索，看有什么宝贝。有的财东家喜欢给死人身上塞玉石，所以嘛，死人的嘴巴、耳朵、鼻孔、肚眼、肛门、阴户都要搜索到。"

独眼说得轻描淡写，我听得毛骨悚然。趴在死人身上，和死人脸贴脸，那该需要多大的勇气和胆量啊。

独眼说，要进入墓室，必须经过墓门，墓门处就设有机关，通常有两种，一种是顶门石，一种是圆石。顶门石直到现在还在北方的家庭使用，地上有凹槽，门后有阙石，门关上后，下端伸在凹槽的石条，刚好就顶在了阙石下，这样，从外面推门，怎么都推不开。圆石则是另一种机关，墓门后是缓缓的斜坡，斜坡上有凹槽，门关上后，圆石顺着凹槽落进半球形的坑中，顶在门口，外面怎么推也推不开。

我问："这些机关咋个破解？"

独眼说："机关是人设置的，就有破解的方法，这世界上还没有不能破解的机关。"

独眼开始卖起了关子，他不说如何破解，却说起了防盗的技巧。

除了墓门上的机关，财东家还在墓室里填满了流沙，打开墓门，流沙就源源不断地流出来，盗墓人要把流沙全部掏干净，才能进入墓室。然而，宽敞的墓室里，所填充的流沙多达几吨几十吨，依靠一个人的力量，几天几夜都掏不完，遇到这种情况，盗墓人就只能放弃。还有人在墓子里放很多石块，巨大的石块比盗墓人挖掘的洞口还大，遇到这情况，也只能放弃。也有些人为了防潮，给里面放木炭。所以，只要在地下用洛阳铲铲出木炭沙石之类的东西，那就说明有古墓了。

即使平安进入了墓室，还会遭遇各种各样的机关，这最主要的是陷坑翻板，看起来和别处的地面没有任何差别，人一脚踩上去，就掉下去，下面的利刃会把人身体戳穿。还有吊石弓弩之类的，不知情的盗墓人一触动机关，巨石就会掉落下来，或者弓弩射出毒箭来。也有人给墓室里灌了水银，水银挥发，盗墓人不知情，走进去，呼吸了含有水银的空气，就会死去……

我从来没有想到，墓室里外会如此凶险。独眼讲得眉飞色舞，我听得瞠目结舌。

我问：“你挖墓子有多长时间了？”

独眼没有正面回答，他只说：“在这方圆几百里，我算这个。”他伸出了大拇指，“什么地方有墓子，都逃不出我的眼睛”。他的一只眼睛在黑暗中炯炯发光。

到了后半夜，独眼不愿意多说了，为了免得他怀疑，我也没有再问。

第十节　被埋墓中

第二天，我起床的时候已经到了上午，杂货店老板走了进来，他告诉独眼说，前天晚上我们没有盗成功的那座古墓，“已经被国家接收了，几十个人在那里查看，车子停了一长溜。”

独眼懊恼不已。

我想不明白，那天晚上，为什么恰好就有警车来追撵我们？可能是警车偶尔路过那里，并没有发现我们，是我们的仓皇逃遁才引起了他们的注意；也可能是村子里的人看到我们形迹可疑，报告了警察。直到今天，我都不明白那晚警车为什么会出现。

那天中午和下午，我一直在窑洞门前的空地上阅读那几本古书，我没有在这些书籍中寻找古墓的记载和线索，而是在阅读那里面记载的故事。那里面记载了很多能工巧匠，他们用木头建造了巧夺天工的塔楼，还有历经百年而没有倒塌的房屋；还有很多很多的烈女，她们的事迹同样可歌可泣，然而没有一个人留下名字。志书和族谱上，只用王氏、赵氏等作为她们的代号。

县志中还记载有当地的高官名宦，在记录他们生平往事的同时，最后总是少不了一句“葬于本县××保××里”。保就是现在的乡，而里则相当于现在的村。这无疑就是给盗墓贼提供了线索。然而，由于历史沿革，乡名村名已经几经变化，要找寻到正确的地址，则要通读县志才能知道现在的准确位置。

族谱则更加“离谱”，族谱对自己家族中的达官显贵记载异常详尽，不但有死亡年月，而且有陪葬用品，更有葬地地址和周边环境。这样的一本线装书，不是族谱，而是《盗墓线索大全》。

就这样阅读古书的平静的日子，一直过了两天。偶尔，我的视线会从古书中抬起，望着苍茫的天空，望着遥远的南方，心想，我的那些同事们，他们是否知道我此刻在这个安静的北方小院里打捞业已消失的历史？

第四天黎明，我睡得正香，突然被独眼推醒了，他说：“赶紧走，再不走就来不及了。”

我穿上衣服，看到狗剩叔站在当院里，神情惶恐；司机坐在面包车里，一个劲地抽烟。我感到一定发生了什么事情。我跟着独眼钻进了面包车，惊奇地问：“咋回事？”

司机说，才娃叔出事了。

原来，就在前一天的黄昏，司机和才娃叔开着面包车偷偷跑到了那晚我们喝酒的那座村庄，来到村庄的时候已经是半夜，司机让才娃叔翻墙进去偷那个据说是宋瓷的盐罐子，他在村外接应。

司机说：“那天晚上我们坐席的时候，明明没有狗，不知道咋搞的，翻墙进去就被狗咬住了，才娃大声叫唤，全村的狗都叫，有人喊‘来贼了’，就把才娃逮住了，我只好一个人回来报信。”

面包车一直开到中午，才在一座小镇子上停下来，这里已经是另外一个省份。我们在镇子上仅有的一家旅社住了下来。

独眼一直在打电话，神情很诡秘，后来，他来到了镇子外的一条小河边，避过我们，还在通话，也不知道他在和谁通话。

一个多小时后，独眼才进来，他说：“今晚有一个墓子，刚才老板说了。赶紧睡觉，今晚行动。”

当天晚上，我们来到了一座更加偏远的山区中，周围几十里都没有人烟，隔着一道山梁，能够听到狼的嗥叫，还有不知道什么野兽从身边的荒草丛中跑过的声音。月亮挂在山巅上，像一张玉米面烧饼，颜色金黄，半天也不动一下。

司机照样拿起望远镜，爬到了一棵枯树上探看。独眼拿着洛阳铲前后左右取样，和上次比起来，我感觉他这次不够专心，每个眼都是浅尝辄止。十几分钟后，他用洛阳铲在双腿之间墩了墩说：“就是这样了，挖!”

狗剩叔曾经说过，要确定墓子的位置，少说也要在周围钻探50个以上的眼，而这次，独眼竟然只钻出了20个眼。难道独眼的盗墓技术突飞猛进了?

我想不明白。

没有了才娃叔，挖墓子就只剩下了狗剩叔和我，狗剩叔一会儿还要钻墓子，我抢过洛阳铲挖，可是没有挖几下，就被狗剩叔抢过去了，他说：“这不是你们读书人干的事情，还是我来。”

月亮升到了头顶的时候，洛阳铲卷上来了碎石和木炭，这下面果然有一个古墓。独眼怎么知道这里有货，他没有说，我也不便问。

和那天晚上一样，烈性炸药，导火索，一声闷响，藏青色的烟雾从竖井口袅袅上升。和那天晚上不一样的是，四周没有任何响声，这里太偏僻了，没有一个人影，有的只是深土里冬眠的动物和黄土上没有冬眠的飞禽走兽。

独眼又把导火索和烈性炸药放进去，准备再炸一次。狗剩叔说：“不要了，洞子够大了。”独眼说：“说不定下面有大家伙。”

又是一声闷响，洞口的直径足有半米，滚滚浓烟像火车头一样，喷吐而出，弥漫在我们的头顶，遮没了月亮，刺激得人直想打喷嚏。

按照惯例，炸开洞口后，需要用荒草掩盖好洞口，等到第二天，墓室里的戾气和烟雾散尽后，人才能进去。否则，人跳进去后，就只有死亡。然而，这天夜晚，独眼让狗剩叔下去，他拎给了狗剩叔一个防毒面具，说“戴上这个，一点事都没有。”狗剩叔一向对独眼言听计从，他戴好了防毒面具，就准备下去。

我知道刚刚打开的洞口有多危险。在那座南方城市里，我曾经采访过一个修理下水管道的工人，他的四名同伴刚刚打开窨井盖，就跳了进去，结果，没有一个活着出来。窨井里尚且如此，何况这个地下几十米深的坟墓，即使戴着防毒面具，也支撑不了多久。

我拦住了狗剩叔，我说：“坚决不能下，下去后就没命了。”

独眼看了看我，只好同意等到第二天晚上再来。

天亮后，我们来到了附近的一座县城，这座县城距离我出生的那座县城已经相隔上百公里。此前，我从来没有来过这里。

吃过饭后，依然是狂睡。白天，旅社宾馆都没有人来检查，所以不用担心。

睡醒后，又到了黄昏。吃过饭，司机换了车牌，我们又出发了。

半夜时分，我们又一起来到了那个闭塞的山区，那座已经打开了一座竖井的古墓上。

竖井旁楔着一个钢钎，钢钎上连着一根绳子，绳子的下面吊着铃铛，墓室里的人需要上来，只要一摇绳子，铃铛就会响，上面的人就拉上来。

狗剩叔脱掉棉衣，穿上老鼠衣，手抓着绳子，身子一弓一弓，双脚撑住井壁，下去了。接着，独眼又把铁锹递了下去。过了十几分钟，里面没有了任何响声，我很担心，一次次爬到竖井的旁边，向里面喊：“狗剩叔，咋个向?”里面传来了铃铛的声音，我知道狗剩叔没事，终于放下心来。

过了大约半个小时，独眼问：“你要不要也下去?”

我看了看独眼，看到月光下，独眼的脸上阴惨惨的，像蒙着一层釉光。独眼不等我回答，就从车子上取出矿灯，递到我的手中说：“下面有人，没事的，里面还暖和得很。”

我把矿灯戴在头上，脱掉棉衣，只穿着衬衣衬裤，手抓着绳索溜下去，炸了两次的竖井，刚刚能够容我通过。也不知道下了多深，抬头望去，看到头顶上的井口像一个搪瓷碟一样，很小很圆。我突然感到异常恐惧：如果上面盖上洞口，我们唯有一死。

又往下溜了一会儿，突然就看到洞壁上有一个小洞，洞里传出了亮光，狗剩叔正撅着屁股在里面努力地挖洞。

我叫："狗剩叔。"

声音在竖井里瓮声瓮气，听不真切。

狗剩叔停下了手中的铁锹，低下头，他头顶上的矿灯光从裤裆处照过来，照在我的脸上，他问："你咋跑来了？赶紧上去。"

我说："我想帮你挖墓子。"

狗剩叔说："憨娃娃，这事是你能干的？"

我说："我能给你帮个忙。"

狗剩叔叹口气说："这不是人多能干的活，你来了就算了。趴在我后头，把土蹬到坑里头。"

狗剩叔在前面用短把铁锹铲出土，用手刨到身体下，然后双腿蜷曲，将土蹬到身后；我再如法炮制，把土蹬到竖井下。洞里空间狭小，异常闷热，头上汗珠大颗大颗掉下来，张大嘴巴大口大口呼吸着。我感觉我和狗剩叔就像两只鼹鼠。

好在，再挖了没有多久，我们就挖通了墓室。狗剩叔趴在地上大口大口喘息着，喉咙里像有一根铁丝一样，咝咝地叫着；又像烧开了一锅开水，热气蒸腾。我也趴在他的后面，努力喘气。

等到缓过气来，我们跳进墓室，突然发现，墓门竟然打开了，墓室里站着一个人……

我浑身的汗毛都竖起来了，吓得坐在了地上，狗剩叔也吓得惊叫一声，声音在穹窿一样的墓室里回荡，听起来异常恐怖，好像有人在学狗剩叔惊叫。

狗剩叔头上的矿灯照着那个人的背影，他颤抖着声音问："谁？你是谁？"

那个背影一动不动，一言不发。

狗剩叔又大着胆子骂道："把你妈日的，老子不怕你，说话，你到底是谁？"

那个背影依然沉默不语。

狗剩叔说："你不说话，我的铁锹就砸过去了。"他颤抖着手臂，举起铁锹。

背影还是对他置之不理。

狗剩叔用眼角的余光望着我，悄声问："这可咋办？"

我的上下牙齿一直在打颤，早就说不出话来了。尽管我从来不相信世界上有鬼，但是，站在面前的这个背影，不是鬼，还能是什么？

我下意识地用手抓着狗剩叔的衣服，狗剩叔的衣服已经汗湿，全身抖动得像一片风雨中的树叶。

过了半天，那个背影还是一动不动，地面上传来了独眼的叫声，声音因为穿过竖井，又穿过甬道，已听不真切，不知道他在喊什么。然而，来自墓室之外的声音，从人的喉咙里喊出的声音，一下子把我们拉到了现实中。

狗剩叔又变得刚硬了，他握紧手中的铁锹，挺起胸膛，像一只雄赳赳气昂昂的大公鸡。他骂那个背影："你把你妈日了，你是活的，老子都不怕你；你死了，老子更不怕你。"狗剩叔捡起地上遗留的一块半截砖头，砸过去，背影轰然倒地。

"日了怪了。"狗剩叔看了我一眼，就手拄着铁锹把走进墓室。一些古墓里机关重重，为了防备陷阱之类的机关，盗墓贼一进入墓室，就要眼观六路，耳听八方，将盗墓工具作为探杆，在前探路，工具戳在哪里，脚步才敢踩在哪里，稍有不慎，死亡就会降临。

狗剩叔走在前面，我跟在后面，我们一步一步小心翼翼地走到了那具背影后面，狗剩叔用铁锹将他的身体翻转过来，我们都大吃一惊，那是一具死尸。他的眼睛瞪得很大，嘴巴扭曲着，显然在死前经历了极度恐惧。他的两手拄着洋镐，所以身体才没有倒下去。

从洋镐上可以看出来，这是一个盗墓贼。他是被活活吓死的，他的身上没有任何伤痕。然而，又是什么让他这样恐惧呢？

这个盗墓贼显然是不久前才死去的，狗剩叔用手指捏捏他身上的皮肤说："死了可能还不到两个月。"狗剩叔又在他的身上摸索着，找到了一个一次性打火机和几元钱零钞。

两个月的尸体居然保存得栩栩如生，真是不可思议。一般的尸体经过一周，如果不做处理，就会腐烂发臭的。

我抬起头来，看到前面有一具石棺，此外，再没有什么值得可怕的东西。是什么东西把他吓死的？

狗剩叔叮咛我，进入墓室，千万不要乱动。我站在原地，循着矿灯光四周查看，我看到墙角居然有一个矿泉水瓶子，还有一个红色的烟盒。矿泉水的牌子是“农夫山泉”，这显然是盗墓贼留下的。没想到，盗墓贼在这里，喝着“农夫山泉”，走上了“农夫黄泉”。

狗剩叔和我一步一步小心地接近了石棺，用铁锹撬开棺盖，狗剩叔爬了上去。

狗剩叔刚爬进石棺里，就喊道：“日了怪了，这墓子都叫人盗了。”

盗墓贼不是死在了墓室里吗？怎么还会被人盗？

狗剩叔从石棺里跳出来，神情懊恼地说：“干干净净的，只剩下一副骨头架子，啥都没有了。”

狗剩叔在石棺周边仔细查看，突然看到石棺粗粝的棱角上挂着两根长长的头发，他将头发摘下来，捧在手心，惊讶地说：“男人咋会有这么长的头发？啊呀，这是辫子的头发。”

狗剩叔口中的辫子，是指留长发的清朝人。

那么就是说，这具石棺，早在清朝就被人盗过了。

我和狗剩叔小心地在墓室里搜寻着。就像独眼说的，很多古墓，尽管一再被盗墓贼光顾，然而，只要仔细寻找，一般都能找到古董，因为盗墓贼是在黑暗中匆忙盗墓，总会有遗漏的东西。

我在地上找到了两支箭，箭杆仅有一尺来长，箭头异常锋利，发着绿光。狗剩叔喝令我站着别动，他说，这两支箭就是墓室里的机关射出来的，箭头上的绿光是毒液，这些毒液直接从五步蛇或者黑蜘蛛的身体提取的，毒性非常强，历经几百年还不会失效。如果皮肤不小心被箭头划破，走不出墓室就会死去。

我听得后背直冒冷汗。

有箭就会有机关，然而墓室里的机关在哪里？这些机关通常与一根非常细微的绳子连在一起，盗墓贼在幽暗的灯光中，不小心碰到了绳子，就会中箭身亡。在没有矿灯以前，盗墓贼用蜡烛，在没有蜡烛以前，盗墓贼用油灯。油灯幽微的光亮，又如何能够照亮头发丝一样细微的绳子。

然而，我们找不到发射毒箭的机关，也许，机关已经被盗墓贼破坏了。

我们又在墓室里探寻，狗剩叔的铁锹敲击在墓室的地面，四壁回应，缭绕不绝。

我的矿灯照在了墙角一个陶罐上，陶罐的外面色彩鲜艳，散发着瓷器特有的釉光，浑厚而绵软。我说："狗剩叔，你看那里。"

狗剩叔看了看说："是个青铜器。"

我说："是瓷器。"

狗剩叔说："是青铜器，挖墓子的人一般都不要青铜器，嫌晦气，拿回家就等于把灾祸带回家。是瓷器的话，哪能等到今天。"

我说："青铜器才值钱，它比瓷器年代久远。"

狗剩叔说："来了一趟，不能空手回去，不吉利，拿上这个也行。"

狗剩叔向前跨出一步，用铁锹把墩在地面，突然感到情形不对，我也听到这次的声音有点怪异，显得很空洞，有嗡嗡的回音。

狗剩叔说："啊呀，这下面是陷坑，性急的人这下就倒霉了。"

他用锹把翘起地上的两块方砖，将陷坑打开，我们都禁不住倒吸一口冷气，陷坑里也有一个死人。锋利得像竹签一样的铁刺刺穿了他的身体，他只剩下了一具骷髅，已经死了很多年，也许就是那个把两根长发留在石棺上的清朝人。

狗剩叔说："算了，我们过不去，陷坑挡住了。这个陷坑是故意让人上当的，贪图那东西，就肯定掉进去。"

我和狗剩叔小心地退回到墓室外，想到这个墓室的主人死后居然被好几拨盗墓贼光顾，我觉得他的命运实在太悲哀了。现在，有两个盗墓贼陪着他，他应该能够得到一些补偿了。

我想把墓门关上，不想让此后还有人打扰他。

墓门很沉重，推起来嘎吱作响，然而，就在两扇石门即将合拢的时候，门后传来了石头相撞的沉重响声，墓门一下子关闭了。

我惊讶地望着狗剩叔，狗剩叔说："这墓门后面有顶门石，关上就打不开了。"我使劲推了推，墓门纹丝不动。

这就是那天晚上独眼告诉我的顶门石，也是古墓常有的防盗机关。

我们像两只地老鼠一样，灰头土脸地钻进甬道，狗剩叔在前，我在后。钻过甬道后，狗剩叔站在竖井下方，我还趴在甬道里。扭头望去，竖井的上方只有麻钱大小的一块夜空。

狗剩叔摇动了从竖井上方一直垂到下面的绳子，绳子的上方绑着两个铃铛，绳子的摆动，就会带响铃铛，铃铛一响，上面的人就知道要拉绳子。

竖井下方的人要上去，只能依靠上方的人用绳子吊上去。

绳索抖动了两下，停止了，上面传来独眼的声音："有货没有？"

狗剩叔没有回答。在竖井的下方，即使大声喊话，因为回音巨大，上面也听不清楚；而竖井上面的人喊话，下面却听得比较清楚。

狗剩叔一下一下缓慢地摇动着绳子，这样上面的铃铛声音就一下一下地响，表示没有货。如果声音响成一片，很急促，则表示有货了。

上面传来了独眼的声音："没东西就甭上来了，死在里头。"

狗剩叔顾不得摇铃铛了，他大声喊："啥？啥？"

独眼趴在竖井口继续说："死就叫你们死个明白，你那侄儿是记者，专门来捣乱的。"

汗水顺着我的脸颊，流到了地上。他怎么知道我是记者？

独眼说："和我斗？还嫩着呢，你娃娃不知道深浅，你就在地下好好陪着你叔死吧。"

绳子像一条游蛇一样掉进了竖井里，接着有黄土一锨一锨铲下来，声音杂乱地落在竖井里。狗剩叔呸呸地吐着嘴里的黄土，向我伸出手臂，我边向后爬着，边把狗剩叔生生从土里拔了出来，像拔一颗萝卜一样。

我们顺着甬道又爬回到了墓室。矿灯光黄色的灯柱里，土灰四溅，黄土顺着甬道又流进了墓室。墓门刚才被我关闭了，再也不能打开，黄土又像水流一样顺着甬道灌进来，用不了多久，就会填满这个狭小的空间。

狗剩叔说："这狗日的填坑了，要把咱叔侄俩活埋了。这可咋办？"

狗剩叔坐回到了甬道里，面对着墓门，背靠着甬道，他把自己当成了北方乡村打墙的夹板，黄土在他的背后层层累积，溢出甬道，顺着竖井漫上了地面。

狗剩叔跳下了甬道，脸上身上都是黄土，像一座兵马俑一样。我们面面相觑，束手无策，墓门外的空间很狭小，我们的呼吸已经感到局促，而且更要命的是，矿灯的光线已经由白变黄。

我说："我先关灯，你的用完了再用我的。"

狗剩叔点点头，头发里的黄土刷刷地落下来。

他可怜巴巴地问我："咋个办呀？你是秀才，看有啥办法？"

我心中连连叫苦，别说秀才，就是状元到了这里都没办法。

过了一会儿，我看着甬道问他："咱们把独眼填的这些虚土掏出来，能不能出去？"

狗剩叔说："你知道这些土有多少？一个竖井的，一个甬道的，这些土能装一房子，这些土往哪里搬？只能搬到脚底下，脚底下这点空，还不到一个房子的一个墙角。不行。"

我想起了以前采访过的那些遇难矿工，他们从地下挖隧道钻了出来，逃出生天，我说："要不，咱们挖洞出去。"

狗剩叔说："往哪面挖？四面都是黄土，这是在山里，越挖越深。往上面挖，土又会掉下来，挖不成。"

"那挖斜角行不行？"

"挖斜角？你还没挖到头，都憋死了。"狗剩叔愁苦地说，突然意识到了什么，他惊叫道，"啊呀，铁锹哪去了？这下更出不去了。"

刚才我拉他逃进甬道的时候，铁锹被落在了竖井里。

我和狗剩叔说话的时候，都大口大口地喘着气，空气不流通，这里已经没有足够可供呼吸的空气了。

既然别处再无出路，就只能打墓门的主意了。然而，千不该万不该，刚才离开的时候，我关上了墓门，墓门后有顶门石，顶门石上面有阙石，下面有凹槽，这下，就是来一群大力士也推不开了。

然而，墓门又是目前唯一的选择，是我们幻想逃出生天的唯一通道。

我问狗剩叔："你以前遇到过这种门没有？"

狗剩叔说："遇到过，这是古墓常用的顶门石。"

我问："那你能有什么办法打开？"

狗剩叔喘着粗气说："得有细钢筋，焊成T字形，在卡着顶门石阙石的地方，从门缝塞进细钢筋，使劲推，顶门石就能立起来，再推门，就开了。"

原来顶门石是这样打开的！怪不得狗日的独眼说，机关是人造的，机关玩不过人的脑子，所有机关都有破解的方法。

狗剩叔接着说："而今到哪搭找细钢筋？"

是啊，到哪里找细钢筋？我们都犯难了。

我们坐在一起，彻底感受到了走投无路、万念俱灰，我们像虚脱了一样，呼吸维艰，身体软得像一堆棉花。

就这样死去？我悲哀地想着：这样死了，没有一个人知道，所有人都会以为我失踪了，所有人都不知道我在几十米的地下，生命像蚕丝一样，一丝一丝抽离了身体，直到身体变得冰冷、变成骷髅。

当有一天，再有盗墓贼来到这里，看到我和狗剩叔的骷髅，又会怎么想？他们会不会也在想，这是哪个朝代人的骷髅？

突然，狗剩叔的手在腰间摸了一把，站起来说："把他姨日的，咋总是忘了这身老鼠皮，这里有起子，看能不能开。"

我也兴奋地站了起来，突然感到浑身都有了力气。

狗剩叔把起子从门缝插进去，然后缓慢地向上移动，当感觉到起子被卡住了的时候，这就是阙石的位置，然而，阙石在他头顶上方的位置，他无法使力。

我接过起子，用尽了全身的力气，将顶门石的上端顶离了阙石，狗剩叔在下方大喊一声，墓门轰然打开，我们都滚落进了墓室里。

就在这时候，第一个矿灯的电量耗尽了，我们启用第二个光线暗黄的矿灯。这个矿灯也用不了多长时间。

等到两个矿灯都没有了光亮，我们就会坠入亘古以来的黑暗中。

然而，就算进入了墓室，我们也只是暂时脱离了困境。墓室的四面都是石头石板，与外界彻底隔绝，就是孙悟空进来了，也飞不出去。

最初的惊恐过去后，我们恢复了镇静。反正最后总要一死，那惊恐又有什么用处。

我们坐在地面上，不敢随处走动，墓室里不知道还有没有陷坑，还有没有什么别的机关。既然进来了，那就和狗剩叔一起去死。这时候，不论谁先死了，剩下的一个人都熬不过最后的难关。

我们坐在地面上，背靠着墓墙。墓室里非常寂静，静得能够听到我们彼此的心跳。

我叫狗剩叔，狗剩叔答应了：“哎。”

我说：“我把矿灯关了吧，反正现在也用不上。”

狗剩叔说：“你关了吧。”

矿灯关闭后，墓室里一片黑暗。黑暗像无边无际的大海一样包裹着我们，而我们则像大海里的两粒水滴，彼此倚靠着，不愿被阳光蒸发。

外面现在应该是白天吧，也许是中午，也许是下午，妈妈现在在干什么？妹妹和弟弟在干什么？妹妹会不会刚刚上完课，夹着备课本走回房间？弟弟说他要学开车，现在学了吗？在遥远的南方，在宽阔的大街上，现在有的同事正挤上公交车赶往采访现场，有的同事则回到报社趴在桌子上匆匆忙忙地赶稿……哎呀，生活太美好了，无论哪一种生活都显得魅力无穷，让人无限怀恋。

我又想起了以前的烦恼和忧愁，总嫌工资少；总觉得自己生活不好；爱上的女孩子，人家却不爱我；被同事排挤，心里很郁闷；花费了很大气力，而写成的稿件却无法见报……现在想起来，那些烦恼和痛苦又算什么？如果能有机会让我再活一次，再回到地面上，我对生活不会再有任何抱怨，只要阳光每天照在我的肩头，我就会非常满足。

我想起了贝多芬的话：“生活多么美好，活它一千次吧。”

是的，生活太美好了！

我正想着心事时，突然听到狗剩叔说：“你给叔讲讲城里的事儿，叔这一辈子最大的遗憾就是还没有到过大城市。”

我说：“大城市有大城市的好，乡村有乡村的好，大城市也就是车多人多楼房高，我觉得还没有咱农村好。”

停了一会儿，狗剩叔又问：“有一回在县上听人家说啥麦当劳麦当劳的，要吃麦当劳，麦当劳是个啥?”

我说：“麦当劳是个人的名字。”

黑暗中的狗剩叔显得很惊奇：“咦——这咋能吃人呢?”

我说：“麦当劳是个美国人，他发明了一种吃的东西，把这东西叫成了他的名字。”

狗剩叔很不理解：“这人也是的，叫啥不好，叫自个儿的名字，让全世界的人都吃他。”

我在黑暗中忍不住笑了。

狗剩叔又问："这东西好吃？"

我说："和咱的肉夹馍一样。"

狗剩叔说："我当是个啥哩，弄了半天就是美国的肉夹馍。这还要发明？咱老祖宗早就有了，这外国人就是比咱中国人笨。"

说到了麦当劳，我突然感到极度饥饿，我咬紧牙关，咽着唾沫，肠胃扭成了麻花。然而，在这个黑暗的墓室里，除了两副骷髅和一具死尸，再没有任何东西。

第十一节　逃出生天

不知道过了多久，我朦朦胧胧睡过去了，又不知道过了多久，我又醒了过来。四周依然是浓墨一样的黑暗，不知道地面上现在是白天还是夜晚。

突然意识到现在是在墓室里，我感到极度恐惧，不知道狗剩叔在不在，一摸，摸到他被汗水浸湿的、黏黏糊糊的老鼠衣上，我终于放下心来。

狗剩叔说："睡醒了？"

我说："睡醒了。"

狗剩叔说："听见你打鼾哩。"

我问："我睡觉打鼾？"

狗剩叔说："声音大着哩，人年轻就是好，到哪里都能睡着。叔老了，睡不着。"

我问："那你睡不着，想啥哩？"

狗剩叔说："我就在琢磨这咋个能出去？"

我说："这连个工具都没有，咋个能出去？"

狗剩叔说："咋没有？铁镐不是工具是什么？"

我突然想起了那个被吓死了的盗墓贼，他手中不是拿着铁镐吗？

狗剩叔说："我刚才把铁镐拿过来了，我正琢磨从哪搭下手挖能省力。"

我问："这盗墓的咋能给吓死？"

狗剩叔说："不知道，身上没一点点伤，肯定是看到啥吓破胆的事情了。"

我问："能有啥事？"

狗剩叔说："你一个人来到这墓子里，最害怕的是啥事？"

我想起了我们刚刚进来时看到的那个背影，仍然感到不寒而栗，我颤着声音说："当然是鬼了。"

狗剩叔说："是的啊，这人肯定是见鬼了。"

我说："这世界上哪里有鬼啊。"尽管我这样说，然而后背仍然冷汗直冒，以前看到的听到的各种各样的鬼怪传说像蜜蜂一样在眼前嗡嗡飞舞，让我魂飞魄散。

狗剩叔说："没有鬼是真的，但总有装神弄鬼的人。我估计这人是看到另一个人正在盗墓子，从棺材里爬起来，他还以为自个儿看到鬼了，被吓死了。"

我说："咋会这么巧？"

狗剩叔说："这世界上巧合的事情多了，这墓子少说也叫人盗了七八次。我能嗅出来，这墓子里有七八个人的气味。这是个大官的墓子，挖墓子的都盯上了。"

我怀疑地问："这咋能嗅出来？"

狗剩叔说："挖墓子的进到这里，都要出一身汗，这汗味散不出去，一直捂在里面。你嗅不出来，叔能嗅出来。"

我震惊不已。如果真是这样，狗剩叔就实在是个盗墓高手，连坟墓盗了几次都能嗅出。

我又问："咱们能出去吗？"

狗剩叔说："这得看运气。"

过了一会儿，狗剩叔问我："独眼说你是记者，你真是记者？"

我觉得到了这一步，再没有什么值得隐瞒的了，就说："我真是记者。"

狗剩叔说："你这娃早点给叔说你是记者，叔就不带你来了。你知道干这行的最怕啥？最怕警察和记者。这事让人知道了，就要掉脑袋。你这娃真是的，做事不知道深浅。"

我不知道该说啥好，迟疑了好一会儿，又问："你知道掉脑袋，咋还干这事？"

狗剩叔说："叔只是挖墓子的，逮住了最多就判个一两年，独眼他们就要掉脑袋。”

我问：“那你知道犯法，还干这事？”

狗剩叔说：“这你就不懂了，要是找到个好墓子，叔在里面藏上一件，他们走了后，叔二返长安，挖出来，那可就发家了，一辈辈都吃不完……哎，独眼咋知道你是记者？”

我说：“我也搞不清楚。”

在墓室里，时间已经停止了，我们不知道过了多久，也不知道是白天还是黑夜。饥饿像狼犬一样啃咬着我们，我们无力反抗，只能默默忍受。为了保存体力，我们只能坐在地上，一动也不动。

我想起了以前采访过的矿工，他们在黑暗的矿井里生活了十五天，依靠地下溶水，终于获救。那么就是说，我们在这里也能待上十五天，只要有水就行了。

一想到水，我干渴的嗓子就火辣辣地疼痛。

我想起了那瓶“农夫山泉”，就问狗剩叔：“那瓶水呢？”

狗剩叔拧亮矿灯，匍匐爬过了盗墓贼身边，爬到了墙角，把“农夫山泉”揣在口袋里，他还拿起那个红色的烟盒，打开看了看，看到是空的，又遗憾地扔在了墙角。

狗剩叔爬回来后，我看到那瓶水还有多半瓶，不知道是不是那个被吓死的盗墓贼留下的。狗剩叔拧开瓶盖，让我喝，我让他喝，我们让了半天，狗剩叔只好浅浅地喝了一口，然后递给我。

这多半瓶“农夫山泉”就是我们唯一的救命稻草。

尽管已经面临绝境死地，但是我们还是没有放弃求生的本能。

这个墓室并不大，像一般单位的会议室一样大小。我曾幻想过把被独眼填充了的甬道和竖井挖开，把挖开的土堆放在墓室里，但是狗剩叔说，竖井直上直下，根本就无法挖掘，即使强行挖掘，也会被上面掉下来的黄土掩埋在竖井底部。再说，这么大的土方量，估计还没有挖到头，就会被饿死累死。

然而，在墓室里想办法更不可能，墓室六面都是石板，有钢钎和铁锤也不一定能砸得开，更何况我们只有一个铁镐。

我们比矿难中被困的矿工还要无助。

不知道过了多久，我又睡过去了。

又不知道过了多久，我又醒过来了。

醒来后，摸到狗剩叔还坐在我的身边。

我问："你睡觉了？"

他说："眯瞪了一会儿。"

我头脑中电光火石般地一闪，我问："我们在这里坐了多久？"

狗剩叔说："少说也有两天了。"

我说："两天过去了，我们咋还没有死？这是不是很奇怪？"

狗剩叔也恍然大悟地说："是的哩，这么小的墓室，按说两天了，憋也憋死了，咋还没有死？啊呀呀，这墓子有出气口。"

我说："赶紧找，看在哪搭？矿灯呢？"

黑暗中传来了狗剩叔的惊叫声："啊呀呀，我明明把矿灯放在这搭，咋就摸不到？你没动矿灯？"

我说："我没动。"

狗剩叔惊呼起来："这……这墓子里还有人。"

我张开嘴巴，喊不出一句话，狗剩叔的声音也在颤抖，他喊道："你是谁？你是谁？"

狗剩叔的声音在空空的墓室里回荡着，声音充满了恐惧，像树枝一样分叉了，好像不是从人的喉咙里发出来的。

没有回应。

狗剩叔把老鼠衣上的钳子起子拨得铛铛响，虚张声势地喊道："说话，再不说话我就开枪了。"

还是没有回应。

我在黑暗中摸到狗剩叔的手臂，狗剩叔的手臂一直在瑟瑟发抖，我们的手臂碰在一起的时候，他一把抓住了我的手掌，人也突然变得刚硬起来，他对着黑暗喊道："把你妈日的，你过来，老子不怕你，有胆量你就把老子一刀捅死，老子早就想死了。"

黑暗中依然没有回应。

我侧耳倾听，只听到我们的喘息声。

狗剩叔从口袋里取出一次性打火机，这个打火机是从那个被吓死的盗墓贼的身上找到的。打火机居然还能擦亮，借着亮光，我看到墓室里空空荡荡，没有人，也没有矿灯。

“把他姨日的。”狗剩叔欷歔着，“矿灯跑哪搭了?”

狗剩叔站起来，手中擎着打火机，向右手边跨出一步，他想去找矿灯，突然一声惊呼，掉了下去，手中的打火机也灭了。

我下意识地伸出手去，一把抓住了他的连体老鼠衣，狗剩叔也很机警，身体前倾，手臂把在了石板上。我奋力一拉，将身材瘦小的狗剩叔拉了上来。

狗剩叔大口大口地喘着气，惊魂未定地说：“这搭咋也有机关?”

我趴在地上，在黑暗的地面上摸索着，寻找打火机。谢天谢地，我在身前一米远的地方，终于找到了打火机，好在打火机还没有被摔碎。

我擦亮打火机，狗剩叔用镐把捣开右边的地板，果然看到了石板下的陷坑。陷坑约有三四米深，矿灯就在陷坑里。

好险啊！狗剩叔擦着额头上吓出的汗水，我连连吐着舌头。

我看着陷坑说：“肯定是刚才你睡着了，把矿灯踢到了滑板上，滑板翻开，矿灯就掉下去了。如果你在睡梦中翻个身，掉了下去，那就连死都不知道怎么死的。”

狗剩叔骂道：“他妈的谁造的这墓子，这不是专门害人哩吗?”

打火机的光亮并不能维持多久，我们需要那个矿灯。现在，知道了这个墓子有通气孔，我们的心中都一下子燃起了求生的欲望。出去，一定要出去，把狗日的独眼和司机给法办了！

狗剩叔把镐把搭在陷坑上面，我们脱下了衣服，绑在一起，当成绳子使用。狗剩叔垂着绳子下到了坑底，拿起矿灯，遗憾地说：“不行，灯泡都碎球了。”

他又顺着绳索爬上来。

打火机只能擦亮一下，又灭掉，再擦亮一下……否则，打火机就会被引燃，打火机成了我们在无边黑暗中的唯一依靠。黑暗是大海，而这个一次性打火机则是一叶扁舟。

怎么出去？出得去吗？我们都在痛苦地想着。

狗剩叔在黑暗中用镐把把地面一寸一寸地捣了一遍，发现整个墓室只有那两个陷坑，他拉着我走到了棺材旁边，棺材周围是这个墓室最安全的地方。

我们在四面墙壁上寻找着盗墓贼留下的通道，然而，四面墙壁阴暗潮湿，棱角粗粝，连一道裂缝也没有，更别说通道了。

那个被吓死的盗墓贼是从哪里进来的？还有那个已经变成了骷髅的盗墓贼，难道他们像土行孙一样，会遁地术？

我们最后一次吃饭是在临近省份的一个偏僻县城里，这么长时间过去了，肚子里的养分早就消耗殆尽。而在那座县城吃饭的情景，现在想起来恍若隔世。

我们在墓室里待了多长时间？也许是两三天，也许是一周，我们置身在黑不见底的泼墨一样的黑暗中，早就没有了时间的概念。

我睡在石棺边，努力地让自己想着出去后的生活。我要吃遍天下所有美食，去那些一直想去却又舍不得花钱的名山大川好好转转，还要找一个女朋友结婚，好好过日子，生孩子，一辈子爱着他们、守着他们……

在黑暗中，我的手臂一直放在狗剩叔的手臂上，只有这样，我才能忘记黑暗带来的恐惧。

我问："叔，你当初怎么想起挖墓子？"

狗剩叔说："是独眼叫我来的，独眼说，要想富，去挖墓，一夜就成万元户。"

我问："那你成万元户了没有？"

狗剩叔说："下苦的哪里能成万元户，挖了这么多年墓子，还是穷得叮当响，你才娃叔也穷得只剩下裤衩了，你都看到了。"

我问："那谁发家了？独眼发家了？"

狗剩叔说："独眼？还轮不到他，他不过就是个懂技术的，小包工头。发家的是老板，听说老板都有几百万了。"

我又问："那谁是老板？"

狗剩叔说："我也不知道，老板从来不露面。"

我继续问："会不会是那个商店的秃头老板？"

狗剩叔轻蔑地说："他？他就是一个站岗放哨的，比你叔也强不到哪搭去。"

停了一会儿，我说："叔，不知道该怎么给你说，是我害了你……"

狗剩叔打断我的话说："啊呀，你叔这一辈子走州过县，啥事没经过？啥事没见过？打死会拳的，淹死会水的，死在墓子里，你叔也算是死得其所，就是娃娃你可惜了，这么年轻。"

我说："你不怕死，我就更不怕了，一起死了，黄泉路上有个伴。"

狗剩叔说："人活多少是个够数？今儿个死和以后死，还不是一样的？"

刚开始的时候，我们还在说话，有一句没一句地说着，后来，感到无边无际的黑暗堵在胸口，堵得慌，我们就不再说话了。

不知道什么时候，我又朦胧睡去了。

睡梦中，我似乎听到了狼的叫声，声音凄厉而遥远。狗剩叔突然摇醒了我，他急切地说："你听，你听……"

果然是狼的嗥叫，声音悠长而迟钝，仿佛是从地下传来的，又仿佛是穿越了层层障碍才传过来的，声音像螺旋桨一样，在墓室里回荡。

狗剩叔颤抖着声音说："能听到狼叫唤，咱们就离外面不远，兴许就只隔着一堵墙。"

然而，声音从哪里传进来的，我们依然不知道、找不到。

狗剩叔抡起铁镐，在墓墙上乱砸着，镐头和石头相撞，迸发出串串火星，然而，砸了半天，累得虚脱，却只砸出一撮粉末。

我们坐在地上，依然一筹莫展。

昏昏沉沉中，突然感到脸上凉凉的，好像有水滴，我还以为是幻觉，突然听到狗剩叔大叫："水？哪搭来的水？"

是的啊，怎么会有水？

水滴在我们身边洇成了一坨一坨，摸起来冰凉彻骨，我睡在地上，张开嘴巴，水滴一滴一滴地滴进嘴巴里，那种幸福的感觉在全身荡漾。水滴落在脸上，眼泪溅出眼眶。

狗剩叔擦亮打火机，他看清楚了，水滴是从墓顶上渗下来的。狗剩叔把打火机交给我，拿起铁镐，砸向墓顶，他自己一个趔趄，差点摔倒了。

"把他姨日的。"狗剩叔惊讶地说，"这是个啥？"

借着微弱的火光，他查看着镐头上带下来的东西，却发现那是一团纠结在一起的稻草。

“啊呀呀。”狗剩叔喊着，用铁镐在墓顶上捣腾着，发现墓顶有一个圆洞，里面塞满了积年的稻草，稻草已经腐烂，变成了黑色。

这是一个圆洞，不知道盗墓贼什么年代挖掘的。

狗剩叔哈哈笑着，我也哈哈笑着，我们抱在一起，泪流满面。

后来，我查阅相关资料，走访了一些考古专家，他们说，民国前的盗墓贼，所挖掘的竖井都在墓室的上方；而民国后的盗墓贼，所挖掘的竖井，一定要偏离墓室，先打竖井，再挖甬道，从墓门进入墓室。

为什么会这样？

考古专家说，古墓墓室，上下左右都是石头石板，异常坚硬。民国前，人数稀少，地广人稀，盗墓贼可以从容盗墓，在墓室上方挖掘竖井，用钢钎砸开墓顶，或者用大量火药炸开墓顶，盗墓贼用绳子吊着，直接进入棺材上方。而民国后，由于人口增多，防范严格，盗墓贼只能采取迂回战术，避开石头石板，用巧劲打开墓门。还有的盗墓贼在远离古墓的地方，搭上瓜庵，种上西瓜，而瓜庵里则是盗墓口；也有盗墓贼在远离古墓的地方，造一个假墓，而假墓也是盗墓口。盗墓贼为了避人耳目，真可谓挖空心思。

那么，这个竖井一定就是民国前挖掘的了。狗剩叔不知道还有这样一种盗墓方法，所以，他一直把眼光放在墓室四壁，却忘记了查看墓顶。而那些陈年的腐烂的荒草，填塞在竖井里，也和墓顶的石头变成了一个颜色。

为什么会有水？

狗剩叔说：“外面肯定在下雨，可是这季节，兴许是在下雪。”

找到了盗墓口，然而却有了新的问题，我们怎么才能爬上去？我们没有梯子，没有绳子，要从墓室爬到地面上，谈何容易？

狗剩叔站在石棺顶上，用铁镐钩住竖井里的荒草，向下拉扯，荒草越拉越多，盘根错节，相互纠缠，堆积了几个世纪的荒草，被狗剩叔拉进了墓室里。然后，一缕穿越了千年的阳光，照进了旷古黑暗的墓室里。

墓室里的一切开始变得影影绰绰，然后，慢慢地浮出黑暗。

我们凑近竖井下方，阳光在我们的脸上幸福地跳跃着。

墓室之外，正值正午。

狗剩叔站在石棺顶上，够不着墓顶。我站上去，想像小时候掏鸟窝一样搭人梯，然而，因为极度虚弱，狗剩叔一骑在我的肩膀上，我就直不起腰。

无奈之下，我只好趴在石棺顶上，让狗剩叔踩在我的背上，他从老鼠衣上掏出刀子，在竖井的下方挖着脚窝。我奋力一起，他踩在了脚窝里。

然后，狗剩叔一节一节轮换着，将脚窝挖到了竖井上方，爬上去了。

狗剩叔能够出去，我就能够得救。

过了一会儿，狗剩叔把一棵还带着枝杈的杨树扔进了竖井，我攀着树干，上到了枝杈上，又从枝杈攀到了脚窝，然后，一步一步，一步一步，爬出黑暗沉沉的墓室，爬向自由和幸福。

爬上竖井后，我摊开四肢，躺在地上，我感到我变成了一朵云彩，变成了一缕风，飘荡在无限清澈、无限透明的天空中。

这是一个低洼地带，四周长满了蓬蓬勃勃的刺角和芦苇，无数年代的岁月枯荣，让荒草变成了一个大毯子，遮盖在了墓室上方。没有人知道，这里有一个盗墓贼留下的竖井，直通地下。

四周堆积着厚厚的积雪，就在昨夜，也许是前夜，这里降落了一场大雪。然后，正午的阳光照耀在积雪上，融化了的雪水穿越几个世纪的荒草，滴落在了墓室里，向我们报告着这个世界的消息。

我和狗剩叔搀扶着，在泥泞的雪地上，慢慢地向前走去，走向远处的山峰。山峰下，有一条大道通往县城。

我看到一辆绿色的汽车，从远处开了过来，我大声呼喊着，举起了手臂……

第二天，我和狗剩叔出现在了当地派出所。

然后，我们来到看守所，见到了才娃叔。

后来，独眼是在秃头老板的家中被守候的民警抓获的，一同抓获的还有司机。他们逃亡了几天后，看到风平浪静，就又潜回秃头老板家中。结果，被民警抓个正着。

我和狗剩叔在墓室里被埋了三天，就在我们被埋在墓室的当晚，这里下了入冬后的第一场雪。纷纷扬扬的大雪下了两天两夜，第三天，阳光普照，积雪消融，融雪流进竖井里，我们终于得救了。

就在才娃叔出事的第二天，我们在各个地方奔走躲避，秃头老板来到了我出生的那个村庄打听，打听到了我是记者，然后告诉了独眼，独眼便对我和狗剩叔下毒手。

他们的计谋天衣无缝，可惜我和狗剩叔没有一点察觉。

据秃头老板和独眼交代：盗墓团伙的人分四种，从低向高，分别是下苦的、腿子、支锅、掌眼。狗剩叔和才娃叔是下苦的，独眼是腿子，秃头是支锅，而掌眼据说是省城人，一直没有露面。

和下苦的与腿子比起来，支锅的收入就高了很多，但是所有的风险都要支锅承担。

支锅看好了一处古墓，就召集腿子，腿子带人去挖。这些人的工资、食宿、交通、设备等，都需要支锅支付。在盗墓团伙中，支锅是具有一定经济实力的人。然而，并不是所有的古墓都能挖到东西，大多数都要空跑，找一个古墓不容易，找一个没有人挖过的古墓更不容易。如果侥幸挖出了东西，支锅就与掌眼联系，掌眼能看上货，就出钱购买；看不上，货就砸在了支锅手上。所以，在这个利益链中，支锅的风险最大。

支锅最害怕的是，文物不能出手，文物不出手，就会有危险，它像一块烫手的山芋，又像一颗定时炸弹，随时都会被查获。现在盗墓不像古代，古代地广人稀，盗墓贼可以从容盗墓，现在盗墓危机四伏，说不上来什么地方就有眼睛。所以，如果手中有了文物，支锅就会选择尽快出手，价格低些也愿意。

秃头开着杂货店，杂货店其实只是为了掩人耳目，秃头还开着一家小煤窑。小煤窑的巨额暴利，让他拥有挖掘文物的资本。

掌眼从秃头手中买到了货后，就通过地下渠道，把货交到南方老板的手中，南方老板又交给香港、台湾老板。这样，文物通过地下渠道流传到境外，身价几十倍几百倍地上涨。

比如，一件汉代青铜器，被腿子和下苦的挖出来后，交给支锅，掌眼从支锅手里买进，花费5000元；掌眼把这个青铜器卖给南方老板，就会卖到5万元，甚至50万元；而通过各种不同的渠道来到海外，则会变成几百万元。文物到了海外，盗墓者就彻底安全了。因为在海外的拍卖市场上，是不会追问文物的来源的。

处在盗墓链条顶端的老板，永远都是神秘人物。据说，这样的人都是只手通天，他们的背景和关系错综复杂，谁也无法预料到他们的关系网会有多稠密。

后来，民警摧毁了这一盗墓利益链条，狗剩叔因为自首，被判处一年徒刑；才娃叔两年；独眼被枪决；秃头因为举报了掌眼，供出了更为错综复杂的高端盗墓利益链，只被判处了 10 年徒刑；生活在省城的掌眼也被抓获，至今还关在监狱中。

去年，我回家的时候，还见到了狗剩叔，他现在做老板了，手下有几十辆双人单车和三人单车，来秦岭山旅游的人，都喜欢租着他的单车，在山下游荡。他后来娶了老婆，还有了一个女儿，一家人生活得很幸福。

【第二章】

暗访盗窃团伙

第一节　两个月的变迁

那年冬天，我坐在一列绿皮列车上昏昏欲睡。这辆列车从北方开往南方，穿过大半个中国。我像一名脱衣舞娘一样，坐在车上不断地脱衣服，等来到我工作的那座南国都市时，我的身上只剩下了一件单衣。

我依旧来到城乡结合部的那座村庄，见到了迟刀，却没有见到钟封。迟刀告诉我说，短短的两个月没有见，钟封的生活已经发生了很大变化。

钟封在做一种名叫“赌石”的生意。他从赌文物改为赌石，依然没有改变高风险的赌博特性。

就在我跟着狗剩叔奔波在北方凛冽寒风与荒郊野岭的时候，钟封认识了一个做玉石生意的老板。这个留着一撇小胡子的老男人，在短短的几年内，已经从万元户变成了千万富翁。他经常来往于新疆和南方这座城市之间，像只苍蝇一样忙忙碌碌。

也就是在这短短的几年内，一种名叫和田玉的玉石，身价涨了万倍，这种疯涨的速度让所有人咂舌和震惊。和田玉，也成为了财富新贵们身份的象征，能够拥有一块上等和田玉，会让他们感觉“很有面子”。于是，无数南方商人蜂拥到了新疆昆仑山区，收购和田玉。而当地农民，则将可能会有玉石的地方，挖了一遍又一遍，翻了一遍又一遍，人们使用着亘古不变的寻宝技术，寻找着这种传说中的疯狂的石头。

然而，这种玉石却异常神秘，它的外面包着一层石头，让人们无法窥视到它的庐山真面目。南方商人们将可能是玉石的一块石头，从当地农民手中，花费10万元买到手，然后带回南方某一个隐秘的角落进行切割，石头剖开后，它的里面可能是一块大大的和田玉，价值百万甚至千万；也可能只是一块一文不值的石头。正因为玉石的神秘性，赌石的生意才应运而生。

就在钟封认识那个小胡子老男人之前，行走江湖多年的小胡子老男子刚刚跌了一跤，他从新疆的玉石市场花大价钱买回了一块血丝玉，而血丝玉更是和田玉中的极品。他将这块血丝玉小心翼翼地带回南方后，一个东南亚商人说，这只是一块普通的白色石头，而上面所谓的血丝，是人工制作的。玉石贩子把公羊的后腿割开，将一块印章大小的白色石头放进去，然后缝上伤口。三年后，玉石贩子再割开羊腿，将那块石头取出来，这时候，石头上就有了血丝，看起来彷佛就是血丝玉。

也在江湖上行走多年的钟封说，其实每个行业都有一些制假的手段，这些赝品完全可以以假乱真。有些文物贩子将制作好的铜器埋在茅坑的屎尿中，等到三年后再取出来，铜器上就结了一层绿色的铜锈，看起来完全像穿越了几千年岁月的古色古香的青铜器。买家将这件器皿摆放在厅堂或者卧室的玻璃器皿中，视若至宝。却不知道这东西历经了三年的屎尿浸泡，才修炼成了这般模样。还有的算命先生打听到哪户有钱人家有一个羊羔疯（癫痫）儿女，就偷偷地在这户人家的后墙外挖掘一个深坑，埋下一颗羊头，三年后，算命先生上门了，说之所以孩子得羊羔疯，是因为院后埋了一颗羊头，羊头挖出来，孩子病就好了。主人来到院子后一看，荒草萋萋，往下一挖，果然找到羊头。于是，算命先生得到一大笔赏金。

江湖险恶，钟封曾经这样对我说。

人在江湖漂，谁能不挨刀？钟封还曾经这样对我说。

文物收购商人钟封非常喜欢阅读金石一类的书籍，他对玉石也颇有研究。

有一次，钟封跟着小胡子老男人来到新疆收购玉石，他们开着车来到河谷，车子被一块石头卡住了。小胡子老男人和钟封下车搬走了这块石头，就在准备上车的时候，钟封回头看了一眼那块石头，感觉异样，他告诉老板说，这石头可能有货。但是，老板固执地认为就是一块石头。他们开车离开了。当天晚上，钟封再次给老板说，那块石头真的不寻常。天刚蒙蒙亮，他们再次来到那块石头出现的地方，却再也找不到了。三天后，他们在玉石市场见到了这块石头，它被一位浙江老板以 300 万元的价格买走了。小胡子老男人肠子都悔青了。

钟封给老板购买的第一块石头，就让老板赚了一百多万。在新疆一户农民家中，钟封看上了一块石头，让老板购买，老板犹豫不决，那块假血丝玉让他此后心有余悸。最后，钟封只好把老板的电话留给了那户农民。回到南方后，可能因为等着钱用，那户农民打来电话，钟封再次劝说老板赶快购买。电话里谈好价钱是 50 万元。几天后，两位新疆农民坐火车把这块石头送来了，剖开后，里面是上等羊脂玉，做成一尊上山老虎，卖了将近 200 万元。而剩下的边角料，还可以做一下小挂件，至少也能卖一二十万。

几笔生意过后，钟封发财了，他搬离了城乡结合部，在市中心买了一套首付的房子，和老婆搬了进去。

中学语文教师迟刀一如既往地住在城乡结合部，他对钟封的暴富不以为然，他依然信奉者勤劳致富的古训。他认为财富是一分钱一分钱积攒而成的，像小胡子老男子和钟封这样的财富大厦，是建立在沙丘上的，总有一天是会坍塌的。

然而，生活中有着太多的一夜暴富的神话。有的人依靠收取贿赂，有的人依靠承包工程，有的人依靠非法融资，有的人依靠垄断经营，有的人依靠与黑道勾结……这些财富神话让迟刀深深疑惑，他不明白那些财富新贵们为什么都带着血腥的原罪。

来自遥远小县城的迟刀无法想象，这些财富新贵们是依靠着种种匪夷所思的方式，迅速积攒了巨额财富。

城市的生活是一架万花筒，他让无数的迟刀们头晕目眩。

第二节　救助站的小毛贼

有一天，迟刀接到了一个陌生电话，电话是家乡一位远房亲戚打来的。电话中说，这位亲戚 13 岁的儿子现在在少年救助站，让迟刀接出来，然后在春节的时候送回老家。

我和迟刀来到了郊外的少年救助站。

救助站的工作人员说，一个星期前，这名少年是被派出所的民警送来的。当时少年在过街天桥上乞讨，身上带着伤痕。有市民拨打了 110，民警找到少年，少年说自己从老家一路流浪过来，身无分文，才想到了乞讨。由于少年年龄较小，民警只能把他送到救助站，暂时安排他的生活。

在救助站里，少年才说出了他的遭遇：他是被丐帮控制进行乞讨了，每天把乞讨到的钱交给帮中老大，讨不到钱，就会遭到殴打。然而，丐帮老大居住在什么地方、是哪里的人，他一概不知。他只知道他和几个同样乞讨的流浪孩子住在一间黑屋子里，天黑的时候，房门上锁；天亮后，房门打开。甚至他在哪条路上乞讨，他也记不清名字了。

少年说出了他的父母姓名和所在的村庄名称，而至于哪个乡、哪个县都不知道。救助站的工作人员通过户籍警，才终于打听到少年的出生地点。此后，远在千里之外的少年的父亲委托迟刀春节带回自己的孩子。

救助站里都是一些未成年的少男少女。其中有一些智障的孩子，永远回忆不起来父母的情况，他们被好心人送来了救助站，也可能是被父母遗弃了，他们只能永远生活在救助站；还有一些孩子智力正常，却谎话连篇，溜光圆滑，像泥鳅一样，他们小小的年纪却已经锤炼成了老江湖。

那天，我和迟刀去救助站接他的远房外甥，见到了两个小偷。一个是女孩子，一个是男孩子。他们的年龄都在十二三岁左右。

那个男孩子有着和他的年龄不相称的凶狠，他用狼一样的眼睛看着走近他的每一个人，神情冷漠得像一块寒冰。他的脖子上有一道伤疤，伤疤像一只丑陋的蜈蚣。救助站的工作人员说，这个少年是在公交车上偷窃的时候，被便衣警察当场抓获的，但是，他在派出所的时候说自己没有偷东西。自从进了救助站，他就一言不发，沉默得像一块坚硬的石头。工作人员拿出心灵鸡汤一样的热忱，但就是无法感化他。

和男孩子相反，女孩子则有问必答。她说她出生在西北边疆的一个小城市，名字已经忘记了，一个月前，他跟着父亲来到了这座城市，因为生活无着、没有饭吃，她才偷窃的。她说她只偷过两次，第一次偷了 10 元钱，第二次在饭店偷包的时候，被警察抓住了。

女孩子长得很漂亮，皮肤微黑，睫毛长长，像个芭比娃娃一样。工作人员说，这个女孩子显然在说谎，第一次偷了 10 元钱，第二次怎么就敢拎包？她确实是在肯德基里拎包的时候被警察抓住的，但是敢于拎包，就说明已经是惯偷了。带她从西北边疆来到南方这座城市的，一定不会是她的父亲，哪有父亲教唆自己的孩子去偷东西的？她口中的那个所谓的父亲，一定就是贼头。

那孩子告诉了工作人员，她的父亲叫艾什么江。第二天，就有人打电话到救助站，说自己的女儿走失了，问是不是在救助站。工作人员问："你叫什么名字?"他说，他叫艾什么江。

但是，工作人员还是不相信这个艾什么江就是女孩的父亲。

贼头都是在江湖上浸泡了多年的老滑头，他们从来不出手偷窃，偷窃的是他们培训出来的孩子，孩子被抓住了，而他们平安无事。他们知道这些未成年的孩子即使被抓住了，也不会受到法律的惩处，最终会被送到少年救助站。然后，他们冒充少年的父母，将孩子从救助站领走，继续行窃。

在每个城市里，都能见到这些偷窃的孩子，而孩子的背后，则是那些可恶的贼头。

我原本打算通过这个女孩子进入偷窃团伙内部，然而，当我第二次再来到少年救助站的时候，女孩子已经被接走了。

无奈之下，我决定通过这个沉默的男孩打进偷窃团伙。

迟刀的远房外甥叫孙子明，长期在烈日下的乞讨让他的皮肤变得黧黑，眼睛却又像优质煤块一样闪闪发亮。过早辍学进入社会，让这些孩子都变得机警和老练，他们说起谎话来，神情自若，面不改色，好像是亲眼所见一样。

孙子明答应会帮我接近那个沉默的男孩。

就在孙子明被接出来的第二天，他又来到了少年救助站，工作人员安排他和那个沉默的少年住在一个房间。这些年，我和救助站的人关系一直很好，因为我没有"分口"，所以只能依靠自己的能力寻找线索，而救助站的线索能把人绊倒，每一个来到这里的人身上都有曲折的故事。

后来，孙子明告诉我，这个沉默的少年外号叫蜈蚣。贼娃子之间不叫名字，都叫外号。

蜈蚣对孙子明同样抱有敌意，他蹲伏在墙角，像一头猎豹一样，恶狠狠地盯着孙子明。我一直担心孙子明的人身安全会受到威胁，就躲在门外的拐角处，静心听着房间里的一切。房间外有一道铁栅栏门，这些不良少年都具有突如其来的攻击性，所以，这些铁栅栏门通常都会关上，但里面的风吹草动，外面都能听得一清二楚。

行乞多年的孙子明已经练就了一套以柔克刚的本领，他从内裤里掏出一包皱皱巴巴的香烟，给了蜈蚣一根，蜈蚣接过去，疑惑地看了看。孙子明又用打火机给他点着了，他狠狠地抽了一口，然后眯缝起双眼，让烟雾丝丝缕缕地从鼻腔里荡出，一脸沉醉。

蜈蚣将香烟抽了一半后，突然问："你怎么能把香烟带进来?"按照规定，每个少年进入救助站的时候，都要被搜身，小刀、绳子、香烟等一些不合时宜的东西都要被收缴。

孙子明笑着说："你没看我藏在内裤里，他们搜不到。"

和成年人一样，一根香烟也能拉近两个少年之间的距离。

蜈蚣说："我见过你，前天吃饭的时候，你排在我的前面。"

孙子明说："我这是二进宫。"

蜈蚣问："你这回是怎么进来的?"

孙子明说："我刚出去，就又做钳工，被雷子抓住了。你是因为什么进来的?"

孙子明在江湖浸泡多年，他知道一些江湖黑话，小偷们把第二次被人抓住后关起来，不叫"又进来"，而叫"二进宫"；把偷窃不叫偷窃，叫做"钳工"；把警察不叫警察，而叫"雷子"。

蜈蚣说："我没有偷东西，我不知道警察为什么也把我送到了这里。"

孙子明说："我们跑出去吧。"

蜈蚣说："我才不跑哩，我等人接我。"

孙子明问："谁会来接你?"

蜈蚣说："我老爸啊。"

孙子明说："那我就等我哥哥再来接我，我哥哥爱打我，下手特重。"

我和工作人员站在门外，偷听着房间里他们的对话，我们都深深感慨孙子明的机警。在多年的职业乞讨生涯中，孙子明能够依靠扮演一副可怜相，感动了无数的路人，让路人自觉地掏出零钱放进他面前的破碗里，我相信他也能再次感动这个外号叫蜈蚣的少年。

然而，我低估了蜈蚣，低估了蜈蚣的狡猾。

我听见蜈蚣问孙子明："你们在哪条路上做钳工?"

孙子明说出了他经常乞讨的那条马路。

蜈蚣又问："你经常是开天窗，还是走地道?"

孙子明似乎迟疑了一下，说："都做。"

蜈蚣继续问："你是做架子的，还是摸点子的?"

我听见孙子明没有说话，他只是一个劲地劝蜈蚣："抽烟，抽烟。"

显然，孙子明不知道蜈蚣在说什么。

蜈蚣的口气突然变得强硬起来："你他妈的到底是做什么的？说!"

我担心孙子明会遇到危险，正想冲进去，工作人员拉住了我，他很严厉地咳嗽了一声，将腰间的钥匙串摆弄得仓啷啷直响，然后走过去，打开了房门。蜈蚣和孙子明赶忙摁灭了烟头，工作人员装着没有看到这一切，他威严地说："你们在说什么？不准打架，不准吵架，谁违反了规定，罚打扫厕所一周。"

其实，少年救助站的厕所是有专人打扫的，但是，这句话很有威慑力。孩子们最不愿意做的事情就是打扫厕所，这句恐吓的话常常让一些顽劣不化的孩子变得暂时乖巧。

我也是在后来才知道，盗窃团伙有自己的黑话，这些黑话外人听不懂，只有他们自己才知道在说什么。

孙子明知道的，只是一些简单的黑话，只是一些皮毛。江湖上，隔行如隔山。

蜈蚣说的"哪条路"，并不是指真正的马路，而是指撬门扭锁入室偷盗，还是跟着行人掏包行窃。蜈蚣口中的开天窗和走地道是指偷窃的部位，上衣口袋叫天窗，裤子口袋叫地道。做架子，则是指遮挡偷窃对象的目光；摸点子，则是指下手偷窃。

那天，我也低估了孙子明的应变能力。

我相信即使我面对蜈蚣这样咄咄逼人的盘问，也会心中发慌，露出马脚，然而，孙子明很镇静，也许，就在少年救助站的工作人员进门打断他们的谈话时，孙子明便想出了对策。

我听见孙子明说："谁能够知道这么多啊，我是刚跟着我哥干这行的。"

蜈蚣问："你们单干?"

孙子明说："是的，我哥带着我。我干这行时间不长。"

蜈蚣很轻蔑地说："怪不得这么短时间二进宫，没人罩着怎么行?"

孙子明赶快不失时机地问："你们有多少人？怎么个罩法？"

蜈蚣说："我们的人多了，几十个呢，谁搭架子，谁走趟子，谁摸点子，都有分工。"

孙子明很羡慕地问："你们比我和我哥好多了。可是我都听不懂你说些什么。"

蜈蚣炫耀地说："搭架子就是掩护你，走趟子就是检查他身上的钱包放在哪里，摸点子就是下手啊。"

孙子明啧啧称赞着："这里面还有这么多道道，可惜我们什么都不知道。"

蜈蚣更加得意地说："我刚才还以为你是条子，弄了半天是并肩子。告诉你吧土鳖，你学着点，以后走江湖用得着。就是下手也分好多种，用镊子夹的叫长钳子；用刀片划的叫飞刀，还叫小李飞刀……"

我在外面听得震惊不已，窃贼行业里，原来还有这么多的讲究。按照蜈蚣说话的内容推断，"条子"就应是卧底、密探之类的意思；"并肩子"的意思就是朋友，武侠小说中经常能够看到这个称呼，"并肩子，上啊"。土鳖则就是笨蛋，一个骂人的词语。

我听到蜈蚣在里面大骂我，因为我就是他口中的带着孙子明上道的哥哥，他骂我不懂一点江湖规则，还想在江湖上混，早晚会被乱刃分尸。蜈蚣还劝孙子明跟着他干，他早晚会成为老大，会干出一番轰轰烈烈的大事业。

他说："你想在道上混，没有个帮手，死都不知道怎么死的。"

蜈蚣还说，他只是偶然失手，不过不要紧，很快就出去了，老大知道他在这里，会接他出去的。他这几天不用上班，全当在这里养精神。

蜈蚣的话语老气横秋，完全不像一个少年的口气，我想，这个少年可能很早就进入了盗窃团伙行窃。在他的心中，从来就没有什么道义和良善，我听见他在向孙子明吹嘘自己的过去，说他都偷窃过些什么东西、偷窃过些什么人，上至七八十岁的老人，下至穿着校服的学生，而偷窃最多的，则是一些衣着时尚的女子。他说，每次他看到失主垂头丧气，号啕大哭，他就感到很好笑。

这个少年心中已经泯灭了仅有的良知和友善。

那天下午快要下班的时候，少年救助站的接待室里来了一个 40 岁左右的男人，长着一双圆溜溜的老鼠眼睛，他是来接蜈蚣的，自称是蜈蚣的父亲。

救助站的工作人员悄悄上楼告诉了我，我隔了十几分钟后，也装着是来接人的，走进了接待室。

老鼠眼睛的男人态度很谦卑，他一看到我就先发烟，弯着腰，毕恭毕敬。他总是低垂着眼睛，不敢与我的眼睛对视。然而，我看到他薄薄眼皮下的眼珠像弹子球一样滴溜溜乱转，活灵活现。和所有小偷一样，他皮肤黧黑，身形消瘦。

我想和他攀谈，可是他话语很少，只是含含糊糊地嗯嗯着，囫囵吞枣地答应着，不知道他在说些什么。他的眼睛不时地瞟向我的口袋，我知道这是他的职业习惯，装着没有在意。

蜈蚣和孙子明走下楼的时候，我和这个老鼠眼睛的男人都迎了上去。然后，我们四个人一起走向救助站的大门口，蜈蚣和孙子明一直在唧唧呱呱地说着话，好像有些难分难舍。我装着没有留意他们的谈话，而老鼠眼睛则疑惑地看看他们俩，又疑惑地看看我。

走出救助站很远，走到了岔路口，蜈蚣和孙子明就要分开了。孙子明问蜈蚣："以后怎么找你啊，你有没有手机?"

蜈蚣说："我没有。"他求助似的看了看那个他口中的"老爸"，然后将"老爸"拉到一边，神色鬼祟地说了几分钟。

接着，蜈蚣将一张写着手机号码的纸片递给了孙子明，他说打这个号码就能找到他。

我看着老鼠眼睛和蜈蚣拦住了一辆出租车绝尘而去，展开纸片，却发现这个号码少了一个数字。

老鼠眼睛显然是有意为之，他是一只老奸巨猾的狐狸。

几天后，孙子明离开了这座他行乞四年的城市，跟着迟刀回到了北方家乡。多年以后，他已经成为了当地享有盛名的破烂王，据说，他依靠一辆三轮车走街串巷收废纸破布起家，现在已经在镇子上盖了一座二层楼房。

孙子明临走前，我和他详细谈起了蜈蚣，让他回忆蜈蚣说过的每一句话。我想从蜈蚣不经意的谈话中，找到一点蛛丝马迹的线索，尤其是他们的活动区域。然而，蜈蚣没有向孙子明说起过他们经常出没的地方，事实上，不识字的蜈蚣即使看到路牌，也不知道上面写着什么。他口中的偷窃地点只是高楼、河边、大桥、超市、公交车等没有鲜明特点的标志物的地方。

孙子明离开后，我与盗窃团伙之间仅有的一条线索也中断了。他们组织严密，像跳蚤一样敏感异常，他们拒绝陌生人，任何一张生面孔都是难以打进去的。

第三节　我被抓了

就在我准备放弃的时候，有一天突然遇到了蜈蚣。

那天是冬季一个少有的阳光明媚的日子，我刚刚走上公交车，无意中一回头，看到了一个少年从桥头走过来，弓着腰，低着头，肤色黝黑，两只眼睛左右逡巡，那正是蜈蚣。

我跳下公交车，一条腿着地，另一条腿却被公交车门夹住了，鞋子也被夹掉了。我转身拍打着车门，车门打开，我在几名女子肆无忌惮的嗤笑声中捡起鞋子，顾不上系鞋带，就狼狈地追向蜈蚣。

那时候我一点也不知道盗窃团伙的规矩，他们最避讳的是让人抓住手臂。我追上了蜈蚣，从后面一把抓住了他的手臂，他使劲地向后甩，没有甩开，连头也没有回就向前跑。他这一切完全都是下意识的动作。

我被他向前拉动了几步，拉得一阵趔趄，差点摔倒。我喊道："是我，怎么了？不认识了？"

蜈蚣这才回过头来，他恶狠狠地瞪着我："你妈的，抓老子手干什么？"

我放开了他的手臂，讨好似的望着他："怎么？不认识了？我是大哥啊。"

蜈蚣恼怒地说："你是鸡巴，你是谁的大哥？"

我正和蜈蚣说话的时候，身后围上来了三个男子，他们都身形消瘦，龇牙咧嘴，满口脏话，一看就知道绝非善类。有一个男子拎住我的领口，扬起拳头，准备打我。此前，我不知道他们是从哪里冒出来的；此后，我才知道，盗窃团伙都是集体出动，每一个小偷的后面都有望风的人、保护的人、转移赃物的人……他们分工明确，即使你抓住了小偷，也无可奈何，你的财物早就被转移走了，而你的人身安全还会受到威胁。

我连连摆着手臂，对着要打我的男子说："大哥，自己人，自己人。"

男子放下了拳头，可是脸上还是余怒未消，他对着围观的人说："这么大一个男人，干吗要欺负人家小孩子？"他装着他是见义勇为，装着他不认识蜈蚣。

我指着蜈蚣说："我们是朋友、朋友，不相信你就问一问小兄弟。"

蜈蚣又用饿狼一般的眼睛看了看我，他冷漠地别过头去，看着要打我的男子说："我认识他的小弟。"

男子终于释然了，他放开了我的领口。另一名男子驱赶着围观的人群说："看什么？有什么好看的。"围观的人群没有看到预想的场面，只好失望地离去了。

我连忙从口袋里掏出香烟，给他们每人发了一根，然后点头哈腰地给他们点着了。他们一个个神气活现的，像一群骄傲的公鸡。

我向他们解说认识蜈蚣的过程，我说起了我的"小弟"孙子明曾和蜈蚣一起住在救助站的同一个房间里，然后再说我和老鼠眼睛的"不期而遇"，我竭力向他们表白着我是他们的朋友，以消除他们对我的戒备。

一名男子问："你的小弟呢？"

我说："他前天晚上爬上五楼阳台，掉了下来，死了。"

他们脸上没有任何惊异的神情，长期在刀口上讨生活，让他们心冷如铁。一名男子问："那你现在是单干？"

我点点头说："是的，现在只能单干。你们要人吗？"

他冷冷地说："不要。"

然后，他们就转身离开了。他们行走的时候都很分散，每个人之间相距十几米，后面的人只盯着前面的人，他们逶迤拖出几十米远，路边的每一个人都不知道他们是一伙的，是一伙窃贼。

我不愿放弃这个来之不易的机会，紧紧地跟着最后面的那个人，苦口婆心地请求他们收留我。那名男子一言不发，只是低着头向前走，脚步匆匆，从他的脚步能够判断出走在最前面的蜈蚣一定走得很快。我跟了十几米远，突然从旁边闪出了一名男子，拦住了我的去路，他扬起右手，我看到他的食指和中指间夹着一个亮光闪闪的东西，我知道那是刮胡刀片或者手术刀片，异常锋利，他们遇到危险的时候，手指在人的身上轻轻一抹，就会留下一道伤疤。

我向旁边一躲，刀片抹空了。我惊骇地看着面前这个男子，他怎么一出手就用上了刀片？怎么就如此凶残？

他留着寸头，衣着和容貌都没有任何特异之处。后来我发现，窃贼们的容貌都有一个共同特点，那就是没有特点，没有特点，才会让人过目就忘，才不会给人留下任何印象。

他拦住了我，表情凶狠地看着我："跟着干什么？快滚！"

我没有离开，我留意着他的一举一动，担心他再次举起夹着刀片的手。可是，他的手臂插进裤兜里，一条腿支撑着全身的重量，另一条腿斜伸出去，不住地抖动着，趾高气扬，脸上是老猫戏弄老鼠的得意神情。

我想，他刚才可能是在吓唬我，或者是在考验我。

我摸出一根烟，递给他，他歪着头让我放在他的嘴角；我掏出打火机，他又歪着头让我替他点燃。他自始至终都是一副颐指气使的模样。

我说："大哥，不是兄弟要缠你们，是兄弟落单了，实在没办法。"

他向两边看了看，看到乘公交车的人和下了公交车的人从我们身边走过去，络绎不绝，他勾了勾下巴，径直向前走去，我跟在了他的后面。

我不知道他要带我去往哪里，还有些什么人在哪个隐秘的地方等待着我。然而，事已至此，我已别无选择，只好硬着头皮跟着他。

他走到了街角，停下了脚步，左右看看，没有人，就悄声问我："会不会有暗器？"

我迟疑地点点头，我喜欢阅读武侠小说，知道一些暗器的名字和用法，什么飞镖啦银针啦血滴子啦。然而，窃贼黑话中的暗器并不是这些武侠小说中的内容，他将一片薄薄的手术刀片递给我，这个刀片就是他口中的暗器：在暗处伤人的武器。

像他一样，我也将这个又窄又薄的刀片夹在右手的食指与中指间。

后来我知道了这个男子的名字叫螳螂。

尽管我还不知道这伙窃贼的组织机构，但是螳螂应该是这个团伙里的小头目。

螳螂带着我走在大街上，他的眼睛总是习惯性地盯着来往行人的口袋和背包，眼睛里闪烁着一种火柴般的光亮。那天，我才知道了什么叫做贼光。我们快要走到一家银行门口的时候，螳螂的手机响了，他嗯嗯了几声后，就带我走到了一棵街树的旁边，眼睛紧紧地盯着银行门口。

几分钟后，从银行里走出了一个50多岁的男子，他的手伸进裤兜里，裤兜显得鼓鼓囊囊，显然里面有货。螳螂悄悄对我说："过去，把他撞倒。"

我慢腾腾地迎着那名老人走过去，和他相隔十几米远的时候，我看到他的身后蹿出了一名青年男子，他的眼睛像被磁铁吸住了一样，一眨不眨地盯着前面的裤兜。我知道，这就是扒手。他们一定是在我撞倒老人的时候，装着学雷锋，扶起老人，趁机偷走老人裤兜里的钱。

我和老人相距越来越近，我紧张地思索着，如何能够让老人躲过小偷，又不会引起他们的怀疑。和老人相距两三米的时候，我突然喊了一声"嗨"，然后侧过身，做出要撞过去的姿势。老人警觉地看着我，我撞过去，老人敏捷地闪过身，我趁势倒在地上。

老人的手始终没有离开过裤兜，他用狐疑的眼光看看我，骂了一句"精神病"，然后径直走了。

我心中充满了喜悦，外表却又要装着垂头丧气。我爬起身，跟在老人后面的那个小偷瞟了我一眼，眼光像飞刀一样锋利。他一言不发，好像不认识我一样，径直离开了。小偷的后面还跟着一个人，这个人也没事一般地离开了。

我低垂着头，像斗败的公鸡一样灰溜溜地来到了螳螂的身边，身上沾着尘土。螳螂狠狠地踢了我一脚："去你妈的，连个架子都不会搭，猪都比你聪明。"

我唯唯诺诺，做出一副痛心疾首承认错误的模样。我说："大哥，这些东西都没有人教，我这人也有点笨，以后跟着你好好学。"

螳螂说："你笨得像个榆木疙瘩，斧头都劈不开。你他妈的还是趁早滚蛋！"

我说："求求你，大哥，我有的是力气，你总有用得着我的地方。"

螳螂鄙夷地说："怪不得你单干，你这种蠢货谁要？"

我拿定主意，不论螳螂如何骂我，我就是不走开，跟着他，我相信我的精诚至了，他的金石也就开了。

那天，我还请螳螂吃了一顿水煮鱼。螳螂边吸溜吸溜地吐着舌头，边喝着啤酒，我在一边看得心疼。一盆水煮鱼，几十元钱，我平时都舍不得吃，而现在却让这个小偷吃得酣畅淋漓。

吃完饭后，我又跟在螳螂的后面，像个小丑一样，对他巴结逢迎，说着连我都感到恶心的马屁话。螳螂像《天龙八部》中的丁春秋一样，眯缝着眼睛，满脸都写着乐陶陶，十分受用。

我相信这伙窃贼绝对不是单独行动，就像蜈蚣在前面走着，他的后面跟着望风的人，望风的人后面又跟着保护的人……螳螂的前面或者后面也绝对有同伙，只是我不知道会是哪一个，他们的组织严丝合缝，他们的配合天衣无缝。

走到了一个商场门口，螳螂的手机又响了，他依然嗯嗯了几声，然后挂断电话，对我说："盯住前面那个穿休闲裤的男子，给他开个口。"

我心中一惊，我知道"开个口"是什么意思，但是，我还要装着什么都不知道，我做出一副懵懂的神情问："我不懂。"

螳螂目露凶光，他骂了我一句，然后直截了当地说："在他身上割一刀。"

我只能跟在那个穿着休闲裤的男子身后，螳螂又跟在我的身后，我紧张地思索着对策。他们为什么要报复这个男子？很可能这个男子就是见义勇为的人，而他们现在逼迫着我向这个见义勇为的人动手术刀。

我跟出了一百多米，还迟迟没有下手，斜刺里走来了一个戴着眼镜的男子，皮肤白皙，文质彬彬，看起来就是个计算机专业的大学生，他看着我说："你他妈的快点，还等什么？"

我突然觉得自己就像逼上梁山的林冲一样，要纳出投名状来，才能被这个组织接收。然而，我又凭什么要手夹手术刀，像个歹徒或者黑心医生一样，划向这个无辜的人？

我听人说起过，窃贼们出手非常快。有一个小女孩和妈妈乘公交车，看到小偷在偷东西，就告诉妈妈说："妈妈，那个叔叔把手放进了阿姨的背包里。"小偷没有得逞，就怀恨在心。公交车到站，小偷跳了下去，而跟在小偷后面的一个人，手指在小孩子的脸上轻轻划过，然后也跳下了车子。公交车启动后，小女孩突然放声大哭，人们这才发现小女孩满脸是血，粉嘟嘟的脸上是一条长长的伤疤。

人在受到割伤后，当时的感觉是麻木，而过了十几秒后，才会感觉到巨疼，才会看到血流如注，这在医学上是有解释的。所以，小偷报复的时候，飞快地划伤，飞快地消失，等到受害人发现自己受到伤害，也不会怀疑到小偷的身上。

然而，这一刀，我是绝对不能划向这个穿着休闲裤的人的，如果这样做，即使我不会被人抓获，我也会一辈子都受到良心的谴责；但是，如果我不划出这一刀，他们一定会怀疑我的身份，我可能会受到残酷的报复。

怎么办？

大街上行人穿梭，有的人把心思写在脸上，有的人把想法握在手中，一个个看起来都行色匆匆。阳光很毒，在钢筋水泥的楼顶上闪闪烁烁，而我的心中充满了莫可名状的悲哀。

我知道肯定有好几双眼睛在盯着我，紧盯着我的一举一动。如今，箭在弦上，不得不发，我走到了休闲裤的后面，伸出紧紧并拢在一起的食指和中指，在他的大腿后面抹了一把，然后转身走开。

我刚走了两步，肩膀突然被人从后面把住了，我一转身，面门上就结结实实挨了一拳，打得我眼冒金星。我摇摇晃晃，几乎要摔倒了，刚刚勉强站直身体，头上又遭受了暴风骤雨般的连环撞击，将我打倒在地。我心想，遭了，今天遇到的是一个拳击高手。

我还没有爬起身，背上又挨了重重的一脚，休闲裤边踢着我边说："还敢来偷老子，老子今天打死你。"

几分钟过后，突然响起了哇啦哇啦的警笛声，我连忙松开食指和中指，让手术刀片滑落在地上，然后摸着满脸的红肿，站了起来。刚才，我并没有用手术刀片划休闲裤的身体，只是用手指碰撞了一下他的大腿，做了一个象征性的动作，只是为了掩盖螳螂们的耳目，没想到休闲裤刚刚丢了钱，变得非常敏感，他以为我是一名小偷，又来光顾他，他把所有的怨气都发泄在我的身上，用他练过拳击的专业拳头击打我没有受过专业训练的头颅。哎，打人打得这么惨，什么江湖啊！

警察将我抓进了派出所，现在，我的身份成了犯罪嫌疑人。

坐在面对警察的那张方凳上，我心里有过犹豫，想告诉他们我的真实身份，这样，我就可以轻松地从派出所走出，回到报社。但是，如果这样做，我暗访盗窃团伙的计划就宣告结束了，此后再也没有机会打进这个神秘莫测的团伙了。而如果我将犯罪嫌疑人的身份继续扮演下去，则我就有可能取得螳螂他们的信任。说不定这会儿他们正安排了眼线，就在派出所周围观察着我，了解我的一举一动，我一定要打入这个罪恶团伙。再说，刚才被拳击高手一顿饱揍，这顿拳脚我也不能白挨啊。

我决定像蜈蚣他们那样，硬撑下去，反正警察们手中没有证据，他们就会在 24 小时后将我放出去。

我始终咬定自己只是一个过路人，不小心撞了休闲裤一下，就遭到一顿胖揍。我满腹委屈，愤愤不平，涕泪横流，唉声叹气，把自己当成了林黛玉。警察没有办法，就将我关在了留置室里。

留置室三面墙壁，一面铁栅栏，铁栅栏从地面直通屋顶，里面的一举一动，外面都能看到。

留置室里还关着两个 20 多岁的男子，一个穿着牛仔裤，一个穿着蓝色西裤。他们看到我进来了，一言不发，只是向墙角让了让。

留置室很小，不到 10 平方米，三个人蹲在地上，就显得空间逼仄。我将头埋在膝盖之间，双手抱在脑后，一副痛心疾首的模样。但是，我的耳朵却警惕地捕捉着身边的每一个细微的声响。我听见警察的皮鞋声远去了，在走廊尽头消失了，我听见身边另外两个人的暗示声，一个在意味深长地嗯了一声，一个啊了前半截，将后半截的啊生生吞了回去。

我对他们抱着好奇，他们也对我抱着好奇。我们就像陌路相逢的蟋蟀一样，触角谨慎地碰撞一下，又赶快闪躲到一边。

一颗弹子棋从走廊的那头滚过来，玻璃棋子在地面滚动发出细微的声响，弹子棋滚到墙角，弹了两下，然后停止了。一名协警走过来，捡起弹子棋，走到走廊那头问：“这是什么？什么意思？”

走廊那边传来了说话声：“掏东西不小心带出来了，我儿子的玩具。”

外面又恢复了宁静。

天色渐渐暗淡了，夜晚来临了，走廊里的灯光点亮了，我还是蹲在地上，一动不动。我仔细地回想着今天的经历，想理出个头绪来。我跟着蜈蚣他们，螳螂为什么会闪出来？螳螂一定和他们是同一伙的。螳螂没有用刀片割伤我，他一定是接到了蜈蚣他们的电话，知道我是同道中人。可是，螳螂为什么要派我去割伤休闲裤？而我被休闲裤痛殴的时候，他们为什么不上来帮忙？一定是他们对我仍旧心怀戒备，因为我没有将那个老头儿撞到，他们怀疑我是雷子，派我去割伤休闲裤，而休闲裤是一个拳击高手，不管我是否割伤他，我都会遭到痛击，遭到刑拘，这样，他们让我的身份故意暴露，然而他们一直在暗中监视我。

既然他们在暗中监视我，那么，说不定留置室里的两个人中，就有一个是他们的人。他们的人被关进来了，然后就想把我也关进来，这样，留置室的这个人，就一定能够了解到我的身份。

我拿定主意，将小偷继续扮演下去。

大约到了午夜时分，派出所里安静下来，牛仔裤用脚踢了踢我："哎，你怎么进来的?"

我用垂头丧气的语调说："唉，别提了，晦气。"

牛仔裤问："怎么回事?"

我说："给一个人开口子，口子没开成，被人家发现了，打了我一顿。"

牛仔裤说："这种事你也做不了？你他妈太笨了。"

我说："是笨，是笨，谁知道那家伙会拳击。"

牛仔裤说："你他妈就不会跑?"

我说："那时候被打晕了，没想到要跑。"

牛仔裤没有再说话，他内容丰富地看了西裤一眼，然后歪着头想心思。

后来，我问："你们是怎么进来的?"

西裤刚想说什么，牛仔裤抢先说："我们什么都没做，不知道怎么就被抓进来了。"

白天跑了一天，后半夜困意袭来，我终于支撑不住，靠在墙角睡着了。

朦胧中，听到有人在说话，所说的话我一点也听不懂，前言不搭后语，所问非所答，这可能就是江湖黑话。我以为自己是在做梦，眼睛睁开一条缝，看到走廊上昏黄的灯光，这才知道是牛仔裤和西裤在说话。

他们一直在悄声交谈着，好像此前就认识。但是，从古到今在江湖上流传的黑话都是一些常用词，而一些新词他们却不能用黑话表达，西裤的口中不断地出现"发电机"，我想，可能他是偷窃发电机被抓住的。而牛仔裤是为什么进来的？我始终没有听明白。

后来，他们停止了交谈，响起了鼾声。我又睡去。

第四节　打入盗窃团伙

不知道睡了多久，留置室的铁栅栏门突然响了起来，一名警察高声喊着我的名字，要我出去。我睁开眼睛，看到初升的阳光照在走廊上，原来天已经亮了。

警察将我带进了昨天的那个房间，我还坐在昨天的那张方凳上。警察威严地看着我说：“你的事情，我们都清楚了，你赶快说吧。”

我心想，坏了，那个牛仔裤可能是警察安插进留置室的便衣，或者留置室装有窃听器，要不，警察怎么会清楚我的事情？

我只好一五一十地说了自己的情况，说自己是打入盗窃团伙的暗访记者。警察惊讶地说：“这太危险了，你考虑过后果吗？这些小偷都是亡命之徒，只要你露出马脚，他们就会杀人灭口。”

我说：“我是暗访记者，就是吃这碗饭的。”

警察出去了，把我一个人留在了小房间里，房间门也没有关闭，我走到了走廊里，看到走廊没有人，他们对我并没有戒备。

几分钟后，那名警察进来了。他非常客气地问我：“肚子饿吗？要不要吃点？”

我的肚子确实饿了，从昨晚到现在一直咕咕叫，我笑着说：“有什么吃的，就拿点吧。”

那名警察又出去了，再回来的时候，手上提着三个大肉包子，我接过来，一口就咬掉了半个。警察边给我倒水边说：“我们辖区里，有好几帮小偷，抓了放，放了又抓，这都是些小毛贼，找不到贼头，如果能够找到贼头，把这些坏蛋一网打尽就好了。”

我咽下了口中的包子，说：“只要能打进他们内部，就能找到贼头。”

警察说：“难度很大啊。”

我问：“那两个都是小偷吗？”

警察说："是的。"

我说："还是把我关进去，我通过他们找到贼头。"

警察不答应，说这种暗访实在太危险了。后来，我一再央求，他请示过领导后，才答应了。他说："遇到危险，赶快拨打派出所电话，我们马上就会出动。"他告诉了我派出所的办公电话，让我牢牢记住。

我对这名警察心存感激。在所有部门中，公安部门是线索最多的部门，但也是最难采访的部门。除非是跑公安口的记者，别的记者想采访案件，必须经过政治处和宣传处的同意，而经过这一程序审查后，新闻一般也就变成了旧闻。

后来，我和这名警察建立了非常友好的关系。

我又回到了留置室里，依旧是一副愁眉苦脸的样子。牛仔裤问我："他们问什么了？"

我说："没有什么，还是让我承认偷东西。"

牛仔裤以一副见多识广的语气说："不能承认，承认了你就等着蹲牢子；不承认，他就只能放你走。"

贼无赃，硬似钢。果真是这样。

大约是早晨10点左右，我们走出了留置室，牛仔裤和西裤脸上是一副"拨开云雾见青天"的神情，我也喜形于色。

走在大街上，我说："我们三人也是患难之交，一起吃顿饭吧。"

牛仔裤和西裤都争先恐后地说没有钱，我说："我请客。"他们立刻又喜色荡漾。这是两个很小气的贼。

那一顿饭花费了我一百多元钱，他们不但点菜，还要喝酒，而酒又是价钱不菲的郎酒。酒足饭饱后，他们嘴角叼着牙签，心满意足地走在大街上，我对牛仔裤说："大哥，把兄弟带上，发财一起发啊。"

牛仔裤说："你有点笨，我估计老大不会要你。"

走到了十字路口，西裤摆摆手，走上了另一条路，我问牛仔裤："他怎么走了？"

牛仔裤说："他是另一派的，和我们不同路，他们只摸大件，摸不了小件。"

牛仔裤显然把我当成了自己人，他和我坐在花坛边，抽着我点给他的香烟，边吞云吐雾，边侃侃而谈，他说，他昨天摸点子，被人发现了，但是钱包已经转移了，那个人拉住他不放，大喊大叫，刚好警察路过，就把他抓了起来。他说，在现在这个江湖上，必须抱成团，结成帮派，才会成功，如果一个人单干，会死得很难看。

牛仔裤显然是一个老江湖，他向我讲起了江湖规则，我听得目瞪口呆。

原来就在我们生活的这个城市里，小偷江湖帮派林立，有的帮派只偷大件，有的则只偷钱包，有的撬门扭锁，有的街道上偷窃。偷汽车的绝对不偷钱包，偷钱包的绝对不碰汽车，否则就乱了江湖规则。

江湖，自古神秘的江湖，流淌着不尽的传奇和传说。

牛仔裤的名字叫螃蟹，这是我以后才知道的。

螃蟹在我的面前，极尽卖弄之能事。他说，他看一眼，就能知道面前这个人的钱放在什么地方。

他看着我问："相信吗？"

我说："我不相信。"

他说："不相信？哼，我让你看看就相信了。"

前面来了一个女孩子，穿着羽绒服和牛仔裤，背着一个拖拖拉拉的巨大的挎包，挎包像绵羊尾巴一样拍打着她的屁股，羽绒服没有扣扣子，两边的衣服下摆像鸡翅膀一样鼓鼓扬扬。螃蟹说："这个女孩的钱包装在牛仔裤后面的裤兜。"

螃蟹说完后，就迎着女孩走了过去，就在擦身的一刹那，螃蟹轻轻地碰了一下女孩子的肩膀。女孩侧过头看了他一眼，没有言语，继续向前走去。螃蟹向我招招手，我过去后，他炫耀地向我抬起手，手心放着一个小小的红色钱包。

我们走到了街边，螃蟹点了点钱，有500多元。螃蟹的脸上露出得意的笑容。

我问他："你怎么知道女孩的钱包就在裤兜后面？"

螃蟹说："女孩子的钱包如果装在挎包里，挎包一定放在前面，或者放在侧面。如果装在天窗里，衣服扣子一定会扣起来。看她这个样子，钱包一定就装在地道里。"

螃蟹说得眉飞色舞，我听得目瞪口呆。

我们沿着街边的人行道慢慢地向前走着，走到了十字路口，十字路口旁有一条小巷子，那是年货一条街，无数的红灯笼、红对联，还有红绳子编制而成的中国结悬挂在每个摊位的上方，让这条平凡的街道变得辉煌无比。每个摊位上都堆着码放整齐的红包、抱拳拜年的大头娃娃、用布做成的串串红辣椒……放眼望去，这条街道就像一条红色的飘满了玫瑰花瓣的河流。

我跟着螃蟹来到这里，螃蟹的神情显得有点兴奋。他悄悄地说："来买年货的人，身上肯定都装着把，说不定能弄几槛。"后来我才知道，在小偷江湖，钱不叫钱，叫把。一百元以下的，都叫水；一百元，叫一条；几百元就是几条；一千元，叫一槛；几千元就是几槛。能一次性拿到万元以上的现金，机会相当少，因为现在人们出门，身上都不会带太多的钱，需要很多钱的时候，都会带张卡，安全又方便。

螃蟹嘴巴里哼着那年非常流行的一首歌曲《阳光总在风雨后》，眼睛左右逡巡。他悄悄向我炫耀说："我能知道谁的身上有多少把，你信不信?"

我不置可否地看着他。

有一个女孩子和我们擦肩而过，戴着近视眼镜，头发扎成了马尾巴，背着双肩包，好像是个大学生。螃蟹说："这包里面可能是水。"为了让我相信，他紧走几步，追上了女孩子。再转身回来的时候，他手插在裤兜里，手掌里多了一个钱包。

我们来到公共厕所，螃蟹打开钱包，果然在里面只找到83元钱和几个钢蹦，还有身份证、公交卡。趁着厕所没人，螃蟹将钱和公交卡、身份证装在身上，将钱包扔进了废纸篓。

螃蟹说，这种双肩包是最容易被人拿的，东西装在双肩包里，就等于装在他们的口袋里。不用人掩护，一个人就能搞定，想拿什么就拿什么。"不明白哪个白痴发明的这玩意儿，这是给我们发明的。"螃蟹戏谑地说。

我们继续在年货一条街上走着，走到了一个邮筒旁边，看看左右无人留意，螃蟹将身份证丢进了邮筒。

螃蟹向我说，他是一个心地非常善良的人，不像别的人，把不用的东西都丢掉了，给人家造成不必要的损失。"干哪一行，都有哪一行的道义。"螃蟹向我解释说。盗亦有道。

向前走了几十米，螃蟹又盯上了一个老太太。他说："这个老人家的把在羽绒服里面，估计能有两三条。”

他又说：“按照这个情况，应该用上小李飞刀，可是没有飞刀，这就要靠技术了，你好好跟我学着点。”他的神情洋洋自得。

我们一直跟在老太太的后面，老太太来到一个摊位的前面，解开羽绒服的纽扣，从里面的口袋里拿出了一沓钱，抽出几元钱后，又把其余的钱装进去，没有扣纽扣。老太太拿着那几元钱和摊主讨价还价，螃蟹挤了上去，一错身，又回来了，手心里多了一沓钱，正是老太太放在羽绒服口袋里的。

螃蟹将钱数了数，一共 280 元 6 角，螃蟹向我眨眨眼，神情怡然自得。

我问：“你怎么总是拿女人的？”

螃蟹说：“你懂不懂？女人的把最好拿。”

我问：“你怎么就知道她们身上有多少把？”

螃蟹说：“这是诀窍，干这一行时间长了，你就会知道。”

不到一个小时，就偷了 300 多元钱，这小偷的生意太好了。

年货一条街上人流如注，但是螃蟹一定要离开。他解释说，得手两次后，就要换个地方，这是行规。

我们乘上了公交车，螃蟹拿着刚刚偷到的公交卡，滴一声后，果然是学生卡，司机看了看螃蟹的小胡子，欲言又止。螃蟹扬扬得意地坐在我的旁边。

我问：“我们现在去哪里？”

螃蟹说：“去大本营啊。不过，你不能说我在外面得手。”

我知道他是想把这 300 多元独吞，不想上交给“大本营”，就说：“我没有看到啊。”

螃蟹满意地笑着：“小子还有点机灵。”

螃蟹有两个爱好，一个是说话，一个是嚼槟榔。以后我再遇到他的时候，他要么在说话，要么在嚼槟榔。他的嘴巴总要在一刻不停地动着，像永动机一样，好像嘴巴一旦停止运动，他就会难受。螃蟹是一个话痨，喜欢吹嘘和卖弄。他的两颗门牙向外突出，嘴唇翘起，相面书中说，长这种容貌的人，话语就特别多。他满口的牙齿都是黑的，那是长期嚼槟榔的结果。

螃蟹总喜欢饶有兴趣地说着一大堆废话，自以为自己语言幽默、本领通天。无论什么都能成为他说话的题材，上至萨达姆和本拉登，下至一斤韭菜多少钱。

他是盗窃团伙里的一个另类。

到了下午，螃蟹就急着要赶回去。他说，大本营里有规定，超过一天一夜还不归队，是要受到处理的。在留置室里，最长时间是不会超过24小时的。

螃蟹带着我来到了一个风景优美的小区门口，他说，他不能带我进去，他需要先给老大说一声。老大同意后，才能带我进去。他问："你的手机号码是多少？老大同意后，我打你手机。"

我说："我没有手机。"

螃蟹嘲笑我说："真是个穷鬼，混得这么背，连个手机都没有……那我一会儿下来通知你。"

我看着螃蟹走进了小区大门，形同虚设的保安连问他也没有问一声，显然，这群小偷在这里居住了很长时间。我坐在小区门口的花坛边，心中真像小时候作文中经常写的：十五只吊桶打水，七上八下。那个神秘的老大会答应我加入他们的团伙吗？螃蟹和蜈蚣、螳螂他们又是什么关系？他们是不是一个团伙的？这里，究竟寄生着几帮盗窃团伙？

我在花坛边一直等了将近一个小时，螃蟹才出现了，我满怀希望地迎上去，螃蟹却说："老大不要你，因为你没有受过专业训练。"

我祈求他说："你给老大说说嘛。"

螃蟹说："老大说只要熟手，不要生手。我也没有办法。"

螃蟹说完后，就义无反顾地离开了，又走进了小区，没有回头。

我的心又冷到了冰点。我只好沿着人行道慢腾腾地向前走，折腾了这么多天，只是在盗窃团伙的外围打转，浪费了这么多的时间，只是学会了几句江湖黑话。我沮丧到了极点。

我不知道该去哪里，就漫无目的地向前走着。夕阳西下，远处的楼层披着一层霞光，楼层边有一架挖掘机，像史前巨兽一样，张开臂膊，挥手之间，一大片楼房就倒塌了。

我继续向前走着，走到了一条寂静的小巷。天色越来越暗，巷道两边的树木黑魆魆的，像酝酿着一个巨大的阴谋。这条小巷少有人迹，连路灯也没有。

身后突然响起了汽车引擎声，我刚来得及让到台阶上，汽车就在我的身边戛然而止。我背对墙壁，紧张地望着这辆汽车，车子里下来了三个人，都穿着西装，他们要检查我的身份证，我要求他们出示证件，突然一个人抱住了我，另一个人把布袋套在我的头上，我的眼前一片黑暗。另外一个人说："不准喊，喊就杀了你。"我感到有一个硬硬的尖尖的东西顶着胸口。

我被推进了汽车里，汽车开得很快，能够听到轰隆隆的引擎声。车厢里的人都没有说话。我紧张地思索着，这是一群什么人？是我以前暗访时得罪过的人吗？还是想要抢劫我的人？我想到第一次暗访乞丐群落，住在窨井里，被刀疤追杀；又想到了以后大大小小的无数次暗访，每一次都是险象环生，如果说到死亡，我都不知道死了多少回了。这样一想，我心中反而坦然了，去他妈的，由他去吧，看他们把老子带到哪里。大不了就是一死，早死晚死有什么区别！

车子开了很久，然后停了下来，一个人把我头上的布袋在脖子处打了一个结，然后喊："下去！"

我摸索着车门走了下去，站直了身体，车子开走了，留下浓郁的汽油气味。我不知道这是哪里，也不知道身边都有些什么人，只感到风呼呼地从身边刮过，冻得手脚冰凉，这里应该是郊外吧。

前面一个人喊道："你他妈的死雷子，想要做什么，说！"

我一听，心中反而坦然了，去他妈的，面前原来就是一帮贼，把我当成了便衣警察，根本就不知道我是记者。他们也根本就不是我以前暗访时得罪过的人。

我像老电影中的英雄人物一样挺直了胸膛，大义凛然地喊道："我不是雷子，你们是什么人？"

面前那个声音又在喊道："还说不是？老子跟踪你很久了，你他妈的就在局子里上班。"黑道江湖把公安局和派出所都叫局子。

我呵呵大笑着，朗声说道："我要是雷子，你现在就捅死我。"

那个声音又问："你到底是做什么的？"

我说我是落单的小偷，手下有一个小弟，小弟摔死了，只能单飞，手艺不精，被人抓住，刚刚从局子里出来。

面前的人再没有说话，周围也没有声音，过了几分钟，我头上的布袋被取下来了，首先映入眼帘的是遍地清辉，如水如雾，圆圆的月亮挂在空中，像一个红灯笼。

面前的那个人走近了，拍了拍我的肩膀，就走开了。我明白，他们终于接收我了。

坐在回城的汽车上，我回想着刚才的经历，螃蟹为什么离开那么久才会出现？那说明他们的大本营根本就不在那个小区里。他们为什么会在那条小巷里绑架我？身后一定有人一直跟踪着我。

盗窃团伙，真是机关算尽。

汽车进城后，旁边的一个人给我戴上了一副眼镜，他恶狠狠地说："不准摘！"

眼镜戴上后，我的眼前一片黑暗。这是一副特制眼镜，镜片可能就是黑铁皮之类的什么东西。我不知道他们要开往哪里，也不知道我将要见到的又会是谁。

大约过了二三十分钟，汽车终于停了下来，我被一只手牵着走下汽车，走了几步后，听到一个声音在呵斥："看什么看？没见过瞎子？"接着听到哧哧的清脆笑声，旁边可能有小孩在好奇地围观。

然后，上台阶，又停止，又走上了一个斜坡，又走过一段平路，停止，身边的人紧紧挨靠着我，又走动……然后，眼镜被摘了下来。强烈的灯光像刀片一样刺激着我的眼睛，我努力眨巴着，终于能够睁开了，看到面前的椅子上坐着一个40多岁的男子，头顶光秃，两颊无肉，目光异常凶狠，他搭在椅背的右手上，没有食指和中指。

没有食指和中指，又如何能够行窃？盗窃团伙里又怎么会有这样一个"废人"？

我突然想起了父亲和狗剩叔说过的瘸狼的故事，瘸狼丧失了狼类固有的冲锋陷阵的战斗力，但是瘸狼确实是狼群里当之无愧的首领。面前这个凶狠的男人就是瘸狼，他像瘸狼一样，不但无比狡猾，更是无比冷酷。

这里可能就是大本营，这个瘸狼可能就是老大。

此后，我成为了盗窃团伙里的一名成员。

第五节　盗窃培训

要成为一名合格的窃贼，需要过三关：胆量关、技术关、意志关。三关通过后，才能够独闯江湖。在江湖上闯出了名气，可以升职为哥哥；哥哥干好了，又能够升职为爸爸；爸爸干出了名堂，就成为了爷爷。而爷爷则是一个盗窃团伙里的龙头老大，也就是总舵主。盗窃团伙里等级森严，如果有人犯上，都要受到严厉的惩罚。现在我才知道，我以前对小偷的了解，简直连皮毛都算不上。

我想起了我在少年救助站看到的那个异常漂亮的女孩子，她说是爸爸教她偷窃，原来，爸爸并不是亲爸爸，而是盗窃团伙里的一种称谓，也即是师傅。

那天晚上，我就住在那幢楼房里，我一个人住一间房屋，架子床，上铺有铺盖卷，但是一直空着。

我不知道睡了多久，突然被人喊醒了，刺眼的灯光让我睁不开眼睛。我还没有意识到自己身在何地，黑眼镜又扣在了眼睛上，被人牵着走出了房门，乘着电梯直达底层，然后又被塞进了汽车里。

汽车行驶在午夜寂静的街道上，耳边只有车轮和柏油路面摩擦的细微的沙沙声，不知道过了多久，也不知道到了哪里，汽车停了下来，耳边传来一个醉鬼的叫骂声和稀里哗啦的呕吐声。汽车继续前行，车身开始颠簸，我判断，他们可能来到了荒郊野外。

又过了一会儿，汽车终于停下来，我被拉出了车厢，摘下了黑眼镜，一名又瘦又高，像个吊死鬼一样的男人说："就待在这里，天亮接你，哪儿都不准去。"说完后，他钻进了车厢，汽车开走了。

我游目四顾，突然惊惧万分，这是一片坟地。他们将我一个人扔在了坟地里，然后离开了。

月光照在远远近近的坟堆上，坟堆里似乎散发着清幽的亮光，夜风阵阵吹来，齐膝深的荒草和树上的枯叶发出沙沙的响声，似乎有人在蹑足而来。我在地上找到两块石头，握在手中，给自己壮胆。突然，身边的枯树上传来惨烈的笑声，声音干枯，像瓦片划过瓦片。我一惊，退后几步，这才看清是鸱鸮在惨笑。

我将石头投向枯树，鸱鸮惊叫一声，飞走了，夜色中，我看到它展开的长长的翅翼，背景是碾盘一样又圆又大的月亮，它似乎飞进了月亮里。传说中，鸱鸮以腐肉为食，白天它们藏身巢穴，而夜晚，它们总是活动在乱坟堆中。

尽管我此前跟随狗剩叔盗墓，清楚地知道这一堆堆隆起的土包下面，其实就是一具具骷髅和无数昆虫钻凿出来的深深的洞穴。洞穴在荒草下面，荒草在洞穴之间，而到夏天的时候，荒草间就游走着毒蛇、蜈蚣、癞蛤蟆等毒物，然而，现在是冬天，这些毒物都冬眠了，荒草之间只剩下了胆战心惊的兔子和鬼鬼祟祟的狐狸。然而，一个人突然置身在冬夜的乱坟岗里，我还是惊恐万分。各种内容的鬼怪传说突然一下子涌上心头，像电影画面一样在我的眼前闪现，让我的心颤抖不已；冷风吹在身上，又让我的身体颤抖不已。在这样一个寒冷的冬天的午夜，我像一片秋雨中的枯叶，孤苦伶仃地挂在枝头，不知道什么时候就会飘落。

我突然想起了小时候读过的高尔基的《人间》，里面有这样一个情节：少年阿辽沙曾经在乱坟岗中度过一夜，同伴们都不相信，第二天夜晚，阿辽沙又去了乱坟岗……我觉得非常惭愧，阿辽沙就是高尔基，少年高尔基都敢独自面对乱坟，而自诩为胆识过人的我，怎么就没有这份胆量？

我大把大把地拔出荒草，铺在地上，在地上铺出了一张床，然后，又把荒草盖在身上，只露出了一颗脑袋，这样，身体感到有点暖和。我望着天空中的月明星稀，回想着以前阅读过的小说中的情节：安娜和渥伦斯基在火车站的第一次见面；克里斯多夫和莎皮娜在夏天屋顶上聊天；林冲手刃仇敌，火烧草料场；白嘉轩被黑娃打断了脊梁骨……我自幼喜欢读书，古今中外几乎所有的文学名著，我都通读过一遍，而特别喜欢的书籍，更是爱不释手，百看不厌。所以，这些年来，每当我孤独寂寞的时候，每当我挫折失败的时候，我就依靠回想这些文学名著中的人物和情节，来让自己渡过难关，增添动力。

后来，我睡着了。

天亮后，汽车来到了我的跟前，而我还在呼呼大睡。我被叫醒后，汽车又拉着我回到了那幢有电梯的小区里。我依然被蒙上眼睛，依然不辨路径。

从这天开始，我要接受严酷的训练，盗窃团伙里的教官训练新贼，那种严格和艰苦的程度，绝不亚于特种兵的训练方式。

一个技艺娴熟的小偷，一天能够偷到上千元，一个月就是几万元，如果盗窃顺利，一年就是几十万元，所以，贼头和教官非常舍得在训练小偷上下工夫。他们认为这是一本万利的生意。

那个右手缺少两根手指的人，他的外号就叫瘸狼，他是盗窃团伙的训练教官。

吃过早饭后，瘸狼和另一个三角眼的人带着我来到了一家工厂的厕所里。这家工厂的厕所还是大集体时代的蹲坑，高峰期的时候，走进厕所，就能看到一排雪亮的屁股。

现在，工厂可能已经放了假，放眼望去，院子里也没有几个人。瘸狼让我跳进粪坑里，穿越20多米的距离，从这头走到那头。

粪坑散发着一股刺鼻的恶臭，让人欲呕。然而，到了这一步，我已经没有退路了，向前走，绝处逢生；向后退，死路一条。

我咬紧牙关，屏住呼吸，攀着粪坑边粗粝的石头，跳进了粪坑里。这是南方，北回归线穿境而过，白天热量犹存。粪坑里漂浮着一层颗粒粗大的苍蝇和躯体丰满的蛆虫，我在漫天飞舞的苍蝇中和蠕蠕滚动的蛆虫中奋力爬行，每一步似乎都用尽了全身的力气。头上血管爆裂，被拳击高手捶打的伤疤疼痛难忍。我一步一步、一步一步爬向那边，终于触到了对岸的石头，我翻身爬上去，大口大口地呕吐。

过了几分钟，我爬起来，用稻草擦拭身上的粪便，瘸狼和三角眼又来到了我的身边，三角眼把一片刮胡刀扔在了我的面前，他要我在手臂上划一刀伤口，要让血流出来。

比起粪坑里的恶臭来，这已经不算什么了。我捡起刀片，在左手臂上划了一道一寸长的伤口，鲜血淋漓而下，一滴一滴地滴落在荒草上。三角眼喊："涂脸上。"我的手掌在伤口上抹了一把，然后涂在脸上，我能闻到血液那种新鲜的腥味。三角眼很满意地说："止住血。"我抓起一把土，按在了伤口上。

此后，我知道了钻粪坑和划伤口是每个小偷入门的必修课。当小偷行迹败露被人追赶时，小偷就会钻进恶臭的下水道里，或者钻进茅坑里，就可以脱身。如果小偷四面被围无处脱逃时，他们就会采取自残的方式，在自己的脸上或者身上划伤，追赶者看到小偷可怜，也就动了恻隐之心，放小偷一条生路；即使小偷被抓住了，扭送到了派出所，但是因为小偷受伤，要被送到医院包扎治疗，小偷也可以在路上或者在医院里趁机逃脱。

瘸狼最喜欢说的一句话是：吃得苦中苦，方为人上人。能够忍受极端的粪便恶臭，小偷还能有什么不能忍受？能够拿起刀片划伤自己，小偷又怎么会对别人有恻隐之心？

小偷极端严酷训练出来的，是一颗极端冷酷的心。

那时候我完全是凭着一腔孤勇，就闯进了盗窃团伙，我事先一点也没有料想到，我还要忍受如此残酷的折磨。那时候的我，用西北农村的一句俗语说，就是“精沟子撵狼，耍胆大”。如果在现在，再让我打进盗窃团伙中，我都不知道自己还有没有这种勇气。

钻粪坑和划伤口仅仅是培训的第一步，接下来还有更严酷的考验。我记得我在认识瘸狼的第二天，曾经被逼迫着从下水道的这头钻进去，在恶臭与污垢中匍匐几百米，从另一头钻了出来。这种情景就像电影《肖申克的救赎》中逃离监狱的场景一样。此后，每当想起这次经历，我就恶心得吃不下饭。

瘸狼不失为一名优秀的教官，他的训练内容具体而丰富，他让我借助下水管道，徒手攀上五楼，从窗口钻进去；又让我在三人的围攻中，想办法从家具齐全的房间逃脱；还让我学会把身体缩到最小，从扳开的钢筋缝隙中钻出来。

因为担心叙述太过详细，会被盗窃团伙模仿，我只能简略地说说当时的培训经过。技术关的培训内容还有：手指从滚水中夹出钢珠，夹出弹子，直至最后能够夹住硬币。据说，在几十年前的旧社会，职业小偷经过严酷的训练，他们的中指和食指变得一样长短。不过，我没有见到这样的手指，但是，这些小偷的中指却确实比一般人的短些。

小偷培训中还包括小李飞刀，这主要是针对背包和衣服里面的口袋。技术娴熟的小偷，一刀划下去，背包里的钱包就掉落出来；而从衣服外面划向衣服里面的口袋，一刀下去，口袋撕开，而人却没有任何感觉。

还有一种经过改装了的小李飞刀，把铁片做成指套，前面是非常锋利的长指甲一样的刀片，戴在指尖，轻轻一划，背包就被划开。

镊子也是小偷的一种重要的工具，和医院使用的镊子不同，这些镊子都是经过改装了的，有的专偷钱包，有的专偷手机。不同形状的镊子，有不同的用途。

小偷都是分片经营，划分区域，不能跨区作业，否则就乱了江湖规则，老大此后在江湖中就难以立足。

小偷偷到东西后，并不会急于销货，而是存放三天。如果失主有黑社会背景，就会托人找上门来，老大就必须归还。黑社会里有一定职位的人只要说在什么地方，什么时候丢失了什么，江湖上的人就知道是谁下手偷窃的，就必须原物奉还。三天过后，无人过问，就可以销赃了。

小偷分好多种，有专门偷钱包的小偷；有专门撬门扭锁入室盗窃的小偷；有专门偷汽车的小偷……每种小偷的培训课程都不一样。而且，同一种类型而不同帮派的小偷，培训内容也不尽相同。

即使是专偷钱包和手机相机的小偷，也分为几种，有的小偷专在大街上偷，有的小偷专在公交车上偷，有的专在医院里偷……

小偷配合的方式也有很多种，有的男女扮作恋人偷盗，有的妇女抱着孩子偷盗，有的几个男人合作偷盗，有的扮作父子偷盗……

江湖险恶，深不可测。

意志关的内容则是遭受各种各样的毒打和考验，他们的宗旨是“打死也不能暴露大本营，要保护大本营的绝对安全”。事实上，为了防备被抓获，他们的大本营也在经常变动。

在这一关的培训中，我的手掌被要求放在熊熊燃烧的火焰上，皮肉快要融化时，又将手指放进冰冷的水中；他们还像渣滓洞里的看守一样，用上了竹签子，插进我的脚趾缝中，如果我呻吟一声，则会遭到更严酷的惩罚。

闯过这三关的小偷，就已经具有了钢铁般的意志、冷酷的心灵和出神入化的技艺。他们的眼中只剩下了组织和金钱，他们已经变成了一架彻头彻尾的盗窃机器。

他们冷血，他们没有感情。

那么，小偷都有些什么特点？

我们走在大街上，站在公交车上、地铁上，要识别身边哪个人是小偷，其实并不难。

第一看眼神。小偷的眼睛从来不敢与你对视，他总是看着你的胸脯以下，停留在你的包和口袋上。小偷看人的时候，从来不会像正常人那样扭头直视，而是脖子不动，用眼睛向两边瞟，眼神很飘忽游离。有丰富社会经验的人，上车的时候，往两边一看，就知道谁是乘客、谁是小偷。

第二看物品。小偷出门从来都是空手，这是为了行动方便。如果你看到那些大包小包的人，那就肯定是乘客。小偷偷窃的时候，为了遮挡旁人的视线，通常会在小臂上搭一张报纸或者一件外衣，遇到这种装扮的人，十有八九是小偷。

第三看行动。人越多的地方，小偷越爱去，这样就有可乘之机。比如，大商场的打折抢购柜台前、公交车站台、医院的挂号室门口，这些地方经常有小偷活动的身影。如果有人在抢购柜台前钻进钻出，那一定是小偷；如果有人从公交车前门挤上去，又立即从后门下来，那也肯定是小偷；如果有人在医院挂号室门前排队到前面，又到后面重新排队，也是小偷无疑。

第四看站位。公交车是小偷比较多的场所，小偷上了公交车后，即使有座位，他们也不会坐，而是站在门口。无论公交车启动还是刹车，小偷的身体都是向前倒，靠在前面人的身上。所以，遇到这种举止奇怪的人，一定要多加留意，他肯定是小偷。

第五看言语。无论在大街上，还是在公交车上、地铁上，如果有人告诉你说，你掉了东西，你一定要看清楚是不是自己的东西，如果不是自己的，千万不要捡拾，不要贪图小便宜，既然是小便宜，他们为什么不占，而要提醒你？如果真是自己的，也要在捡拾的时候，留意自己的随身物品。小偷团伙中，有一种人叫搭架子的，就是通过转移你的视线和注意力，让另外的小偷趁机行窃。

还有一种搭架子的小偷，在人多拥挤的时候抢先乘上公交车，堵住车门，在身上摸零钱，左摸右摸找不到，下面的乘客催促他，他还在找零钱，而他的同伙已经在人群中行窃了。等到同伙得手后，这个人又会下车。遇到这种行为举止怪异的人，一定要留意自己的钱包和手机。

我们出门在外的时候，怎么才能不给小偷以可乘之机？

那种双肩包是最容易让小偷下手的，出门的时候，如果喜欢背这种包，包里面就不要放贵重物品。如果放了贵重物品，就将双肩包挎在胸前。钱包放在内衣口袋里，不要外露，也不要放在牛仔裤后面的口袋里，很多青年男女觉得钱包放在牛仔裤后面的裤兜里，看起来很潇洒，其实是给小偷提供了方便。

乘公交车和地铁的时候，不要拥挤，要文明礼让，按照先后顺序上车。如果你身上装有贵重物品和很多现金，更不能拥挤，就在最后上车也不要紧。上车后，不要站在车门口，这个区域是盗窃高发地段。如果车上有人故意拥挤，更要小心，很可能小偷出现了。如果你有贵重物品，就要留意那些碰撞你的人或者主动和你搭讪的人，警惕他们的动向。如果你坐在座位上，就不要打瞌睡，如果你睡着了，无论你的钱包放在哪里，小偷都能偷到。总而言之，只要你多加小心，小偷就无法下手。

在公交车上，还要留意一些司机的暗语，公交车司机非常熟悉哪些人是小偷，但是又不能明说，担心小偷团伙报复。如果司机喊："往后面走，不要堵在门口。"那就说明车上有了小偷，小偷就在门口。如果司机喊："那个胖子，你挤什么?"那么小偷可能正在偷这个胖子，胖子就要走到一边去，不要和别人拥挤。如果司机主动和你搭讪，问你去哪里，你是哪里人，让你站在他的后面，那就说明小偷已经盯上了你。

在饭店吃饭的时候，一定要把包放在胸前和腿上面，不要放在一边，饭店也是小偷经常活动的地方。衣服搭在椅背上时，口袋里不要放钱包和手机，这样最容易被小偷偷窃，即使饭店工作人员把护套套在你的衣服上，也不安全。

出门旅游的人，一定不要把所有的钱放在一处，如果被小偷偷走了，你连回家的路费都没有了。外面的口袋里只装一些零钱，其余的钱放在内衣口袋或者别的隐秘的地方。这一处的钱花完后，再取另一处的钱，取钱的时候，一定要避过别人的视线，这样才能保证安全。

在多年的暗访中，我无数次死里逃生，我觉得我的神经比小偷更加坚强，我的经历比小偷更加丰富，后来看到了一部电视剧，我觉得自己就是那个打不死的许三多。所以，小偷的训练课程，我都顺利达标，而且受到了瘸狼的表扬。

有一天，瘸狼对我说，我可以实地操作了。

第六节　实习测验

实地操作，就是走上街头去行窃。我犹豫不决，如果真的行窃，我无疑就是一名小偷，和蜈蚣、螃蟹、螳螂他们还有什么区别？如果不去行窃，我的身份可能就会被暴露，会受到盗窃团伙异常严酷的惩罚，甚至会断送性命。怎么办？

那一天，我走在大街上，身边人群熙熙攘攘，我清楚地知道，这些人群中，就有暗中盯梢我的人。他们能够看到我，可是我却看不到他们。每一个小偷的后面都有盯梢的人，小偷偷多少都要全部上缴。如果有小偷敢私藏钱财，必将受到严惩。

我又想，如果我这样在大街上转悠一天，然后说找不到下手的机会，估计他们也不会把我怎么样。

我拿定主意，就这样转一天，我优哉游哉地走到了一家商场门口，准备走进商场的时候，后面突然追上了一个人，他贴近我说："前面穿夹克的小个子，货在地道里，快下手。"

我扭头看去，只看到他一张脸一晃而过，就消失在了人群里。我惊愕不已，原来监督我的人就在旁边。

我走近小个子，跟在他的身后，看到他的裤兜鼓鼓囊囊，钱包里一定装了很多钱，说不定有好几槛。他若无其事，左顾右盼，丝毫不知道自己已经被小偷团伙盯上了。我该如何提醒他？

我伸出手去，故意在他的腰间撞了一下，然后碰了一下他裤兜里的钱包，他没有回头，却举起了一只手臂。

我一下子愣住了，他为什么会这样？他是谁？

正在我愣神的时候，两边走来了两个人，他们一人拉住我一只手臂，"别动，警察。"他们的声音低沉，却透着威严。

我知道无处遁逃，只好任由他们挟持着我，头脑千回百转，那个举起手臂的人难道就是警察的眼线？而这两个人真是反扒警察？他们要将我带到哪里？

我想到过逃跑，可是一瞬间又否定了自己的想法。如果真是警察，如果我逃跑，那就罪加一等。再说，遇到真正的警察，我又有什么害怕的呢？

那两个人拦住一辆出租车，将我拉到了一幢半边楼里，楼房里空无一人，他们将我顶在墙角，审讯我，要我交代偷盗了多长时间，老窝在哪里？组织里还有些什么人？

我问："能不能让我看看你们的证件？你们是哪个派出所的？"

他们拿出一个蓝色封面的证件，在我的眼前一晃而过，我没有看清楚。他们又说，他们是管理这个辖区的派出所。

如果是警察，为什么不带我去派出所，而带我来到这里？再说，刚才我并没有偷东西，他们凭什么抓我？我判断这些人不是警察。那么不是警察会是什么人？他们很有可能就是瘸狼团伙装扮警察考验我的。

于是，我拿定主意，坚决不说出自己的真实情况，不说自己是记者，也不说是小偷，只说自己是过路人，不了解什么组织。

过了几分钟，从门外又来了两个人，面目狰狞，一看就非善类。他们说已经将我的团伙一网打尽，抓获了一个右手缺少两个指头的人，要我说出这个人的身份。

"你的同伙什么都招了，你抵赖是没有好处的。我们的政策是坦白从宽，抗拒从严。"他们说。

我又犹豫了，难道他们真的是便衣警察？难道他们真的将瘸狼一伙一网打尽？

怎么办？我想了想，决定先不说话，继续观望。

就在我犹豫的时候，后来者的一个突然打了我一个耳光，他恶狠狠地说："说不说？不说老子宰了你。"

我突然心中一下子非常豁亮。我想起在派出所的时候，那名警察曾经告诉我说，现在根本就不让打嫌犯，所以，即使抓到小偷，如果没有证据，也只能在24小时后放走。小偷知道这点，就顽抗到底，弄得警察很无奈。

这四个男子绝对不是警察，肯定是瘸狼一伙的。

我抱定主意，无论他们怎么打骂，都说自己是过路人。后来，他们交换了一下眼色，就离开了。

他们走出去几分钟后，我看到没有什么动静，就从半边楼逃了出来。

第二天，我听说瘸狼派出几股小分队，挨个考验最近入伙的小偷，有一个小偷上当了，供出了瘸狼他们的活动地点和成员，被挑断脚筋，扔在了野外。

盗窃团伙里，陷阱重重。

盗窃团伙相信我不是便衣卧底，并且有坚强的意志、极强的忍耐力，对团伙利益忠心耿耿，他们认为我是可塑之才，只是盗窃的技艺差点，好好培训一下会成为有用的人才。

瘸狼很赏识我，当天晚上，他在一家酒店宴请我，同桌的有七八个人，螳螂、螃蟹都来了，还有那个从少年救助站接蜈蚣出来的中年男子，只是没有见到蜈蚣。在这个团伙里，蜈蚣是孙子辈，只配在前面偷窃，而螳螂、螃蟹和中年男子都是爸爸辈，他们一般负责监视孙子辈做活，很少自己出手。瘸狼好像是爷爷辈，螃蟹他们对瘸狼毕恭毕敬，但是，瘸狼还不是团伙中的老大。传说中，老大从来不会和孙子辈的人打照面。而刚刚入伙的我，只是孙子辈。

我现在终于证实了自己的判断。这个盗窃团伙一直在设计圈套考验我，从我第二次见到蜈蚣的时候，从我开始要求入伙的时候，他们偷窃了拳击高手，知道拳击高手肝火正旺，螳螂让我用刀子去划拳击高手的身体，不管我划上还是没有划上，都会遭到一顿毒打，然后被送进派出所。在派出所的留置室里，螃蟹在那里等着我，他在那里继续套问我，打听我的来历，也看警察的态度，以便判断我是不是卧底。从派出所出来后，他们又用绑架的手段审问我，直到完全打消了顾虑后，他们才接收我进入这个团伙，接受培训。然而在培训中，却又对我百般防范，担心我会成为叛徒，他们设计让我去行窃，而我所要偷盗的那个人正是他们团伙的人。他们又冒充警察和眼线，将我带到半边楼审讯，直到我什么都没有说，他们才认为我忠诚可靠，才把我当成了自己人。

他们的圈套天衣无缝。

但是，我还是有一件事情想不明白，螃蟹到底是因为偷窃被抓进去的，还是故意让警察抓起来，在里面等我？为了我，他们会花费这么大的成本吗？螃蟹是先被抓进去了，他又怎么会知道我随后就会进来？

当天晚上，这些小偷轮番向我敬酒，我又不能不喝，每过半个小时，我就要去一趟厕所，将酒排泄出去。然而，纵使这样，我还是不胜酒力，头晕目眩，我就赶紧装醉，趴在桌子上大呼小叫。那天晚上，我大约喝了一斤白酒。

第二天，螳螂带着我去超市上实践课程，他将钱包放在口袋里，嚼着槟榔的螃蟹探寻几次后，就悄悄告诉我，钱包在地道、在天窗，还是在平台。他们把上衣下面的口袋叫平台。人们平时喜欢把手机放在平台，而把钱包放在天窗和地道。

我知道了钱包的具体位置后，则开始行窃。

螳螂望着远方，完全不顾及我的存在。我则要神不知鬼不觉地将螳螂的钱包偷到手，不能让螳螂发觉。

然而，我粗手笨脚，动作僵硬，心慌意乱，总是会被螳螂察觉到，不是碰到了他的胸脯，就是碰到了他的屁股。他对我很不满意，总是用愤怒的眼睛盯着我，恶狠狠地低声训斥我。

当天晚上，我们又来到了另外一个小区的居民楼上，这个盗窃团伙狡兔三窟，他们担心会被警察一网打尽，所以不断变换居住的地方。

窃贼们每天晚上都会召开总结会，分析当天工作的得失，总结经验教训。当天晚上开总结会的时候，螳螂像老师一样批评了我，他说："师傅引进门，修行在个人。"像我这样心浮气躁、笨手笨脚的人，永远也成不了大器，不但不能成为大器，而且还会被人抓住，成为盗窃事业发展的绊脚石。螳螂可能以前读过书，他说项羽当初就是心浮气躁，被刘邦夺了江山；张飞当初也是心浮气躁，被手下人割了头颅。他还说，干这行一定要讲究心平气和、镇静自如，"泰山崩于前而不变色，毒蛇游于后而不惊恐"。

螃蟹也见缝插针，他好像早就等不及了，他含着槟榔向我讲解偷窃时的心理反应，声音含糊不清，后来，他干脆把狗屎一样的槟榔残渣吐在地上，涨红着脸向我讲解。他说："只要你好好干，提成10%，你一天就能赚几百元。比那些高级白领有钱多了。"

我用探寻的目光望着螳螂，螳螂说："本来想等你学成后再告诉你，现在既然你想知道，就告诉你吧。你每次出去干活，身后都有配合你的人、保护你的人，会有人说钱包在哪里，你只要拿回来就行了。被人发现了也不要紧，我们人多，没有人敢惹。钱包拿到手后，马上交给后面的人，每天按照你拿货的多少，10%归你。"

我故意说："很好啊，已经不少了。"

螃蟹又赶紧插话了，他说他最辉煌的时候，一天拿了5万多元，提成就是

5000 元，等于办公室白领一月的工资。

螃蟹正在扬扬得意的时候，螳螂又声色俱厉地对我说："如果你敢贪污，家法伺候。"

我偷眼望了一下螃蟹，螃蟹的神色很不自然。因为我知道他的秘密，他曾经把 300 多元钱偷偷地装进了自己口袋。

盗窃团伙的家法包括饿饭、熬鹰、吊打、挑脚筋、活埋等很多种。饿饭是连续两三天不让吃饭；熬鹰是连续几天不让睡觉；吊打则是被吊在房间里，每个人轮流抽打；挑脚筋让人变成残废；活埋则是拉到郊外，刨个坑埋掉，活不见人，死不见尸。据说，这些家法在盗窃团伙中已经流传了几百年。

螃蟹看着我，故作威严地重复螳螂的话："谁敢贪污，就家法伺候。"

我跟着螳螂出外实践了三天，终于练成了出手似电、一夹即中。这样，我用专业的贼眼望着大街上的行人，看到有的人钱包和手机太容易偷窃了，他们把那些贵重物品随意置放，简直是目中无贼，太让贼气愤了。这简直是对贼极大的蔑视，不偷不足以平贼愤。

也就是在出外实践的最后一天，我见到了蜈蚣。蜈蚣跟在一个女孩儿的后面，蹑手蹑脚，从后面拉开了女孩挎包的拉链，轻而易举地偷走了钱包和手机。女孩浑然无觉，还在和同伴谈笑风生。

蜈蚣的后面是两个没有见过的男子，他们笑吟吟地看到蜈蚣得手，立即走过来，从蜈蚣的手中拿走了钱包和手机。蜈蚣继续前行，他们跟在后面，又走向下一个目标。

这是我和蜈蚣见到的最后一面，明天，我就要正式上岗了。不同的小组，在不同的地域行窃，两个在第一线干活的人，不会再打照面。

然而，如果遇到了大客户，第一小组没有偷窃成功，则会电话通知第二小组，第一小组留在原地继续寻找目标，第二小组盯上大客户，伺机下手。如果还没有成功，则会告知第三小组。盗窃团伙像接力棒一样，一棒传一棒，不达目的，誓不罢休。

所以，如果身上带着较多现金的人，一定要打的赶快离开，不要心存侥幸心理。盗窃团伙里，高手如云，千万要当心。

那天晚上，我彻夜未眠，要正式行窃了，该怎么办？我怎么才能做到既不偷钱，又不能引起他们的怀疑？

那天晚上，我还有一个很卑劣的想法，螃蟹有把柄抓在我的手中，我要要挟他、利用他，把他发展成我的一枚棋子。

可是，又如何要挟他、利用他呢？活了这么多年，我从来没有算计过一个人，我总是与人为善，但是现在在狼群里，我不得不把自己变成一只狼。只有这样，我才能喘息，才能生存。

第七节　哭笑不得的暴露

天亮以后，我们就出发了，我走在前面，身后十几米的地方走着螃蟹，而螃蟹的后面，则不知道走着哪一个小偷。

大街上的行人比前几天多了很多，而年味也越来越浓了，一些性急的店铺，已经贴上了欢度春节的红对联，一对对恋人从我的身边走过，言笑晏晏，空气中，飘荡着一股糖炒板栗的气味。

我来到了一家电器超市的门口，向里面望去，看到这里人头攒动，这时候正是商家打折促销的黄金季节，顾客汹涌如潮。

我担心螃蟹会让我走进这里面，就紧走几步，走过了超市门口。没想到螃蟹从后面追上来了，他问："这么好的生意，为什么不进去？"

我灵机一动，说："那里面有几个保安，以前抓住过我，把我打惨了。我到了那里就害怕。"

螃蟹不好再说什么，他走在我的身边，嘴巴里嘟嘟囔囔："这几天是黄金时段啊，要拿点货，过个肥年。"

大街上人流如穿梭，螃蟹紧走几步，跟在了一个女孩的后面，女孩背着双肩包，穿着皮靴，低腰裤，短短的棉衣，肚腹上露出一抹白，看起来青春靓丽。螃蟹装着无意间碰撞女孩，手指轻轻拂过女孩的腰间、屁股、胸脯，眼睛望着远方，脸上是一副若无其事的神情。我走过来的时候，螃蟹悄声告诉我说："天窗、平台、地道都没有，肯定就在背包里。这妞是进口香水，不知是谁的马子，肯定有货。”“马子”也是江湖黑话，就是情人的意思。

我被逼到了女孩的身后，紧张地思索着如何才能告知女孩她已经被小偷盯上了。双肩包背在身后，要取走里面的东西，只是举手之劳，这是小偷基本训练中最基本的课程之一。只要是刚刚入门的小偷，就能搞定这种双肩包。

我走到了女孩的前面，回头恶狠狠地盯着她，女孩一愣，骂了一句脏话，就别过头去，然后把背包从后面移到了前面。我感到一阵欣喜，这女孩还蛮配合的。

我等到螃蟹过来，失望地说：“哎呀，怎么会这样？这女子贼精贼精的。”

螃蟹气愤地说：“你他妈的跑前面去干什么？从后面不就直接动手了。”

我说：“那女子太漂亮了，我想从前面多看一眼。”

螃蟹说：“你他妈的色鬼，看能顶什么用？有了钱，想玩多漂亮的，就有多漂亮的。”

我拿出一根香烟，替螃蟹点着，和他坐在路边的道牙上，我想从他口中解开一些疑团。

我问：“在派出所里，你怎么知道我就是同行？”

螃蟹说：“单单看你，的确不像，干我们这行的浑身都透着精灵，一眼就能看出来。你他妈的笨头笨脑、反应迟钝，一看就不是吃这碗饭的。”

我遗憾地说：“我干这行时间也不长，以前也没有拜过师傅。”

螃蟹说：“你没有拜师，就敢出来闯江湖？胆子也太大了，翻了船都不知道在哪里翻的。不过，你这人老实可靠，老大很喜欢。”

我问：“老大是谁？我怎么没见过？”

螃蟹意识到自己说漏了嘴，赶紧改口说：“在派出所里，没有人告诉我，我真的还没有把你当同行。”

我问：“谁告诉你的？你比我进来得还早啊。”

螃蟹说：“还记得那个弹子棋吗？那就是暗号。”

我突然想起来，我刚刚走进留置室的时候，有人把弹子棋滚进了走廊里，被协警拿走了。我问：“弹子棋又怎么了？”

螃蟹说：“那是我们约定的暗号。我见到弹子棋，就知道是你来了。”

我又问：“那你就是专门在派出所等我的？”

螃蟹说：“本来不想给你说这么多，这几天看你这个人忠诚可靠，就告诉你吧。我是先来到的派出所，就是为了等你。”

我问：“那你是怎么进去的？”

螃蟹说：“拿货啊。”

我好奇地问：“你就不担心人家打你个半死，也不报警。”

螃蟹扬扬得意地笑着说：“你怎么这样傻，那都是我们设的局，我拿我们人的，我们的人报警。警察找不到证据，最多关 24 小时，就会放出来。”

我心中惊恐不已，这些盗贼设计的圈套天衣无缝，让人防不胜防。

螃蟹继续说：“刚开始，我还有点怀疑你是雷子，后来看你不错，就想交你这个朋友。”

我故意笑着说：“我也觉得你这个人不错，你看，我们从派出所刚出来的时候，你拿了那几百块钱，我给谁都没有说。”

螃蟹突然脸色大变，他往左右看看，神色紧张地说：“我的好爷爷啊，你给谁也不能告诉啊！”

我暗自窃喜。

我问螃蟹：“老大在哪里住？”螃蟹不愿意多说，只说我见过。我问是谁，是瘸狼吗，螃蟹说：“反正你见过，老大的事情，一句多余的话都不能讲，你升到了爸爸辈，自然就知道老大了。”

我不愿意在这个团伙里偷到一分钱，当然就不会升到爸爸辈，但是，我想见到老大，有什么办法呢？

从螃蟹嘴巴里再也套不出什么话来，我就站起身来，继续向前走。刚走了几步，对面走来了一名同事，他笑嘻嘻地看着我问：“李哥，你年终奖发了多少？”

我吓了一大跳，赶快别过头去，装着不认识他。心中狂澜万丈，而脸上还要若无其事，我在心里狠狠地骂着这个傻子：“滚远点！”

这名同事居然还不识相，他走到我的跟前，扳着我的肩膀问：“李哥，你怎么了？不理我了？”

我漠然地看他一眼，脚步不停地向前走去，他停住了脚步，我隐约听见他在骂“牛逼什么”。

走出了几十米后，螃蟹在后面追上了我，他的眼睛凑到了我的脸上问：“你到底是干什么的？”

我装着很生气地看着他：“你说我是干什么的？”

螃蟹咬牙切齿地骂道："你他妈的到底是干什么的？说！这里四面都是我们的弟兄，你想跑是跑不脱的。"

我冷冷地说："你是干什么的，我就是干什么的。"

螃蟹步步紧逼："那你为什么会有年终奖？你是不是警察？"

我轻描淡写地说："警察？亏你想得出，现在警察都放假了，如果是，我早就回家等着吃年夜饭了。"

螃蟹语气强硬地说："你姓李，你就是警察，你是卧底。"他的眼睛像一把寒光闪闪的匕首。

我向两边望去，看到两个男人似乎不经意地望着这边，一与我眼光相撞，就赶紧躲开。我不认识那两个男人。

我说："他他妈的认错人了，我不是他说的李哥。"

螃蟹还是不相信。我向他说起了那一年电视上铺天盖地的模仿秀，有的人不但外形相似，而且声音神态都相似，仅仅和赵本山相像的人，电视上都出现了几十个，而没有上电视的，更是成千上万。

也是在以后我才知道，就在我给螃蟹解释的时候，旁边盯梢的人已经打电话告诉了老大，老大派人紧紧盯着我那个蠢得像猪一样的同事，看他去往哪里。他去往派出所，盗窃团伙就会怀疑我是警察；他去往报社，盗窃团伙就会怀疑我是记者。

当时，我已经命悬一线，而我还一点也不知道。

就在螃蟹质问我的时候，他的电话响了，他对着电话嗯嗯了一会儿，突然态度对我好了起来，他陪着笑脸说："兄弟，有件紧急事情，赶快走。"

我故意装着很委屈的样子说："我不去，我感到冤枉、感到委屈。"

螃蟹脸上笑成了一朵狗尾巴花，他像一个两面三刀的贪官一样对我说："一定要有大局意识，为了集体利益，舍弃个人恩怨。现在是你表现的时机啊。"

我问："什么事?"

螃蟹咬着牙关，面目狰狞，他说："我们的地盘上来了一伙贼，把这些狗娘养的赶走。"

小偷和地痞流氓一样，都划有地盘，别的团伙不能越过雷池一步，如果有人违规，就要兵戎相见。

我暗自庆幸，和别的小偷打一架，就不用偷东西了，我就解脱了；然而，对方有多少人，有没有武器，能不能取胜，我又有些惶惑。再说，这是一场狗咬狗的战争，和我又有什么关系。

但是，我又不能不去。

我跟在螃蟹的后面，我的后面可能还跟着其他人，这条大街上的小偷都在向打架地点聚集。想到一场厮杀即将上演，我有些热血澎湃，身上的荷尔蒙左冲右突，寻找着宣泄的出口。能够痛痛快快地和小偷打一架，而且是打群架，毕竟是一种心旷神怡的事情。

来到一座建筑工地上，螃蟹继续朝着楼梯走去，我看到地上有一根一尺多长的钢筋，就偷偷捡起来，藏在衣袖里。武器在手，让我豪气顿生，感觉自己就像参加决斗的武士一样，壮怀激烈，视死如归。

跟着螃蟹来到三楼空旷的大厅里，看到两边靠墙站立着两拨人，一边是七个，一边只有三个，都空着手。螃蟹走到了那三个人的面前，其中一个人问："还有人吗？"螃蟹说："还有一个，马上就到。"话音刚落，楼梯口就冒出来一颗油头粉面的脑袋，这一定是暗中监视我的人。

这边六个人分开站立，那边七个人也向两边分散，站在最中间的人可能都是首领。这边的首领是一个30岁左右的男子，矮小精瘦，后来我知道了他的名字叫猴子。猴子大声呵斥："为什么越过地界，到我们的地盘上干活？"

对方中间站立的是一个40多岁的男子，他喊道："什么是你们的地盘？这地盘以前是我们的，现在也应该是我们的，你们凭什么就抢走了？"

猴子说："我们就抢走了，怎么着？现在就是我们的，有本事就来拿啊。"

那名男子没有接过话头，他扭头安排战斗任务："一人一个，那个大个子两个，一见面就放血，不要留情。"

我听得心惊胆战，他口中的大个子就是我，我比这些小偷最少要高出半个头来。

我看到对面的两个小偷垂手而立，他们右手的食指和中指并拢在一起，中间夹着手术刀片，亮光闪闪。我知道这些经过长期训练的小偷下手极快，又极端冷酷，我紧张地思索着应对之策。

对面的40多岁的男子喊一声："上。"这边的猴子也应一声："杀。"两边的小偷都冲向中间的空地，像两股潮水一样绞杀在一起。我没有冲向前面，而是扭身就跑，身后有两名小偷发足追赶。

我边跑边把两手伸到胸前，从左边衣袖里抽出了一尺多长的钢筋，突然回身，冲在前面的小偷猝不及防，想刹闸也刹不住了，一头撞过来，我抡起钢筋，砸在那一张惊愕万分的脸上，我看到鲜血像礼花一样美丽绽放。

前面的小偷嗷地叫了一声，好像突然明白了过来，然后沉重地倒了下去。后面的小偷惊惶万状，像偷偷溜上街的老鼠一样，扭头就跑。我几步追上去，大喊一声，抡起钢筋，他一闪身，钢筋砸在了肩膀上，发出迟钝的响声，他一个趔趄，终于不情愿地倒了下去。

一寸长，一寸强；一寸短，一寸险。

我手握钢筋，杀入了战团中，见人就砍，管他是哪边的人，我只知道这些人都是小偷。刚刚砍翻了一个，又抡起钢筋时，我听到了螃蟹的骂声："你他妈的疯了，连老子也打。"

两边的人都住手了，他们看着手持钢筋的我，脸上的表情莫可名状。

对方40多岁的男子说："好啊，你们用上家伙了，那就不要怪我们不讲江湖情面了，明天下午，树林子里见。"然后，昂首而出，像过去样板戏中的英雄人物一样，动作夸张得让人发笑。后面三个健全的扶着三个倒下的，相互搭配，恰到好处，一个不多，一个不少，也迤逦而出。

对方离开后，猴子愤怒地质问螃蟹："这是你手下的？怎么连一点规矩都不懂？钢筋哪里来的？"他指着我。

我说："楼下捡来的。"

猴子大义凛然地说："我们打架只用拳头，顶多用到刀片，谁批准你用家伙的？用上家伙，和地痞流氓有什么区别？"

我心中暗自发笑，小偷们居然认为自己比地痞流氓高一个档次。

盗亦有道！

当天黄昏，螃蟹告诉我说："上级来人要见我。"

我问是谁，他说："你到了就知道了。"

螃蟹带着我打的来到了一家酒店，进到了一个包间，包间里坐着三个人，除了瘸狼、接蜈蚣出少年救助站的那名中年男子，还有一个老头儿。面前的桌子上放着几盘菜肴。老头儿面容清癯，一部长髯飘飘冉冉，颇有些仙风道骨。螃蟹把我送进来后，小心翼翼地说："那我出去了。"中年男子做出一个请出的姿势，螃蟹带上门，悄无声息地出去了。

这个老头儿是什么人？此前我从来没有见过。

我不知道他们为什么要带我来这里，到底是为了什么事情？我心中隐隐感到不安。

老头请我入座，然后笑容可掬地询问我的情况，多大了，有没有家室，是否适应这里的生活。我说，我以前像孤魂野鬼一样，现在来到这里，就像回到了大家庭，时时感到温暖和关怀。我乖巧的回答让老头儿很满意，他用手指梳理着胡须，乐呵呵地看着我。

他说："年轻人啊，好好努力，前途无量。"

老头儿又问起我今天上午和另一个帮派冲突的问题，让我谈谈自己的看法。我说，国有国界，城有城墙，主权必争，寸土不让。我们也要维护自己的主权，为了自己的利益，血战到底。其实我心里想着，巴不得这些牛鬼蛇神王八羔子自相残杀，全部死光。

瘸狼和中年男子对老头儿毕恭毕敬，按理来说，老头儿就应该是老大了，然而，螃蟹又给我说过，说我此前见过老大。如果螃蟹的话正确，那么这个老头儿是谁？如果螃蟹的话错误，那么这个老头儿会不会就是老大？

如果这个老头儿是真正的老大，那为什么又愿意屈尊接见我？难道是我在帮中一战成名？还是另有原因？

也是后来才知道，我那位同事一路被人跟踪，窃贼一直跟踪到了他的家里，多亏那时候报社放假了，他没有去报社，如果他去了报社，我就有性命之忧。

于是，盗窃团伙愈发相信，我是一个忠心耿耿的喽啰。

第八节　上岗未遂，卷入战争

第二天上午，盗窃团伙早早就做好了准备，准备与另一个团伙大干一场。瘸狼说，既然昨天我们用上了家伙，今天对方一定会带上家伙，所以，大家都要全副武装。我们这边的武器除了钢刀铁管，还有两支短把猎枪，这是我第一次见到这种火器。两支猎枪，那名接蜈蚣出来的中年男子一把，瘸狼一把，瘸狼右手没有食指中指，莫非他会用左手开枪？

盗窃团伙所有的人都集中在酒店的会议室里，足有30多个人，连一些十几岁的小偷也来了，但是，我没有见到蜈蚣。

我想，这个酒店一定和这个盗窃团伙有着千丝万缕的联系。

我看到了螳螂，螳螂的嘴角叼着一根香烟，依旧是一副吊儿郎当的神情。我悄悄地问螳螂，蜈蚣去了哪里。螳螂说，蜈蚣前几天在拿货的时候，被人发现了，一群人追上了桥头，蜈蚣走投无路，就从桥上跳了下去，结果被桥下的车子撞死了。

螳螂说起蜈蚣的时候，脸上没有任何表情，好像在说着一个流传悠久的内容干瘪的故事。那一刻，我知道了什么叫冷若冰霜。

瘸狼安排作战阵型的时候，让我冲在最前面。他说我最有战斗力，身体强壮，是团队的骨干力量。我突然明白了为什么昨天晚上老头儿他们会召见我，因为我是敢死队员，我是炮灰。就像那些电影中的镜头，战前动员的时候，敢死队员总要受到长官的接见，让他们义无反顾地走向死亡。在别人的眼中，能够受到上级的召见，是一种恩赐；然而，在我的眼中，分明是一个计谋。

我没有他们想象的那么傻。再怎么说，我也是在各种各样江湖中摸爬滚打了好几年，别人一抬屁股，我就知道他要放什么屁。

这个团伙有枪，难道对方就没有枪？枪声一响，死亡的就是冲在最前面的人。为小偷而死，死不足惜，轻于鸿毛。以后，他们谈起倒在枪口下的我的时候，也会像在谈论一个流传悠久的内容干瘪的故事一样。

我的武器是一把大砍刀。今天，我要以小偷的身份，用这把大砍刀去杀小偷。

小偷们都把家伙用衣服包着，分批走出酒店，他们钻进了出租车。为了不引起警方的注意，他们没有开车。

几辆出租车来到了郊外一片人迹罕至的树林里，树林绵延数里，郁郁葱葱，遮天蔽日，是个打架的好地方。

我们走进树林里，亮出了刀枪，枝头上栖息的鸟雀纷纷惊飞。走了上百米后，看到林中一片开阔地上，对方早就在那里等候，也是持刀拿枪，足有四五十人。

我走在队伍的最前面。

我真没有想到，卧底盗窃团伙，居然卷入了一场战争，还要给他们做炮灰。

我一路上都在想着怎么逃脱，然而我一直找不到机会。我就像坐上了一条小船，飘荡在茫茫大海中，我唯一能够做到的，只是抓紧船舷。

我一直被后面的人簇拥着走到距离对方仅有十几米的地方，才停了下来，我看到对方前面的一排人拿着双筒猎枪，黑乎乎的枪口对准了我。我还看到了昨天打架的对方的头领，那名40多岁的男子，他站在第二排，对着前面两个手端猎枪的人耳语一番，手端猎枪的人对着我指指点点，眼睛似乎要喷出火来。

我清楚地知道自己今天在劫难逃，只要一有冲突，我就会先被这几管猎枪打成筛子，然后，冲突可能就会结束。两个盗窃团伙都会以牺牲我为代价。我只是盗窃团伙里一名微不足道的因为一战而成为最佳新人的新人。

怎么办?

我向两边看看，两边是深不可测的树林，只要我一抬脚逃跑，所有的枪弹都会落在我的身上。

瘸狼站在队伍的中间，他向对方喊道：“国有国界，城有城墙，主权必争，寸土不让。为什么要抢我们的地盘?”

我听着瘸狼的话，心中暗暗嘲笑着他，他妈的就这么没文化，套用我的话，还要让我冲在前面。

对方一个声音撂过来：“时间在改变，时代也在改变，这个世界不是一成不变的。你们的地盘，也不是生下来就是你们的，你们也是从别人手中夺过来的，你们能夺，难道我们就不能夺?”

这段话说得很有水平，我向对面望去，光线暗淡，不知道是谁说的。

瘸狼哑口无言，嗷嗷了半天，不知道如何反驳。最后，他气急败坏，举起手中的短把猎枪，模仿电影中土匪的口吻说：“要夺我们的地盘，先问问它答应不答应。”

然而，对方并不害怕这支短把猎枪，对方前排的几杆双筒猎枪，比它的威力大了很多。那个声音又撂过来了：“都是走江湖的，谁也不是吓大的，有本事就放马过来。”

瘸狼又无言以对了，不知道该怎么办。螳螂接过话头喊道：“他妈的怎么那么多废话，有本事你们过来。”

对方没有言语，仗着人多势众，呈扇形慢慢地向我们包抄过来，前面一个持枪的男子声嘶力竭地喊道："都不准动，谁动就打死谁。把手中的玩意儿扔掉。"

扔掉手中的家伙，我们就只能束手就擒了。

怎么办?

就在这千钧一发的时候，树林里突然响起了一声怒吼："他妈的都给老子停住，谁敢再走一步，老子把你们都突突了。"

我向旁边望去，看到在我们的侧翼，出现了一个手持冲锋枪的男子，他显然是我们的人，他的枪口对着对方的人群，手指按在扳机上，神情激动，面红耳赤。

对方停住了脚步，却将所有的枪口都对准了他，双方剑拔弩张，叫骂不断，如果有谁控制不住自己的情绪，扣动扳机，一场血战就会立即上演。

我悄悄地向人群后退缩。一场狗咬狗的战争，和我是没有任何关系的。

就在我认为一场血战在所难免时，树林里出现了三个人，中间是一个大胖子，长着一张酒色财气的脸，又圆又大的脸似乎在熠熠闪光。大胖子的一边是那个飘着长髯的老头儿，另一边是一个文质彬彬的中年男子，还戴着金丝眼镜。

老头儿看着那把冲锋枪喊道："放下，实在不像话。"

金丝眼镜也对着他们的人喊道："这是干什么？还讲不讲江湖规则?"

老头儿和金丝眼镜都装出一种知书达理的模样。

双方的枪都迟疑缓慢地放了下来。

大胖子伸出胡萝卜一样粗短的手指，像在指挥大合唱一样，脸上笑容可掬，嘴巴弯成了小括弧，他说："啊呀呀，干吗要动刀动枪的，都是自己人嘛。"

那场意料中的战争最终没有发生，两个盗窃团伙都请来了本地的黑帮老大——那个像弥勒佛一样的大胖子。大胖子从中协调，我们这边让出了一条街道，对方让出了一路公交车。

螃蟹私下里对我说："其实这样交易，我们还占了便宜。我们让出的那条路上，没有商场，没有医院，没有饭店，没有多少油水。而对方让出的这路公交车，是地铁接驳线，每天的乘客都坐得满满的，大有油水。”

黑帮老大在这座城市声名显赫，在所有阳光不能照射到的地域，他具有绝对的权威。他从来都是说一不二的，没有人敢反驳，他的每句话都像红头文件一样畅通无阻，他号称这座城市的地下市长。但是，我一直不知道他是否有官方背景，就像多年后的重庆市公安局局长文强，其实就是重庆市的黑帮老大。

那天，他一出现，所有人都像颗颗星星簇拥着月亮，都像朵朵向日葵望着太阳一样，我看到这种情景，就知道黑帮老大非同小可。他像一头巨大的北极熊，盘踞在食物链的上端，在这片属于他的地盘上，他畅通无阻；他又像是一棵大树，根须触及到了这座城市的每个阴暗的角落。

那个手拿冲锋枪的男子也是黑帮的人，他看着我们的时候目光阴冷，像毒蛇的目光一样，让人望而生畏。而他看到大胖子的时候，就立刻讨好地迎上去，满脸笑成了一朵成熟的向日葵，恨不得每个葵花子都变成谄媚的眼睛。大胖子只用鼻孔哼哼了几声，就转身将他甩在身后。我想，那个手拿冲锋枪的人，可能是我们这边请来的打手。

两个盗窃团伙的人都在交头接耳、窃窃私语，所有人都像鸭子一样伸直了脖子，踮起脚跟观望。他们说这个大胖子就是江湖传说中的洪哥，一个从江湖中杀出来的老大，一个黑白两道通吃的传奇人物。我做了多年记者，自以为熟悉社会的各个行业，自以为熟悉每个行业的人群，然而，我今天才第一次听到洪哥的名字，今天才第一次听到了江湖上令人闻风丧胆的黑帮老大，听小喽啰们说他“天天赴宴席，夜夜做新郎”。他法力无边。

在城市的背后，生活着这样一群人，他们有着自己的组织机构，有着自己的游戏规则，我们和他们的生活近在咫尺，却又异常陌生。我们每天和他们擦肩而过，却又对他们一无所知。他们的生活纸醉金迷，却又要损害别人的利益；他们的生活为所欲为，却又是在刀口上讨生活；他们中的每个人都是双面人，他们在阳光下道貌岸然，在黑暗中原形毕露，他们文质彬彬的面容下包藏着匕首一样锃亮的祸心。他们是这座城市的恶性肿瘤。

第九节　围观的督察

这场战争过后，我因为勇敢无畏，冲锋在前，受到了表扬，工作也得到了调整，从一名小偷升级为监视小偷的打手。

所谓打手，就是作为神秘人，跟踪在小偷们的后面，监视小偷们的活动，看小偷偷到钱包有没有上交，有没有克扣钱财，如果有，则就要举报，小偷就会受到惩罚。打手其实就是盗窃团伙里的秘密警察，或者叫督察。一个技艺娴熟的小偷，一天可以偷到几千元，按照10%的提成标准，他仅能收入几百元，而偷偷地藏起来一个鼓鼓囊囊的钱包，则就是他好几天的收入。所以，小偷里偷藏钱财的事情层出不穷。

打手还有一个任务，就是帮助小偷逃脱，替小偷打架。当小偷被人抓住后，就想方设法纠缠失主，让小偷赶快逃走。如果失主势单力薄，则就冲上去围殴失主，救走小偷。打手一般是两三个人一起合作。

我曾经以为打手在这个盗窃小分队里只管别人，别人管不到打手，直到有一天，我无意中一回头，在人群中看到了螳螂的脸，我才知道，打手仅仅是这个食物链中的一个环节。

打手的后面有人跟踪，这就是盗窃团伙里的头目。他从来不出手，只静观事态变化，回到大本营后，再做出处理决定。螳螂就是这样一个头目。

盗窃团伙里的组织机构异常严密，最前面是搭架子的人，他们故意制造混乱局面，探究盗窃对象的钱财装在什么地方。然后是小偷，这些小偷以十几岁的孩子居多，也有一些女孩子和中年妇女，他们每个人都有高超的偷窃技艺。小偷的后面是转移钱财的人，小偷把钱交给他们，他们飞快拿走。这样，即使失主抓住了小偷，扭送到派出所，也会因为没有证据而将小偷放走。转移钱财的人后面是打手，如果小偷遇到危险，打手就会冲锋向前，故意制造混乱场面，让小偷趁机逃走，更有些没有道德底线的穷凶极恶的打手，会对失主大打出手。打手的后面还有小头目，他监视着整个小分队的情况，以便奖勤罚懒。

我做打手后第一天上岗的情景，现在还记忆犹新。

我的搭档是猴子。猴子身材瘦小，不知道他为什么也能做打手。他向我说起了自己以前的丰功伟绩，他说他13岁就砍翻了人，村子里有人和他爹骂架，他拿起切菜刀，从背后将那个穿着短裤的人砍倒了，将那人的脚脖子差点砍断。事发后，他就逃出来了，再没回去过。

听着猴子的故事，我暗暗惊异，跟着荆轲去刺杀秦王的秦舞阳，也是13岁杀人。而我的13岁是坐在教室里“好好学习，天天向上”着，背着书包奔跑在洒满阳光的小路上，一被同学欺负，就会哭着回家。和我比起来，这个猴子绝对是一个亡命之徒。

听说猴子在团伙里还有一个外号叫“百晓”，就是无所不知、无所不晓，好像天下没有他不知道的事情。他有一句口头禅是：“嗷——这个我知道。”有一次，几个小偷在一起说起互联网，他围过去说：“嗷——这个我知道，是一种新的捕鱼方式，大家在一起互相联系，一起下网捕鱼，捕鱼的数量就比以前多了很多。”他看到大家疑惑的目光，就接着说：“潮汕一带的渔民现在都用互联网捕鱼，效率很高的，我亲眼见到的。”

那天，我和猴子跟在一个盗窃小分队的后面，走到了一条街道上，迎面走来了一个老外，金发碧眼。猴子看了看那个老外，对我说：“这是一个美国人，我在美国见过他。”

我问：“你去过美国?”

他说：“当然，去年跟着老大去的美国，光火车就坐了三天三夜，到了美国，哎呀，每顿吃的都是大闸蟹，家家都会做，大人小孩都吃。你说这美国人为什么这么壮实，就是吃大闸蟹吃成这样的。大闸蟹老贵了。”

我们正说着话，前面的小偷发现了目标，一对恋人走在几十米远的前方。小偷跟着这对恋人走了十几米远，就偷偷拉开了女子的挎包。

小偷的手刚刚伸进女子的挎包，挎包里的手机突然响了，女子的手伸过去，与小偷来不及抽回的手撞在了一起，女子大声惊呼起来。

这是一个成年小偷，像个烟鬼一样面黄肌瘦，小偷一般都长得很精瘦。

男子听到恋人的惊呼，扭头看到了小偷，他一出手就抓住了小偷的脖子，提起小偷，小偷的脚尖几乎被提离地面。小偷的脸变成了茄子，眼睛里只剩下了眼白。

男子又将小偷一推，小偷一下子就被掼倒在地。男子抬起最少45码的大脚，一脚又一脚踏踏实实地踩在小偷的身上，小偷嗷嗷叫着，腰身弯成了虾米。

“你他妈的瞎了眼，敢偷老子的钱包。”男子骂着。

搭架子的，转移钱财的，看着身体魁梧、气势汹汹的男子，一个个吓破了胆，没有一个人敢冲上去解围。小偷在45码的大脚下，发出杀猪一样的叫声。

猴子拉着我说：“冲，冲上去。”

我也说：“冲，冲上去。”

我只说不动，猴子是又说又动。猴子冲到了那名大汉的面前，扬起手指就划向大汉的面门，大汉一闪身，刀片划过了衣服，他的夹克衫“豁然开朗。”

大汉吼道：“你他妈的敢动刀子！”

猴子刀片又划过来，大汉退后一步，等到猴子的右臂划过去，大汉跨前一步，一个窝心脚将猴子蹬翻了。猴子像一堆稻草一样滚出了很远，再爬起身的时候，就一溜烟跑了。

猴子和大汉打斗的时候，小偷也趁机逃跑了。

此后，我见过很多次失主与小偷之间的战争，但都没有这一次精彩纷呈、荡气回肠。

当天晚上，在总结会上，瘸狼一脸沉痛地说：“现在，出现了阶级斗争新动向，这些人打我们的时候，下手很狠，往死里整，大家以后一定要当心啊。”

看小偷挨打是一件令人心旷神怡的事情。

小偷抱成团，就是害怕挨打。邪恶在正义的面前总是诚惶诚恐的。小偷最害怕的是路人也抱成团，这样他们就成了过街老鼠；小偷最高兴的是路人保持沉默，这样他们就能为所欲为。其实，很多的时候，路人即使不出手，只要齐声喊“打”，小偷就吓破了胆。

对小偷喊打，应该成为社会的常态。

记得瘸狼曾经在一次总结会上说：“我们现在不怕警察，没有证据，关上我们24小时就要放走，警察现在不敢打人。我们现在怕的是失主，现在的人啊，下手太狠了，所以干活的时候，一定要注意选择对象，最好只对单独行走的女子动手。”

可是，即使单独行走的女子，对于小偷来说，也不一定就是安全的。

45码的大脚，将猴子踹出了内伤。那双大脚，绝对是个“练家子”。

猴子不能上岗了，人手又紧张，这个小分队就只配备我一名打手了。这样，每天上班的时候，我跟在小偷们的后面，监视着他们的一举一动，当他们遇到危急情况的时候，我“路见不平”也不吼，该出手时不出手，心中兴奋地唱着“嗨呀，咿儿呀……”

独自上岗的第三天，我遇到了一次小偷被打的激动人心的场面。

45码威力无穷，不但将猴子踹出了内伤，而且将那名成年小偷的两根肋骨也踏断了。因此我们这个小分队的小偷，换成了一个十八九岁的青年。这是一名惯偷，据说有着多年的工作经验，很早就加入了这个盗窃团伙。他的名字叫蚂蝗，听说只要是被他盯上的钱包，就一定会偷到手。

那天是冬季一个难得的好天气，阳光灿烂，万里无云，空中有一群唧唧喳喳的鸟雀，一会儿飞到街道这边，一会儿飞到街道那边。时令已经接近了春节，大街上一片红彤彤的，锣鼓喧天，鞭炮齐鸣，红旗招展，人山人海……连日的阴霾过后，天空终于放晴了，每个人的脸上都喜气洋洋。

小偷们像一堆堆垃圾一样在街道上出现了，他们专门往人多的地方拥挤。那天大街上的人真多，我稍不留神，就跟丢了他们，他们像屁一样消失得无影无踪。

我向四周看了看，也没有看到螳螂，不知道四周是否还有人在监视我。当时，我突然想，这是一个逃跑的大好机会，只要乘上一辆出租车，让司机一路不停歇地开到报社或者派出所，我就逃出了魔窟。

然而，出租车行驶在人群中，就像蜗牛爬行在沙滩上，出租车比人的脚步更慢。很多乘坐出租车的人望着车前的人山人海，愤愤不平地打开车门，安步当车。

我正在犹豫不决的时候，突然听到人群里传出喊打声。我看到蚂蝗从人群里挤出来，后面伸出了一只手臂，一把抓住了蚂蝗的衣服下摆，蚂蝗只有奔跑的姿势，却没有奔跑的速度。蚂蝗艰苦地走出几步后，却再也走不动了。蚂蝗站直了身体，对着后面那个人说：“你干吗要拉着我？”

那只手臂放开了蚂蝗的衣服下摆，蚂蝗像泥鳅一样，刚想开溜，那只手臂却又抓住了蚂蝗向后甩动的手腕。蚂蝗努力地甩动了几下，没有甩开。蚂蝗一回身，手指向那只手臂抹去，那只手臂放开了，却从口袋里掏出了软鞭，一鞭抽在了蚂蝗的头上：“去你妈的，刀片都亮出来了，还说不是割包贼。”

那只手臂甩动着软鞭，一鞭一鞭准确无误地抽打在蚂蝗身上，蚂蝗像风中的树叶一样左摇右摆，哭爹喊娘，涕泪纵流。

突然旁边又有一阵骚动，两名男子扭住了一个准备走开的人，从他的身上搜出了钱包。失主是一名肥胖的女子，她接过钱包，用她戴着戒指的宽厚手掌，与小偷的脸撞击出一连串富有节奏的清脆嘹亮的响声。一阵响声过后，小偷的脸上血迹斑斑。这名小偷是转移钱财的。

围观的人群大声叫好。

搭架子的是一个30多岁的男子，他看到这种场面，惊慌失措，准备开溜。身后一名男子一个鱼跃，将搭架子的扑倒在地，搭架子的满脸是血，爬起来后，两腿战战，一步也不敢迈动。

三个小偷聚集在了一起，围观的人群争先恐后地伸出愤怒的拳脚，纷纷落在三个小偷的身上，而抓住这三名小偷的青年们反而在阻挡着雨点般的拳脚。他们是民间反扒大队的，据听说他们都是一些退伍特种兵和武术队的人组成的。

我在一边看得激动万分，恨不得欢呼雀跃。

当天晚上，这个小分队只有我一个人回到了大本营，大本营又换了地方。瘸狼在总结会上狠狠地批评了我，他说我空长了一副健壮的身体，见死不救，胆小如鼠，非常不称职。

我因为该出手时没出手，受到了组织的惩罚。当天晚上，我被饿饭，还遭到了吊打。

我被反绑着双手，吊在房间的天花板上。天花板上，在应该出现吊灯的地方，出现了一个吊环，这可能是他们专门为吊打而设计的刑具。被吊起来后，我先感到双臂疼痛，接着是酸楚，最后就彻底麻木了，好像不是自己的双臂。

我想，打手的后面都有人监视，回来后向大本营举报打手的表现，那么，是谁在背后监视我？他向大本营举报了我一些什么情况？

瘸狼先进来了，他拿起竹片，狠狠地抽打在我的身上，竹片像一团火，将我本已麻木的身体烤得火烧火燎。我全身仅存的的力气全部都聚集在竹片与身体接触的部位，用以抵御疼痛。

瘸狼将竹片交给了接蜈蚣出来的那个中年男子手中，他抡起竹片，竹片带着啸声落在我的背上。我背部的肌肉下意识地快速抖动着，将疼痛发散到全身。

那天晚上，所有回到大本营的小偷都用竹片抽打了我。两个小时后，当我被放下来时，身上血痕密布，好像披满了绶带。那时候，我心中充满了深仇大恨，我想着赶快离开这里，把这些情况都告诉警察，把这些渣滓全部抓起来。

第十节 疑影重重

那天晚上我和螃蟹住在一间房屋里，螃蟹看到我回了房间，只意味深长地看我一眼，继续内涵丰富地嚼着槟榔。

我突然想起来那天遇到那名同事的情景，他问我年终奖发了多少的时候，螃蟹就走在我的身边。

螃蟹是个话痨，要从他的口中套出话来并不难，他的嘴巴有两个功能，一个是说废话，一个是嚼槟榔。

我躺在床上，看着天花板，故意不看螃蟹。我悠悠地说："最近，我听到有人在谈论你，说一些对你不好的消息。"

螃蟹也不看我，以一副高深莫测的语气说："谈论我？谈论谁谁还不知道呢，哼。"我偷眼看到他面容呈闲云野鹤状。

我继续说："有人说你是雷子，真的。"

螃蟹忍不住了，他站起来看着我说："你才是雷子，以为我不知道？"

我笑着说："我是雷子？我哪里像雷子？"

螃蟹以一副炫耀的口吻说："人家都问你发了多少年终奖，那肯定是你的同事。你今天看到蚂蝗他们挨打，不但不上去帮忙，还在背后偷着笑。"

我故意说："谁说我没有帮忙？我好几次冲进去，都被人群挤了出来。"

螃蟹说："你以为我是瞎子，我看得清清楚楚。"

操！我在心中狠狠地骂了一句，原来今天监视我的是螃蟹。但是我又不能点破。

螃蟹继续絮絮叨叨："你看到人家打蚂蝗，你站在旁边看。蚂蝗挨打，你还笑了。"

我回想当天的情景，一直不知道螃蟹躲在什么地方，居然连我的面部表情都看得清清楚楚。瘸狼为了达到以贼治贼的目的，几乎每天监视的人和盯梢的人、打手都会不断更换。小偷不知道谁在监视，打手不知道谁在盯梢。瘸狼绝对能够做一名合格的企业高级管理人员。

我心中电闪雷鸣，而外表波平如镜，我说："他妈的我才不是雷子。大过年的，我是雷子，我早都回家了。不过，我听到人家在背后谈论你的是另外一件事情。"

螃蟹不言语了，我相信他此刻一定着急地等着我说出是什么事情。但是我偏不说。

我慢悠悠地说："这件事情，要是让老大知道了，你就性命难保。"

螃蟹终于按捺不住了，他走到我床边说："都是男子汉，痛快点，说我什么了？"

我还是故意不点破，我说："你应该知道说你什么，但是他们只是瞎说，没有证据，而我是有证据的。"

他急迫地问："什么证据？"

我不急不迫地说："你知道的。"

螃蟹还在硬撑着，他问："我知道什么？"我听到了他节奏混乱的呼吸声。

我说："都出门在外，都不容易，过得去就行了，谁也别为难谁，要是鱼死网破，对谁都不好。"

螃蟹着急地解释说："我没有给老大说你的事情啊，我给谁都没有说。他们三个人被抓进去了，你一个人回来，老大肯定要处罚你的。"

老大？谁是老大？是瘸狼吗？是那个老头儿吗？还有另有其人？

我知道螃蟹这张破嘴是个漏斗，什么秘密都能漏出来。螃蟹盗窃的水平相当于一个 30 岁的成年人，而说话的水平相当于一个 3 岁的孩子。他非常好卖弄，他是一个"大愚若智"的人。

我故意以瞧不起的口吻说："你能和老大说上话？你连老大是谁都不

知道。”

螃蟹急急忙忙地说：“我当然知道。”

我说：“人家老大是不会和你们这样的小鱼小虾见面的，你知道个屁。”

螃蟹骄傲地说：“反正我知道，你是不会知道的。”

我说：“你以为我不知道，我早就知道了，不就是白胡子老头儿嘛，我们还一起吃过饭呢。”

螃蟹以一种讥讽的口气说：“嗷——那就是白胡子老头儿了。”

从螃蟹的口气中听出，那个白胡子老头儿不是老大，那么他又是什么身份？那天两个盗窃团伙冲突的时候，他就站在黑帮老大——那个大胖子的身边，难道他不是老大？那他是谁？难道帮中还有身份比他更高的人？

我继续套问螃蟹，然而螃蟹就是不说谁是老大，只说我见过老大的。他说：“帮中有纪律，谁乱说老大，是要被割了舌头的。”

我想，只在3岁智商这个年龄段混的人，又怎么能够成为小偷？难道帮中老大不担心他被抓住后和盘托出一切？我故意说：“像你这种意志不够坚定的人，进了局子就什么都给人家说了。”

螃蟹认真地说：“我当然不会说。老大说了，只要我进了局子，雷子一问三不知，我一直这样做的。雷子就甭想从我这张嘴巴里问到什么。”

盗窃团伙里的每个人，不论职务大小、智商高低，都对老大忠心耿耿。

然而，他们为什么对我隐瞒谁是老大？

那天晚上，螃蟹还向我说起了这个盗窃团伙中的其他人。人类可能都有在背后议论是非、臧否人物的嗜好。

我们先谈起了瘸狼，他说瘸狼以前是在临近一座城市做老大，后来帮中的老二取而代之，将他赶了出来。临赶出前，那个老二切断了他右手的食指和中指。对于一个小偷来说，失去了食指和中指，就等于恶狼失去了利爪，变成了斑点狗；毒蛇失去了毒牙，变成了皮管子，还有谁会惧怕它们？

既然螃蟹能够娓娓动听地谈起瘸狼，那么瘸狼肯定就不是老大了。螃蟹说，瘸狼有老婆有孩子，他们也都生活在另外一个城市里。瘸狼是在事业鼎盛期的时候娶的老婆，据说他老婆很漂亮。瘸狼每隔一段时间，就会去那座城市全家团聚。瘸狼用他残缺的手指牵着老婆孩子的手，一起走在红杏枝头春意闹的旷野，人们都会羡慕这富裕的一家三口，却不会想到瘸狼身上的每一个铜板都沾着血腥。

我问："瘸狼看起来很精明啊，怎么还能让人家抢了位子？"

螃蟹笑着说："精明？精明顶个屁用？人家老二来头比他大得多，他把地盘拓宽了，人家撵走了他，占个现成的。"

我问："那个老二有什么背景？"

螃蟹说："我也是听人说的，说是当地的地头蛇。先是垄断了整个屠宰市场，后来国家不让私宰了，就踏进了我们这个行业。那小子太厉害了，现在整个城市的市场都是他的，听说手下弟兄有好几百个。"

瘸狼不能偷窃了，就来到我们这座城市，做了一名教官，用他的丰富经验来培训小偷。

原来小偷江湖也是风云变幻，改朝换代，优胜劣汰，长江后浪推前浪，前浪死在沙滩上。

我们正在说话的时候，我无意中扭头一看，看到窗户上映着一个大大的人影。那天晚上的月亮像一把新磨的镰刀，不圆，但是亮光闪闪。

螃蟹那张破嘴依然在喋喋不休，我则闭上了嘴巴。螃蟹说到了瘸狼的独断专行，认为他不久就会被人撵走，因为他不得人心，他问我："你说是不是？"我没有吭声。螃蟹气愤地说："他妈的你让我说，自己倒先睡着了。"我还是一声不吭。

房间里一片寂静。过了几分钟，窗外的黑影离开了。

盗窃团伙里处处没有陷阱，就连夜晚睡觉也有人在外面偷听。我仔细地回想自己说过的每一句话，猜测着天亮后会有什么不测在等待着我。

第二天，我在恐惧中度过，我一直担心偷听的人会告密，然而，风平浪静。

风平浪静说明了两种情况，一种是偷听的人没有告密；一种是偷听的人告密后，他们暂时按兵不动，放长线钓大鱼，制造更大的阴谋。

没有告密是不可能的，我更倾向于第二种情况，我不得不做好应对的准备。

既然小偷们面对警察的时候能够一问三不知，那么，如果有瘸狼他们问起我昨晚的事情，我也一口咬定不是卧底。那么，剩下的罪名就只有打听老大的情况了，我反正说自己只是出于好奇，相信好奇带来的处罚应该不会太重。

24 小时过去后，蚂蝗们没有再回来，大本营里一片慌乱，他们不得不做好了应变的准备。这帮老鼠一样的小偷，从小区搬迁到了郊外一幢残破陈旧的居民楼里。

当天下午，小偷们才出街。瘸狼训话说，目前处于非常时期，每个人都要小心谨慎，不要留下纰漏，“否则一失足成千古恨”。

这天我的搭档又换了，小偷是一个十几岁的少年，眼泡浮肿，好像还没有睡醒；搭架子的是一个看起来老实巴交的中年男子，嘴唇凸起，鼻子扁平，长得很像北京猿人；而转移钱包的则是一个看起来很文静的男子，戴着眼镜，很像刚刚从教室里走出来的大学生。然而，我却不知道我的后面，是谁在监视我。

我们四个人，每个人相隔几十米，迤逦走向大街。小偷在前，接着是搭架子的，后面是转移钱财的，然后是我。我的后面看不到跟踪的人，也许跟踪的人已经事先埋伏在我们干活的那条街道上，也许就掩藏在身后来来往往的人群里。

经过了一片小树林边，突然看到小偷面对着树林在撒尿，而前面则是搭架子的和转移钱财的在慢腾腾地走着。按照规定，走出大本营后，四条线上的人就各负其职，不能聚集在一起，免得被反扒大队一网打尽。我走到小偷的身后时，看到小偷用眼睛的余光在看着我，他悄声问：“你真是警察叔叔?”

我一惊，放慢了脚步，也用眼睛的余光看着他，不知道该怎么回答。我猜不到他问我这句话的目的是什么，小偷都把警察叫雷子，而他叫警察叔叔，他是不是老大派来试探我的?

我装着没有听见，继续向前走。他系好裤子后，就一路小跑着超过了我，超过了大学生，又超过了北京猿人。在北京猿人前面十几米的地方停下脚步，装着无意地回头看看，又向前走去。

后来我知道了这个少年小偷的名字叫蟋蟀。在盗窃团伙里，处于最底层的少年小偷，每个人的名字都是一种小昆虫的名字，这些昆虫以草木为食，如蟋蟀等；再高一级的，则是乞丐团伙里的小头目，每个人负责一个小分队，他们的名字以小动物为名，这些都是肉食动物，如螳螂等。而更高一级的，则是瘸狼这样的大型肉食动物。

蟋蟀走在我视力所及的范围，穿过了两条街道，来到了我们今天行窃的地方。蟋蟀的脚步放慢了，他不时地回头观望着，看起来像一只惶恐不安的兔子。

我一直在想着，蟋蟀为什么会那样问我？他是老大派来的暗探，还是听到了别人的议论？也许整个团伙里小偷已经传得沸沸扬扬，而只有我还蒙在鼓里，以为没有人知道自己是卧底。我就像那只被猎人追赶的鸵鸟，把头埋在沙窝里，却把肥大的屁股露在外面，以为别人看不到自己。

我想着想着，禁不住冷汗直冒，算了，暗访到此结束，赶快逃离这里。

然而，又怎么才能逃离呢？

后来，那件突然发生的事情，是谁也没有想到的。

第十一节　小偷组失控了

我清楚地记得那天是腊月二十八，因为这天是我的生日，我在看到大街上红红火火的气氛，看到人们采购年货的喜气洋洋的情景时，才突然意识到自己的生日来到了。

然而我的生日只能自己独自度过，这些年一直是这样，我已经习惯了。在出外采访的时候，遇到什么就吃什么；在没有采访的时候，我就买一碗兰州拉面给自己过生日。

每年的生日，母亲都会给我打电话，然而，今年的腊月二十八，我暗访盗窃团伙，不能与外界有任何联系，母亲一定给我打电话了，可是无法打通，她老人家一定很着急。我该怎么办？

我正想着母亲，突然看到前面一阵骚动，蟋蟀跑向了一条巷子里，边跑边回头，满脸惊恐；北京猿人和大学生发足追赶，跑成了一溜烟。我不知道他们为什么要奔跑，也身不由己地跑了起来。

北京猿人和大学生很快就在人群中追上了蟋蟀，他们一人拉着蟋蟀的一条胳膊。蟋蟀挣扎着，哭喊着，身体扭动着，像一条被海水冲上了沙滩的鱼。四周围满了看热闹的人。

蟋蟀哭喊着:"放开我，放开我，你们是小偷。"

北京猿人打了蟋蟀一巴掌:"胡说，快点回家，你妈还等着你。"

蟋蟀挣扎着喊:"不去，不去。"

北京猿人和大学生一人拽着蟋蟀一条胳膊，拖着蟋蟀向前走去。蟋蟀的眼睛望向周围看热闹的人群，但是人群的眼睛一片茫然。

人群里突然挤进了一个人，有40开外，此前我听说了他的名字叫蜘蛛，是个团队小头目，莫非今天是他在暗中监视我？蜘蛛一脸都是歉意，他抱着双拳，向周围的人连连作揖，他说:"不好意思，让大家见笑了，我是这孩子的伯父，孩子有神经病，跑出来几个月了，我和他父亲，还有哥哥一直在找，今天终于找到了。"

蟋蟀还在努力地喊着:"他们是小偷，他不是我的伯父。"

北京猿人又打了蟋蟀一巴掌:"再胡说，看我扒了你的皮，快回家。"

蜘蛛在前面分开人群，北京猿人和大学生在后面拉着蟋蟀，人群纷纷向两边闪开，蟋蟀挣扎的哭喊声被闹嚷嚷的市声湮没了，他们像一叶扁舟，犁开了海面，眼看着就要驶入茫茫大海。

我站在人群外，心如火焚，不知道该怎么办。

蜘蛛伸手拦住了一辆出租车，他站在道路中间，出租车在他的面前戛然而止，蜘蛛拉开车门，看到车里坐着乘客，只好又关上车门。他一连拦住了三辆出租车都是这样。临近春节，出租车供不应求。

围观的人群渐渐散开了，一个神经病少年，临近春节，被家人千里迢迢地找到了，这是一个好消息。人群带着满意的笑容离开了，他们心情轻松愉快，宛如今天这样的好天气。南来的北往的，继续各人忙各人的事情，走亲访友，置办年货。

我跌跌撞撞地穿过人群，三步并作两步跑到了蟋蟀的身边，我看着惊恐不安的蟋蟀，问北京猿人:"怎么了？到底怎么回事？"

北京猿人扭头不理我，我看到他脖子上的青筋像蚯蚓一样鼓起并蠕动着，他情绪很激动。蟋蟀像一只待宰的羔羊，全身抖动着，他用羊羔一样无助的眼神看着我说:"叔叔，快救救……"大学生一把捏住了他细细的脖颈，将他后半句话生生捏了回去。蟋蟀吐着舌头，脸色憋得乌青。

我抓住了大学生的手腕，让他被迫松开了蟋蟀的脖子，我问:"到底怎么回事?”

大学生看了看我，没说话，北京猿人愤愤不平地说：“这狗崽子想逃走。”

北京猿人的话音刚落，街口突然驶来了一辆警车，凄厉的警报声像鞭子一样打在他们的身上。北京猿人脸色铁青，大学生脸色苍白，蜘蛛像一头被点着了尾巴的猪一样，拼命逃进了人群里。

可能有人拨打了110，我想。

巡警将我们四个人带进了派出所。这个派出所和我上次走进的那个派出所不是一家。盗窃团伙的势力范围很广阔，涵盖了好几个派出所的管辖区域。

蟋蟀先被警察带走了，我和北京猿人、大学生则在留置室里等待着询问。北京猿人趁看守的警察不留意，悄悄地竖起了两个指头。两个指头代表着，等到我们接受警察询问的时候，就按照第二套说辞。这些说辞里包括：我们是怎么认识的、做什么工作、刚才在一起的时候都说了些什么话等。为了应对警察的审讯，盗窃团伙里早就有了好几套八面玲珑的说辞。第一套说辞是我们都在郊外的一家工厂打工，郊外确实就有这样一家工厂，连经理的名字年龄我们都了如指掌；第二套说辞是我们刚刚在某某饭店吃饭认识的，某某饭店在什么位置、饭菜的价格，我们也一清二楚。还有第三套，第四套……如果小偷小分队被抓获，只要负责人审时度势，暗示大家按照哪套说辞，大家就都有了应对之策。

我是最后一个接受询问的，北京猿人和大学生被叫走后，再没有回来，不知道他们被放走了，还是被看押在另外的房间。

我走进指定的房间，看到房间空空荡荡，靠墙的地方摆着两张简陋的木头桌子，桌子后坐着两名警察，年轻的一位埋头书写，年长的一位看着我，他的眼神像鹰一样尖锐。

年长的那位问过了我的姓名年龄、籍贯、家庭住址、身份证号码等情况后，突然话锋一转：“你做小偷几年了?”

我摆着手说：“我没有做过小偷。”

“没有做过小偷，怎么和小偷在一起?”

我向他说起了自己这些天的经历，说起了自己如何打入盗窃团伙，如何和各种各样凶恶的盗窃分子周旋，他不相信，他说临近春节，报社早就放假了。

我说出了那个派出所的电话号码，还说了那名警官的名字，我说我的情况他全部知道。我还说起了我工作的报社的名字，还有报社的值班电话、报社领导的名字。我说我的情况他也知道。每次我出门暗访的时候，报社只有极少数几个相关领导知道我去了哪里、去干什么。

年轻的警察出去了，年长的警察留下来和我聊天，他问我都暗访过一些什么，暗访过的那些行业内都有些什么秘密。我说起了我以前暗访的一些经历，说了职业乞丐里的金字塔结构，说了职业卖血者的无奈和无助，说了键盘手和酒托的无耻与秘密……他不动声色地听着，偶尔拿起笔在纸片上划一下。

大约过了半个小时，年轻的警察进来了，他悄声向年长的警察说着什么，我看到年长警察的眉毛轻轻地跳动了一下，点点头。

我知道自己的身份得到了验证。

那天，在派出所里，我还与蟋蟀单独交谈过。蟋蟀的经历让我震惊不已。

半年前的夏天，北方一个炎热的午后，知了在树叶里长声嘶叫，野狗躲在屋檐下吐着舌头。初二学生蟋蟀和一名同班男生翻越校园的围墙，来到了集市上。

农村的集市，十天才有一次。他们像飞出笼子的鸟雀，在短短的街道上，从这头转到那头，又从那头转到这头，目光浏览着有限的商品。后来，他们停在了一个卖枣沫糊的老头儿跟前，老头儿的枣沫糊放在一个巨大的葫芦里。

那时候，集市已经快要散了，他们问老头儿："还有没有枣沫糊?"老头儿说："有啊。"他们摇晃着葫芦说："这才有多少啊？能够我们喝吗?"老头儿是个倔脾气，他说："你们喝完了，我一分钱不要；你们喝不完，喝多少碗算多少碗的钱，一碗五毛。"

他们提起葫芦掂量掂量，感觉没有多少，就放心大胆地坐下来，让老头儿把枣沫糊倒在瓷碗里。老头儿盛一碗，他们喝一碗，转眼间每人已经喝了四碗。蟋蟀站起来摇摇葫芦，感觉到里面的枣沫糊并没有少多少。他的手伸进口袋里，口袋里只有两元钱。他悄悄地问那个同学，那个同学说他只有一元钱。

怎么办？到了现在，就是把毛驴吆到了半坡，能上去要上，不能上去也要上。坐下来，喝！

每个人又喝了三四碗，他们感到肚子里像揣着一个篮球，压迫得五脏六腑都不舒服。站起来，接着喝！

后来，他们一个人喝了十一碗，一个人喝了十碗，老头儿惊讶地看着他们，背着葫芦扬长而去；他们相互搀扶着，慢慢地挪向学校的方向。

他们异常痛苦地走到了街口，听到上课的铃声响了，然而，他们像临盆的孕妇一样行动困难，他们知道今天晚上回到学校一定会受到老师的惩罚。

后来，他们实在走不动了，就坐在街道边的石头上，呼呼地喘着粗气，惴惴不安地想着将要到来的惩处。那时候，乡村老师打起学生来，都比较狠，而家长丝毫也不会见怪，他们信奉"沟板子底下出秀才。"

这时候，一个染着黄头发的青年来到了他们面前。那时候的农村，染发的人还非常少，染发在老辈人眼中是流氓的标志，而在蟋蟀这样年龄的叛逆少年眼里，代表的是有钱和时尚。蟋蟀他们不知道，那个染发青年一直在旁边观看着他们，从他们坐在街边喝枣沫糊，到现在他们坐在街边愁眉苦脸。两个涉世未深的少年对陌生人毫无戒备心，他们对任何人都没有设防，他们以为所有人都会像他们一样简单得像一张白纸。

染发青年说自己刚刚从南方一座著名的城市回来。那时候，这座城市的方言经过电视剧的传播，成为了一种比普通话更高贵的语言，染发青年几句惟妙惟肖的卷舌音让蟋蟀们相信这个青年就是财富的象征。

染发青年说自己在南方一座外国人开办的工厂里做事情，低头抬头看到的都是高鼻深目的老外，工厂里也有很多像蟋蟀这样的少年，他们一月的收入就有几千元钱。染发青年那张能把稻草说成金条的嘴巴，给蟋蟀们描绘出了一幅美丽场景，让蟋蟀们心驰神往。那些年，蟋蟀家庭全年的收入也仅有一两千元。

蟋蟀说："我想去南方，可是我没有车费。"

染发青年说："我先替你垫上车费，以后从你的工资里扣除。"

蟋蟀和那个同班同学欣喜若狂。

为了逃避老师对他们迟到的责罚，两个少年决定闯荡江湖。

当天晚上，蟋蟀安排他们住在县城的宾馆里，天亮后，又坐长途汽车来到省城，接着，再坐飞机。坐在飞机上，蟋蟀和同班同学都在想：同学们知道自己坐上了飞机，该会多么羡慕啊！

飞机来到了南方那座城市后，蟋蟀没有进入工厂打工，却进入了这个盗窃团伙，而他的同班同学进入了另一个盗窃团伙，此后，他们再也没有见面。那个染发青年是个掮客，或者叫人贩子，他和他的同伙经常游荡在北方学校的周边，把那些不好好学习的学生诱骗到南方，卖给盗窃团伙、乞丐团伙，或者打黑工的工厂，甚至还把一些女孩子卖到卖淫团伙。

此后，蟋蟀也再也没有见过染发青年。

蟋蟀在瘸狼的培育下，忍受了千般痛苦，成为了一名小偷。小偷上岗后，先要实习三个月。三个月后有了业绩，被警察抓住后，没有出卖组织，就会转正为职业小偷。职业小偷每次出街，都有任务，偷不到1000元，就要受到处罚。而偷到1000元后，按照10%的提成给小偷。

蟋蟀年龄太小，他的提成都存在瘸狼那里，他花钱的时候，向瘸狼要就行了。尽管有了钱，但是蟋蟀知道自己的钱不干净，他非常憎恶自己的职业，他一直寻找着机会想跑出去。

两个月前，蟋蟀逃跑差点成功，可是一道两米高的围墙挡出了他的去路，他被抓住了。在大本营里，蟋蟀遭受了毒打，差点被打死。第二天苏醒过来后，身体异常虚弱，小偷们只让他休息了一个晚上，第三天又逼迫他去偷钱包……蟋蟀无时无刻都在想着逃出去，直到今天，他终于逃出了魔窟。

蟋蟀说："上学是最好的，我想回家上学。"

我想起了以前解救过的两个被乞丐团伙操纵的盲人少女，报社派我一直把她们送回家中，于是，我对蟋蟀说："你放心，我一定会送你回家的。"

蟋蟀说："谢谢警察叔叔。"

我感到很奇怪，他怎么会把我当成了警察？我问他，他说，昨天晚上，他偷听了我和螃蟹的谈话，听到螃蟹说我是警察。

原来昨晚窗户上的阴影，是他的身影。我心中放下了千斤重担。

第十二节　再入贼窝

当天晚上，我见到了这个派出所的所长，他说，他们想让我回到盗窃团伙充当内线，配合他们行动，将这个窝点一举摧毁。

我很高兴。

所长说，为了消除盗窃团伙的怀疑，他们已经把北京猿人和大学生先放回去了，等一会儿，再让我出去，他们在后面跟踪着我。

我想起了武侠小说中常常写到的跟踪，走在前面的人在岔路口留下一个代表自己帮派的记号，这个记号只有本帮的人才能看懂，而别的帮派的人则不知所云。后面跟踪的人循着记号，就能一路追来。金庸的小说《书剑恩仇录》中有一个非常精彩的细节，十四弟被关东三魔胁迫而行，一路上就是留下了这样的印记，才让陈家洛们能够找到并解救了他。

我问所长："我一路上需要留下什么记号吗？"

所长笑着说："那都是小说里胡乱写的，要跟踪一个人，哪里会留下什么记号。你什么都不用管，只管回到小偷窝点里，我们会找到你的。"

从派出所出来后，我走到了另一条街道上，走进了一家小饭店里。多天的暗访快要结束了，我的身份依旧没有暴露，我觉得轻松而兴奋，便点了一盘蔬菜，要了一瓶啤酒，准备好好犒劳自己。

邻桌是两个中国人和一个老外，他们喝得兴致很高。老外用蹩脚的普通话说："你们中国人真自信啊。满大街都写着中国很行、中国人民很行、中国建设很行、中国工商很行、中国农业很行、而且你们招商很行、浦东发展很行、深圳很行、东莞很行、邮政也很行……"

我听着他的话，却不知道他在说什么，那两个中国人也如坠五里雾中，老外又用手指指着街道对面的牌子说："你们看，那里还有华夏很行，华夏不就是你们中国人吗？"

我一看，差点笑出声来，他指的是华夏银行的牌子，原来这个老外不懂中国文字中的多音字，他把银行念成了"很行"。

我刚刚把笑声吞回去，肩膀上突然被人拍了一巴掌，一回头，看到北京猿人和大学生站在后面，北京猿人嬉皮笑脸地说："等你很久了，怎么现在才出来？老大发脾气了，快点走。"

后来，我才知道，这天发生了两件事情，除了蟋蟀逃走外，还有两个小偷也逃走了。这两个少男少女是一对恋人，他们在戒备森严的大本营和声色俱厉的老大眼皮底下谈恋爱，居然无人知晓。

按照规定，盗窃团伙实行军事化管理，团伙里的男女是不能有七情六欲的，一旦发现谁蠢蠢欲动，必将处以严惩。然而，春天来了，万物萌发，动物们的性欲也被春风悄然唤醒。猫开始叫春，羊开始怀胎，狗开始生仔。歌德说过，哪个少女不怀春？哪个少男不爱慕？更何况，盗窃团伙里的少女都是从小受到特殊训练，身材窈窕，风情万种，心怀鬼胎的男子一见就会动心，她们常常依靠色相来偷窃。

这对少男少女瞒住了所有人，这天派活的时候，瘸狼将这对隐秘的恋人分在了一组。少女做小偷是不需要搭架子的，她们可以趁男子意乱神迷之际，手指触及男子的各个部位，他们只需要一个转移钱财的人在一起偷窃就可以了。

打手在随后的回忆中说，少女站在街口，装着等人，一个神情猥琐的中年男子走上去搭讪，几分钟后，少女就和中年男子手挽着手走向江边，少男跟在后面，打手又跟在少男的后面，而监视这一个行动小组的人，他们都不知道躲藏在什么地方。又过了几分钟，他们搂抱着继续前行，少女轻而易举地摸遍了中年男子的天窗、阳台和地道，就像触摸自己的口袋一样，而像猪一样蠢笨呆滞又想入非非的中年男子还浑然不觉。他坠入了自己一相情愿的黄粱美梦中。

少女一只手搂着中年男子，一只手从中年男子的裤子口袋里掏出了厚厚的钱包，转交给了跟在后面的少男手中。中年男子的脸上依旧是憧憬和向往的神情，少男将钱包装在裤子口袋里，依旧若无其事地跟在少女的后面。

中年男子搂着少女来到一家宾馆门口，少女的脸上写满了娇羞，她让中年男子先进去开房，自己在宾馆门口等候。中年男子走到前台后，一摸口袋，脸色大变。

中年男子神情委靡地回到宾馆门口，少女故意问："怎么了？"中年男子快要哭了，他低头钻进了人群里。他根本就不会想到，这个模样清纯的少女是一个久经江湖的小偷。

少女、少男、打手、监视的人依旧走上大街，他们像一张渔网，在人海中搜捕钱包鼓鼓又色心重重的鱼，大海中从来就不缺少鱼。

后来，他们走进了地铁站，买票进站，打手和监视的人也买票进站。就在乘上通往地下的电梯时，少女和少男好像提前商量好的一样，一路飞奔到了地铁站台，挤进了地铁里，打手和监视的人追过去后，地铁沿着轨道无声地消失了。

他们只能怅然而归。

那天晚上，我们回到了大本营，大本营又转移了，这次是在郊外一座废弃的工厂里，砖砌的高大的烟囱直插云霄，破旧的厂房里落满尘埃，青瓦覆盖的房顶上长满了苔藓。此前我从来没有来过这里。

小偷们的总结会是在饭厅举行的，饭厅里点着几根蜡烛。饭厅空旷而高大，完全是计划经济时代的特点和格局。我们坐在水泥石墩上，因为胆怯而沉默不言；瘸狼面对我们坐在水泥石桌上，因为悲痛而如丧考妣。

短暂的沉默后，瘸狼站了起来，他哀叹着说，人心散了，队伍不好带了。他恶毒的眼光像一把利剑从我们的头顶掠过，让我们的头发窸窣作响。他语气一变，开始大骂三个逃走的小偷，他说少女是个公共厕所，谁都可以上；蟋蟀和少男天生下贱，只适合做乞丐。在小偷们的眼中，他们自认为比乞丐的档次要高得多。

那天，瘸狼像个疯妇一样，想起谁就骂谁，嘴巴里全是污言秽语。叫嚣乎东西，隳突乎南北，上蹿下跳，手舞足蹈，虽鸡狗不得宁焉。

我想，瘸狼是在上演最后的疯狂。他压根儿就不知道，这个盗窃团伙已经落入了警察的视线。

那天晚上，我没有见到螳螂、螃蟹、蜘蛛，还有接蜈蚣出来的老鼠眼睛，我不知道他们在哪里。这可能仅仅是一个底层会议，而中层领导是不参加的。

在那天的总结会上，瘸狼还说起了工资和年终奖的问题，他说一线员工们的提成暂时存放在公司里，他把这个盗窃团伙自称为公司，而那些直接下手偷窃的少年则是一线员工。他说这样做是为了这些一线员工着想，等到有一天他们想离开了，结婚生子了，公司就会全部兑现。二线员工的工资按照业绩提成，也会一月发一次，而我则属于二线员工。我来到这里后，还没有领到一分钱工资。瘸狼说年终奖很快就会发放，让大家过一个欢乐祥和的春节。他说工资和年终奖的发放标准是：向一线员工倾斜，向公司领导倾斜。

我明白，这样的标准，其实就是向他们这几个人倾斜。一线员工的工资由他们“保管”，而工资奖金又向他们几个人倾斜，最后，整个盗窃团伙的绝大部分收入，就被他们几个人私分了。

瘸狼还让大家要向长远考虑，要有战略眼光，不要只盯着眼前的一点蝇头小利。“兄弟齐心，其利断金。”有着传销团伙讲师口才的瘸狼，还用了一句成语。

瘸狼正在循循善诱的时候，突然手机响了，他刚一接听，就脸色大变，呼叫赶快吹灭蜡烛。

蜡烛吹灭后，饭厅里陷入了一片黑暗。小偷们面面相觑，低声议论着，不知道发生了什么事情，只有我明白，可能是警察进入了这家废弃的工厂。

小偷们分成了几股，像几股浊流一样，在黑暗中流向了工厂不同的方向。我跟在几个小偷的后面，躲藏在一堆炉渣后面，借着暗淡的天光，看到有两个人走进来了，他们向前走了几米后，似乎发现走错了路，又转头走了回去。

我不知道这两个人是不是警察。

我们从工厂围墙的一个豁口出去，看到街巷里依然人流穿梭，路灯下，性急的男孩子蹲下身子点爆竹，火苗还没有靠近引信，就吓得往后退缩；围观的孩子捂着耳朵，眼睛紧紧地盯着爆竹，每个人的脸上都是既惊恐又兴奋的神情；女孩子站在墙根下放手花，手臂画个圈，星星一样的火花就四散飞溅；远远近近的爆竹零零散散地响起来，马路上的行人提着年货脚步匆匆。新年快要到了。

街口驶来了一辆警车，闪闪烁烁的警灯让这个平静的夜晚蓦地变得气氛紧张。我们赶快分散行走，装着谁也不认识谁，可是每个人的怀中都揣着一只兔子，斜眼看着警车，随时做好逃跑的准备。如果做了犯罪的事情，看到每辆警车，看到每个警察，都会恐惧，好像都是来抓捕自己的。其实，那是一辆城管的车辆。

城管的车辆过去后，街道口又来了好几辆警车。警笛撕扯着黑色的夜空。街道两边的人全都停下脚步观看，只有我们藏在人群背后，恐惧万分，悄悄地加快了颤抖的脚步。

这几辆警车在废弃的工厂大门口呼啸而过。接着，我看到两名身穿夹克的男子走到了路灯下，他们的腋下夹着砖头大小的黑色手包。他们就是刚才走进工厂的那两名男子，但是，我还是不能判定他们是不是警察。也许他们真是警察，在工厂看到我们撤离后，就通知了警车，也许他们只是过路人。

前面突然又出现了几名巡警，他们排着一路纵队走过来。我们刚刚回复平静的心又开始狂跳起来。

一辆出租车驶过来，走在前面的小偷挡在了出租车前面。出租车还没有停稳，他就拉开车门，钻了进去，其余的小偷都像螃蟹一样，七手八脚地爬进车厢。

出租车开走了，引擎声听起来就像喘息声一样。挤在出租车里，我想：小偷们怎么知道今晚警察要出动？是谁刚才给瘸狼打电话？

我又想，一个犯罪团伙，能够在警察的眼皮底下，存活这么多年，一定有它稠密而敏感的关系网。

那天晚上，出租车一直将我们拉到了远郊的一个小镇上。东南沿海城市的小镇都很繁华，四周星罗棋布地分散着大大小小的工厂。它的规模和发达程度不亚于北方的一些地级城市。小镇上的旅社鳞次栉比，会一直营业到天亮。

在出租车里，一个留着小胡子的小偷一直在对着电话嗯嗯啊啊。来到小旅社后，他掏出身份证进行登记，天知道他的身份证是真还是假。然后，我们几个人就窝在一间小房间里，等待天亮。有人躺在床上睡着了，拉着绵长的鼾声；有人睡不着，坐在地板上抽烟；他们看起来就像是一群逃难的人。

小胡子也没有睡着。我知道他是这几个人中的小头领，就掏出烟“孝敬”他。从加入盗窃团伙到现在，我还没有领到一分钱，可见，盗窃团伙里也存在腐败和贪污。

小胡子问我：“你以前做什么的？”

我说：“我以前是挖煤窑的，看到同伴死了，就跑出来了。”

小胡子说：“哎呀，那是人命关天的大事，不是穷得揭不开锅，谁愿意干那个事情。还是干我们这一行好啊。”

我趁机问：“你当初是怎么走上这一行的？”

小胡子悠悠地抽口烟，然后慢慢地抬起头来，一副老辈人在小辈人面前回忆往事的沧桑神情，他说：“说来话长啊。”

小胡子出生在安徽农村，从小就有偷鸡摸狗的习惯，上学时偷同学的钢笔本子，暑假时偷老农的西瓜，冬天偷人家晾晒在门口的腊肉。后来，因为小偷小摸的毛病，他被学校开除了，这进一步加快了他的职业化进程。小胡子说起这些的时候，丝毫也没有愧疚，相反的，显得很炫耀，好像是在说起自己过五关斩六将的光辉历程。

我问：“你一个人很危险啊，你是怎么找到大家伙的？”

小胡子说，被学校开除后，他就来到县城，乡下没有什么可偷的，人都穷，而县城的工厂和机关那些上班的人有钱。这时候他还是单干，做一些撬门扭锁的活路。有一年，他大年初一偷了一家工厂管伙食的办公室，偷到了大量的零钱和饭票，本来想把这些饭票扔了，又舍不得扔掉。年后工厂门口的商店开门了，他就把这些饭票卖给商店，没想到被一伙窃贼发现了……

我问：“他们怎么会发现你？”

小胡子说：“这个伙食房他们早就盯上了，准备年后动手，没想到被我抢了先。他们就想知道是谁拿的，结果就在商店发现了我。”

我想，小偷的脑瓜子确实都很够用，知道丢失了饭票，就在工厂门口的商店等候，果然就将小胡子抓了个正着。

后来，小胡子就加入了这个盗窃团伙。这是一个在县城盘踞了几十年的团伙，树大根深，偷窃技艺代代相传，老一辈传道授业解惑，新一代吃水不忘挖井人。这个团伙的组织机构和人员构成，外界根本就无法了解。

再后来，团伙里的成员发生内讧，小胡子就跟着其中的一个头领一路南下，走一路偷一路，攻城略地，所向披靡，来到了南方这座沿海城市。

小胡子说："我准备过了年，就金盆洗手，买了房子结婚。"

我问："这些年你能存多少钱?"

小胡子说："也就是百十来万。"

我大吃一惊，100多万，这是我努力工作一辈子也无法赚到的数目。

小胡子还向我说起了他得意的杰作，就是根据一张碎纸片判断出了一个人经济能力。有一次，他看到一个粗心的女子，买了一盒化妆品后，把购物单随手扔在地上，他捡起来一看，那上面标价200多元。在小县城，能拿200元买一盒化妆品的，一定是那些当官的女儿和煤老板的家人。她判断出这个女子身上有钱，就跟踪了一路，拿了一路，从钱包到手机，从化妆品到购物卡，把这个女人身上值钱的东西掏空了。

"干我们这一行，需要多方面的才能。"小胡子说。

那天晚上，小胡子一直在我的面前炫耀他的经历。天快亮的时候，我们才蒙眬睡去。

第十三节　传说中的江洋大盗

睡梦中，一阵电话铃声突然将我吵醒。我睁开眼睛，看到小胡子拿起电话，又在哼哼哈哈一番，然后大喊："他妈的，都起来，开工了。"

冬日的暖阳透过窗棂照进来，照在这一些蓬头垢面的人身上。他们木然地伸胳膊蹬腿，看起来像是一堆烧焦的木桩。

临近春节，正是人们疯狂购物的时候，也是窃贼们频繁活动的大好时机。每个盗窃团伙都不会放过这样的黄金时段。

这天是腊月二十九，后天就是新年了。

我们又来到了一座小区里，来到了顶楼的一套房屋里。这里是盗窃团伙的另一处大本营，此前，我曾经跟着他们来过这里。

这天，所有的成员全都到齐了，包括昨天晚上没有看到的螳螂、螃蟹、蜘蛛等中层领导。瘸狼发表讲话说，春节临近，警察加强了打击力度，所有人都要小心行事，缩短距离，紧密团结；每次干活前，都要仔细观察身边的每一个人，看是否有雷子；得手后，不要恋战，快速撤离。春节期间临客增多，抢夺生意，扰乱秩序，遇到这种情况不要客气，要严惩不贷。

会议很短暂，然后大家分头行动。

这天，我的前面是不认识的三个小偷，我的后面是小胡子。这是我第一次能够看到后面监视我的人。我们每个人相距十几米。

我们来到了一家银行的门口，走在最前面的小偷走进了银行。后面的几个人分散在银行的四周，密切观察，有的装着在等人，有的在装模作样打电话，有的好像在欣赏街景。

我慢慢踱到了一个报刊亭的前面，一眼就看到了各家报纸的头版，都在报道昨晚查获的一个特大贩毒团伙案件，而贩毒团伙的交易地点，就在昨晚我们聚会的那个废弃工厂所在的街道旁。看来，昨晚我们是虚惊一场，那些警车和巡警是针对这伙毒贩的。

等到我转过身时，看到一名20多岁的、打扮时髦的女子从银行里走出来了，肩上挎着一个粉红色的背包。女子站在银行门口，伸手拦截出租车，可是面前驶过的每辆出租车上面都有乘客。她的表情略显失望，犹豫了一下，只好挎着背包向前走去。

女子走后，银行里走出了一个20多岁的面目白净的男子，脖子上还挂着一条纯白色的围巾，那种模样很像传说中的五四青年。男子身后几米处，跟着我们的小偷，一个十几岁的少年。

我们又跟在少年小偷的身后向前走。小胡子紧走几步，赶上我后，在我耳边悄声说："羊让人家盯上了，跟紧点。"羊，就是小偷们准备下手的对象。久历江湖的小胡子，一眼就能看懂羊所处的环境。可能，小偷认小偷，认得特别准。

女子右手按在挎包上，脚步不急不缓地向前走，偶尔还会回头看看身后，显得很警惕。白围巾跟在她身后十几米的地方，他们的中间还走着三个人，一对搂抱着行走的恋人，一个脚步拖沓的中年人。我们一行人又跟在白围巾的后面。

又走过了几十米，白围巾和女子的中间没有行人了。这时候，身后一辆送矿泉水桶的自行车摇摇晃晃地驶过来。白围巾突然靠向女子，又用左手扶住即将倒下的女子，连声说着对不起对不起。自行车也差点倒下了，送水人大声叫喊着，单腿撑在地面，才扶稳了自行车。白围巾离开女子后，快步走向前方，消失在了视线里。

“快追。”小胡子在我的身后喊。

女子还浑然不觉，不知道发生了什么事情。她嗔怪地对着送水人吼叫：“带这么多东西，怎么能走人行道?”她的右手依然按在挎包上。

小胡子带着我，还有搭架子的，很快就超过了少年小偷。小胡子紧紧地盯着前面的白围巾，行走如风。白围巾大概发觉了后面有人追赶，更是发足疾走，像一条泥鳅一样，在人群中钻来钻去，滑溜无比。

走过了大街，白围巾拐进了一条小巷。小胡子喘口气说：“狗日的跑不了了，今天就把他灭了。”白围巾显然是临客，他不知道这条小巷是条死胡同。

白围巾看到巷子里行人稀少，就奔跑起来。小胡子带着我们追在后面，跑了几十米，拐过一道弯，就看到前面是一道高高的围墙，足有3米多高，挡出了去路。

我们都幸灾乐祸地看着白围巾，慢慢地围上去，看他还往哪里逃。然而，接着我却看到了一件令人震惊的事情。

白围巾回头看看渐渐逼近的我们，退后两步，突然发力向斜刺里奔跑，左脚踩在与围墙呈直角的一户人家的墙壁上，借助腾空的力量，双手抓住了围墙的上沿，一翻身爬上了围墙。他骑在围墙上，向我们投来讥讽的笑容，接着，翻墙而过。

我看得目瞪口呆。

小胡子恼羞成怒，他大声骂着白围巾，然后，逼迫我们搭人梯爬上围墙，然后又将他拉上去。骑在围墙上，我看到这里是一片开阔的建筑工地，刚刚挖开的地基里都是积水。建筑工地没有一个人，建筑工人们都放假回家了。

来到这个建筑工地，确实很难再逃出去，四面都是高高的围墙，大门紧锁。白围巾站在距离围墙十多米的地方，点燃了一根香烟，悠闲地吸着。

我们笨手笨脚地跳下了围墙，向白围巾逼过去。小胡子告诫我们，别让白围巾跑了。其实，白围巾就没有打算逃跑，他冷冷地看着我们，一副成竹在胸的模样。小胡子拿出电话，呼叫附近的小分队快来增援。我听见他在电话里说遇到大侠了。

白围巾看到围成半圆状的我们，说："都是道上的，何必这样苦苦相逼？"

小胡子说："既然是道上的，总该懂得道上的规矩。"

白围巾抱拳说："我路过贵处，叨扰各位，马上就走。各位给个方便，与人方便，与己方便。"

小胡子说："把货留下，你走。"

白围巾笑着说："这位兄弟话说大了。羊在前面跑，哪只狼叼到了，就算哪只狼的。"

小胡子说："这是我们的地盘，货留下你走，绝不难为你。"

白围巾依然笑着说："我不愿意呢？"

小胡子说："那就对不起了。"然后，他看着我，做了一个让我上的动作。

我才不愿意上，我伸伸胳膊，做出一副正在准备的样子。搭架子的却先上去了，没有几个回合，就被白围巾三拳两脚打翻在地。我和小胡子一左一右扑上去。白围巾向后一闪身，动作异常敏捷，然后一脚踹向我。我连滚带爬地躲开了。据说，那些单独行动的小偷，江湖上叫独行侠，又叫独脚大盗，功夫都很好，果然是这样。

搭架子的从地上捡起半截木棍，劈头盖脸地砸向白围巾。白围巾一转身，从脖子上解下围巾，抡圆了，像风车一样，让人难以近身。围巾的两端闪烁着细碎的波光，那都是小刀片。

正在僵持不下的时候，围墙外又翻进了几个人，那是在附近行窃的另一个小分队赶来增援。他们的带队是螳螂。白围巾看到我们人多势众，自己难以取胜，就又将围巾挂在脖子上。挂在脖子上的围巾两端，只看到流苏，看不到刀片，刀片掩藏在流苏下面。

螳螂就比小胡子聪明多了，他抱拳向白围巾说："贵客盈门，有失远迎，恕罪恕罪。"

白围巾也抱拳说：“叨扰各位，未及登门拜访，恕罪恕罪。”

螳螂又说：“四海之内皆朋友也，朋友来自何方？所欲何往？”

白围巾又抱拳说：“自来处来，去去处去。浮萍不定，来去自由。”

螳螂说：“痛哉，真独行侠啊。”

我听着他们说话，想不明白他们这些半文半白的话语，是从上辈小偷那里继承的，还是从电影中学来的。他们穿着现代服饰，说着这些拗口的话语，确实让人哑然失笑。

和白围巾比起来，螳螂、小胡子们的本事都算雕虫小技了。白围巾偷艺高超，武艺超群，还会轻功。据说，独行侠们最崇拜的人是燕子李三。燕子李三偷窃一生，独来独往，手到擒来，视万千捕快如无物，来无影，去无踪，毫发无损。但是，现在还有没有燕子李三这种高超的偷技，燕子李三有没有传人，就不知道了。

当天晚上，白围巾西装革履，脖子上依然搭着那条白围巾，显得异常儒雅。白围巾和这个盗窃团伙的所有成员坐在一家饭店里，觥筹交错。酒酣耳热之际，坐在我身边的话痨螃蟹悄悄告诉我说，肯定是老大看上白围巾了，想留下他。

然而白围巾神情高傲，看这个盗窃团伙的每个人时，都是鄙夷不屑的神情。说实话，白围巾长得一表人才，风度翩翩，比谢霆锋还要挺拔英俊，比王力宏还要孔武有力，可惜，白长了一副好皮囊，却干着鼠窃狗偷的勾当。

与白围巾坐在同一张桌子上的是瘸狼、螳螂、接蜈蚣出来的老鼠眼睛，还有几个没有打过交道的人。这可能是这个团伙的核心阶层，话痨螃蟹没有资格和他们坐在一起。

那张桌子上的气氛很怪异，每个人表面上对白围巾客客气气，但是我从他们的眼睛中看到了压抑的愤怒，还有委屈和不服气。让人家独行侠在眼皮底下把活路干了，这种事情传到江湖上，这个团伙的每个人都没有面子。但是，大家好像都不好发作，只好把一腔怨气埋在肚子里。

瘸狼说了一通冠冕堂皇的开场白，话题无外乎就是欢迎白围巾来到这里、提前预祝新年快乐之类的话，接着就让大家吃好喝好，从明天开始放假，正月初七再聚集上班。

接着，我就看到了一场江湖高手之间的较量。

和白围巾坐在一张桌子上的，都是江湖上成名已久的盗窃高手，每个人都有一段辉煌经历，有的作案无数毫发无损，有的几进几出练成了金刚不坏之躯，有的能够用一根铁丝打开保险柜，有的走过一条街身上就会鼓鼓囊囊……然而，白围巾依然视他们如无物。

白围巾偷窃的那名取款女子的钱肯定还在他的身上，按照江湖规则，如果不是流动作案，货必须保管3天，3天后一切风平浪静才能销货。白围巾尽管是独行侠，但是既然被留在了这里，肯定就要按照这里的江湖规矩办事，否则，江湖上传言开去，他就不能再在道上混了。再说，整整一天，这个盗窃团伙都有人跟着他，防备他逃走。他身上的货想销也无处可销。

螳螂向邻桌的一名少年一摆眼，那名少年心领神会。他端起酒杯，走到了白围巾的面前，恭恭敬敬地说："大哥，俺敬你一杯。"

白围巾站起身来，一饮而尽。他右手端杯，左手放在桌下。放下酒杯后，他依然站着，面色如常，倒是旁边的螳螂神色尴尬，面露羞赧。

白围巾坐下后，吃了几口菜，又上来了一个人敬酒。白围巾应付自如，敬酒的人磨蹭了一会儿，又羞赧而退。

我知道，战争已经在桌子底下打响。

桌面上风平浪静，而桌面下剑拔弩张，交战已有几个回合，盗窃团伙攻，白围巾守。白围巾屡次化险为夷，大获全胜。

轮到老鼠眼睛出场了。

老鼠眼睛端起酒杯，走到白围巾身边，突然身子一歪，不小心将白围巾的筷子碰落在地。他连声说对不起对不起，蹲下身子捡拾筷子，却又与白围巾的身体撞在一起。我知道有好戏看了，急忙俯身在桌子下面，也装着捡拾东西，看到白围巾左手的食指和中指紧紧地夹着老鼠眼睛右手的食指和中指。老鼠眼睛手掌一转，挣脱开夹击，转手去夹白围巾的手指。白围巾用手指格开了老鼠眼睛图谋不轨的手掌……双方在桌下你来我往，斗成一团，而桌面上的上半身都是一团和气，笑容可掬。

手指，就是窃贼交战的武器。

由于怕引起盗窃团伙的注意，我只好直起身体。老鼠眼睛也站直了身体，与白围巾碰杯后，又走回到自己的位子上。我看到明亮的灯光下，他脖子上的一根青筋勃勃跳动。

突然，所有人都听到了一声巨响。大家循声望去，看到瘸狼的脸变成了猪肝色，那只缺少了两根手指的右手放在了桌面上。他看着墙角，阴阳怪气地说：“某人不要不识抬举！”

我知道他说的是白围巾。白围巾接连打败了这里的很多高手，瘸狼终于按捺不住了。然而，他心有余而力不足，他两根手指报废，只能发发火气，却不能披挂上阵了。

白围巾依旧是一副懒洋洋的冷漠神情，对瘸狼理也不理。

第十四节　连窝端

门外来了一群客人，都是一些青年男子，穿着各种样式的衣服。他们坐在靠近门口的一桌，大呼小叫地问老板饭店里都有些什么招牌菜。然后，他们在谈论公司的销售情况，每个人的销售业绩，还谈论年终先进的情况。我想，这可能是一群公司职员，吃完这顿饭，他们可能就要回家过年了。

盗窃团伙的饭局在继续，大家吃着饭喝着酒说着话，没有人看白围巾，但是每个人却都用额头、用耳朵、用后脑勺看着白围巾。白围巾依然有一口没一口地吃着喝着，这小子酒量看起来很大。

老头儿来了。

老头儿就是那个让我打架的时候冲在最前面的老头儿。

老头儿对其他桌子上的人理也不理，径直走到了领导桌，和大家寒暄几句后，就端起杯子走到了白围巾面前。白围巾很有礼貌地站起来。

就在两个杯子相撞的一刹那，老头儿年老昏花，用力过度，将白围巾杯中的酒碰翻了，溅在了白围巾的衣袖上。老头儿赶紧说对不起对不起，从口袋里掏出纸巾给白围巾擦拭。

等到白围巾重新斟满酒，再次直起腰，准备和老头儿碰杯时，突然脸色大变。他颓然地坐在了椅子上，一言不发。

老头儿也一言不发，左手从桌子下移到了桌面上，手里握着一沓钱，轻轻地甩在桌面上。

“你还有什么话说？”老鼠眼睛问，他的眼睛闪烁着兴奋的火花。

“我认栽了。”白围巾说，他的脸上再也看不到倨傲的神情。认栽，就表示他愿意留在这个盗窃团伙，以后为这个团伙效力了。

老头儿一言不发，走向门外。为了打败独行侠，盗窃团伙的祖师爷今晚都破例出山了，可见，这个盗窃团伙对白围巾看得多么重。祖师爷出马，马到成功。

老头儿神色如常，淡定如初，无论是做人，还是做贼，这都是最高境界。

老头儿经过门口旁边那一桌时，一名青年突然站起身，脚下一滑，猛地撞向老头。老头可能正陶醉在胜利的快乐中，没有防备，被撞个正着。等到老头儿站直身体时，一副冰冷的手铐已经戴在了老头儿的手腕上。

接着，那一桌的人全都站了起来，门外涌入了很多警察。

杠后开花。

盗窃团伙不但全都落网了，网上通缉犯江洋大盗白围巾也被生擒。

午夜来临了，第二天就是春节，我终于得以从盗窃团伙脱身。

大年初一，我乘上了回家的列车，车上大半座位都空着。我把座位当成了卧铺，躺在座位上，心却飞到了家中。

回到家乡的时候，已经是初三的早晨，我匆匆吃过早饭，就跟着母亲走亲戚。从这一年开始，我给所有亲戚孩子的压岁钱都是100元。孩子们拿着红包欢天喜地，我也感到特别开心。

和弟弟说起了过年的情景，弟弟说，现在过年没有以前那样热闹了，村里人都在打麻将。

弟弟说的以前，就是我们小时候过年的情景。那时候的春节，天刚蒙蒙亮，村道上就活动着几个年龄较大的男孩子。他们穿着崭新的棉袄，棉袄上系着崭新的方格布手绢，那是用来擦鼻涕擦口水的。这几个孩子从村口的第一家开始，一家挨着一家磕头拜年。每到一户人家，这家的男主人在孩子们磕完头后，就乐呵呵地从口袋里掏出崭新的纸币，发给孩子，一人一张。这些纸币通常都是一角钱的面值。这种钱叫做压岁钱。孩子们接过压岁钱，笑逐颜开。接着，磕完头的孩子们排队走出家门，这家的男孩子也跟在队伍的后面，去往下一家，继续磕头拜年。这样，刚开始只有几个人的磕头拜年队伍，一会儿就浩浩荡荡。孩子们穿着崭新的千层底布鞋，在干净的村道上踩踏出整齐的脚步，每个人的脸上都神采飞扬。站在院门口的老年人看到这种场景，就笑着说："啊呀呀，真是一群马驹子。"

往往是，磕头拜年的队伍还没有走到村中间，全村的男孩子都出动了，加入到了这支浩大的拜年队伍中。院子里装不下这么多人，排在后面的孩子就在院门外跪倒长长的一排，然后起身，顾不上拍打膝盖上的尘土，就闹嚷嚷地挤到男主人身边要压岁钱。男主人把一角一角的钱放到每个小手中，嘴里连连说："吃肉吃菜，长高长快。"

那时候的村庄，整个春节的早晨，都充满了欢声笑语。而村庄的主角，就是我们这群孩子。这种拜年习俗在西北农村的很多地方流传了几千年。

而现在，这种温馨的拜年场景，只能残存在记忆中。

正月初七，我回到了报社。

正月初九，我接到了公安分局的电话。在分局办公室，办案民警介绍了这伙窃贼的情况。

首先说说白围巾。白围巾在盗窃界享有很高的声誉。每个行业都有一个圈子，有的圈子我们了解，有的圈子我们一无所知，盗窃界就是这样一个完全不为外界所知道的圈子。大街上的小偷，看似单兵作战，其实背后都有组织，组织的背后有更高一层的组织。没有组织的小毛贼是无法长期立足的。

白围巾的名字，为好多窃贼所熟知。他一年四季脖子上都会挂着一条长围巾。看似长围巾，其实是他的防身武器，可以当软鞭、流星锤和暗器使用。窃贼们都称他"白狐"。

白围巾很早就出道，跟着东北"双拐"学了一身好功夫。传说中，"双拐"曾是东北的窃贼老大，因为内讧，被赶出圈子，并被黑社会砸断双腿，不能出门行窃，便将流浪少年白围巾收为自己的传人。

白围巾心高气傲，18 岁开始闯荡江湖，从来都是独来独往。他看不上任何帮派，也不加入任何帮派。这些年，他的足迹遍及长城内外大江南北，每到一地，作案几起，就马上撤离。由于他流窜作案，所以一直没有落入法网。他在好多个城市都有女朋友和女网友，不住在酒店宾馆，所以要抓获他难度更大。

白围巾来到我们这座城市已有一周，作案两起，盗窃数万元，准备在大年三十乘飞机回东北，没想到被这个盗窃团伙缠住了，并最终被擒获。

再说说这个盗窃团伙。这个团伙存在已有6年。6年前，几个窃贼从北方流窜而来，实力逐渐壮大，直到现在团伙成员多达数十人。团伙里有严格的规章制度，有严格的奖惩措施和保密措施，还有好几处“大本营”，经常变换居住地点，逃避打击。

团伙老大，最初是那个白胡子老头儿。两年前，老头儿金盆洗手，退隐江湖，只在帮中有了大事时，才会出面。老头儿偷窃一生，积聚了巨额财富，入股开办了一座酒店，就是我曾经去过的那家酒店。老头儿黑金漂白，做起了正经生意，没想到出面与白围巾比艺，被抓获。

警察其实早就盯上了这个盗窃团伙，只是一直寻找合适的机会准备一网打尽。那几天，我和蜘蛛的后面一直有警察在跟踪。所有窃贼都没有想到，他们会在春节前夕全部落网，因为那时候是各个单位放假的日子，警察也应该放假了。

现在，团伙的老大是老鼠眼睛，就是我最早见到的团伙成员。当时他把少年小偷蜈蚣从救助站接走，少年小偷叫他“爸爸”，其实他不是爸爸，他是爷爷。他在团伙里很低调，只有少数几个人才知道他的真实身份。而另外的人以为他是团伙里一个没有实权的闲散角色，只做一些打杂的事务。他在团伙里外都隐藏很深。

老鼠眼睛是老头儿的徒弟，他是老头儿从北方带来的几个人之一。这些人后来成为了这个团伙的核心成员。帮中有规定，不能谈论老大，所以，孙子辈的小偷永远 不知道谁是老大，而那些爸爸辈的中层领导知道，却又不能说出。这样做的目的是，万一这个盗窃团伙被摧毁，只要老大还在，就能重举旗帜，重新开张。

团伙中出头露面的事情，都由瘸狼办理。瘸狼是名义上的老大，其实就是一个傀儡。除了对小偷的训练他能做主，其余的事情，没有老鼠眼睛允准，他一概不能办理。帮中的小字辈，包括我，应该算作是瘸狼的徒弟。瘸狼在帮中都没有地位，我们的地位更可想而知。

这个盗窃团伙真可谓机关算尽，可最后还是被一网打尽。

那年春节过后，这座城市的报纸上登载了一系列盗窃团伙被抓获的新闻，有的是偷车团伙，有的是入室盗窃团伙，也有像我加入的这个街面盗窃团伙。盗窃团伙分工明确，偷钱包的不偷车，偷车的不偷钱包，彼此好像井水不犯河水，但是团伙老大之间都有联系和来往。我想，这些偷车和入室盗窃团伙的线索，可能来自于老头儿和老鼠眼睛。

我只了解街面盗窃团伙，知道他们的偷窃技巧。钱包如何防止被盗？我前面已经说了很多，而最关键的一句是：随时留意自己钱包所在的位置。这样，被盗的机会就会大大减少。

【第三章】

暗访盗猎团伙

第一节　差点被杀了

暗访盗窃团伙结束的时候，是在那年的除夕；暗访盗猎团伙开始的时候，是在第二年的夏天，中间相隔了好几个月。这几个月里，我做了很多不是暗访的稿件，为受到伤害的打工者维权，为草根微小的胜利而欢呼，给弱势者增添勇气和信心，把奸商伪善的面纱揭开……每当看到那些处于困境中的人们，能够重获尊严和荣誉，我就感到很快乐，很欣慰。我体验到了这份工作的价值，这种职业的荣耀。

我一直觉得，那些受到伤害的人，那些贫困潦倒的人，那些孤苦无依的人，就如同我的兄弟一样。我也曾经像他们一样，身上揣着几毛钱在大街上奔走找工作；蹬着三轮车，见到每一个人都笑脸相迎；因为一篇稿件触怒了一个副科级别的干部，就被迫辞职；为了节省住宿费，夜晚露宿街头……我和他们一样来自社会的最底层，我和他们一样曾经一次次从死亡线上挣扎着爬起，一次次忍受着极端的饥饿和孤苦，历经千辛万苦，终于活到了今天。我深深地理解那些处于贫困中的人们，那些尊严被践踏的人们；我深深地体会他们的痛苦，他们的无助。如果我眼睁睁地看着他们饥寒交迫，看着他们孤苦无依，看着他们的心灵遭受蹂躏，我会受到良心的谴责。

现在回想起那几个月的经历，印象最深刻的是有一次被追杀。我至今都不知道那次是谁向我下了毒手，是我以前暗访过的黑恶势力，还是被打击报复的不法奸商？做这种职业，我“得罪”的人太多了。

那天晚上，我下班后，独自走在回家的路上，完全没有留意到身后会有人跟着我。我一向走路都很快，尤其是一个人赶夜路的时候。快要走到夜班车公交站点的时候，站台上突然走来了一个身材瘦小的人，站牌后又闪出了两个人。那时候站台上的人已经很少了。瘦子边向我的方向走来，边向旁边看着。他一直没有看我，我也一直没有留意他。就在擦身而过时，他突然伸出手臂。

我下意识地一闪，侧过头，突然看到路灯光下，他手掌中亮光闪闪的利刃。接着，我就感到胸脯一阵疼痛。

我扭头就跑，他们在后面追赶。还没有跑出几步，我突然看到前面还有两个人，伸出手臂想拦截我。我斜刺里又奔向马路。南方都市的夜晚，马路上依然车流穿梭。我刚刚跑到马路中央，站在双黄线上，身后就响起了隆隆的引擎声，一辆又一辆车子从身后驶过，车身卷起的风吹着我的裤脚。我回头看到他们拦住了一辆出租车，飞快地逃走了。

等到车流稀疏的时候，我跑步穿过了马路，也急急忙忙拦住了一辆出租车，告诉师傅加快速度，开往远处的医院。我担心他们会在附近的医院找到我。我的手伸进衣服里，摸到黏黏的血液。

后来，我在医院得到了包扎，还好，伤势不是很严重。至今，我的胸脯上还有半寸长的一道伤疤。

后来，我想，那道刺向我的利刃可能是手术刀，因为刀口并不深；如果是手术刀，那么，他们一定就是盗窃团伙。盗窃团伙之间的关系盘根错节，街面盗窃团伙和撬门扭锁团伙是近亲，互有往来。我想，可能是另一帮盗窃团伙在报复我，因为那几个人我都不认识。

那次刺伤事件过后，我上下班的时候，挎包里都装着一根九节鞭。九节鞭是我此前采访少林寺方丈时，在登封市的武术器械商店购买的。我也学会了一点九节鞭的三招两式。九节鞭抡起来，几个小毛贼是难以近身的。

此后，我感觉自己的心灵有了阴影，不论是白天还是夜晚，走在大街上，我都要仔细观察周围的人，看看是否会有人对我构成威胁。一旦遇到有人快步走近我，或者跑向我，我就异常紧张。而每次回到家门口，我都要再三回头看是否有人跟踪，一直到身后没有人的时候，才会快速走上楼梯，走进家门。

这种神经质的心理，延续了很长时间。我感觉到自己活得好累好累。

有时候，我想，我为什么要做这些暗访？为什么要做这么危险的工作？我为什么就不能像他们那样，一手拿着红包，一手拿着通稿，把通稿捏把捏把，就见报了，就能拿到稿费了，这样的稿件皆大欢喜。而我暗访这些年，我得到了什么？我依然租住在城乡结合部的民房里，依然为节省一元两元的公交车费而走很长的路，依然在菜市场购买那几种最便宜的蔬菜，依然为坐了一次出租车而心疼半天。当别人住在高档小区、开着私家车来上班的时候，我顶着烈日满头汗珠地走进了同一幢办公大楼，我的心里感到了极大的落差。

然而，暗访是深度报道的一个重要的组成部分。这事情，总得有人来做；既然选择了这一行，就没有什么可抱怨的。

迟刀也被人打了，打他的是学校的保安。迟刀不但被打了，而且还丢掉了工作。

我一直认为，迟刀是一名优秀的中学语文教师。他说过，现在的学校教育是一种应试教育，而不是素质教育。学校围绕着高考中考的指挥棒，让学生变成了一架背诵的机器，而学生的能力和知识并没有提高。等到学生走上社会后，这些背诵的东西，对他们并没有什么用处，就会渐渐被遗忘。所以，他痛恨这种教育方式。

迟刀认为目前的教材编写也存在很多问题。编写者为了某一种目的，将艺术价值不高的说教式的文章强行塞给学生。这种填鸭式的教学方法只会让学生心生反感和厌恶，让学生缺乏对美的判断、对艺术的尊崇、对学习的兴趣。所以，迟刀在语文课上，向学生大量推荐古今中外的名家名篇，李白、杜甫、白居易，苏轼、贺铸、辛弃疾，拜伦、雪莱、普希金，还有徐志摩和戴望舒，甚至他看到报刊上刚刚刊登的好文章，也会向学生介绍，在课堂上大声朗读。他还向学生开列了一个书单，要求学生每月最少阅读一本书。这些书，都是传统意义上的课外书。那时候的学校是禁止学生阅读的，原因是阅读课外书会耽误学习。

阅读了古今中外大量文学名著的迟刀的学生们，每次考试成绩都很惨，他们班的语文考试成绩，每次都位于全年级最后。家长不明真相，以为迟刀不是一名称职的语文教师，要求更换老师；教师不明真相，以为迟刀不会教书育人，所带班级总是最差。其实，只有迟刀才知道，语文考试的题目，所考的全部是教材的内容，故步自封，墨守成规，而迟刀所讲解的内容，早就超出了这些艺术性并不高的课文。

那一天，校长找迟刀谈话，准备解聘他。

迟刀与校长据理力争，痛斥目前应试教育的种种弊端；校长坚定地认为迟刀不会教书，滥竽充数；双方唇枪舌剑，各不相让。后来，校长向迟刀报以老拳，迟刀还击。这样，校长叫来了保安。3 名如狼似虎的保安，将迟刀打得头破血流。

迟刀所对抗的，不是一个无知的校长，也不是3名愚昧的保安。他所对抗的，是强大的应试教育体制。他像鸡蛋碰巨石一样，注定会被碰得粉身碎骨。他像堂吉诃德与风车作战一样，注定就是失败的结局。

那些天里，我只能安慰迟刀，面对他的困境，我无能为力。

后来，迟刀离开了这座城市，继续开始自己的漂泊生活。现在，我不知道他漂到了哪里。

第二节 除了屎，什么都吃

迟刀的生活陷入了低谷，而钟封的生活却蒸蒸日上。面对这两个朋友的生活际遇，我不知道该如何评说。

做投机生意的钟封赚到一笔钱后，赶紧逃离，没有再做赌玉生意。他说投机生意和股票一样，充满了不可预知的潮涨潮落。如果你不在涨潮的时候，逃离大海，爬上堤岸，那么，退潮的时候，你就会被协裹进大海中。曾经做过文物生意，又被骗得血本无归的钟封，对投机生意有过惨痛的教训。

那年夏天，钟封和别人投资，开了一家饭店，饭店不大，只有两层楼房；饭店也很偏僻，距离市中心足有几十里路。但是，钟封说，酒香不怕巷子深，他们的饭店属于“特种经营”，城里的大款们为了吃顿饭，是不惜开车奔赴几十里的。

我是过了很长时间后，才听别人说起这家饭店“特种经营”的内容。原来，钟封他们卖的是野生动物。每天黄昏时分，这家饭店才会开门营业，饭店的门口，停满了奔驰宝马等各种高档车辆。这座城市的富翁们吃腻了鸡鸭鱼肉，开始吃一些只听过没见过的野生动物。据说，这座城市的土著居民有吃各种动物的传统，而且什么动物都敢吃。他们才不管这些动物是不是珍惜保护动物，不管这些动物在世界上还有多少。

据说，盗窃野生动物存在着一条地下利益链条。深山老林和荒漠戈壁有一些捕捉野生动物的人，这些动物通过贩子的手，再转手卖给这座城市的饭店，或者走私出境。盗窃动物的范围很广，上至空中飞翔的鹰隼，下至草丛中掩藏的毒蛇，只要是珍稀动物，都可以走私；而且越是珍稀，价格越高。

我曾听过当地人所说的两种动物的吃法，一种是老鼠，一种是蛇。老鼠是刚刚出生没有几天的乳鼠，从老鼠洞穴里抓出来，浸泡在蜂蜜中。还没有长出绒毛的老鼠被蜂蜜浸泡得身体滚圆，晶莹剔透；然后将老鼠捞出来，放在盘子里，食客拿着刀叉切割老鼠，想吃哪一块；就切割哪一块；刀叉下去，老鼠吱吱乱叫，食客在老鼠痛苦的叫声中，品尝美味。蛇是毒蛇，将毒液清除干净，食客拿着夹子，夹住毒蛇的头部，用刀子切割毒蛇拼命扭动的身体，切下来一段，放进滚沸的汤料里，然后捞出来品尝，而蛇还在一边痛苦地摇摆身体。据说，吃这样新鲜的蛇肉能够预防风湿。

还有更残忍的吃法，一种叫做驴打滚，一种叫做猴脑。驴打滚是将毛驴捆绑到食客的身边，食客想吃哪一块，厨师就将滚水浇在毛驴身上，拔净驴毛，在毛驴凄凉的叫声中，将那一块切割下来，放进火锅汤料里。然后，食客在欢声笑语中推杯换盏，而毛驴则在一边痛不欲生。猴脑则是将猴子牵到桌子旁边，桌子类似于古代的枷锁，中间可以一分为二，每一半各有一个半圆；将猴子放进桌子中间，桌子合拢，猴子的脖子就被固定在桌子中间，不能上也不能下。食客拿起榔头，敲开猴子的头盖骨，露出热气腾腾的脑浆。食客拿起汤匙，舀起脑浆品尝，而这时候，猴子还没有死亡，还在惨烈地嘶叫。

我亲眼看到过一种鸡的吃法，厨师将鸡放在铁锅里，铁锅里还放了一个钵子，钵子里盛着调料水。铁锅下塞着木柴，慢慢加热，鸡口渴难耐，就会不断地喝调料水，一个小时后，铁锅里没有了动静，厨师揭开锅盖，异香扑鼻。看着食客们吃着刚才还在嘎嘎叫的鸡，喜笑颜开，我走到了一边。

我不知道这些残忍的吃法是谁发明的，但是品尝这种吃法的食客，一定要具有残忍的心态，才能够下咽所谓的美味。

这里的人食谱广泛，据说天上飞的除了飞机，四条腿的除了板凳，其余的都能够进入他们的肠胃。

而在遥远的北方和西南高地，几乎每天夜晚都有大量的野生动物，源源不断地进入这里。

一位森林警察告诉我说，珍稀野生动物进入食谱的，还只是少数，更多的珍稀动物，被走私出境。很多珍稀野生动物，已经濒临灭绝，而人类的贪婪，则是罪魁祸首。

暗访盗窃团伙后的那年春节，我回到了外婆家拜年。我小时候的很多时光都是在外婆家度过的。外婆家在遥远的山村，与世隔绝，曾经鸟语花香，山清水秀，而现在连喜鹊都很难见到，更别说那些被列入国家一级二级的保护动物了。那天，我走在田野中，感到四周是无边的寂静，那种空旷和沉寂让我想起了曾经阅读过的一本叫做《寂静的春天》的书籍。这本书籍说的是因为广泛使用农药，春天来临时各种昆虫都已灭绝，而在像外婆家这样的山村，因为盗猎团伙的猖獗，小时候伴随我们一起长大的各种野生动物，再也找不到它们的踪影了。在苍茫的大山中，人类孤独地生存着。人类真的太伟大了，他真的像哈姆莱特说的，是万物的灵长，宇宙的主宰。他为了自己能够更好地生存，就不容许别的动物一起生存。

在整个自然界中，人类是唯一一种不按照自然规律生存的动物。

而20年前的乡村完全不是这种景象。那时候，每逢夜晚，猫头鹰就会出动，栖落在树梢上或者崖畔上。我无数次在割草回家的路上，看到过猫头鹰。猫头鹰白天栖息在巢穴中，夜晚才会出来觅食。它的眼睛不能遭受强光照射，所以选择了昼伏夜出。村中每逢有老人快要死亡时，猫头鹰就会落在他家的院墙上和树梢上。外婆说人快要死亡的时候，身上就会散发一种特殊的气味，猫头鹰循味而来，守候在这家人的院子上空。老家人说“喜鹊叫喜，猫头鹰叫丧”，看来真的很有道理。

老家除了猫头鹰，还有一种鹰类飞禽叫做鹞子。鹞子和猫头鹰不同，它是白天觅食。晴朗的天空中，我们经常能够看到高远的天空中缓慢地飞翔着一只小小的鸟，它的翅膀比身体更长，那就是鹞子。外婆经常告诉我们，别让母鸡跑到村外觅食，因为跑到野外的母鸡，就成为了鹞子的猎物，而村道上常常会有游荡的狗，鹞子不敢俯冲下来。每逢夏季阵雨前夕，天空黯淡，鹞子就会飞得很低。我曾经很多次看到鹞子在阴暗的天空中追击麻雀或者雨燕，它的身体比这些小鸟要大很多倍。

那时候还经常能够遇到蛇，蛇潜伏在草丛中，一窝又一窝。我们每次割草的时候，都要先用镰刀拨打着草梢，让蛇闻声而逃。我们不敢去草丛深处，因为传说那里面有粗大的蟒蛇。有时候，正在割草时，突然听到了吱吱的叫声，我们循声而去，就能看到蛇正在捕捉田鼠。蛇用柔韧的身体，一圈一圈地缠住田鼠的身体。田鼠在挣扎中，渐渐耷拉下了脑袋。而在夏天的黄昏，经常能够见到懒洋洋的蛇从房梁上掉下来，然后在人们的视线中仓皇逃遁。村里人说，每家每户都藏着很多条蛇，只是人们不知道。喜欢阴凉的蛇通常就藏在房梁上，墙缝里，或者在地基下的深洞里。蛇并不像人类想象的那么阴森恐怖，它只有在意识到人会伤害它时，才会先发制人。

我小时候见到的最大的野生动物是金钱豹。它高大威武，花纹美丽，漂亮得让人目醉神离。那天午后，村中的一头小黄牛在山下吃草，金钱豹将小黄牛咬死后，拖往山中，被在坡地上耕种的人发现。那人大声叫喊，全村人都拿着农具追赶。孩子们跟在大人的后面。我远远地看到它站在一座小山上，用蔑视的目光看着追赶的人群，然后放下小黄牛，慢腾腾地跑向深山。它满身的花纹抖动着，像阳光洒下的细碎斑点。

那时候乡间的野生动物还有很多，鹰隼经常会蓦然出现在悬崖上，让打柴割草的我们大吃一惊；狐狸躲藏在树林里，向路过的我们做鬼脸，它长得太漂亮，简直就像美女，怪不得会有“狐媚”这个词语；貂站在埝畔上，看到我们，才顺着犁沟跑走，它又肥又圆的屁股一路都在抖颤着。秋风起，天气凉，一群大雁往南飞，一会儿排成一字，一会儿排成人字……

那时候的乡间充满了生活气息。各种各样的野生动物与人类和睦相处，即使遇到大型猛禽猛兽，人类也只是将它赶跑。猫头鹰、鹞子、鹰隼、金环蛇、银环蛇、狐狸、貂、金钱豹……这些后来成为国家保护动物的动物，那时候经常出现在我们的视线里，而现在，它们却在我们的视线里悄然消失。

我曾经无数次地幻想过，将来有了孩子，要将孩子放在老家，让孩子在大自然中自由成长；像一棵野草一样，让孩子认识那些城市里无法见到的各种野生动物和野生植物；让孩子知道地球上的生物，不仅仅只有这种用两条腿行走的人类。而现在，寂静的乡间和城市还有什么区别？

那些天里，我联系过很多次钟封，想去他的野生动物饭店看看。我感到这是一个很好的题材。然而，钟封知道我是记者，每次都会以各种借口拒绝，甚至连那些野生动物的来源也不告诉我。我的采访陷入了僵局。

第三节　卖蛇者说

有一天，翻开以前的采访记录，突然想起了一年前我在那座海边小城的生活，那里的霍叔、欧阳叔、幸福的磨刀老人，还有那个制作蛇酒的外乡人。他们曾出现在《暗访黑医窝点》里，一年没有见面了，不知道他们生活可好？那座小城的生活让我无限怀念。

我几乎没有多想，就坐上了通往那座小城的大巴，去看望霍叔和欧阳叔。像候鸟一样的磨刀老人此刻一定在江苏或者浙江游荡，骑着那辆忠厚老实的自行车；而制作蛇酒的外乡人，我是否能够见到他？

又见到了那棵高大的榕树，它的气根像长长的胡须一样在微风中飘动着；又见到了那条马路，它的上面依旧奔跑着有钱人的奔驰宝马和没钱人的自行车，然而，马路边的茶馆呢？榕树下打瞌睡的霍叔呢？他们去了哪里？那些在这里屹立了上百年甚至几百年的老房子，再也找不到了；那些见证了这座小城风雨历程的古老建筑，如今和那些历史一起被人们遗忘，而代之而起的，是几幢毫无特色的楼房，冷冰冰地板着面孔，像计划经济时代的百货大楼的售货员。

拆迁像一架铲车，在它的铲刀下，所有的建筑和感情都化为了齑粉。仅仅一年时间，这座城市已经“旧貌换新颜”，它变得钢筋铁骨，变得冷漠无情，变得和别的城市没有多大区别；而唯一的区别，是那些和别的城市不一样的马路的名字。

站在榕树下，我黯然神伤。

于是，我开始寻找霍叔。

新开张的整齐划一的店铺里，没有人知道霍叔。我一次次询问，一次次失望。要在几十万人口的一座小城里寻找一个人，比大海捞针轻松不了多少。后来，无奈之下，我只好找到了站长，霍叔是站长的亲叔叔。

站长说，霍叔已经死了。据说，霍叔在祖辈留下的房子里坚守了很长时间，终于让开发商的忍耐达到了极限。一伙保安把他拖出了祖屋，并强行按着他的手指在合同上按下了指印。然后，铲车举起魔爪，一爪下去，他的房屋轰然倒塌。

霍叔昏了过去，不久，他就去世了。

这样的悲剧，在那时候的城市里，几乎每天都在上演。现在，《城市拆迁条例》终于在频发的野蛮拆迁事件中走到了尽头。

那个总是笑眯眯的和善的老头儿，那个一辈子历经坎坷却童心不泯的老头儿，却再也见不到了。

我继续寻找欧阳叔，我担心那个走南闯北总是乐观风趣的欧阳叔也找不到了。那几天里，我奔走在小城的大街小巷，总希望欧阳叔能够出现在我的视线里，然而，我没有见到他。直到现在，我都没有再见到他。这么多年过去了，欧阳叔如果还在世，他的日子是怎么度过的？如果他去世了，终生未娶的他，谁会为他送终？

我的心中充满了悲凉。

那一刻，我突然明白了，每个人的结局都是一样的，都会走向死亡；人生其实就是一个过程，异常短暂，却又无法预知。我们唯有活在当下，过好每一天，才是幸福。

没有见到霍叔和欧阳叔，我却在小城意外地见到了卖蛇人。他走街串巷，背着网兜，网兜里装着各种各样蠕蠕爬动的蛇。他蹲在巷口，放下网兜，那些躁动不安的蛇将网兜拖来拖去，他每隔一会儿就要把拖到旁边的网兜再拖回来。他不需要叫喊，身边就围满了看热闹的人。

卖蛇人看到我非常高兴，他还没有忘记我。那时候我们是好朋友，经常半天半天地唠嗑。但是，他不知道我是记者，他只知道我是“读书人”，没有读过几天书的他对读书人有一种油然而生的敬重。

我说，我是写小说的，卖字赚钱，养活自己。其实这也是我的最高理想。

那天，卖蛇人将我带到了他租住的屋里，租住的屋散发着一股腥臭味，让人有些恐惧。屋的墙角，放着一口大缸，缸口盖着铁丝网，缸里是很多条蛇。那些蛇争先恐后地扭动着身体，让人毛骨悚然。租住的屋里还有另外一个男子，比卖蛇人小一些。他们都来自武陵山区，而这些蛇，也同样来自武陵山区。

此前，我还没有去过武陵山区，只知道那里大山环绕，层峦叠嶂，绵延横跨贵州、两湖、重庆等地，居住着土家、苗族、侗族等少数民族。卖蛇人说，他们村子里很多人都捉蛇，然后被蛇贩子收购了，送来南方。一些珍贵的蛇，比如五步蛇、竹叶青、银环蛇等，都被大老板买走，也有人买来做宠物，而普通的蛇则卖给他们，他们替这座城市的人制成蛇酒。一瓶蛇酒可以卖到200多元钱，里面装四五条普通的蛇。他们还说，很多人卖的蛇都是家养的，却自称野生的，而他们卖的蛇，绝对都是野生的。

那天晚上，我在街上买来了卤肉和烧鸡、几盘炒菜，还端来了一桶米饭、两瓶白酒。卖蛇人和同伴喝得意兴阑珊，口无遮拦，他们如数家珍一般地向我讲起了家乡的情况。

卖蛇人的家乡在大山丛中，那里森林葱茏，地广人稀，交通不便。后来我查阅过资料，知道武陵山区的森林覆盖率达到了50%以上，很难见到一块面积达到几十亩的完整土地。这里的人，世代就有打猎的传统。后来，森林环境遭到破坏，食物链出现危机，打猎被严令禁止，但是还是有人在盗猎。

“20年前的时候，进山经常能够看到五步蛇。你正走着，它突然就从你眼前滑溜过去，现在一年也看不到几条。”卖蛇人说，看到哪里盘着一条五步蛇，就等于看到哪里盘着一堆亮光闪闪的金子，谁见了不动心？五步蛇是武陵山区价格最高的野生毒蛇，据说走私到国外后，一条五步蛇可以卖到几十万美元。

卖蛇人一直在后悔早些年没有抓上几条五步蛇，不然早就发了大财。随后他又自嘲地说：“早些年，也没有人收购这玩意。”

我向他们讲起了《捕蛇者说》。1000多年前的柳宗元被贬到了永州，就是现在的湖南和两广交界的地方，带着年老的母亲和堂弟一起上路。在永州，他见到了一种蛇，“黑质而白章；触草木，尽死；以啮人，无御之者”。这种蛇就是五步蛇。那时候的五步蛇生长范围很广，而现在只剩下武陵山区还有这种蛇。

我说：“从文章中可以看出来这种蛇毒性很强。”

卖蛇人说：“太强了，村子里有好几个人都被咬过，有的死了，有的算幸运，活过来了，可也成了残疾。”

我问：“你们那里只有五步蛇？”

卖蛇人说，他们那里的山上什么都有，不仅仅是五步蛇。在他们村子里，要进山打猎的人通常是3个人一组，前面的人认路，从地上的蹄印、树下的粪便、飘来的气味、草木倒伏的情况，就能判断前面有什么动物。第二个人是捕蛇能手，手中拿着竿子，竿子前面分叉，捕蛇离不了这种工具。第三个人专门下套下夹子，用来对付各种各样的飞禽走兽。这些人走过去，一路上的各种动物无一幸免。捕蛇人遇到什么蛇，就抓什么蛇，五步蛇、竹叶青、乌梢蛇、金环蛇、银环蛇……都能卖钱。最后一个人是大小动物通吃，鼬獾、棘胸蛙、金丝猴、锦鸡、背水鸡、林麝、果子狸等都无法逃脱。还有的人一路采药材，武陵山区的珍贵药材很多，有的人曾经采到过灵芝，而普通的药材比如杜仲、当归等更是俯拾即是。

卖蛇人还说，仅仅下套下夹子就有很多学问，有的套子将动物吊在半空，有的套子套住了动物的身子。而下夹子学问就更大了，有一种夹子叫狼牙夹，夹住了动物的腿，就像狼牙一样紧紧咬住。动物跑不了几十步就会失血过多昏死，猎人循着血迹就能找到猎物；有一种夹子叫竹竿夹，猎物被夹住后，就要拖着一米见方的木棍在树林里走，一路磕磕绊绊，很快就会被树丛困死。还有陷阱，这主要是对付那些大型野生动物的。

那天晚上，卖蛇人和他的同伴都喝得酩酊大醉。人在醉酒的时候，头脑就一片清明，心中的话就会脱口而出，没有任何防范心理。这就是俗语所说的"酒后吐真言"。

我问他们家在哪里，他们告诉我在武陵山腹地的贵州东部。我提出跟着他们一起回去，看他们怎么捕蛇。他们说捕蛇的危险性非常高，稍有不慎就会丧命，无论如何也不带我去，也不告诉我他们村庄的名字。他们说，村庄里已经死了好几个人，如果我有三长两短，他们就会难过一辈子。

他们都是非常善良的山民，我相信他们说的是实话。

后半夜，他们睡着了，鼾声如雷。我悄悄地爬起来，打开手机，抄写下他们用粉笔写在门后的电话号码。下午刚刚进门时，我就注意到了这些号码，这些电话，可能就有捕蛇人的电话。

天亮后，我告别了他们，回到我工作的这座城市。

那时候网上还没有电话号码归属地查询，我只能一个个号码打过去，从他们的口音判断他们是哪里人，然后告诉说自己是收购毒蛇的商人。本地口音的人都非常警觉，他们说自己没有做这种生意，就匆忙挂断电话。而外地口音的人则和蔼得多，其中有一个人告诉我说他在江口县，家中有毒蛇，但要我去贵州拿，因为来往的车费他无法承受。我欣喜若狂。

然后，我费尽口舌说服了报社领导，终于答应了派我去贵州。报社领导和卖蛇人的说法是一样的，都觉得这次采访太危险，而我那时候像初生牛犊一样无所畏惧，不知道成长的道路上布满了荆棘坎坷。我天真地以为我和捕蛇人在一起，是不会有什么危险的，我没有想到危险在我还没有到达捕蛇人所在的那座村庄时，就已经发生了。

捕蛇人姓古，他让我称呼他老古。

第四节　深入捕蛇腹地

我先是坐火车，后是汽车，接着是那种在乡间小路上奔跑的三轮摩托车，车厢加盖了顶棚，可以坐人。在北方，这种拉客的车叫三轮蹦蹦车，也叫驴子车；在这里叫什么，我已经忘记了。

三轮车的车厢里密密实实地坐着七八个人，还有两个青年手抓顶棚上的铁骨架，脚踩在车厢外的横杠上。这辆摇摇晃晃的三轮车开往老古的村庄，路两边的绮丽风景让我深深惊叹。我的左边是一个50多岁的男子，满脸的皱纹像核桃皮一样。他一笑，皱纹就扩散到了脸的上半部，像紧急集合似地，而他看到每个人都是很谦恭地笑着，好像每个人都是他的债主。他的容貌和神情让我心酸。我的右边是一个十几岁的少年，穿着蓝色的校服，背着书包，一路上沉默寡言，满怀心思，好像是逃学出来的。

三轮车沿着羊肠小道崎岖盘旋，有时候眼看就要侧翻了，我的心提到了喉咙眼，可它一阵颠簸，又在平地上奔腾。路边偶尔会出现当地的山民，在三轮车经过时，让在路边，然后和车厢里的人打招呼。他们雪亮的牙齿在黝黑的脸庞上显得异常醒目。坐在车厢里，我头晕目眩，有一种想要呕吐的感觉，刚想招呼司机停下来，突然低头看到一条一尺多长的蛇爬上了我的运动鞋，顺着厚厚的牛仔裤爬上了膝盖。我大吃一惊，呼吸都突然停止了，两条腿一动也不敢动。这条蛇呈翠绿色，头部尖尖，蛇信子吐出来，左右游动。我想着那天我多亏穿着运动鞋和牛仔裤，让蛇爬过去后，它没有感受到我的体温。蛇继续向前爬行，用那种扭曲的恐怖的姿势。据说，所有的蛇都是近视眼，它们的感觉全在蛇信子上，它们依靠蛇信子能够判断出前面的障碍物。蛇爬过了我的膝盖，爬到了学生的身上。学生还没有发现危险已经降临，他依然用少年忧伤的眼神望着车厢外的风景。我正在不知所措的时候，左边50多岁的男子突然伸出手来，闪电一般地抓住了蛇的头部，从少年的身上摘下了这条小蛇。

我刚刚庆幸一场灾难过去了，突然男子脸色煞白，额头上大滴大滴的汗水冒出来，脸上是惊惧交集的神情，手指上有滴滴血液流下来。刚才，他救人心切，一把捏住了小蛇的头部，因为用力过猛，捏穿了毒蛇的下颚，毒牙扎破他的手指。

车上的人纷纷跳下车子，惊恐地望着这名男子。男子颓然坐在车厢里，面如土灰。后来我知道，这条小蛇是竹叶青。

竹叶青已经死了，像一截绳头一样瘫在车厢里。一名青年用棍子把竹叶青挑出来，用脚踩得稀烂，以发泄心中的愤怒。

车厢里怎么会有竹叶青？这里前不着村后不着店，受伤男子该怎么办？

三轮车司机只拉着受伤男子，一路突突突地向前跑去。它在布满石头的山路上颠簸着，像一只慌里慌张的蝗螂。其余的人沿着山路向前走着，走得气喘吁吁，惴惴不安地牵挂着受伤男子的命运。

大约走了半个多小时，我们才在路边看到了一个只有几户人家的村庄。三轮车停在路边，早就熄了火，司机坐在一户人家的门口吸烟。受伤男子躺在床上，依旧惊魂未定地喘着粗气。他的手指覆盖着黑色的草药，用花布包裹着。

这户人家的男主人吸着竹筒水烟，烟筒像炮管一样粗壮，他的脸上是未老先衰的神情。看到突然来了这么多人，他急忙从屋子里端出了竹凳子，给大家让座。我问那名受伤的男子现在情况怎么样，男主人说，死是死不了，但估计这条手臂残废了。

我问："为什么不赶快送到医院里？"

司机插话说，这里距离最近的镇子，有4个小时的车程，车还没有开到，人就会死了。

后来，我才知道，这里每个村庄几乎都有一名治蛇毒的医生。他们用的是流传了几千年的传统的中草药，而山下的医院运用西医的方法，治疗的方法不同。当地人把村子里的医生叫土医生，把医院里的医生叫洋医生。

武陵山中的毒蛇有很多种，治愈蛇毒的中草药也有很多种，能够治愈五步蛇咬伤的草药，不能治愈竹叶青咬伤；能够治愈竹叶青的，却不能治愈眼镜蛇。有人进山抓蛇，并不会带上所有的中草药，如果被某种剧毒毒蛇咬伤，而身上偏偏没有这种可以治愈的草药，就只能壮士断腕，用刀割断自己被咬伤的部位，阻止毒素上侵。

那家的男主人问司机："车上怎么会有蛇？"

司机一言不发，疑惑不解，是的啊，三轮车上怎么会有蛇？但是谁也说不清楚。也许是路边的蛇在乘客还没有上车时，就偷偷钻进车厢里；也许是蛇藏进了谁的行李中，被带了进来。

在这里，如果被毒蛇咬了一口，而又在有效的时间里找不到一个乡镇或者一个村庄，那就只能死亡；如果找到了村庄，而村庄里又没有能够治疗蛇毒的土医生，或者土医生刚好不在家，那也只能死亡；如果找到了土医生，而家中刚好没有能够治愈这种蛇毒的中草药，还是只能死亡。站在山间的小路上，我突然感到危机重重，眼睛一直看着路边的草丛，一有风吹草动，就觉得不寒而栗，惊恐万分。

武陵山区大山连绵，层层叠叠，而人就住在大山的褶皱里，几乎都是几户人家组成的村庄。要从这个村庄走到那个村庄，必须翻越一个或者几座山峰。好在这里的山峰并不高，海拔几乎都在1000米以下。我到过无数的山村，觉得这些山村都有一个共同的现象，所有村庄都建在山谷里。这是为了遮风挡雨，为了储存积水的缘故吧，据说也有风水学上的原因，山谷的风水比山脊山顶都要好。

三轮摩托车停在土医生的那个村庄后，就不能再前行了，此后的进山道路变得非常狭窄，只有一条像死蛇一样的弯弯曲曲的羊肠小道，冰冷地躺在草丛中。进山的人群在不断减少，每逢出现岔路口，就有人走上了岔路。到最后，路上只剩下了我和一个20多岁的身体结实的小伙子。

小伙子和老古在一个村庄，他初中毕业后就在县城打工，一年也难得回一趟家。这次回来背着一个大大的鼓鼓囊囊的编织袋，里面装着从洗衣粉到卫生纸等各种生活用品。我问，村中有人捕蛇吗？他说，他知道的也仅有老古一个人。我问他为什么不捕蛇，而选择打工？他说，现在已经很难找到毒蛇了，而在他小时候，毒蛇随处可见，只要进山，就能看到五步蛇。

他说，他对蛇有一种莫名的恐惧。

还在上小学的时候，有一年深秋，他在屋子里睡觉，父母都出去干农活了。睡醒后，他感到被子里有一团冰冰的东西，挨着他，让他很不舒服，于是，探进手去，摸到了一条盘在一起的毒蛇。毒蛇的体温比人要低几度，所以人就叫毒蛇"冷血动物"。那时候正是秋冬之交，是毒蛇冬眠的前夕，怕冷的毒蛇常常会钻进人类居住的房间里、甚至被窝里取暖。

他不知道那条毒蛇是什么时候钻进来的，钻进来了多久。他吓坏了，不知道该怎么办。此前，他曾无数次见到过毒蛇，却从来没有像今天这样零距离。他想呼叫父母，而转念一想，父母没有在家，即使父母在家，面对这种境况也会束手无策。

山里的孩子从小就胆大，他们是在虎豹豺狼的叫声中成长的。他知道，遇到蛇的时候，千万不能惊慌，一定要镇静，不能乱动，因为你永远也跑不过蛇。蛇的奔跑速度比开足马力的汽车还快。如果要奔逃，就跑S形，蛇视力不佳，它是依靠温度来判断猎物的方位；跑成S形，蛇就无法判断你的准确位置；但是，这是万不得已的办法。

毒蛇懒洋洋地躺在他的怀里，安静得像一摊棉絮。他无法判断毒蛇是否睡着了，他想偷偷地起身，却又不敢。后来，太阳渐渐西斜，门外响起了耕牛回村的哞哞叫声，母鸡飞过了院墙，咯咯叫着飞上了树杈。他突然想，这些叫声会不会吵醒毒蛇？如果毒蛇醒来了，会不会向他发起攻击？

他决定偷偷地离开。

他慢慢地揭开了棉被。黄昏的天光中，他看到这条盘在一起的毒蛇色彩缤纷，毒蛇的头靠在身体上，一动也不动。他将棉被扔在一边，刚准备起身，毒蛇突然醒了。它高昂着头，用异常阴冷的目光看着他，蛇头距离他的脸仅有一尺远。他从来没有这么近距离地看到过毒蛇，毒蛇的头是扁扁的三角形，不断地吐着鲜红的蛇信子，蛇信子前面的开叉他都看清楚了。

他呜呜哭着，吓破了胆，也忘记了父亲此前关于见到毒蛇的叮嘱。他仰面朝后倒了下去。毒蛇像箭一样在他的胸口咬了一口，然后像小偷一样飞快地溜走了。

他大声哭泣着，全身痉挛，就在这时候，父母回家了。他们抱着他赶紧寻找村中的医生。医生把熬烂的药汁洒在被蛇咬的伤口上，他终于被抢回了一条命。

他卷起衣服下摆，让我看他胸脯上的伤疤，伤疤发着黑色，肌肉扭结在一起，看起来很恐怖。

我问："那是五步蛇吗？"

他说，如果要是五步蛇，他早就没命了。五步蛇毒性最强，人被咬伤后，跑不出五步就会倒地死亡，所以才有这样的名字。那条蛇是金环蛇。

后来，我查找一些关于五步蛇的记载，在《太平广记》中看到，这种蛇"乌而反鼻，蟠于草中。其牙倒勾，去人数步，直来，疾如激箭。螫人立死，中手即断手，中足则断足，不然则全身肿烂，百无一活。"读着这段文字，我感到毛骨悚然。

《捕蛇者说》中有这样一段话："吾祖死于是，吾父死于是。今吾嗣为之十二年，几死者数矣。"可以看出这种毒蛇凶猛无比，那么老古又是如何捕捉这么凶猛的毒蛇的？老古是一个什么样的人？

我们走出了一身汗水，便将上衣脱下来，捆绑在腰间。走惯了山路的小伙子肩膀上扛着编织袋，仍然步履轻快，而在城市里生活了多年的我，因为缺乏锻炼，走起山路来气喘如牛。为了担心草丛中突然窜出毒蛇，我手握着一根木棍，胆战心惊地望着小径的两边，时不时地用棍子拨打着草丛，让隐藏的毒蛇快快逃走。

临近黄昏，空气变得清凉，而且散发着一股湿漉漉的气味。树丛深处响起了不知名的鸟叫声，声音好像孩子没完没了的笑声，小伙子说那是背水鸡；还有一种动物蹲在路边探头探脑，一见到我们就轻快地跑远了，跑出了一溜轻烟，小伙子说那是鼬獾。这些动物，我以前在北方从来没有见过。

来到了山脚下，我突然看到前面横亘着一条河，河面有几十米宽，深不见底。从上游漂下来的枯枝败叶，打着旋儿，漂向下游。我站在河边，一筹莫展。

小伙子放下编织袋，沿着河岸向前走去，他说附近有一个老船夫，他去唤来。我向他去的方向看看，只看到飘飘荡荡的暮霭，听到不绝如缕的虫鸣，哪里会有船夫？

这里的景色异常秀美，青山巍巍，绿水环绕，让我想起了沈从文的《边城》、古华的《芙蓉镇》，还有一部现在已经被人们遗忘了的小说《在没有航标的河流上》。按照地理位置来说，这里属于西南，高山峡谷，飞瀑激流，融合了西北的粗犷和江南的秀美。那一刻，我一下子喜欢上了这里，它神秘，壮美，美景美色让人目不暇接。

十几分钟后，小伙子走来了，背后跟着一名腰身佝偻的老人，白头发白胡子，难道他就是船夫？

老人带着我们又向前走了十几米，从草丛里抬起一条小木船。他说，这里几天也没有一趟人，他就把船藏在了草丛里。木船又细又长，像梭子一样。木船年代久远，残破的地方用铁皮包着，钉着铁钉。

木船下水后，老人在船尾划桨，我们坐在船头。月亮升上了山顶，洒下满河清辉，桨声吱呀，夜色朦胧，萤火虫在船头闪闪烁烁，两岸的山峰像水流一样缓缓地流向后方。我突然觉得自己如同坠入梦境，此时此地，这个月光朗照的夜晚，这个清幽凉爽的河面，生活和生命显得如此真实，如此美好。我如痴如醉，如幻如梦，一滴眼泪滑落眼角。此后的人生，再也无法找到此时此地的感受。生命是一条河流，昼夜不息地流淌着，我永远也无法再次真切体验当初的感觉，只能在追忆中回味。生命如水流过，失去的，再也无法追回。人生总是欢聚少，离别多，欢乐少，痛苦多，生命为什么会有如此多的残缺？

20 分钟后，老人将木船划到了斜对面的岸边，岸边有几级石头台阶。我问老人："多少钱？"老人似乎很难为情，最后终于鼓足勇气说："一块钱。"我没有回答，老人担心我不答应，又赶紧说："以前的话，不会要钱的，现在没办法，给上一块钱吧。"

我掏出 10 块钱给老人。老人往后闪避说："我没有零钱找。"我说："不用找了。"老人赶快把 10 元钱塞到我的手中，好像怕烫似地，他说："这么大的钱，我怎么敢要？"

后来，小伙子给了老人一元钱，老人才满意地划着小船离开了。

看着老人的背影融进夜色中，河面上依然传来吱吱呀呀的划桨声。我问小伙子，老人没有孩子吗？怎么这么大年龄还在划船？

小伙子说，老人好像没有孩子，早些年经常划着船在河流两岸行医，他治疗蛇毒很有一套。后来，毒蛇越来越少，行医也需要资格证，老人就以摆渡为生。

不知道为什么，我有点心酸。

人们到处生活着，按照自己的方式，每个人都活得很不容易。每种生活都有说不完的故事，精彩而曲折，真实而感人。

我想，等到回来的时候，再见到老人，一定要好好采访他。

第五节　与捕蛇人同行

沿着石级走上去，又是羊肠小道，走了大约半个小时，我终于看到前面散落着星星点点的灯火，村庄到了。站在村口，我看到月光下的每家每户都松散地居住着，中间有一条小路连接着一家和另一家。

老古家就在村口。

老古个子矮小，有40多岁。两个女儿都去城市打工了，他们夫妻和母亲一起守着颜色发黑的老屋。他老实本分，神情木讷，满面愁苦，完全不像电影和小说中出现的手持猎枪、凶狠无比的盗猎团伙。

当时看到他，我真的有点失望。我以前暗访到的，都是大恶大奸的人，住在窨井中的丐帮老大杀人犯，穷凶极恶的奴隶主血头，操纵酒托和键盘手的黑社会成员，绑架人质的传销头子，杀人不见血不见尸首的盗墓团伙，训练有素残酷无情的盗窃团伙……而老古，一个中年农民，一个传说中的捕蛇能手，他的身上是否有我需要的故事？

那天晚上在老古家中，有三件事情给我留下了非常深刻的印象。

老古家的饭菜非常香，多少年过去后，现在回想起来，还颊齿留香，满口生津。大米，是自家地里产出的新鲜大米，散发着一种清香；腊肉，也是自家腌制的，咬在嘴中，化成了浓香的汁液；酒，也是自家酿制的，好像叫做青酒，是用苞米酿造的，喝在口中，后劲十足。那天晚上，是我今生吃得最多的一顿米饭。我一连吃了8碗，最后吃得坐不住了，只好站起来。

吃完饭后，我走到门外小便，一脚踩空，掉进了小溪里。闻声赶来的人，七手八脚地将我捞上来，却找不到适合我穿的衣服，我只好用床单裹着湿漉漉的身体。

第二件事是见到了老古制作的各种各样的捕蛇工具。老古指着向我介绍说，哪种工具捕捉哪种毒蛇。他讲得眉飞色舞，我听得暗暗心惊。老古说，这些天他刚刚种完了包谷，天亮后就带着我去捕蛇。

第三件事是那晚我住在吊脚楼上。这是我第一次居住在这样造型别致的房子里。打开门窗，夜风浩荡，穿透了我的身体，让我变成了一片羽毛。吊脚楼外的虫鸣响成一片，此起彼伏；夜空中繁星点点，银河横跨半个天际，这一切美丽得就像童话故事。

此刻，我在回忆着那个夜晚，心中充满了无限怀念和憧憬。在那样的恬静中，心灵才能得到安宁。

天亮后，我就跟着老古进山了。卖蛇人曾经讲过，捕猎人一般三人一组，然而这次却只有老古一个人。我问他的时候，他说，现在山里的猎物越来越少了，大家都分开单独行动。

老古给了我一个乒乓球大小的布包，让我装在身上、他说里面是雄黄和大蒜，雄黄碾成了粉末，大蒜捣成了稀泥，把两者搅拌在一起，装在布包里，毒蛇闻到了就会避让。我想起了《白蛇传》的故事，许仙用雄黄让白蛇现了原型，雄黄对毒蛇有震慑作用。

老古拿着一根木棍，前面分叉，后面背着用尼龙布缝成的布袋。他向我说起了捕捉毒蛇的窍门：一顿二叉三踏尾，扬手七寸莫迟疑，顺手松动脊椎骨，捆成柴把挑着回。他说，毒蛇一般都活动在山谷溪流旁边，要找蛇只能在这种地方找。所有蛇类中，最难捕捉的是五步蛇，因为五步蛇的花纹和岩石图案是一样的，不仔细辨认，是找不到的。五步蛇冬眠比别的蛇晚一个月左右，每年阳历11月中旬，五步蛇才进入冬眠，而那段时间五步蛇行动迟缓，是捕捉的最佳时机。

因为我的身上装着让蛇闻而生畏的布包，老古让我走在他身后十几米的地方。望着瘦小的老古，我心存感激。

老古说，捕蛇有很多种方法，对不同的蛇采用不同的方法，对五步蛇，用叉压法；对眼镜王蛇，用蒙罩法；对金环蛇银环蛇，用光照法……我刚想问这些方法的具体操作步骤，老古突然喊：“别动。”

莫非毒蛇出现了？我一动也不敢动，紧张地看着四周。

老古俯下身子，拨开草丛，看着地上的一堆粪便。又稀又黄的粪便里夹杂着几根鸟的羽毛。老古直起身体说：“蛇就在附近，你千万别动。”

老古继续向前搜寻，用叉杆拨打着草梢，突然，被荒草覆盖的石头后面蹿起了一条毒蛇，支起半个身子，盯着老古，嘴巴里发出嘶嘶的威胁声。

这是一条真正的毒蛇，它的头呈三角形。

老古将棍叉靠在腿上，飞快地脱下汗衫，摇晃着，毒蛇的三角形头颅也跟着汗衫一起摇晃。老古突然一甩手，将汗衫甩向毒蛇，将毒蛇兜头包住。毒蛇像一截皮管一样倒在地上，盲目地扭动着。老古操起棍叉，一下子叉住了毒蛇靠近头颈的地方，然后捏住七寸，将毒蛇提溜起来，另一只手从七寸向蛇尾捋下去，毒蛇立刻像一根面条一样温顺。这条毒蛇足有一米多长，提起来看着就沉重。老古将毒蛇放进了布袋里，眉开眼笑。

我问：“这是条什么蛇？”

老古说：“眼镜王蛇。”

我暗暗心惊，小时候喜欢阅读一些动物书籍，知道眼镜王蛇是蛇类中脾气最暴躁的，动不动就会发起攻击，而且毒性极强，没想到老古就这样轻而易举地捕捉了一条硕大的眼镜王蛇。

老古继续向前行走。他翻越岩石，穿越溶洞，攀爬树木，显得异常敏捷，像只猿猴。我在后面走得气喘吁吁，每隔一段时间，他就要在前面等我。我说：“你不用管我，进山只有这么一条路，我不会迷路的。”老古说：“你们这些城里人，走不了山路，我一定要等到你。”

山中的小动物很多，时不时地跑到路面上，在我的身前跑动，还有些躲在草丛中探头探脑，像个心怀鬼胎的小人一样。这种动物拖着长长的尾巴，还有胡须，头颅总在躁动不安地摆动着，尖嘴猴腮，心神不宁。我不知道它是老鼠，还是田鼠，反正就是令人厌恶的鼠窃狗偷之辈。老古说，它们以树根草根为食，属于老鼠里的一种，前些年比较少，现在很多了。

我看到路边的一些野生竹林，颜色变得枯黄，根部发着黑色。野生竹林为什么会变成这样？当时我想不明白，后来，当我回到南方这座城市时，我请教了一位大学植物学教授。他说，自然界的所有物种都是紧密相连息息相关的，它们组成了一条食物链。有一种自然界的神秘规律维持着这条食物链的平衡，每种动物都保存着相对固定的数量。所以，整个自然界的物种才会生生不息，各种生命得到繁衍。然而，因为人类的破坏，让某一种动物数量骤然减少，食物链就会断裂，整个自然界的生态系统就会受到影响，产生严重的后果。因为在我暗访盗猎团伙的那些地方，天敌蛇类减少，大量啮齿动物就会拥有繁殖的机会，鼠害病虫害就会出现，野生竹林和野生幼林出现死亡，人类也会自食恶果。

充满了无穷奥妙的自然界，它的威力远远超过人类。人类只是这条生态食物链中的一个微不足道的链条。

自然界有一个有趣的现象，处于食物链顶端的动物，它们看起来仪态万方，含而不露，一副懒洋洋的神情，看起来从容不迫，比如老虎、狮子、老鹰，还有毒蛇。相反，处于食物链底端的动物，它们总是躁动不安，魂不守舍，诚惶诚恐，莫衷一是，比如老鼠，比如鸟雀。其实，人类也是这样，人类之间也存在一条食物链，那些管理阶层的人和成功人士看起来处事沉稳，不骄不躁，心思缜密，和蔼可亲；而那些整天唧唧喳喳，焦躁不安，开口“哇塞”，闭口“奥耶”的人，永远只能处于这条食物链的底端。缺少了顶端食物链的动物，自然界就会鼠类横行，危机重重。同样的道理，当一个社会充斥着浮华与功利，哗众取宠被当成了幽默，投机取巧被当成了本领，鼠窃狗偷被当成了能力，道德秩序荡然无存，这个社会也会存在着严重的危机。

那天，在山路上，我们还遇到了另外一个捕蛇的人。他的袋子里空空如也，他对老古能够捕捉到一条硕大的眼镜王蛇羡慕不已。他说：“现在蛇都跑到哪里去了？一趟一趟都是空手回来。”

这名捕蛇人离开后，老古朝着他的背影吐了一口唾沫。他愤愤不平地说：“蛇都跑哪里去了？还不是被你们这些人捉去了。现在这些死猫赖狗都来捉蛇，蛇能有多少？”老古一向很自负，他以捕蛇专家自居，看不起别的捕蛇人。而他认为，这些蛇也只有像他这样的专家才能捕捉。

我问老古：“你捕到过五步蛇？”

老古说：“小时候经常在山里见到，现在太难找了，去年一年也没有见到一条。”

我知道五步蛇现在在武陵山区已经非常少了，几乎被这些捕蛇人捕捉殆尽。我担心老古还会锲而不舍地寻找五步蛇，就说：“其实五步蛇并不像外界传说的那样浑身是宝，价值连城，它也就是一条普通的毒蛇而已。”

老古说：“瞎说，南方一条五步蛇要卖几十万哩。”

我在来到这里之前，曾经打听过五步蛇的价格，一条仅有几百元，而几十万元，是蛇贩子将五步蛇走私到国外后的价格。还有一种毒蛇，名叫烙铁头，更为珍贵，更为稀有，两湖两广交界的山中才有，全世界也只有这个区域才有，据说现在仅剩下千条左右的野生烙铁头。有蛇贩子将烙铁头走私到国外，一条高达几百万元。正因为毒蛇走私存在巨额暴利，所以不法分子才铤而走险。

我说：“五步蛇没有那么贵，这都是别人胡乱猜测的。”

老古梗着脖子说：“明明就是这个价，没有这个价，那为什么大家都这样说?”

我说：“你们这里的人不知道，都在胡乱猜测，五步蛇价格能有这么高，我也会留在你们这里捕蛇了。”

老古问：“如果我捉到了五步蛇，你掏多少钱买?”

我此前根本就没有想过会买他的蛇，我只是想看看他是如何捕蛇的。他们这群人，对于生活在城市的人来说，是异常神秘的，我只是为了了解他们的生活。

我想了想说：“一公斤 200 元吧。”我担心他真的捕捉到了五步蛇，那种唐朝的柳宗元写过的毒蛇，如果他真的卖给我，我又买不起，那该怎么办？所以我故意把价格说得很低。

没想到老古生气了，他愤怒地说：“这个价格，你想都甭想。”

老古很固执，又很自负，他说的每句话都不容别人辩驳。他认为我是为了占他的便宜，才把五步蛇的价格说得这么低。

那天，我们弄得很不愉快，多疑又固执的老古认为我是个奸商，所以对我心存戒心。而此前，他一直把我当成了他的财神爷，当成了一名从南方来到山区收购五步蛇的大老板。面对他此前此后的态度变化，我感到哭笑不得。

老古在前面走着，我在后面跟着。他再也不会在前面等我了，我不得不努力地跟着他。我担心藏在草丛中的毒蛇会放过他，专门攻击跟在后面的我。尽管我身上装着雄黄和大蒜捣碎后制作而成的药物，但是我不知道是否有效。

太阳升到头顶的时候，我有些饿了，一看手机，已经快要 12 点了。我从背包里掏出从城市带来的糕点和饮料，叫喊着老古，奋力跑着给他送过去。老古看着我手中的东西，喉结上下抖动着，却说：“不吃，不吃，我不爱吃。”

我说：“吃吧，没事，我还有的。”我拉开背包的拉链让他看。

老古接过我的糕点，一口一个，一口一个，噎住了，眼睛瞪得像鸡蛋。我连忙又把饮料递给他。他喝了两口后，面容终于恢复了平静。他说："五步蛇就是很贵的，值很多钱。这个你蒙不了我。"

我感到很好笑，却装着很赞同他的话，连连点头说："是的，很贵的，你捉到了，我就买。"我想，他可能不会捕捉到的。

"别的蛇你不要？"他问。

我知道他已经捕到了一条眼镜王蛇，只好说："我是专门收购五步蛇的，别的蛇，我要给老板打个电话问一下。"

老古低着头，不再说话。

那天下午两点左右，我们就回家了。老古奔波了大半天，只捕到了一条眼镜王蛇，这已经很不错了。据说，村子里很多人每天都是空跑。

刚开始见到老古时，感到他老实本分，接触后才发现，他既不老实，也不本分。

回到家后，为了消除老古的疑心，我主动说，我会在他家居住几天，每天给他五十元的食宿费。老古很高兴，鼻子眼中都是笑。

夜晚，老古提着矿灯，他说他要去捕蛇。

我问："外面黑灯瞎火，怎么会有蛇？"

老古说："夜晚是捕捉金环蛇和银环蛇的大好时机。金环蛇和银环蛇最害怕强光，只要对着它照射，马上就会缩成一团，不用工具，用手直接抓。"

原来，捕蛇还有这么多讲究，不同的蛇有不同的捕捉方法。

我说："我也跟着你去。"

老古给了我一个装着3节电池的手电筒。

夜晚的山道异常恐怖，小路两边的草丛里突然就会传来莫名的响声，不知道是什么动物跑过。夜风掠过树梢，发出呼呼的声音，浑浊而绵长，好像无数军队在衔枚疾走。远处的山峦像锯齿一样，锯开了夜空。夜空中的星星，神秘地眨着眼睛。尽管老古就走在我的前面，可我还是心存恐惧。我胆战心惊地向两边望着，总觉得黑暗中有无数双毒蛇的眼睛盯紧了我，随时都会发动攻击。

老古嘴巴里发出一种嘶嘶的声音，他模仿着蛇的叫声，来吸引毒蛇。在这样的夜晚，这种声音听起来毛骨悚然。尽管心中害怕，可我还是尽量和他拉开一段距离，我担心他的叫声真的会招来毒蛇。在这样漆黑的夜晚，毒蛇攻击人，百发百中。

那天晚上，老古一直忙到了半夜，依然一无所获。他不得不怅然而归。

走在回家的路上，他垂头丧气，连话也很少说。黯淡的天光中，他单薄的身体像剪纸一样，显得模糊而不真实。我跟在他的后面，时不时地回头望望，担心身后会有某种动物跟踪。

转过一道弯，终于看到了村庄的灯光，我长长地吁了一口气，站住脚步，用手背擦着额头上的汗珠。突然，后背上一阵冰凉，一条蛇掉进了我的衣服里。

我瘫坐在地上，手电筒也掉在了地上。我下意识地叫着："啊，啊……"因为极度恐惧，声音都变调了。

老古三步两步地奔过来，矿灯光照射得我睁不开眼睛。他问："怎么了？怎么了？"

我全身的毛孔都收紧了，头发根根竖起。我颤抖着声音说："蛇，蛇。"

老古问："哪里？哪里？"他的声音透着焦急。

我惊恐地说："在我衣服里。"我真切地感觉到了，蛇还在我的后背上蠕动。

老古飞快地转到了我的身后，他说："哪里有？"接着，他一把扯开了我的衣服，从我的身上摘下了一条一拃长的蜈蚣，一脚就踩烂了。

我看着地上的蜈蚣，依旧惊惶万状。老古轻松地笑着说："哪里会这么容易就看到蛇？我专门找都找不到。要是蛇，今晚就发财了。"

他的眼中只有钱。他不知道生态平衡，不知道生命和危险，对于他来说，蛇就是财富，捕蛇就是他的致富之道。

那天晚上，我彻夜未眠，冷汗一遍又一遍地冒出来。一想到那条一拃长的蜈蚣，那条模样狰狞全身长脚的蜈蚣在我的身上爬上爬下，我就毛发倒竖。

鸡叫头遍，我还是毫无睡意，爬起身来，点燃了一根香烟，站在吊脚楼上，向东边望去。我看到远处的山峦上，黑蒙蒙的天际露出了一抹微光，星辰满天，闪烁不定。启明星又大又亮，像一颗镶嵌在天空的宝石。

鸡叫二遍，天空中只剩下了几颗摇摇欲坠的星辰。朦胧的天光中，轻纱一样的晨雾飘飘荡荡。虫鸣声静息了，村庄有了零星的灯光，勤劳的山民准备起床干活了。

鸡叫三遍，天空变得敞亮，远处的山峰，近处的村道，都看得清清楚楚。

天空中飘荡着几片散淡的浮云，一缕霞光升起来，给云朵镀上了一层金边。早起的山民下地干活了，牛在前面慢悠悠地走着，似乎很不乐意；人在后面赶着，边赶边亲切地叫骂着。

此后，再无鸡叫，公鸡完成了它一天的工作。

那一刻，我突然想，这辈子做人实在太累了，如果有下辈子，下辈子一定要做只公鸡，每天只上班几分钟，想叫几声就叫几声，不高兴我还不叫呢；其余时间，带着母鸡旅游，想去哪里就去哪里……

天亮后，我才有了困意，躺在床上睡了一会儿，就被一阵阵鞭炮声惊醒。站在窗口，我看到村子里有人结婚，几个青年，两人一组，抬着嫁妆，而最值钱的嫁妆，也就是一台电视机。一群孩子欢天喜地地追在后面看热闹。我想起了我在《暗访假烟窝点》中写到的一个场景，那时候我在闽南农村暗访，看到假烟老板给女儿的陪嫁是豪宅和名车。我的心中突然涌上一阵酸楚。

楼下响起了老古的叫声，他说今天他还要进山。老古把捕蛇当成了自己的主业，而把地里的庄稼都交给了妻子。

吃过饭后，我们又出发了。这次，走的是另一条进山的小路。

沿着溪涧行走，道路弯弯曲曲。老古像一只觅路的狗，每走一段距离，就会撅起屁股在草丛中查看，查看是否有毒蛇的粪便，是否有蛇蜕，是否有毒蛇的洞穴。

老古说，如果发现粪便中有毛发、鸟羽，那就说明附近有毒蛇出没；如果发现有蛇蜕，那也说明附近会有毒蛇。每种动物都有自己的活动区域，狼的活动区域一般是半径50公里的一个圆圈，鼠类的活动区域半径是两三百米，毒蛇的活动区域是半径一百多米。早先，在没有汽车以前，两条腿行走的人类也有自己的活动半径。任何动物，如果超出了这个活动半径，就会迷路，就会恐慌，就会害怕。

有几十年捕猎经验的老古，真是一位专家。

我称赞了他两句，老古神采飞扬。可是，在现代社会，拥有更丰富的捕猎经验，只会给自然界造成更大的伤害。人类亘古具有的狩猎技能，在现代文明社会走到了尽头；人类已能够从更广阔的途径更轻松地获取食物，而不再依赖于狩猎。现代的狩猎，只能称为盗猎，是为了牟取暴利而掠夺大自然，掠夺自然资源。

老古想让我买走他那条眼镜王蛇。他一路上都在向我推销眼镜王蛇。他说，眼镜王蛇在南方需求量很大，很多收蛇的商人来到他们这里，专门收购眼镜王蛇："现在哪里还有五步蛇"？

老古正说着，突然住口不说了。他指着前方几米远的一个小洞说："这是蛇洞。"

我看到那个洞口和周围的洞并没有什么区别，都是碗底粗细，里面一片漆黑，不知道有多深。如果要说不同，唯一的不同是，这个洞口在一座坟墓的下面，可能这个洞口一直连通到了墓室里。坟墓有一人多高，上面长满了萋萋荒草。

我疑惑地问："你怎么知道这就是蛇洞？"

老古说："你看这个洞口很光滑，蛇每天从这里钻进钻出，别的洞口刺刺拉拉的，那显然是个空洞。这个洞里有蛇。"

老古叉开五指，在周围的草丛中划拉划拉，就划拉出了一把荒草；再划拉划拉，又划拉出了一把荒草。他把荒草堆在洞口，点燃了，然后脱下衣服向洞里扇风。一会儿，距离坟墓十几米远的地方，有一个小洞冒出了轻烟，老古以"迅雷不及掩耳之势"冲过去，抓起一把把土，把那个洞口堵住了。

老古说，毒蛇很狡猾，它的洞一般都有好几个进口和出口。

一堆柴草烧完了，毒蛇还没有出来，老古把灰烬移到了一边。他说如果不移走，毒蛇突然出来，就会被烧死。死蛇是没人要的。

老古让我看着洞口，留意毒蛇突然窜出。他去几步远的地方重新划拉了一堆柴草，放在洞口。然后，他取出水瓶，倒出一点水，和成一堆稀泥。将洞口糊一半留一半。我问这是干什么，老古狡黠地说："你一会儿就知道了。"

老古继续扇风点火。火光映着他那张神情专注的脸，他很投入。

突然，洞口窜出了一条蛇，将糊成一半的洞冲开了，头上糊着泥巴。它的头左右摇摆，懵懵懂懂，老古一伸手，轻巧地捏住了它的"七寸"。

然而，这条蛇太小了，小得让老古很不满意。老古说："明明是个大洞，怎么只有一条小蛇。大蛇肯定被人捉走了。"

他很遗憾。

老古说，这条蛇是金环蛇。

第六节　黑市遇麻烦

3 天后，是赶集的日子。集市在镇上，走路需要两三个小时，老古看到我不买他的蛇，就决定在集市上卖掉眼镜王蛇和小金环蛇。我也给了老古 3 天的食宿费，和他结伴去集市。听说集市上有一个大的蛇类收购站，我想去看看。

这次，我们走在一起。遇到道路宽敞时，我们就并排行走；遇到道路狭窄，我们就一前一后。武陵山区的每个村庄都有一条小路与外界连接，小路的尽头是镇子；每个镇子都有一条大路，大路的尽头是县城；每座县城又都有一条省级公路，省级公路的尽头是城市。这些道路像毛细血管一样，密布在所有人口居住的地方，输入了现代文明和物质，让生命得以延续。

这里的道路异常崎岖。我站在小路上，看到对面的悬崖上，有几个人喊着号子，抬着捆绑在门板上的猪下山。他们也要去赶集，他们要在集市上把那头猪卖掉。

我原想着这次去镇子的时候，还能够见到那个摆渡的老人，然而，我们走到河边的时候，看到码头上有一条柴油机船，突突突地喷吐着黑烟，几十个人等候在那里。这些都是附近村庄要赶集的人。镇子上每隔 10 天才有一次集市。这一天就像过节一样热闹，很多人都会选择在这一天来到集市上，购买物品，交流信息。

我和老古提起了那个老人。老古说，这条柴油机船每逢赶集的日子，才会来到这里接送人群。而老人只有在平时，才会接送一些要过河的散客。

过河后，一群人浩浩荡荡向前走。有人唱起了山歌，声音高亢，在山谷间回荡，经久不息。有人打起了呼哨，声音尖利，像一支穿越林间的响箭。突然，队伍的后面有人大声叫喊，声音凄厉，异常恐惧，他被蛇咬伤了。

人群呼啦一声围上去，查看伤情。被咬的是一名少年，他的小腿上被咬出了两个伤口，相距两三厘米，血液汩汩流出，血液中还带着气泡。有人惊呼：“这是五步蛇啊。”

这里前不着村后不着店，被五步蛇咬伤，该怎么办？少年疼痛得大声哭喊，有一个中年男子背起少年，发足疾跑，后面跟着人群。跑出了几十米，少年被换到了另一个人的肩膀上。

我没有在人群中看到老古，一回头，看到老古在距离小路十几米的草丛中仔细搜寻。我知道他在寻找那条咬伤少年的五步蛇。毒蛇就是财富，只有毒蛇才会让老古动心发狂。

我喊："快点走啊。"

老古说："咬了人，这条五步蛇不会跑远。"

我说："早就跑了，这么多人，它担心会被人捉到。"

老古讥讽地说："你好像比我知道得还多？"

我对老古的冷酷感到很不舒服。少年被五步蛇咬伤，他不关心伤情，却只关心这条五步蛇。

我没好气地说："你再不走，我可就走了。"

老古好像是在自言自语地说："奇怪了，怎么就是找不到。"他又在草丛中磨蹭了半天，看到实在找不到了，才很不情愿地回到了小路上。他说："反正就在这里，明天专门来找，我就不信找不到它。"

又走了很久，我们才来到了集市上。这一路上，我再没有见到那名少年，不知道他伤势怎么样了，是否在有效的时间里得到了治疗。听说五步蛇咬伤人后，如果没有及时救治，毒性发作很快，两个小时内就会死亡。

后来，我在回到南方这座城市后，专门到图书馆查阅了五步蛇的资料。五步蛇的管牙又长又大，上颚有两个这样的管牙，牙距较大，最宽可达到3厘米。五步蛇咬人时，会从管牙向人体注入毒液。这种毒液是一种十分复杂的血液循环毒素，含有十几种能够造成人身体组织出血、水肿、坏死的酶。这些酶会对人的心脏、骨骼、肌肉、神经产生极大的破坏作用，几个小时后，被咬的人就会死于脏器衰竭；而即使在这个时间段里得到救治，很多时候也会因为毒素侵入极快而留下残疾。

这么多年过去了，我一直不知道那个少年后来怎么样了；也没有再见到过摆渡老人，不知道他生活怎么样了。

而老古连续多天锲而不舍地在那条路的周边寻找那条五步蛇，而终于没有找到，残存的五步蛇都有了非常丰富的反“侦查”经验。

收购毒蛇已经形成了一个市场。那天我在镇子外看到了毒蛇收购点，还看到了从南方来到这里收购毒蛇的蛇贩子。每逢赶集的时候，有很多人把盗猎到的毒蛇带到集市上，像老古一样；这些毒蛇当天晚上又会被送到通往南方的道路上。几天后，它们就会出现在餐桌上，或者出现在海边，等待出关。

收购点并不在镇子上，而是在距离镇子几百米的一片树林里。树林外有一条弯弯曲曲的小道与镇子相通，而要进入收购点的房屋，则就没有道路了。不知情的人即使来到树林边，也不会知道这里隐藏着一个野生动物收购点。

收购点有两间房屋，两间房屋都显得很残破，一副饱经风霜的模样，墙壁上还有“植树造林，绿化祖国”字迹斑驳的标语。这里以前是森林看守人的居所。

收购点的老板姓唐，绿豆大的眼睛一直在骨碌碌地转着，说话语速很快，口气很硬，并且还带着手势，一只手斩钉截铁地挥舞着，另一只手插在腰间，看起来很像几十年前计划经济时代的大队干部。收购点还有一个很漂亮的女人，皮肤像瓷器一样洁白，水汪汪的眼睛像两粒熟透了的葡萄。她留着只有城市里的女人才会留的披肩长发，而这里的女人因为劳动，都会把头发扎起来，或者编成辫子。唐老板看起来有 50 多岁，而这个女人仅有 20 多岁。我不知道他们是什么关系。

我进去的时候，屋子里还有两个人。他们皮肤黝黑，一看就是当地的山民。他们和老古一样，都是盗猎人。

唐老板对老古把陌生人带进他的收购点很不满意。他用当地一种很难懂的语言，叽里咕噜地质问老古，脸上带着愠怒的神情。老古在努力解释着，时不时地在当地方言中夹杂几句普通话。他是为了让我也能听懂，他说我是南方大老板，专门来这里收购五步蛇的。为了消除唐老板的怀疑，我便卷着舌头“得啦”了几句，说着别人半懂不懂的醋溜普通话。唐老板终于不再怀疑了，没有赶我出去。

老古把尼龙袋子放在地上，解开口子，然后以极快的速度抓住了眼镜王蛇的七寸，把它提溜了出来，铺在地上。唐老板提起棍叉，叉住蛇头，又用穿着高腰皮鞋的脚踩住。那双皮鞋看起来就显得沉重，眼镜王蛇的身体痛苦地扭成了麻花。唐老板伸出两根手指，捏着毒蛇的脖子，从头到尾捋了一遍，检查毒蛇的身体里是否藏有铁器之类的重物。检查完毕后，他捏住眼镜王蛇的七寸，甩在一个红色的塑料桶里，塑料桶放在磅秤上。他换了砝码后称量完毕，告诉了一边的漂亮女子。漂亮女子在本子上记录着。

小金环蛇也是如法炮制。

唐老板带着两条毒蛇走进另一间房子里，我也跟了进去。这个房间里堆放着各种各样的铁笼，铁笼里关着各种各样的动物。几只金丝猴一看到有人走近，就吱吱叫着挤在笼角，满脸惊恐。鼬獾在笼子里爬来爬去，垂头丧气，闷闷不乐。细铁丝编织的笼子里，关着各种各样的毒蛇，层层累积，蠕蠕爬动，看起来让人头皮发麻。有的毒蛇三角形的头向后仰着，身体屈成了S形，试图通过奋力一击，逃出铁笼；有的毒蛇长长的毒牙挂在铁丝上，痛苦地扭动着身体；有的毒蛇头部血迹斑斑，显然是一次次碰撞铁笼的结果。铁笼的旁边，还有一个木条钉做的笼子，里面关的是各种无毒蛇。和那些凶猛的毒蛇比起来，这些无毒蛇就显得温顺得多。它们躺在木笼里，慢悠悠地翻转着身体，抬起椭圆形的头颅。它们似乎还没有意识到危险即将来临。

这间房屋的动物有十几种，各种动物加在一起足有几百个。房间里散发着浓郁的腥臭，是各种动物的身体气味混合在一起的臭味，让人欲呕。

唐老板问我："李老板要什么货?"

我说："我要五步蛇。"我想着他这里可能不会有。

没想到唐老板用他穿着高腰皮鞋的脚踢着墙角一个铁笼子，说："这里面都是，能要完吗?"

我一下子傻眼了。为了掩饰自己的情绪，担心唐老板看出我是假冒生意人，我便蹲在地上，装着很专心地研究这些五步蛇。五步蛇和别的蛇比起来，更加凶猛。它们看着我，横眉冷对，一个个都是宁死不屈的样子。一条粗壮的五步蛇不断地用身体撞击铁笼，撞得砰砰作响。

我站起来，装着不满意地说："太小了，还有没有大的?"

唐老板身体后仰着，腆着并不凸出的肚子，以见多识广的口气说："这还小?你见过五步蛇?我一车一车发到南方去的货，都是这么大的。你们南方人最喜欢吃这东西了。"

唐老板给我指着屋后的白色泡沫箱说，那些都是他今晚要发往南方的货。

我来到泡沫箱旁边，看到箱子的外面都用黄色的胶纸缠绕着，里面装着各种各样的蛇，箱子的外面写着发往地点，都是同一个城市的名字。箱子还统一编号了，号码旁边，有的写着"牛肉"，有的写着"海鲜"。

唐老板又问我："五步蛇，你能要多少?"

我知道五步蛇属于国家二级保护动物，如果黑市交易，价格一定很昂贵，而我身上没有多少钱。我沉吟了一下，问："多少钱拿货?"我知道很多行业的老板进货的时候，都不说"买"，都是说"拿货"。

唐老板说："一看你就不是拿货的，你骗不了我。"

我赶紧说："我刚刚做这种生意，还是生手，第一次来你们这里。"

唐老板说："五步蛇一公斤500元。"

我说："老板，一回生二回熟。我第一次做生意，可也知道这种蛇的行情，你蒙不了我。我们以后还要经常合作，少点吧。"

唐老板说："最少480元，看你是第一次做。要是别人，500元不还价，随便拿货。"

唐老板正说话的时候，外面有了喧哗声。唐老板走了出去，不再理我。他可能觉得像我这样畏畏缩缩瞻前顾后的人，不是做大生意的，他懒得再理我。

外面来了两个操着南方那个省份特有的口音的人，长相也很南方，又瘦又小，鼻子扁平，肤色黧黑，浑身散发着亚热带地区的特点。他们似乎和唐老板很熟悉，连价格也没有谈，就直接进来看货。

唐老板打开了关着金丝猴的笼门，手持一根长长的管钳，伸进铁笼里。这种管钳的前端是一个中空的圆形，打开后各是两个半圆。猴子们看到管钳伸进来，惊慌失措，纷纷挤向铁笼里面，发出恐怖的尖叫。管钳越伸越近，猴子们看着管钳，哆嗦成一团。唐老板打开管钳，钳住了最外面一只猴子的脖子，那只猴子吐着舌头，叫不出声，浑身颤抖，四肢抓着铁栏杆。猴子们看到管钳选中了目标，立刻欢声雷动。它们有的扳着那只可怜猴子的脚爪，有的在后面推着它，将它推出了铁笼。

那只猴子一被推出铁笼，猴子们又尖叫着争先恐后地挤向角落，最里面的猴子幸灾乐祸，最外面的猴子惊恐不安。它们不知道接下来的命运是什么，谁又会被管钳钳住。

唐老板又来到了关着果子狸的铁笼边。这次，他没有拿管钳，而是一个类似钩镰枪那样的工具。钩镰枪伸进铁笼里，果子狸也在躲避，它们头向里面，屁股朝外，管钳则就没有了用武之地。唐老板用钩镰枪钩住了一只果子狸的腿部，强行向外拉。果子狸凄厉地叫着，鲜血一滴滴顺着腿部流下来。后来，果子狸终于抵抗不过唐老板的力气，被一步一步地拉离了铁笼。

这间房屋简直就是动物地狱。

房屋外面又有了响声，一个粗壮的声音在叫着“唐老板，唐老板”。我走出去，看到一个30多岁的男子走了过来，手中牵着一根绳子，绳子后绑着一只动物。男子大步流星，动物的前腿血肉模糊，跟不上男子的步伐，被绳子拖着前行。我不知道那种动物是什么，它看起来像猪，又像獾，名字好像叫做猪獾。这个动物显然是被夹子夹断了前腿。

老古卖了眼镜王蛇和小金环蛇后，就去了集市。他说他买些油盐酱醋就回家了。我继续留在唐老板的收购点。

唐老板生意很好，不断有人来送货，各种各样的动物都有，还有人拉来了一只野猪；也有前来联系货源的南方客商。他们浑身都透着精明，小眼睛里充满了算计。

唐老板在忙碌的同时，还没有忘记向我推销他的五步蛇。他说，五步蛇的价格肯定会越来越高，因为五步蛇越来越少了。在南方一些地方，人们都认为喝了五步蛇的酒，就能够防风湿，而南方气候潮湿，很多人都会得风湿病。现在是夏天，捕蛇人还能捕捉到毒蛇，而到了冬天，蛇类冬眠，这些蛇的价格就会翻一番。

我依然说：“你的价格太高了，再少点。我都不知道把这些蛇带到南方，能不能赚钱?”

唐老板很不满意地说：“你就放一千条心吧。五步蛇，供不应求，你一条卖两千块都有人要。我做生意这么长时间，你是第一个和我讨价还价的。”

唐老板又去忙他的生意了，那个漂亮女人也低着头在本子上写着什么。我环顾四周，看到一面墙壁上写着几个电话号码，赶紧匆忙输入了手机里。

两个南方人将他们需要的货集中在房屋门口，满意地看着这些准备拉到南方那座城市的铁笼。铁笼一共3个，一个装着毒蛇，一个装着猴子和果子狸，一个装着一些并不知道名字的鸟，其中有几只好像是锦鸡，个子庞大，毛色斑斓。接着，唐老板面朝第一个房间喊了一声。漂亮女人拿出了一个纸箱子，里面是一些特制的小帽子，还有针头和针管。

这些东西用来干什么?

我正疑惑的时候，唐老板拿起一只小帽子，翻过来，戴在锦鸡的头上，小帽子是用松紧带做成的，包在锦鸡头上后，锦鸡安安静静，一动也不动。接着，所有的鸟类都被唐老板戴上了小帽子。我突然想到了，这是为了长途贩运的方便，鸟类戴上这顶特制的帽子，就以为是夜晚，而夜晚的鸟类是最安静的，除非是受到了特别的惊吓，才会尖叫，而在长途货运的车厢里，是不会受到什么惊吓的。

唐老板又拿来了管钳，一只只夹住猴子和果子狸的脑袋，拖到铁笼边。漂亮女人拿出针管，给它们注射。几分钟后，经过注射了的猴子和果子狸就昏昏欲睡，即使用管钳敲着它们的脑袋，它们也没有了反应。针管里是麻醉剂。

唐老板很满意，而两个南方人也很满意。

毒蛇没有戴帽子，也没有注射麻醉药，毒蛇是不会叫喊的。它们没有嘹亮的声带，它们即使看到人类的兽行，也不会理解。

唐老板对着我和几个送猎物的山民说："帮个忙吧。"

我们两人一组，抬着这三个铁笼向山下走去，走出几十米，看到路边的树从里藏着一辆白色的面包车，车身写着 120 和急救的字样。

一个南方人打开面包车的后盖箱，里面是两排顺着车厢的坐凳，坐凳中间是一副担架。南方人抽出担架，我这才看到放置担架的地方是中空的。唐老板招呼人们将 3 个铁笼子放进了中空的地方，然后又放上担架。这样，即使车厢后盖被打开，也没有人会想到担架下面藏着三个装满野生动物的铁笼。

然后，两个南方人穿上了白大褂，戴上了金丝眼镜，打扮得文质彬彬，看起来真像医术高深的大夫。他们准备开车回家。

我跨上一步，对他们说，我也在那座城市，想搭乘他们的便车。

胖点的看看瘦点的，他脸上有一丝尴尬。毕竟我也在那座城市，毕竟我也操着那座城市的口音，毕竟我刚才还替他们抬铁笼了，我相信他们会答应的，没想到瘦点的说："我们半路上还有好几个人，装不上你。"

我只好说："让我坐上吧，这里没有车乘，到了有长途汽车的地方，我就会下车。"

瘦子犹豫了一下，让我坐在了车厢里。

面包车沿着山路开往镇子，瘦子开着车，胖子坐在副驾驶座位上。胖子回头问："你到这里做什么？'

我说：“我是来收烙铁头的，他们这里找不到。”

胖子笑着说：“收烙铁头跑到这里干什么？那玩意这里怎么会有？”

瘦子在后视镜里看了我一眼，他的眼神意味深长。

我问：“你们的摊点在哪里？以后我从你们那里进货，不想再跑这么远。”

瘦子和胖子都不再说话。

我知道他们开始怀疑我的身份了，便不再言语。

面包车开到了镇子上，街面上人头攒动，人群熙攘，还有穿着各色制服的工作人员。瘦子拉响了警报，凄厉而急切的声音传出了很远。赶集的人纷纷向街道两边躲避，连那些穿着制服的工作人员也让在了一边，没有丝毫怀疑。

刚刚出了镇子，来到柏油马路上，瘦子就对我说：“下去，这里有长途大巴。”

我只好走下了面包车。

面包车开走了，我记住了他们的车牌号码，可是，我明白这个面包车肯定是套牌车，和我当初《暗访盗墓团伙》中乘坐的那辆面包车一样。

站在空荡荡的柏油路面，我茫然不知所措，不知道这里有没有长途汽车，不知道长途汽车是不是开往我所生活的那座城市。

这里，不是我的来路。

那天，我在路边等候，一遍又一遍地向公路两边张望，却没有见到一辆汽车。后来，下起了蒙蒙细雨，我的衣服被打湿了。我穿着湿漉漉的衣服，在雨中又等了足有一个小时，还是没有见到一辆车。因为寒冷，我浑身哆嗦，又担心被冻感冒，我就决定步行上路。

路边有路标，标着里程，我看了一眼路标，然后看了看手机上的时间，把挎包背在后面，就上路了。为了驱寒，我走得很快，一片又一片像云又像雾的东西，扑面而来，又拂身而去。我想，这里的海拔应该很高。

道路曲曲弯弯，像蛇一样盘绕在山中。空气异常清新，似乎拧一把都能挤出蜜来。我走路一向都很快，何况那天还担心自己被冻感冒了，过了一个小时后，我见到了第六个路标。这天我才知道，我最快的时候，一个小时可以走到5公里。

我继续向前走着，突然身后响起了摩托的声音，回头一看，一个穿着制服的人骑着摩托车来到我身边。他没有戴帽子，头发湿淋淋地沾在额头，嘴唇乌青，身体蜷曲着，趴在摩托车头，就像马戏团里骑着自行车的猴子。他问我去哪里，我说想去南方那座城市，不知道怎么坐车。他说这条路上根本就没有班车，要坐班车只能去县城。这里距离县城还有几十公里。

他让我坐在他的摩托上，他送我去县城。他说，他是附近一座景区的保安。

坐在摩托上，我们一路没有见到一个人。我问，知道那些盗猎野生动物的人吗？他说，早些年还要多些，现在少了。我问，怎么就没人管？他说，有人管，但是管的人少，盗猎的人多，抓都抓不及，再说，就算抓住了，也没有盗猎多少，只能放人，把他放了，他接着继续盗猎。

他说，这里的人，过去世代以打猎捕蛇为生。

摩托车一直把我送到了县城里。

那名保安没有手机，那时候的手机在偏远的地方还是一个稀罕物。分别的时候，我告诉了他我的电话号码，可是他从来没有打过。

那天，我在候车室里等候班车。候车室还有几个游客模样的人，背着大大的登山包，高声谈笑着，举手投足言笑顾盼间都有一种作为城市人的优越感。

我到窗口问售票员，是否有到铜仁或者贵阳的班车。售票员说："到铜仁的最后一班车出发了十几分钟，贵阳的车已经没有了。"那几个游客听说班车刚刚走了，就大声质问售票员，为什么这么早就收车？

候车室的门外停着一辆面包车，面包车师傅是一个身材高大的青年。他说，他愿意带我们去追班车。

我们当时没有多想，就坐在了面包车里。上车后，才心里七上八下，担心追上面包车后，他会向我们狮子大张口。我们偷偷地商量，他如果要价超过50元，我们就不答应。半小时后，面包车追上了班车，司机打开车门让我们下车。我们吞吞吐吐地问多少钱，司机说："要什么钱啊，帮个小忙，快点上车。"我当时惭愧得无地自容。多年的城市生活让我们变得斤斤计较，提防身边的每一个人，也把每一个人都当成了骗子。而来到了古朴的乡村，在这些朴实的山民面前，我们才认识到了自己的渺小和猥琐。身材高大的面包车师傅，榨出了我们衣服下包着的"小"来。

然后，从铜仁坐火车，我回到了这座熟悉的城市。

第七节　夜半高跟鞋

回到城市后，我想弄明白，这些野生动物，都拉到了这座城市的什么地方。

我拨打了从唐老板墙上偷抄的那几个电话号码。他们都说我拨打错了。我说出了唐老板的名字，我说是唐老板的朋友，想从他们这里拿货，是唐老板介绍来的。他们依然说："我们不做生意，我们是上班的，你拨错了。"

奇怪，怎么会这样？

我又把电话拨打给唐老板，我说我想从这座城市进货，让他给我介绍货源。唐老板爽快地答应了。过了几分钟，唐老板打电话过来，他告诉了我这座城市的野生动物交易地点。这个地点号称是亚洲最大的野生动物交易市场，但是，没有人带是进不去的。

我打算去这个亚洲最大的野生动物交易市场看看。

我是那天中午去的。按照唐老板介绍的地址，我找到了，可是我只看到一座空荡荡的市场。家家店铺都拉下了卷闸门，市场里空无一人，一只野狗摇着尾巴在市场里游荡者，两只麻雀站在台阶上卿卿我我。我向四周看了看，没有任何标志表明这是一座野生动物交易市场。

我愈发奇怪。

我来到了距离市场几十米的一家商店，买了两盒香烟，和老板套近乎。我指着那座市场问："这么大一个市场，怎么没有人？"

老板是一个又矮又胖的男子，长得像土豆，貌似敦厚。他正在看一本金庸的小说，他从书籍上抬起头，看了看我，问："你问这个干什么？"

我笑着说："没事，就是随便问问，路过这里。"

老板冷冷地说："没事你就走吧。"他继续把一颗硕大的头颅埋藏在金庸的刀光剑影里。

我突然想，这个商店是不是和这个市场有什么关系？我想起了我在《暗访血奴群落》里见到的那个照相馆，在《暗访假烟窝点》里见到的修鞋老人和修理自行车的男人，在《暗访盗墓团伙》中见到的那个商店，最后证明了，这些都是犯罪团伙的眼线。那么，这个简陋的商店，这个头颅硕大的老板，会不会就是野生动物交易市场的眼线？

可是，不对不对，野生动物交易市场并没有交易，他们安排眼线干什么？如果不是眼线，这个肥胖的男人为什么对我怀有敌意？

这里面绝对有猫腻，我一定要探个究竟。

我离开了那家商店，沿着马路慢悠悠地向前走着，走出了几百米，看到前面有一家网吧，便走了进去。我决定在这里等到天黑。按照以前的暗访经验，非法交易只有在夜幕的掩护下，才会进行。我相信这个市场一定掩藏着不为人知的秘密。我也相信唐老板不会骗我的，如果他骗我，他又怎么会知道千里之外的这座城市，有这么一个与他口中的门牌号对应的批发市场呢？我估计他是拿着野生动物商贩的名片告诉我地址的。

我站在网吧的过道上看别人玩游戏，那些虚拟的战争场面和武打场面，让这些少年们热情似火，激情燃烧；而那些少女们则津津有味地看着韩剧，眼睛里闪烁着憧憬的火花。据说，有一些日本开发的游戏只是输出给别的国家，他们本国的少年是严禁玩的，因为血腥暴力，会让少年的心态扭曲变形；而很多韩剧在本国也不会放映，因为这样的剧情只会培养脑残。但是，我身边的这些疲惫不堪满脸油垢的少男少女们并不知道这些。

时间过得很慢，我一次次地看着窗外，看到太阳还是悬在远处的楼顶上，一动不动。后来，我也登记了一台电脑，在上面看电影。我记得那天看的电影叫《站台》，贾樟柯的作品。那些苍凉的风景，压抑的心灵，还有那些场景，太像我经历过的一些往事。我看得热泪盈眶，也就是从那一刻开始，我喜欢上了贾樟柯的作品。以后他的每部作品，我都要细细观看。

看完电影后，这才发现天已经彻底黑了。我走出网吧，点燃了一根香烟，摇摇摆摆地走向那个市场，我把自己想象成一个老板，一个要从交易市场进货的老板。

交易市场依旧一片漆黑，黑暗中的店铺像一头头蹲伏的巨兽。一只空易拉罐被风吹过来，一路当啷啷响着，滚到了水沟里。我在黑暗中想着，唐老板是否真的在骗我？

我失望地走回去，现在天黑了，不知道这里还有没有开往城区的公交车，如果没有，就要打的，而打的则要花费很多钱。我的心隐隐作痛。

走出了二三百米，拐过一道弯，我看到迎面开来了一辆隆隆的大卡车，灰尘滚滚而起。我闪躲在路边，突然下意识地想，这辆大卡车开往哪里？会不会拉着野生动物？卡车开过后，借助着黯淡的路灯光，我看到它挂的是军牌。

然而，越是特种车辆，我越怀疑，因为我看到了假冒救护车的面包车。在这个漆黑的夜晚，在人烟稀少的郊外，军车跑来干什么？

我跟在军车的后面，拐过弯，路上依旧没有行人。快要走到交易市场的时候，我突然看到那辆军车就停在市场里，几家店铺亮起了灯光。

我感到蹊跷，军车为什么夜晚会停在交易市场？我正准备走进市场时，从黑暗中突然闪出了两个身体强壮的男子，恶狠狠地问我干什么。我说："想找家饭店，肚子饿。"他们恶声恶气地说："这里没有饭店。"然后就将我赶走了。

我心中一阵狂喜，那辆卡车肯定是假军车，这个市场肯定是野生动物交易点。

大约一个小时后，我躲在远处一幢废弃的楼房里，站在三楼的窗口向交易市场的方向观看。我看到市场里的灯光次第亮了起来，灯光里人影晃动，但是我无法看清楚他们在干什么。一辆又一辆的卡车、面包车、小轿车、摩托车从远处驶过来，驶进了交易市场；又有一辆又一辆的各种车辆从交易市场驶出来，消失在了夜色沉沉的远方。

我准备再次走进交易市场。

突然，楼道传来哒哒哒的脚步声，好像是谁穿着高跟鞋一步步走下楼梯。然而，我刚刚走进这幢废弃的楼房时，曾经从一楼走到了最高的五楼，走进了每个房间，擦亮打火机一间间房屋看过了，确信这是一幢废弃的楼房，确信这里空无一人。可是，怎么又会有脚步声呢？

脚步声依然传来，好像从楼上来到了我藏身的三楼，声音不慌不忙，节奏均匀。我回头望去，看到月光照进楼梯间，残破的墙壁影影绰绰，四周确实空无一人。可是，那又会是谁的脚步声？

我颤抖着声音问："谁？"

没有人应答，脚步声也停止了。

我突然紧张到了极点，头上的冷汗也冒了出来。谁从楼上走了下来？是交易市场的保安或者打手吗？可是那脚步声明明又是一个女人的脚步，夜晚巡逻的保安和打手又怎么会有女子呢？既然不是保安和打手，那这个女人又会是谁？

脚步声又响了起来，这次的声音更加缓慢，哒，哒，哒，节奏分明，高跟鞋踩踏着楼梯的声音距离我越来越近，似乎相隔只有几米。月色朦胧，让这座废弃的楼房变得更加诡异。

我依然看不到她，而她距离我只有几米。

那一瞬间，我真切体会到了毛骨悚然的感觉，小时候听到的一些鬼故事突然涌上心头，难道，难道我今晚遇到的是女鬼？

我大喝一声，声音变得连自己都害怕，望着声音传来的方向喊："谁？"

声音停止了，可是我依然看不到她。

过了几分钟，每一分钟漫长得好像一百年。我的心咚咚咚地跳着，几乎要从喉咙里跳出来。我挪动了一下颤抖的脚，碰到了一块半截砖，我俯身把半截砖抓在手中。

脚步声又响起来了，哒——哒——哒——可是我依然看不到她。我举起半截砖，对着想象中的那个身影扔过去，半截砖砸在了墙上，又掉在了地上。黑暗中传来哒哒哒的声音，她跑远了。我依然无法看到她的身影。

她能看到我，而我却看不到她。她不是鬼还能是什么？

此刻，我吓坏了，吓得魂飞魄散，我呀呀叫着，摸索着楼梯跑下去，在每一层的楼梯口都要摔一跤。我连滚带爬地跑出了那幢废弃的楼房，一直跑到了柏油路面上，依旧惊惶万状，用琼瑶阿姨的话来说，心如鹿撞。

我沿着柏油路面急匆匆地走着，再也不敢去暗访野生动物交易市场了。我走出了很远，才看到一辆出租车。我举起了颤抖的手臂。

坐在出租车里，我才平静了下来。我悲哀地想，那幢废弃的楼房，以前一定死过一个女人，这个女人成为了女鬼，今晚出来了。

我以前一直不相信这个世界上有鬼，今晚，难道我真的见到了鬼？

紧张地度过了一个夜晚，天亮后，我打通了主任的电话。

这么多年来，主任一直是我最好的朋友。我们无话不谈，每隔几天就要互相问候对方在干什么，牵挂着对方的安危。深度报道部不要求每天上班报道，一个月只要有一两篇稿件见报就行了，而重大采访则没有时间限制。我们每一篇稿件都要调查暗访很多天，来往于全国各地。我们虽然同在一座城市同一家报社上班，但是一个月也难以见到一面。

我们认识了好几年，可从来没有红过一次脸，尽管有时候几天没有联系，但是心中都牵挂着对方……如果说两个男人之间也有缘分和感情，我觉得这就是缘分和感情。

那天，我打通了主任的电话时，意外地得知，他居然也是刚刚从外地采访回来。

我对着电话大声喊："喝酒。"

主任说："你等我，我过来接你。"

我好奇地问："你怎么接我?"

主任深吸了一口气，竭力用平静的语气说："我刚刚买了车。"

然而，我听到他说出的每个字都透着得意。

半小时后，楼下响起了喇叭声，还有主任兴高采烈的喊声。他喊我下楼去饭店喝酒。

我从租住的房间里奔出来，一步三个台阶跳到了楼下，推开铁栅栏门，看到主任倚着车门，笑得春风满面，就好像准备去娶新媳妇一样。

我们轻轻地抱在一起，拍拍对方的肩膀，然后又分开。两个路过的女孩子看到两个大男人拥抱着，捂着嘴哧哧地笑着，然后快步走开。

我坐在副驾驶的座位上，主任在驾驶座上正襟危坐，压抑着喜悦说："如今，咱也是有车一族了，兄弟用车的时候，只管说一声。"

车子刚买不久，什么部件都是新的。车玻璃上落下了一星尘土，主任用卫生纸小心地擦拭干净，然后又查看玻璃上是否留下卫生纸的擦痕。

我问："你这辆车是什么牌子?"

主任得意地说："奥拓。"

哦，原来是奥拓，奥迪的弟弟。它有一个出身豪门的哥哥，地球人都知道。

奥拓车驶出了城乡结合部的村庄，驶向了通往城区的道路。车窗全部打开了，风呼呼地灌进来，我们在风中唱起了一些很老的歌曲，什么《热情的沙漠》，什么《长长的站台》，那种感觉就像开着敞篷跑车行驶在一望无际的海边。

后来，我们来到了一家小饭店门前，走上饭店的台阶时，主任还在不断地用欣赏的目光看着他的奥拓。那种眼光让人想起了洞房花烛夜的目光。

我们来到靠窗的位置，点了几盘菜，叫了一打啤酒。菜还没有上来，主任看到门口的架子上有几本被翻得皱皱巴巴的杂志，随手拿来，刚看了几行，突然脸色大变。

我问："怎么了？"

主任没有说话，我凑过去一看，只见那上面有几行文字，是关于一个越野俱乐部的访谈。有一个人说："开着奥拓上街，就像带着傻瓜儿子上街一样，没有面子。"

主任的情绪一下子降到了冰点。

菜上来了，我们喝了几杯，马上又欢声笑语，忘记了那段关于傻瓜儿子的论述。

主任问："你这些天在忙什么？"

我说起了自己在贵州武陵山区的经历，说起了野生动物交易市场，说起了那幢神秘的废弃的楼房，还有那神秘的脚步声。

主任问："你确定真的听到了脚步声，不是幻听？"

我说："我一向胆子很大，但是昨晚我吓坏了，绝对不是幻听。"我说话的时候，声音还在颤抖。

主任说："奇怪，怎么会有这种事情，今晚我们去看看。"

喝酒结束后，我们坐在奥拓里。那时候还没有醉驾的限制，而我们两个人又都很能喝酒，一打啤酒倒进肚子里，就跟喝凉开水一样。我向两边看看，发现满大街都是奔驰宝马，差点的也是丰田本田，而开奥拓的，只有我们一辆。

这里是中国最富裕的城市，也是中国最势利的城市。

当天夜晚10时，我们来到了野生动物交易市场门外，看到市场里已经零零星星地亮起了灯光。有形迹可疑的车子驶入了市场里，每辆车子在市场门口，都要先遭到两名中年男子的盘查。黑暗中，有几个可疑的身影在徘徊，那肯定就是市场的保安。

我们在车子里商量怎么才能混进去。

装商人？不像。哪个商人会开着奥拓？装顾客？也不像。顾客怎么会夜晚买东西？装送货的？更不像，我们的奥拓上空无一物。

我想起了第一次暗访的经历，我说："装乞丐吧。"

如此戒备森严的市场，也许只有乞丐才能混进去，没有人会把乞丐当回事。乞丐像尘埃一样，不论落在哪里，都不会引人注意。

我装扮成乞丐，主任在外面接应我。

我把衣服脱下来，在地上甩了两甩，让衣服沾上尘土，又用双手揉搓头发，让头发变得纷乱，然后抓起一把柴草洒在头发上。这样看起来就完全是一个从垃圾堆里捡拾食物的乞丐了。这种乞丐通常有点精神病。

我走向野生动物交易市场，迈动着一条腿，后面拖着一条腿，歪斜着脑袋，流着口水，看起来就像一个既傻又瘸的乞丐。我用这种奇怪的姿势一步步走近了野生动物交易市场，保安看看我，理也没理，我就这样畅通无阻地混进了市场。

市场是几排房子，上面覆盖着石棉瓦，看起来就像蔬菜大棚一样。家家档口都开门了，灯火通明，人声鼎沸。家家档口里面，都有铁笼，铁笼里关着各种各样的动物，有的动物安静地站着，眼神忧郁；有的动物愤怒地咆哮，焦躁不安。档口与档口之间，是五六米宽的水泥路面，上面行走着一些顾客模样的人。每当有顾客走进某一个档口，档口的老板就会笑吟吟地招呼："老板，刚到的货，替你装好了。"

原来，这个野生动物交易市场只在夜晚做生意，而顾客和档口的老板，都是熟客。每当货物来到时，老板就会打电话给顾客，按照顾客的吩咐，装好了，等待顾客前来提取。生人是根本不能混进来的。

我在一家店铺看到门口挂着几条毒蛇，老板拿着弯刀将蛇腹下的生殖器割下来，放在一个托盘里。毒蛇还没有死，还在跃跃欲试地扭动着身体。我想起了曾经在贵州暗访的时候，唐老板告诉我，毒蛇生殖器是个好东西，它能够治疗阳痿早泄。

我向前走了十几米远，后面突然响起了汽车引擎声，人群纷纷向两边闪避。那辆汽车开到了市场中间，车门打开，两个男子把上面的动物一箱箱抬下来，几个档口的老板围在汽车的旁边，像挑拣橘子一样挑拣着这些野生动物。这批野生动物有豹猫、狗獾、蛇、穿山甲……还有一只半大的野猪。不大一会儿，这些动物被他们分光了。他们抬着铁笼回到了自己的档口，汽车也开走了，地面上丢下了几只动物的尸体。它们牙齿外露，眼睛圆睁，看得出来临死前忍受了极大的痛苦。

我正在凝神观看着，背上突然受到了重重的一击，疼得我差点晕过去。我回头看到身后站着一名穿着迷彩服的保安，他挥舞着橡胶棍，对着我大喊："滚，他妈的谁让你进来的?"

我只好一步一瘸地走出了野生动物交易市场。

主任一直在距离交易市场几十米的暗处焦急地等待着我，看到我回来了，他长长地吁了一口气。

他说："快上车。"

我说："我身上好脏，你是新车。"

主任说："快上来，哪里那么多废话!"

我一身尘土地钻进了奥拓里，奥拓飞快地驶离了交易市场。来到了另外一条路上，奥拓停在路边，我们才商量下一步的行动。

我说："真没有想到，那里面那么多野生动物。常见的蛇类、猴子、猫鼠类，应有尽有，更可怕的是，我还见到了巨蜥、老鹰这些居于食物链顶端的动物。"

主任问："这些动物怎么来的?"

我说："我不知道。"

主任说："你刚才进去的时候，我偷偷躲在暗处记下了这些送货车子的车牌号，这些车子来自全国很多地方，挂着各地不同的车牌。你看看。"

主任递给我一张纸，我看到那上面有十几个省份的名字。几天后，在我进一步暗访时，我才知道，这个简易的野生动物交易市场，货源来自全国各地：蛇类来自贵州、广西；兽类来自湖南、湖北；鹰类来自西北；鸟类来自江苏、浙江；熊掌巨蜥来自西南边陲……而有些热带雨林动物，甚至来自缅甸、泰国、越南……太不可思议了。与其说这几排简陋的蔬菜大棚是亚洲最大的野生动物交易市场，不如说这里是亚洲甚至是世界最大的野生动物食用市场。在这里，世世代代的土著人认为食用各种各样的动物，会起到不同的疗效，吃了蛇肉会治愈风湿头疼，吃了驴鞭会增加性欲，吃了巨蜥会抵抗衰老，吃了鹰肉会治愈头疼……关于这里的人喜欢吃野生动物的场景，BBC 的专题片《美丽中国》曾经拍摄过。

我们坐在车子里交谈，毫无困意。

凌晨两点的时候，主任突然问："你说的那个废弃的楼房在哪里?"

我突然一阵哆嗦，问："你现在想去?"

主任说："怕什么？我都准备好了。"

主任从后车厢里拿出手电筒、还有两根木棒，他笑着说："要是真有鬼，我们把她打昏，抬回去，明天就是轰动世界的新闻啊。"

我突然感觉不到害怕了。这世界从来就没有鬼，都是编故事的人自己吓唬自己的。我指给他看远处的那幢楼房。他把车子一直开到了楼房下面。

然后，我们一人一个手电，一人一根木棒，沿着空荡荡的楼梯走上去。主任走在前面，我跟在后面。主任走得昂头挺胸，我走得诚惶诚恐。

我们一步步走到了五楼，一间间房间看过去，有的房间空空荡荡，有的房间还残留着油迹斑斑的厨具。在一个房间里，我突然看到了一只女人的拖鞋，鞋底非常高。那几年的女人都喜欢穿这种式样奇怪的鞋子。奇怪的鞋子让我禁不住一阵哆嗦，主任笑着说："一只破鞋就把你吓成了这样，给你个破鞋，你都不会搞。"

我说："你才搞破鞋。"

那时候的我还很单纯，像一棵亭亭玉立的小白杨。那时候，结了婚的同事和我开一些有点荤的玩笑，我都会脸红。

我们从五楼转到了一楼，查看了所有的房间，都没有见到人影，甚至连一只老鼠的影子都没有见到，整幢大楼空无一人。

主任笑着说："你的女鬼在哪里？是不是想什么艳遇了？把自己当成了聊斋里古庙苦读的书生?"

他的话音刚落，楼上就传来了脚步声，哒，哒，哒，是高跟鞋顺着楼梯走下来的声音，千真万确，是高跟鞋的声音。

主任的笑容凝结在脸上，脸上的表情异常奇怪。

我平静了的心又开始狂跳起来，我听到了主任因为恐惧而粗重的呼吸声。

哒，哒，哒，高跟鞋的声音从容不迫，从楼上一步、一步、一步地走下来。

主任把手电光对准了楼梯，他颤抖着声音问："谁?"

高跟鞋的声音停止了，我们的心都提到了嗓子眼。空气紧张得能擦出火花来。

几分钟后，哒，哒，哒，声音又顺着楼梯走下来了，不急不慢，越来越近，似乎就响在头顶。

主任望着我，我也望着他，我们都看到了对方因为恐惧而瞪得滚圆的眼睛。主任扭身说："跑！"他转身跑向楼外，我也跟在他的后面跑出来。

我们一直跑到了奥拓旁边，才停下来狠狠地喘息。我们的声音像拉着风箱一样，额头上的冷汗也流了下来。

坐在车子里，关紧车门，摇上玻璃，我们才敢回头仰望那幢废弃的楼房。然而，楼房里没有任何动静，它庄严地沉默着，好像从来就没有发生任何事情。

主任发动了车子，车子摇摇晃晃，像喝醉了一样，刚刚翻下路基，又差点撞上了大树。我说："快停下来，快停下来。"车子气喘吁吁地停在路边的稻田里，我这才发现，手电筒和木棒都忘在了楼房里。

第八节　命悬一线

那天，我们回到家的时候，已经天亮了。

我拖着疲惫的脚步爬上楼梯，连澡也没有洗，就躺在床上大睡。睡梦中，我又回到了那幢废弃的楼房，这次，我看到了鬼，真是一个女鬼，可是她一直背对着我，她一步步地退向我。我想跑，可是挪不动脚步。后来，她站在了我的面前，突然转过身来。我看到她吐着长长的舌头，脸色煞白，眼睛里流着血……

我大叫一声醒过来，剧烈地喘息着，胸口像压着千斤巨石；侧头望去，看到太阳西斜，透过窗棂，照在糊着一层报纸的墙上。

我相信，那幢废弃的大楼绝对没有鬼，而且世界上也绝对没有鬼，可是，为什么又会有脚步声？那个女人是谁？她藏在什么地方？她为什么要藏在那里？

我在床上一直躺着，浑身软得像面条。我觉得这次暗访前所未有地窝火。野生动物批发市场不能打进去，而打不进去则就不能知道这些野生动物销往哪里，不知道销往哪里就不知道谁在消费，不知道谁是饕餮这些野生动物的“凶手”。

暗访如此不顺利，又冒出了一个“女鬼”来，真的是“福无双至，祸不单行”，屋漏偏逢连阴雨。

我想到了放弃。可能上天知道这个暗访异常困难，就冒出了“女鬼”来，让我知难而退。

接下来的几天，我像个游手好闲的小混混一样，趿拉着拖鞋，光着膀子，穿着裤裆里能够塞进一头猪娃的又肥又大的短裤，在城乡结合部的村中晃荡。在这座城市里，因为天气炎热，每个男人都有一双拖鞋，都有一条肥大的短裤。

夜晚，我在街边的小店里，叫几瓶啤酒，炒一盘菜，边看着悬在头顶的电视，边和老板聊天。总是要到夜深人静的时候，我才会醉醺醺地爬进出租房里。

有一天，我遇到了以前一起在发行站工作的发行员。他看着光脊梁的我说：“兄弟真牛啊。”确实是的，敢于在城中村光着身子走路，还需要一点胆量，一般小混混才会这样做。而我的少年时代，也是从小混混群中拼杀出来的。

10 年前，我是北方那条街道上的小混混，学了一点三脚猫的功夫，动不动就想和人比试比试，自以为自己就是霍元甲。如果没有考上大学，我可能就走上了违法犯罪的道路，也可能被人家打成残疾。当初和我一起学习武术的人，有的关进监狱，现在还没有出来；有的被人打断了腿脚，连媳妇都说不上。在西北，打群架是少年的成人礼，而能打架的少年，总是备受少女青睐。少年们多日不见，相聚时总是大谈如何神勇，如何一拳打断了对方的鼻梁。那时候我也经常在女孩子面前吹嘘自己如何能打架，在女孩倾慕的眼光中飘飘欲仙。

我和发行员坐在饭店里喝酒。夏夜，一人一瓶啤酒，牙齿咬开瓶盖，一口气喝下半瓶，这是穷人的专利和享受。最烦那些喝啤酒还要用杯子的人，不像男人。

我们谈起了分开后的生活，谈着谈着，就说起了站长。我才突然想起，有好长时间没有给站长打电话了。

拨通了站长的电话，他又老子老子了一番，然后才问我最近在忙什么。

我来到墙角，看看四周没人，才悄声告诉他我这些天的暗访盗猎生活，以及我遇到的困惑。站长说：“你怎么不找老子，老子是本地人，你要的料，都在老子这里。”他说他有很多战友在执法部门开车，经常会拉着那些大肚子的人去吃野生动物。他会介绍我认识那些战友。

站长又说，野生动物菜肴非常贵，一盘动辄几百上千，一般人怎么能吃得起。能吃这些的人，一种是公款消费，一种是有求于他们的老板请客。这些大肚子的人热衷于吃野生动物，才使得盗猎如此猖獗。

那天，我又给站长说了野生动物交易市场旁边的那幢废弃的楼房，说那幢楼房里闹鬼。

站长哈哈笑着说："鬼？老子还没有见过鬼，明天晚上老子给你把鬼捉来。"

第二天晚上，主任开着奥拓，拉着我和站长来到了那幢楼房下。主任准备了3根棍子，站长不要棍子，他说："老子又不是去奔丧，要这哭丧棒做什么？"我和主任犹豫了一下，还是把棍子握在手中。

我们打着手电筒，又从一楼搜索到五楼，从五楼搜索到一楼，没有见到一个人影。站长笑着说："女鬼呢？女鬼在哪里？"

我看着黑魆魆的台阶说："你等等，一会儿就会来的。"

站长依旧笑着说："要是来了，老子就捉住，给你做老婆。"

主任严肃地说："真的有脚步声，是穿着高跟鞋的脚步声。我听见她走下了楼梯。"

主任的声音有点颤抖，我听得心也在颤抖。

站长说："你们这些文人啊，听见女人脚步声就害怕。老子一个人在丛林里的时候，躲在树上，毒蛇从身上爬过，猛兽从树下走过，老子都没有害怕过，难道还怕一个女人？"

午夜的空楼异常寂静，风从空荡荡的楼道刮过，像是有人在啼哭。我们又从一楼走到了三楼，站在窗口，看到遥远的交易市场，灯火通明。月光照在楼房的进口，亮如白昼。

站长说："我倒要看看这个女人是从哪里上来的。"

然而，楼上楼下没有人影，也没有高跟鞋的脚步声。

站长戏谑地问："女鬼在哪里？怎么今晚不来了？"

他刚刚说完，楼上就响起了脚步声，哒，哒，哒……节奏缓慢，像一个穿着紧身旗袍、踩着高跟鞋的女子小心地走下楼梯。

我小声说："你听，你听，来了，来了。"我的双腿开始哆嗦。

站长神色变得凝重，他说："还真的有女人来了，奇怪。"他的声音平静如初。

高跟鞋的声音响了十几下后，又恢复了寂静。站长凝神望着楼梯的方向，我和主任面面相觑，面如白纸。我们猜想着女鬼可能已经来到了我们面前，只是我们看不到她，而她能看到我们。

哒，哒，哒……高跟鞋的声音又响起来了，这次声音更近了，女鬼还在下楼梯。我用颤抖的手握紧了棍子。

又是响了十几下，又恢复了寂静。我想，我们在观望着女鬼，女鬼肯定也在观望着我们。她此刻是不是在想着，这3个人，先从哪个下手？

哒，哒，哒……这次声音似乎就响在耳边，女鬼距离我们只有几米远。站长突然打开手电，雪亮的手电筒光像一柄利剑，刺穿了黑暗。站长冲过窗口，奔向楼梯，他大声骂着，骂声在楼道里隆隆回响。

哒哒哒……这次声音连成了一片，女鬼在快步奔下楼梯。

我和主任跟在站长的身后，也跑向楼梯，手电筒的光亮中，楼梯口和楼道上，空无一人。

我正在恐惧和蹊跷时，突然听到了老鼠的叫声。站长踩着一只老鼠，老鼠挣扎着吱吱几声后，就没有声响了。站长笑着说："你们这些文人啊，能干成什么事情？一只老鼠就把你们吓成了这样。"

怎么会是老鼠呢？老鼠怎么会发出高跟鞋的声音？我们看着站长，一脸疑惑。

站长说："你们看看这只老鼠，和平常见到的老鼠有什么不同？"

老鼠躺在地上，四蹄朝天，尾巴末梢是一个乒乓球大小的圆球，踩上去硬硬的。不知道老鼠尾巴为什么会变成这样？不知道这个球球是什么做成的？

站长带着我们从三楼上到了五楼，走进了一间房屋里。房屋的墙上粘贴着报纸，报纸已经变成了黄色。地面遍布麦粒一样的老鼠屎。厨房脏乱不堪，锅台上放着醋瓶酱油瓶，还有一个油津津的瓦罐。瓦罐里当初应该放着食油。

我们还是不明白，站长为什么要把我们带到这里。

站长指着油罐说："小时候，老子见到过老鼠偷油。老鼠偷油的时候，蹲在罐沿上，尾巴探进油罐里，沾到食油后，又将尾巴伸进嘴巴里舔食。"

我和主任认真地听着站长讲解，但是我们还是不明白老鼠和哒哒哒的脚步声有什么关系。

站长看着我们，接着说："老鼠偷油后，跳下锅台，湿漉漉的尾巴拖在地面上，尘土就会粘在尾巴上。再次偷油时，尾巴又浸在油罐里，这样天长日久，尾巴上的尘土越来越多，最后就变成了乒乓球大小。由于尾巴总是拖在地面上楼下楼，圆球受到不断锤击，就坚硬无比。所以，你们听起来，就像高跟鞋在下楼梯的声音。”

原来是这样。

我问站长：“你怎么会知道?”

站长说：“老子本来也不知道，先看到油罐，又见到老鼠奇怪的尾巴，就推断出来了。你们想不到这点，是因为你们总是想着女鬼。这世界上哪里会有鬼?”

那只老鼠躺在地上，奄奄一息。但是仔细一看，它又不是老鼠。它的外形既像老鼠，也像兔子。那时候我不知道这属于什么动物，但绝对是老鼠的近亲。后来，我在书店翻看图片后，才知道这是喜马拉雅天竺鼠，一种比较名贵的老鼠。它可能是从野生动物交易市场跑出来的。

我和主任都感到异常惭愧，原来是一只偷油的老鼠，一只偷油的老鼠就吓得我们半死。

站长说：“你们读书太多了，总是想着什么神呀鬼呀。有的作家太无聊了，不好好写写受苦受难的人，却写这些神神叨叨的事情吓唬人。你们可别变成这样的作家啊。”

确实，从走进这幢大楼起，我们总是在想着那些恐怖小说中的场景；心中有鬼，眼中看到的，耳中听到的也都是鬼。

主任说：“老子从死人堆里爬出来，战场上都不知道死了多少回，早就把自己的命不当一回事了。别说一个鬼，就是来一群鬼老子也不怕。”

站长说完后，就咚咚咚地走下楼梯，声音沉重有力，在空荡荡的楼道里回荡。即使这幢大楼里有鬼，听到这样的脚步声也会退避三舍。主任跟在后面，我又跟在主任的后面。

站长说：“去那个野生动物交易市场看看，这些人也和老鼠一样，昼伏夜出。”

我们刚刚走出大楼，走进草丛，车子就停在草丛的中央。突然，我感到脚脖子一阵疼痛，然后歪倒在地上。我看到天空中漂浮着白色的月亮，像吹涨的猪尿泡一样。

主任回头问：“怎么了?”

我说："我被蛇咬了。"

站长拿着手电筒四处照耀，看到一道波纹消失在草丛深处，想追也追不上了。

主任拿着手电照着我的脚脖。我看到血液汩汩流出，浸湿了地上的草叶。伤口有一对牙印，而且已经肿胀起来，我感觉异常刺疼。我清楚地知道，这是被眼镜蛇咬伤的。

这条眼镜蛇，可能也是从野生动物交易市场跑出来的。

此前，我在贵州省武陵山区采访的时候，听到捕蛇人说过，如果被蛇咬伤；伤口有明显的一对牙印，那就是被毒蛇咬伤，无毒蛇的牙印是一排，咬伤也不要紧；如果伤口肿胀，那就是被眼镜蛇咬伤。

我没有想到，在贵州武陵山中，处处小心谨慎，如履薄冰，如临深渊，居然涉险过关；而回到这座南方城市，却被毒蛇咬伤。

站长扶着我爬进了奥拓车中。主任发动了车子，车子嗷嗷叫着冲上了马路。郊外的柏油路上，行人稀少，车子飞快地行驶着，遇到红灯也闯过去。我清楚地听到车外轮胎与路面摩擦的沙沙声。

我坐在后排的座位上，渐渐感到伤口肿胀难耐，整个小腿都麻木了。站长解下皮带，勒紧了我的大腿，阻止毒素上侵，然而，无济于事，我感到异常困倦，浑身乏力，干呕了几声，却又吐不出来。我知道毒素已经侵入了大腿以上。

主任专心开车，站长向两边张望。后来主任告诉我，他今生都没有像那晚那样，开过那么快的车。

这是在郊外，我们行驶在一条陌生的道路上，我们不知道哪里有医院。车子像一只无头苍蝇，在凌晨清冷的天光中乱飞乱撞。

终于，我们看到了一家诊所。主任打开车门，三步并两步地跑过去，用拳头砸着卷闸门，没有反应。卷闸门巨大的声音在街道两边回荡，如果里面有人，即使睡得再死，也会被吵醒，然而，里面还是没有反应。

主任失望地又跑回车中，车子又开始沿着郊外的道路漫无目的地奔跑，跑得跌跌撞撞，像喝醉了酒一样。郊外的道路很不好，路面破坏严重，一个暗坑，就会让车子蹦起很高。

我的头脑昏昏沉沉，眼中飘散着一些破碎的光片，就像碟片里被炸飞的一样。我不知道这是不是死亡的前兆。突然想到了死亡，我反而变得非常平静。我想起了几年前陪着父亲在医院看病的情景，那是我们最后一次去医院，居住在医院旁边的小旅社里。大型医院的旁边有很多这样的小旅社，是专门给农村来到城市看病的人准备的。那天，医生建议化疗，而我已经身无分文，债台高筑，已经无力将父亲送到医院住院治疗。此前，我一直瞒着父亲，没有告诉他他的病情。那天，我终于鼓足勇气告诉父亲，他患的是癌症，是癌症中最严重的骨肉瘤。父亲听说后，从床上爬起来，挥着手说："回家，不看病了。"此后，父亲在平静中把自己的后事一件件准备好，然后，在刺骨的疼痛中等待死亡。

当清楚地知道死亡来临的时候，死亡一点也不可怕。

此刻，我知道死亡已经来临了，没有恐惧，我只是感到很遗憾，刚刚过上了好日子，有了稳定的工作、稳定的收入，终于有钱给母亲尽孝了，而现在却要死了。

我想到自己这些年实在太苦了，总是拼尽全力在奋斗，总是不敢有丝毫的懈怠和退缩，总是省吃俭用，把从牙缝积攒下的钱给人家还债，到了而立之年了，连个女朋友都不敢谈，而现在却要死了。

我就是世界上最苦的那类人。

我死了倒不要紧，最放心不下的是母亲。母亲一生凄苦，和中国绝大多数的农民一样，勤劳善良，可以前总是过不上好日子，三年困难时期，差点被饿死；"文革"时期战天斗地，食不果腹；改革开放后，才终于能够吃饱饭了……我死了，母亲怎么办？妹妹当了民办教师，不知道现在收入怎么样？弟弟开始跑长途货车了，老板能给多少钱？他们收入都不高，都没有钱给母亲。我死了，母亲怎么办？

站长一直握着我的手，眼睛紧张地望着窗外。

我给站长说："老哥，我恐怕不行了。"

站长没有说话，他的手哆嗦了一下。路灯光照进车内，我看到他的脸上有两道泪光。

我向车窗外望去，看到窗外灯火辉煌，高楼大厦，原来车子已经开到了城市里。

站长说："挺住，挺住，马上就到医院了。"

我担心自己可能等不到进医院。我的身体开始发烫，头脑昏昏沉沉，感觉全身都麻木了。我对站长说："我的卡上还有三千块钱，我死了后你把钱寄给我妈妈。"

站长说："挺住，你死不了。"顿了顿，他又说："我会照顾好你妈妈，你妈妈就是我妈妈。”我平生第一次从站长口中没有听到“老子”。

我长长地吐出一口气，然后就失去了知觉。

第九节　饭店里的猫腻

等到我醒来的时候，已经躺在病床上，一缕阳光透过窗棂，温馨地照在病室里。站长和主任站在床边，看着我舒心地笑。我突然想起了昨晚的情景，我被毒蛇咬伤了。

点滴打完后，我就能够从病床上爬起来了。蛇毒来得快，也去得快。现在，我的脚脖上还有毒蛇咬后留下的牙印，仔细看才能看出来。而我此后，谈蛇色变，真切地体会到了“一朝被蛇咬，十年怕井绳”的内涵。

从医院出来后，我继续追踪盗猎。稿件采访到了这种程度，再放弃的话，实在可惜。

站长说，他有几个战友，退伍后在机关开车，经常跟着局长们吃那些山珍野味，兴许能帮上我。

站长给我介绍的那个司机姓李，在局机关开小车，大家都叫他小李子。

多年后，我还能记得小李子的模样，他又干又瘦，好像饿死鬼托生。我想不明白，他跟着局长整天山珍海味，肥吃海喝，怎么就不长肉？而在人们心目中“日理万机”的局长，其实过的是声色犬马的生活。2010年春节过后，一位烟草局长的香艳日记在网络上曝光，官员的真实生活才第一次走进了人们的视线。原来，这个级别的官员，他们的生活内容包括：吃饭喝酒，行贿受贿，玩女下属。像这样的官员，每天过着这样的腐朽生活，居然一年收入20多万元。

在一个单位里，和领导走得最近的，就是司机。司机掌握领导的所有秘密，司机也是领导的心腹。司机经常代领导收礼，领导应酬吃饭都会带上司机。

小李子的眼睛和思维都非常灵活，像跳蚤一样让人无法跟上他的节奏。他见人说人话，见鬼说鬼话，左右逢源，八面玲珑。他的脸上带着笑容，然而笑容像纸扎一样一点也不真实；他看起来非常热情，然而你从他的神情中能够看出拒人于千里之外；他非常谦虚有礼，但是你能够从他的眼神中看到倨傲……这样的人我以前见到过很多，他们很虚假，但是神情又非常真诚；他们很卑劣，但是话语中透着的全是崇高。我以前在机关工作的时候，见到过太多的两面三刀阳奉阴违拿着鸡毛当令箭的司机。小李子以为我是一个没有见过多少世面的小记者，对像他这样的公务员满怀崇敬，所以在我的面前极尽摆谱卖弄之能事。其实，从他的眼神和话语中，我早就察觉出了他的本性。我在公务员队伍中摸爬滚打了多年，像他这类人我见得太多了。

那天，我和站长还有小李子一起吃饭，主任出省采访了。站长介绍了我后，小李子就扑过来，紧紧地握着我的手，使劲地摇晃着，热情得像一把熊熊燃烧的火炬。他说："哎呀，早就在报纸上看到你的大名了，你的每篇稿件我都追着看，今天终于见到大记者了。我太荣幸了！"

我暗自好笑。为了安全起见，我的真实姓名从来没有出现在报纸上，从来没有人把我所写的稿件与我的姓名对上号，他又怎么能"早就在报纸上"看到我的"大名"？

为了避免他尴尬，我没有点破，只是含糊地点头。

小李子刚刚坐下，又开始"吹"我："哎呀，记者厉害啊，无冕之王啊，在这个社会上横冲直撞，省长见了也要让三分。以后老哥有什么事情求你，可不能推辞啊。"

我含糊地应答着小李子，从心中对这个虚假的人充满了厌恶。

小李子还在说着："我最敬佩记者了，这个职业是最崇高的，也是最伟大的。没有记者监督，这个社会就会有很多不正之风。"

我愈加厌恶这个人，就起身去上厕所。

几分钟后，我来到了房间门外，听到小李子在对站长说："你来了我很欢迎，可是你带那个傻 B 干什么，我最烦这些个当记者的，没事就找别人的毛病……"

站长说："他是个好兄弟，只是想让你介绍去那些吃野生动物的酒楼里。"

小李子正色道："大哥，你说这种话，兄弟可要批评你了。那些酒楼我怎么能知道？我从来不去，我们局长也不去。"

我走进房门，拉着站长，准备离开。小李子站起身说："哎呀，大记者回来了，我们好好喝几杯，能和大记者喝酒是我的荣幸啊……别走啊。"

他并没有阻拦我们，但是他的脸上是难分难舍的神情。

走出那家饭店后，站长告诉我，当初的战友中，小李子是年龄最小的一个，也是最腼腆的一个，像个姑娘一样，一说话就脸红，没想到多年不见，他居然学得这么圆滑。

我想起了我以前工作的机关，因为从上到下都充斥着一种虚假的风气，所以再真诚的人也变成了伪君子。

站长说，他的很多战友都在机关开车，而有些机关领导是野生动物的主要消费者。

几天后，站长找到了另外一个司机。这次，站长没有说我是记者，只说我也想开一家野生动物酒楼。

这名司机叫黑子，然而他一点也不黑，皮肤看起来像女人一样嫩白细腻。他比站长大一岁，然而看起来站长比他要大十岁。他话语不多，不像小李子那样总是喋喋不休，但是他看起来沉稳老练，不苟言笑，深不可测。

站长也是好多年没有见到这些当初的战友，他感觉他们每个人都变化很大。站长后来对我说，黑子以前顾名思义，皮肤黑得像煤炭，没想到现在名不副实；相反，站长当初皮肤白皙，而现在变得黑如煤炭。黑子以前是个笑话大王，而现在居然惜字如金。

站长感慨地说，岁月会改变人啊，而饮食更会改变人。

惜字如金的黑子有一种不动声色的优越感。我从他的话语中，从他的神情中能够看出来。他不会刻意谈论单位的事情，但是，他似乎是无意中就会流露出单位的举足轻重和巨大威力。这是一个闷骚型的男人。

站长让黑子以后多多照顾我的生意。

我赶紧拿出10元钱一包的云烟，让黑子抽。黑子拿出中华烟，然后又递给站长和我一人一支，他说："我只抽中华。"

我说："我下月酒楼就开张了，大哥多多光临啊。"

黑子说："好。"

我说："你们单位是不是经常吃那些山珍海味？"

黑子说："是。"

我问："你们喜欢吃哪些？"

黑子说："穿山甲啦果子狸啦巨蜥啦都吃腻了。你要做，就要做点别的。"

我想不起还有哪些野生动物能够进入他们的菜谱，只好装着听懂了似地点点头。

我说："你带我去你们经常去的那些饭店，我看看他们都做些什么，我保证我们的厨师比他们做得好，能做出新花样来。"

黑子说："行。"

顿了一会儿，他又问："怎么提成？"

我愣住了，我没有想到他带他们单位的人来吃饭，还要提成。我不知道提成应该是多少才符合他们的行规。

站长看到我的尴尬，赶紧说："都是自己兄弟，不会亏待你的。"

我问："你们单位是不是公款吃喝？"我想起来以前在小县城工作的时候，很多单位吃饭都是打白条，结果，吃垮了县城好几家饭店。

黑子说："公款吃喝有，但大部分是老板请客，有事情求我们。"

顿了顿，黑子又说："他们不敢不请。"

第二天，我拨打了黑子的电话，他让我来他那边。他回答得很爽快。

半小时后，黑子开着单位的奥迪，带着我来到了一家五星级酒店。那辆小车的车门上，写着两个字，是这家单位的名称。这是一辆执法车。

黑子去地下室停车的时候，我一个人先走进了大厅，坐在椅子上。大厅里有几桌吃饭的人，他们很安静，完全不同于北方那种大呼小叫的场景。一名穿着红色侍者制服的女子走过来，脸上带着职业的微笑，露出三分之一的牙齿，她问："请问先生几位？"

我故意不看她，装出一副很款的模样，慢悠悠地说："你们这里——都有什么好吃的？"

女子问："先生想吃什么？"

我说："想吃猫头鹰。"

女子诚恳地道歉说："对不起，先生，猫头鹰是国家野生保护动物，我们这里没有。"

我故意说："咋能没有呢？上次还带人在你们这里吃五步蛇了。"

女子犹豫了一下，说："先生稍等，我找一下部长。"然后离开了。

我装出一副见过大世面的神情，大腿压着二腿，用手指轻轻地弹击着桌面，电视上，那些有钱人到饭店吃饭的时候，都是这副德行。

一分钟后，穿着黑色西装的部长来了，后面跟着那位女子。部长恭敬地对我说："先生，真的很抱歉，我们这里没有野生动物。您点些别的，好吗?"

我说："吃别的有什么意思，我就是奔着野生动物来的。"

部长脸上冷若冰霜，她看着天花板说："那对不起了，我们合法经营，没有野生动物。"

奇怪，难道黑子说错了？难道黑子骗我？黑子说他们经常在这家酒店吃野生动物的啊。

我正在疑惑，黑子过来了，腆着肚子，两条腿迈得很开，两手叉在裤兜里，一副贪官污吏的走姿。部长看到了黑子，屁颠屁颠地迎上去，像羊羔看到了羊妈妈，像铁钉遇到了吸铁石，像鸨儿望见了老嫖客。她的脸上多云转晴，满脸都是谄媚的神情，她说："哎呀呀，大哥您来了，小妹想死你了。"她伸手挎住了黑子的臂弯。

黑子浅尝辄止地笑着，径直走进了旁边的包间。部长一摆眼色，红衣服的服务员赶紧去倒茶水。

我们坐在包间的凳子上，部长和服务员站在身边，微微弯着腰，脸上笑成了两朵狗尾巴花。部长问："大哥，今天想要什么?"

黑子叉开两条腿，眼睛望着墙面，似乎是漫不经心地问："最近都有些什么?"

部长说："地龙、黄猫、大鸟、大蛇、长虫都有，最近大蛇比较紧张，但我们店里货源充足，也绝对是上好货色。"

我听得如坠五里雾中，地龙是什么，从来没有听过这种动物；黄猫难道就是家猫吗？大鸟是什么鸟？大蛇是蛇吗？长虫是不是蜈蚣之类的昆虫？

黑子问："哪天会有座?"

部长说："最近查得可严了，只能等到晚上才能吃，档期就排得长，要到一周后才能有座。"

黑子说："地龙准备上五六斤，大鸟准备上两只。下周来10个人。"我想，原来黑子今天是真的要来订餐，怪不得刚才我一打电话，他就爽快地答应带我来。

也是在后来，我才知道，所有经营野生动物的酒店，都只对熟客，生人进来点野味，会被一口回绝。而且，酒店和熟客之间全是暗语，“地龙”指的是穿山甲，“黄猫”指云豹，“大鸟”是猫头鹰，“大蛇”指巨蜥，“长虫”指蛇……每个野生动物在酒店里都有一个别名。

部长又对服务员摆了一个眼色，服务员出去了，再进来时，从衣服里抽出了两张纸，摊开在黑子的面前。我凑过去一看，上面全写着菜名，原来这两张纸就是野生动物菜谱。这些菜名很多，我只记住了山甲田鸡腿——山甲就是穿山甲，田鸡就是青蛙；红烧果子狸；九制大皇蛇；红烧熊掌；清炖鳄鱼掌；天麻炖猫头鹰；龙虎斗——龙是蛇，虎是猫……

那些年，来到饭店里，只要是熟客，饭店的部长都会拿出菜谱让食客点菜；而最近几年，因为加大了打击力度，他们点菜全部用代号。食客和饭店部长都知道每个代号代表的是什么。比如食客点 3 号，饭店就会端上来红烧熊掌；食客点 30 号，饭店就知道需要的是金银鹿肉。

现在，这些经营野生动物的饭店更加隐秘。

野生动物饭店里居然还有这么多的猫腻，这是我以前从来没有想到的。

黑子所点的这一餐，能有多少钱？当时，穿山甲收购价为每斤 100 元，来到这座城市高达 400 元，五斤就是 2000 元；猫头鹰收购价每只 100 到 200 元，而从西北来到这座城市高达 1000 元，两只就是 2000 元。这还只是原料价格，就已经高达 4000 元，如果做成熟食，少说也要 5000 元吧。一餐饭不可能仅仅吃这点，还要配点别的菜吧，还要喝酒吧，所以，这一桌饭没有 7000 元下不来。谁会一顿饭吃 7000 元？让你自己掏钱，你舍得吗？

我在一边问：“能让我看看你们这些地龙大鸟吗？”

部长说：“没问题。”她又向服务员摆了一个眼色。她应该是一个摆眼色专家，每个眼色都有不同的含义和内容，这显然是在酒店里和各色人等打交道锤炼而成的。

服务员带着我沿着狭窄的走廊七拐八拐，走进了操作间里。操作间里，几个穿着脏兮兮白大褂的厨师正在忙忙碌碌地颠勺炒菜，火光映红了他们一张张油腻腻的大脸。地上，两只嘴巴被缠上胶带的鳄鱼在爬行，缓慢地摇头摆尾，显得很痛苦。它爬到了一名厨师的脚边，厨师抬脚踢一下它，它又乖乖地爬向另一边。想不到声名显赫的沼泽之王，如今落到了这步田地。

厨房的旁边是仓库，仓库里堆满了铁笼子，铁笼子里装着各种各样的动物，我故意问："这些都是家养的吧？"

服务员说："怎么可能呢？现在的客人可挑剔了，吃东西一定要吃活的，还一定要是野生的。他们的眼睛可毒了，嘴巴也很刁，是不是野生的一眼就能看出来，也能吃出来。这些人我们可得罪不起。"

我想起了在野生动物交易市场看到的那一幕。经过长途跋涉，从森林海滩，从戈壁高山运往这座城市的野生动物，由于无法忍受一路上的颠簸，也由于商贩打麻醉针的时候用药过量——那些商贩们并没有经过专业培训，最后，这些可怜的动物死在了长途贩运的密不透风的车上，死在了这座陌生的城市郊外。而档口的老板只要活物，这些动物的尸骸就被随处乱扔。地面上污血横流，苍蝇纷至沓来，而黎明时分，档口纷纷关门歇业，清洁工们将市场冲刷干净，没有人知道这个市场昨夜黑暗中的杀戮和血腥。野生动物交易链条中，每一个环节都是非常隐秘的。

就在这时候，我看到了一只猴子，它用凄凉的眼神望着我，流着眼泪，像一个无助的孩子一样。那种眼神我永远也不会忘记。此刻，在电脑中打出这一行行文字的时候，我的眼前又出现了那双眼睛，那双泪珠滚落的眼睛，充满了哀伤与无奈。然而，这双眼睛没有打动任何一个人，从盗猎者，到商贩，到档口老板，再到酒店厨师；而那些大腹便便的食客，看到这双眼睛的时候，只是想着它热气腾腾的脑浆，并没有想到它和我们人类一样，也有生命，也有呼吸，也有感情，它是人类的远亲。

从仓库出来后，我走在过道上，透过窗户，看到外面华灯初上，原来，夜晚已经来临了。

黑子也从包间走出来了，我跟在他的后面。我们一起顺着大堂中间的过道向前走，突然，我看到有人给黑子打招呼。他边剔着牙齿边说："这家的大白鸡味道不错，地龙就比不上上次那家了。"

他是小李子，他的前面是一群气宇轩昂的中年男子，穿着颜色深沉的名牌休闲装，腋下夹着小包。那是那个时代里当官的和富翁们的标志性装束。

我担心小李子发现我，会告诉黑子我的真实身份，这样我就没法继续暗访。我赶紧藏身在卫生间，给黑子发了一条短信："您先回，我遇到朋友，暂时无法脱身。"

第十节　搭车遇路匪

再次来到那家酒店的时候，部长就对我非常客气。她把我当成了黑子的朋友，更当成了她的潜在顾客。

我在第三次来到这家酒店的时候，遇到了一辆挂着西北一个省份车牌的大货车。厨师从车厢里卸下两个铁笼，其中一个铁笼里关着苍鹰。我不知道那几只苍鹰是否被打过麻醉针，但是，我见到它们的时候，它们是清醒的。穿越了几千公里，从西北来到了东南，横跨千山万水，一路忍饥受寒，它们依然精神抖擞，看不到任何疲惫。它们沉默着，沉默中透着凛然不可侵犯的王者霸气。它们的眼睛炯炯有光，让人不敢逼视。

这就是苍鹰，是我小时候见过无数次的苍鹰。它坚强无比，勇猛无畏，没有什么能够阻挡它飞翔的翅膀，没有什么能够让它恐惧退却。它是浩瀚天空中真正的王者。它宁肯饿死，也不屑于吞食腐肉和死尸；它的身体里流淌着贵族的血液，它就是鸟中的贵族；它完全不像它的同类中那个叫做秃鹫的丑恶家伙。鹰的家族中成员众多，有的像鼠类一样偷偷摸摸昼伏夜出，有的跟在猛兽的后面讨一点残羹冷炙，有的为了一点可怜的食物就对家族成员大打出手，而苍鹰从来不会这样，它是重亲情的光明磊落的真汉子。

那天，我看到关在笼中的苍鹰，禁不住潸然泪下。它是钟灵毓秀、冰清玉洁的王子，在落难颠沛的途中，被生擒活捉，关进了铁笼中，运到了刑场。而它，丝毫也不知道屠刀已经架在了它的脖子上。

在南方沿海，有一道菜，是用天麻和鹰类在一起炖，据说这种菜能够治疗偏头疼。

后来，我才听说，这家酒店是几个老板合伙经营的，而其中一个老板，是西北人。

大卡车卸下两个铁笼后，就开走了。它在郊外的柏油路面上轰轰隆隆，像古德里安的重型坦克一样。我拦住一辆摩托车，告诉司机，紧紧地跟上大卡车。摩托车司机说话黏黏呼呼，好像喉咙里有着吐也吐不完的痰。

大卡车一路风驰电掣势不可挡，摩托车跟在后面摇摇晃晃跌跌撞撞。司机一再表示要放弃追赶，一再骑在摩托车上和我讨价还价，价钱从10元钱开始，一路扶摇直上，20，30，40……司机每吐一口痰，价钱就要涨10元。摩托车距离大卡车越来越远，而价钱却越涨越高。

好在，大卡车即将上高速公路，被拦在了收费站，等候缴费的车子排列成几十米，摩托车终于气喘吁吁地凑近了大卡车的屁股。我给了摩托车司机100元钱，摩托车司机狡诈地笑着说："没有钱找。"我顾不得再和他争论了，跑向大卡车。

我站在大卡车的右门，一伸手就拉开车门，探身进去。司机是一个身体强壮的青年男子，脸上带着西北高原的潮红。驾驶室的后面还睡着一个中年男人，他是车老板。从西北到东南，大卡车需要开三天两夜，他们两个轮换开车。

我在司机惊讶的眼神中坐稳身体，从口袋里掏出了一包玉溪香烟，放在了驾驶台上。这盒香烟我一直舍不得抽，是给黑子准备的。我用西北方言说："我想回西北老家，乡党带上一趟。"

司机听到我满口纯正的家乡话，脸上露出了笑容。车老板爬起身体，看着我，犹犹豫豫地说："我们不去西北。"我表示，这一路上会支付他们的所有费用，"饭钱烟钱，都算我的。"车老板不再吭声，倒头又睡。

大卡车在高速公路上飞驰，我的心也在飞驰。我没有想到，居然如此顺利地打入了盗猎团伙中。

司机的外号叫胖子。我和胖子说起了也跑车的弟弟。

就在我暗访盗猎团伙的那一年，弟弟也学会了开车。

弟弟承包了10亩土地，又耕种了家中的几亩土地，一年到头只落了个肚儿圆。那年他看到种地实在没有任何利润，就想学开车，却拿不出3500元，后来拐弯抹角地告诉了我他的想法。我当月的工资刚发，就全部邮寄给了他。

弟弟学会开车后，却没有车让他开，家中买不起车。那时候，家中生活全靠我一个人的工资，妹妹每月只有80元钱。我至今都记得，那次我到镇上的初中看望妹妹的时候，妹妹流着眼泪说："我带的班级每次考试都是第一名，为什么我一月才领80元钱，那些公办老师不如我，为什么一月就领800元？"妹妹说，她每月盼望着发工资，又担心发工资，捏着手中薄薄的几张十元钱，她感到很痛苦很屈辱。发工资的那天，公办老师们去镇上的食堂吃饭，她躲在房中哭泣。到了上课时间，她擦干眼泪，又夹着课本和备课本走进教室。

后来，一位亲戚给弟弟找到了一份工作，当“跟车娃”。跟车娃是西北对那些给司机和车老板做下手的孩子的称呼。跟车娃通常 18 岁左右，但是比司机和车老板更辛苦，装车卸车，擦车洗车，所有杂活都要跟车娃干，但是不领工资，只跟着老板混顿饭吃。弟弟做跟车娃的时候，我曾经见过一次，那时候是春节，弟弟的手掌手背全部开裂，流着血水，脸上满是冻疮。春节刚过，弟弟又去跑车了。

弟弟依靠勤快和有眼色，终于能够摸到方向盘了。车老板看到弟弟开车技术不错，遇到平路的时候，就交给弟弟开。就这样，弟弟慢慢成为了大卡车司机，跑长途货运。

胖子说：“我的经历和你弟弟一样，我跟着第一个老板，做了 3 年跟车娃。后来，我能摸到方向盘，就离开了。”

我们的距离一下子拉近了。

身后的车老板响起了鼾声。胖子说，这已经是他跟着干活的第五个老板了。他每隔一段时间，就要从西北拉一车苹果运到南方那座城市，返回的时候，会拉上南方的水果，有时候是香蕉，有时候是橘子，还有的时候，会拉上服装。

“服装？去服装厂拉？”我随口问道。

胖子说：“什么服装厂呀，那得多贵，拉的都是旧服装。”

胖子警惕地望了我一眼，他说：“你该不是记者吧？”

我故意笑着问他：“你看我像记者吗？”

胖子自嘲地笑着说：“我看不像，我们那里的记者都是白白胖胖的，戴着眼镜，一出门就又是红包又是礼品的。你肯定不是记者。”

我说：“对呀，我还不知道红包是什么玩意。”我确实从业这么多年，还没有拿到过红包。我总是做暗访，只要能够全身而退就谢天谢地了，谁还会给我送红包？

这是我第一次听说这种服装，后来人们把这种服装叫做洋垃圾。胖子说，有时候，他们会开着车去陆丰，从海边的小渔村里拉一车装在塑料袋里的衣服，每个塑料袋里装着几十条五颜六色的旧衣服。这些衣服都是从国外的垃圾堆和火葬场、医院捡来的，有的衣服上有破洞，有的上面有血渍，当然也有些衣服完好，但都是陈旧的，有人穿过的。胖子说，有人将很多国家的破旧衣服都用轮船拉到了那里，然后又从那里分散到全国各地。这些破衣服在海边的小渔村是论斤卖的，而拉到别的地方，就按件卖。“你想想就知道生意会有多好。”胖子说。

大卡车只是运输，西北和东南沿海的老板联系到货源后，就会通知车老板，车老板和司机就上路了。车厢里有时候也会夹带点私货，比如那两个装着苍鹰的铁笼，私货的运费就比正常货物的运费要高很多。

那天，我问胖子，那个小渔村叫什么名字？胖子说，他认识路，但是名字忘记了。我没有再追问。

黄昏来临了，大卡车驶离高速公路，沿着一条简陋的柏油路面行驶。路面很窄，仅仅能够容两辆汽车并排驶过。路面上少有行车，雪亮的车灯打在路边黑魆魆的树林里，显得异常阴森。

胖子说，他们要去一个村子里拉芦柑。

胖子问我做什么生意，我说我是贩蛇的。我把我在暗访盗猎团伙中学到的知识全部贩卖给了胖子。我讲了如何捕蛇，如何贩卖，谁在购买，谁在消费……胖子说：“毒蛇你也敢抓，你真厉害。”我的现学现卖博得了胖子的信任。

大卡车转过一道弯，突然看到前面有几个人站在路中间，向着大卡车招手。地面上还躺着一个人，身上脸上都是血迹。相距二三十米远，胖子就停了下来，紧张地望着前面的那群人。我惊讶地说：“啊呀，发生车祸了。”胖子一言不发，我听见他呼呼的喘气声。

那几个人跑向了大卡车，边跑边招手，脸上写满了焦虑。胖子突然脚踩油门，大卡车像一条猛兽一样，轰鸣着冲向前方，那几个人赶紧闪躲在道路两边。我看到他们扭曲的脸上是咒骂的口型，还有人捡起路边的石子砸向大卡车。胖子那边的玻璃碎了，他不管不顾，紧握方向盘。大卡车冲到了那名伤者的跟前，那名伤者惊惶万状，一骨碌滚到了路边。大卡车呼啸而过。

一直开过了几公里后，胖子才将大卡车停在了路边。这时候，车老板也睡醒了，他连声地问：“啥事？啥事？”胖子转过身来。我看到他的脸上淌着鲜血，一滴一滴掉落在衣服上，衣服前襟一片殷红。

车老板从后座拿出一卷卫生纸，塞给胖子。胖子撕下一把，捂在了头上的伤口上。然后，车老板开车，胖子躺在了后座上。

我看得胆战心惊。

我帮胖子擦拭干净脸上的血迹后，问他："你怎么知道那伙人就是劫贼?"

胖子说："这里前不着村后不着店，半天也没有一辆车来，咋个就有人被车撞了？就算不是被车撞的，是在家里受伤的，早就拉到医院去了，傻瓜才会在这里等车。我一看就知道这些家伙是劫贼。"胖子脸上带着笑容，他为自己的正确判断而得意。

我惭愧地说："我刚才一直以为那是受伤要送医院的人。"

胖子说："这种事情，一路上都能碰到，运气差的话，要能碰到好几拨。我也是吃亏后才长了心眼。"

胖子刚开始跑车的时候，有一次被人拦住了，说是要送一个孕妇，而路边确实就躺着一个孕妇，哎呀哎呀一直在呻吟，好像是快要生了。胖子动了恻隐之心，可是，他刚刚下车，脖子上就被架了一把刀子。最后，他的钱被抢光了，还挨了一顿打。

胖子说，这是最好的结局，还有人被抢了车，有人被劫贼杀了。

胖子说，此后，即使看到有人马上就要死在路边，他也不会停车的。现在的劫贼和骗子太多了，你根本就分辨不清。

我心中一阵悲凉。

几年后，南京出了"彭宇案"。彭宇因为搀扶倒地的老太太，被老太太的家人告上法庭，说彭宇撞倒老太太，致使老太太骨折。后来，法庭判处彭宇赔偿老太太医疗费等各种费用数万元。上海出了"钓鱼执法"，执法人员串通"钩子"，装着病人搭乘私家车，到了目的地后，"钩子"拔掉车钥匙，执法人员现身，好心的私家车主因为让"病人"搭乘，而成为了非法营运，遭受巨额罚款。

拦路劫贼、"彭宇案"、钓鱼执法……比起以前我写到的那些骗子，这类人更为可憎。他们欺骗的是人类的同情和善良，他们挑战的是人类的道德底线。当这类人的阴谋一再得逞，当好心人的善良一再被践踏和蹂躏，谁还再会做好事？人人都对别人的困难漠不关心，这个社会还有良心和正义吗?

我口中娴熟的捕蛇技艺和贩蛇渠道，还有弟弟也是从事长途货运的职业，让胖子和车老板对我不再提防。西北汉子本来天生憨厚朴实，较少有防人之心，这下他们更把我不当外人。

我们在一座小城市吃饭，饭店是一个西北人开的。他的顾客主要就是这些来往于南方和西北的车老板和司机。饭店经营肉加馍、面皮和各种面食，都是西北的吃食。我曾经听弟弟说过，他们长途货运的司机，每到一座城市，就到定点饭店和定点招待所。这些也都是西北人开办的。在这样的饭店和招待所吃饭住宿，一是安全，二是饭菜可口。

西北以面食为主，所以饭菜都很便宜，3 个人放开肚皮吃，才花了不到 40 元钱。我抢先一步把钱交给了饭店老板，这让车老板和胖子都感到很难为情。

那天晚上，车子停在镇子旁边的一个村庄里装芦柑，我们 3 人睡在招待所里。

司机是一种孤独的职业，每天除了开车就是睡觉，极少有机会和人交谈。所以，司机一般都很健谈，因为和人交谈对他们来说，是一种来之不易的机会。

胖子问我："你捉蛇卖能挣多少钱?"

我说："没有多少。从贵州到南方沿海城市，装上几十条蛇，担惊受怕的，这一趟还挣不到 1000 块钱。"

胖子说："捉蛇太危险了，弄不好叫毒蛇咬一口，就没命了。你还不如逮鹰卖。"

我说："鹰挣钱啊，一只鹰就要卖 1000 块钱，可是咱摸不着门路。"

胖子张开嘴巴，刚想说什么，车老板嗯嗯了两声，好像是被痰堵住了喉咙。胖子看了看车老板，把快要出口的话又咽了回去。

第二天凌晨五点，大卡车装满了芦柑，我们就驶离了小镇。

车子沿着狭窄的柏油路面行驶着，我问为什么不走高速路。车老板说，这一趟如果都走高速路，就要花很多钱，能省就省点，省下的就是挣下的。

柏油路面的尽头，是一条炭渣路，路面上铺的是炉坑里的煤灰。这样的道路被人们称为简易公路。这是一条几乎被废弃了的路面，路面上少有行人。

大卡车继续向前行驶，突然看到路面被挖断了。没奈何，大卡车只好开进旁边的包谷地里，沿着田间小埂慢慢地向前行驶。小埂上还有别的车辙，显然此前也有别的车辆如法炮制。

田埂边坐着几个小青年，叼着香烟，嬉皮笑脸地斜睨着渐渐驶近的大卡车。车老板也看到了那几个小青年，他满脸都是紧张的神情。他已经意识到了，今天掉进了圈套里。

胖子说："让我来开。"

胖子和车老板在驾驶室里更换了座位，车子像蜗牛一样缓慢地向前爬行，路边的包谷秆擦着车身。车子开过后，摇晃几下，又站直了。我看到那几个小青年脸上露出了不悦。

车子小心翼翼地驶出了包谷地，那几个小青年突然跑过来了。他们拍打着车门，将我们都拉了下来。我回头望去，有几颗包谷秆被撞倒在地。

一个年龄稍大的头领模样的青年要车老板赔偿 1000 元钱。

车老板脸上带着尴尬的笑容，他说："撞倒了包谷，我们赔偿。可是你这啥包谷嘛，咋就要 1000 块钱。"

头领扬起手臂，作势要打车老板，车老板吓得缩成一团。旁边一个小青年说："啥包谷？这是中国科学院的试验田，1000 块钱都向你少要了。"

我拦住头领模样的人，心平气和地说："有话好说，有话好说，我们谈谈。"然后，拉着头领向旁边走。

头领梗着脖子说："什么事就在这里说。"

我笑着说："大哥，这里说真的不方便，我们还是到一边去吧。"其实，他看起来比我还小。

头领被我连推带拉地离开了大卡车十几米。我的脸上始终带着笑容，他的脸上始终布满狐疑。我看到我们的说话那边再也听不到了，这才把手从头领的肩膀拿开。我说："大哥，行个方便，这车是我搭乘人家的。我有紧急采访任务，要采访你们一位县长。"我从身上掏出了工作证让他看。那时候，我没有记者证，报社管理计划生育的、起草通知公告的都有记者证，而我却没有。

头领把我的工作证拿过去，翻来覆去地看，上面有报社的印章。他的脸上露出了迟疑的神情。

他问："你采访哪个县长？"

我胡乱说了一个名字，一个县一般有 7 个正副县长，多的会达到 9 至 11 个正副县长，一个小混混怎么能全部记得所有正副县长的名字？

头领相信了我的话，他不言语。

我趁机说："大哥，你看这样行吧。你们种地也不容易，撞倒了包谷秆，是要赔偿的，少陪点吧。这钱肯定是我要出的。"我从口袋里掏出了一百元，递给他。他犹犹豫豫地接过了。

我走向大卡车，头领跟在后面。我一挥手，车老板和胖子都回到了大卡车里。大卡车向前行驶，车下撂上来了一句话："记者？记者有什么了不起！"

车老板警惕地看着我："你是记者?"

我说："我哪里是记者，我给他们说我认识很多记者。他们不让走，我就要打电话叫记者过来。"

车老板拿出一百元要给我，我推辞了；他又给我，我又推辞了；他再给我，我再推辞了。此后，车老板对我的态度好了很多，不再像以前那样不冷不热。

车老板问我去西北干什么。

我说，我准备去西北看看哪里会有鹰卖，我以前做蛇生意，但是听说鹰生意的利润比蛇要高出很多。

车老板说："我倒是认识那些逮鹰的人，你找人找对了。"

我装着很诧异的样子，兴高采烈地看着他："啊呀，大哥，那就太感谢你了。"

他摆摆手说："我看你这兄弟很实在，才会告诉你，不过，鹰现在很少了，也很难逮啊。你这回是不是空跑，我就不知道了。"

我问："我一直很纳闷，鹰飞得那么高，你说人怎么能抓住?"

车老板说："这世界上谁最厉害？人嘛！人是世界上最聪明也最残暴的动物。人这种动物，你说不上来他是食草的，还是食肉的。别的动物都是满足吃饱就行了，人这种动物多吃多占，贪心不足。人有心眼，是一种会耍阴谋诡计的动物，而那些动物都没心眼。老虎厉害不厉害？没有人不怕，可是人挖了陷阱，老虎就掉进去了。所以嘛，人才是这世界上最可怕的东西。"

我继续问："鹰在空中飞，人又不会飞，人怎么才能逮住?"

车老板说："鹰总不会一直在空中飞嘛。它总有落下来的时候，它落下来人就能想办法逮住。"

我问："怎么逮法?"

车老板用手比画着说："你见过鹰没有？西北人应该都见过鹰。鹰落下来的时候是俯冲，升到空中的时候是斜飞。它不是像直升飞机那样直落直飞，这样人就有了机会。那些人先在树林子里布好罗网，四面围起来，中间放一只活鸡，鸡腿拴着，鸡扑棱棱地扇着翅膀，就是飞不起来。鹰在空中飞，看到活鸡，就飞下来。鹰的眼睛很厉害啊，它在几千米的高空中飞，地上跳只蚂蚱它都能看见。人就要藏起来，藏得严严实实，别让鹰发现了。鹰飞的时候是盘旋着飞，它这样飞其实就是侦察，看有没有危险，有没有埋伏。它的飞翔半径越来越小，越来越小，意识到没有危险了，就俯冲下来。那速度真是快啊，就像闪电一样。鸡吓坏了，叫声就好像不是从鸡的喉咙发出来的，瘆人啊，瘆人极了。鹰抓着鸡飞，飞不起来，再飞，还飞不起来，鸡的腿上绑着绳子，绳子又绑在树上。人一听到鸡的声音变了，听到扑棱棱的鹰的翅膀声，就突然从埋伏的地方出来。鹰一看到人，就丢下鸡奋力飞，由于鹰是向斜上方飞，再加上慌不择路，一下子就会撞在罗网上。罗网是用尼龙绳编的，鹰越挣扎越紧，直到最后没有力气了，只能束手就擒。”

我听后，感叹不已。人原来是用卑劣的手段和诡计，才捉住鹰的。

车老板说：“还有更绝的。有的逮鹰人训练蒲鸽，把蒲鸽训练得很聪明，让蒲鸽做鱼饵，来钓鹰。”

“蒲鸽”就是鸽子，这是西北一带人对鸽子的俗称。

我好奇地问：“用蒲鸽钓鹰，怎么钓?”

车老板说：“西北枣刺很多，都处都是。枣刺你该知道吧？枣刺就是迷魂阵。”

我点点头。父亲以前扎糖条，糖条就是用枣刺做的。枣刺的学名叫荆棘，是廉颇向蔺相如负荆请罪的时候背上背的那种东西。

车老板说：“有的蒲鸽非常聪明，蒲鸽都能送信，你想想它有多聪明。蒲鸽在旷野上游荡，人埋伏在地上，身上披片麻袋，麻袋是土黄色。鹰根本看不出这是麻袋还是土丘。鹰看到了蒲鸽，就俯冲下来，就在鹰快要接近地面的时候，蒲鸽突然钻进枣刺里。鹰闪躲不及，就会落在枣刺上。枣刺挂住了鹰的爪子和翅膀，鹰飞不起来。人突然起身，把身上的麻袋片盖在鹰身上。鹰就这样被捉住了。”

我越听越震惊，天空之王原来都是被人的诡计捕捉到的。

车老板说：“鹰这种动物非常刚硬，有时候它就是宁肯死，也不让人逮到。有的鹰被枣刺挂住了，还继续往枣刺丛里钻，最后血肉模糊，血流完了，就死了。有的鹰侥幸挣脱了罗网，可是翅膀也折断了，飞不高，它就一头撞在悬崖上，或者树木上，真是宁死不屈。鹰是个烈性汉子啊。”

我感慨不已。鹰一直是我童年和少年时的心中偶像。它搏击长空的英姿一直封存在我的记忆深处。无论在什么时候，无论我身处哪里，无论它是否会灭绝，它都会在我的心中永生。

说起了鹰，我说现在在南方的野生动物交易市场也很难见到鹰了，不知道西北还有多少。鹰这种动物可能也快要灭绝了。

车老板说："你说的那个交易市场，是不是就在郊外？那旁边有座楼房，经常闹鬼。"

我好奇地问："你怎么知道闹鬼？"

车老板神色凝重地说："最初，那座楼房死了一个女人，后来，每天晚上就能听到那个女鬼穿着高跟鞋在楼上楼下走来走去。最后，没搬的人都被吓得搬走了，谁敢和女鬼住在一起？"

车老板知道这个野生动物交易市场，那就说明他去过那里。去过那里的外地人，只有一个目的，给市场送货。显然，车老板给野生动物市场送过货，他和盗猎团伙有着千丝万缕的联系。

我想问他，又担心会让他起疑心。

车老板继续说起了鹰，看来他对鹰的生活习性非常熟悉。他对鹰的运输也绝不是一次两次。

鹰刚生下来的时候，爸爸妈妈对它非常宠爱，鹰妈妈留在巢中专门照顾孩子，鹰爸爸出外捕食。和人类的家庭一样，鹰的家庭和睦而恩爱。

平时，鹰爸爸只要捕猎它自己的食物，而现在，它捕食的数量至少要比原来多两倍半。小鹰胃口很好，食量很大，它生长很快。

鹰爸爸难以应付这种超负荷的工作，它常常疲于奔命，也不能让一家人吃饱。在小鹰一个月大的时候，鹰妈妈不得不把小鹰放在巢穴，和丈夫一起去捕食。

这时候的小鹰还不会飞翔，它的羽翼还不够丰满，它的爪喙还不够坚硬。把小鹰独自留在巢穴中，是非常危险的，因为会有各种各样的食肉动物循味而来，狼、豺、野猫、毒蛇、雪豹……当然，还有更为狡猾的人。鹰妈妈不能飞得太远，它要照顾小鹰。

为了防备各种天敌的侵袭，鹰的巢穴一般都建在悬崖峭壁上。巢穴的进口很小，从进口通往巢穴的通道四周，遍布着嶙峋的尖石。鹰每次进出自己的巢穴，都要忍受尖石磨砺的痛苦。选择这样巢穴的目的，是为了不让那些个子庞大的天敌钻进来，当然也包括人。

小鹰慢慢长大，食量增加，而鹰爸爸和鹰妈妈的生活压力更大。它们不得不起早贪黑，飞得更远。尽管如此，小鹰一家还是食不果腹。

为了锻炼小鹰以后适应自然的能力，鹰爸爸和鹰妈妈有时候会把一些活的猎物带进巢穴中，让小鹰与它们搏斗。柔弱的小鹰常常会被这些拼死抗争的猎物抓得头破血流，遍体鳞伤，但是鹰爸爸和鹰妈妈不会帮忙。它们要锻炼小鹰以后独闯江湖的技能。

小鹰长到3个月大后，它的羽翼渐渐长齐了，它的爪喙也足够坚硬了，它具有了独自生活的能力。这时候，它必须学会自立，只有这样，一家3口才不会饿死；也只有这样，小鹰才能成长为一只真正的鹰。

鹰妈妈将小鹰推到了巢穴的出口。此前，小鹰从来没有走出过巢穴一步。它不知道这个世界上有着种种不可预测的危险，当然也有明媚的阳光和盛开的鲜花。尽管它对巢穴的温暖和衣食无忧充满了无限的依恋，鹰妈妈还是一把将它推出了巢穴，毅然决然。

巢穴下面就是黑暗的深渊，湍急的河流，还有密布的荆棘。

小鹰用尽所有的气力来飞翔。它如果不飞翔，就会掉落在刀刃一样锋利的岩石上，被切割成碎片；就会掉落进无边的黑暗中，被河水吞没。小鹰尽管在不停地扇动翅膀，可还是在不断坠落。它在坠落中将翅膀伸展到了最大幅度，它逐渐感受到了山谷中强劲的风。风托着小鹰，小鹰在初飞中体验到了驾驭风的能力，体验到了躲避危险的能力。几十年前，人们在书籍和作文中经常会用到一个词语：雏鹰初飞。这个词语看起来充满了革命英雄主义和革命浪漫主义。其实，小鹰的初飞一点也不英雄，一点也不浪漫，它是被逼无奈的，也是为了求生。

小鹰的初飞一般会飞3公里。3公里的距离，足以远离生活了3个月的巢穴。此后，小鹰开始独立生活。

鹰的王国里有一种雕鹰，它更具有鹰这种高贵动物的王者风范。

据说，雕鹰的寿命可以长达60年，而在它的生命历程走过一半的时候，它的双爪出现了老化，曾经尖利的喙又长出了一层厚厚的老茧，而翅膀下也有了一层衍生物，变得又厚又重，再也不能在高空中自由翱翔。这时候的雕鹰无力捕食，它只有两个选择，要么坐等死亡降临，要么浴火重生。

所有的雕鹰都会做出后一种选择。它们选择一处怪石嶙峋的悬崖峭壁，那里只有风才来拜访，即使猿猴也难以攀援。它们把自己的喙一下又一下狠狠地磕在石壁上，将那层老茧和老喙一起磕掉。它们在鲜血淋漓中等待着新喙重新长出。

长出新喙后，它们又将双爪上的指甲一个个拔掉，将羽毛一根根拔掉，它们在彻骨的疼痛中等待着新生。这彻骨的疼痛才会让它们收获下半生的 30 年生命。这样的痛苦要长达 3 个月。在这 3 个月的浴火重生中，它们要忍受着难以想象的困难和危险，可能会因疼痛而死，可能会因饥饿而死，也可能会有雪豹山猫蟒蛇突然闯进来。如果真是那样，它们只能坐以待毙。

3 个月后，如果雕鹰还没有死，它新的生命又要开始了。

没有哪种动物会像雕鹰这样顽强，就是一贯在人们心中凶悍的野狼，也远远比不上。

我对鹰这种顽强的生命永远充满了敬佩。

第十一节　亡命猎鹰

大卡车开出的第五天，我们来到了青海境内。车老板说，这里就有一群以捕鹰为生的人。他们的行话把这叫猎鹰。

我在这里认识了大头。大头生活在一座小镇上。

大头两颊潮红，像北方冬天刚刚从土里挖出的红薯的颜色。长期生活在高原的人，因为皮肤总是暴露在强烈的紫外线下，都会变成这样的颜色。当地人把这种肤色叫做“高原红”。大头名副其实，一颗硕大圆润的头颅，挑在瘦削的肩膀上，显得滑稽又可笑，似乎不堪重负，摇摇欲坠。

车老板说，他的货源是一个姓马的人提供的，而姓马的货源都来自于大头这样猎鹰的人。在这片高原上，像姓马的这样的鹰贩子都赚了大钱，而大头这样的猎鹰人一直很穷。

车老板希望我能够多给大头一点钱，舍弃中间的鹰贩子。

当天晚上，我和大头坐在小饭店里喝酒。

由于车老板的引见，大头对我没有产生丝毫怀疑。他扬扬得意地对我说，在这片土地上，说起猎鹰，他是算这个的。他对着我跷起一根大拇指，不是夸奖我，而是夸奖他自己。大头的头颅硕大，而眼睛很小。他在说话的时候，眼睛总在飞快地眨着，用当地人的话说，就像鸡沟子闪电。是不是盗猎的人都喜欢吹嘘？不知道，但至少我见到的，大头是这样，老古也是这样。甚至连我以前暗访过的“盗墓团伙”中的独眼和狗剩叔都是这样，以前暗访过的“医托窝点”中的装逼犯也是这样，是不是我们进入了一个自我膨胀的年代？

我问：“以前有人像我这样从南方来买鹰吗？”

大头说：“咋能没有？早些年多，现在少了，因为鹰少了，买上两只鹰带回去，挣的钱还不够车马费。”

我问：“他们怎么带鹰回去啊？”其实一路上我都在想这个问题。

大头说：“你是刚做这行的吧？其实很简单，你把鹰放在布包里，或者放在纸箱里，塞在别人的座位下面，坐长途汽车，路上一般没人检查。即使碰上有人检查，箱子布包没有在你座位下面，你一点没事。南方来的人都是这样带鹰的。”

我说：“这不是害别人吗？”

大头笑着说：“这事情你能给人家栽赃？人家能承认？最后都是不了了之，把鹰收走了。”

大头喝酒很厉害，一茶杯白酒，一扬脖就倒进了肚子里，面不改色。其实他就算“改色”了，我也看不出来。

大头说，猎鹰这个行业，已经存在了几千年。远古的时候，大漠都是草原，兔鼠很多很多，苍鹰也很多很多，猎鹰的人也很多。成吉思汗的部队里，就有一只猎鹰队伍，这些鹰也像士兵一样，执行军事任务。

我大惑不解：“鹰怎么会执行任务？”

大头说，鹰是专门拦截对方的信鸽的。成吉思汗一路向西，攻无不克，战无不胜，他被人们称为“上帝的神鞭”，神鞭抽到哪里，哪里就被抽个稀巴烂。成吉思汗围城的时候，城池被围得铁桶一般，城里的人还没有来得及求援，就全被围在了里面。

我不解地问：“为什么成吉思汗的军队行动这么快？”

大头谈锋很健，看得出来他对这一段远古的历史很熟悉。他说：“成吉思汗的军队都是骑兵，每个士兵配置 3 匹马，3 匹马轮番骑乘，长途奔袭。其中有一匹马是母马，士兵饿了渴了，就喝马奶。所以，城里的士兵还没有来得及通风报信，就全部被包围了。”

我说：“往西边，那是俄罗斯境内吧？”

没想到大头对地理也很熟悉。他说，成吉思汗是从草原上发迹的，向东边是大海，向北边是西伯利亚。太寒冷了，人和马都不能生存，所以成吉思汗就由南向西发展，吞并了现在的俄罗斯和阿拉伯。

我又好奇地问："守城的士兵都被围住了，要鹰干什么？"

大头说，被困在城中的士兵，需要求援，他们冲不出城池，就放信鸽去求救。信鸽在空中，人又飞不到空中去，怎么办？就放鹰拦截。

我恍然大悟，原来成吉思汗的军队中养鹰，是这样的用途。

我们不知不觉就喝完了一瓶白酒，而大头好像才刚刚尽兴。他对着老板喊："再来一瓶。"

我问他："鹰这么强悍的一种动物，怎么就能听人的话？"

大头说："熬鹰啊，没有熬出的鹰就不能用，熬出来的鹰就是训练出来的狗，你让它做什么，它就做什么。"

什么叫熬鹰？此前在《暗访盗窃团伙》的时候，我只知道盗窃团伙中的老大，用熬鹰的方法，让刚入伙的小偷挺过"意志关"，以应付警察的疲劳审问。而真正的熬鹰是什么，我闻所未闻。

大头说，熬鹰，只能选择那些3个月内的小鹰，3个月后的鹰，已经学会了飞翔，性格坚硬如铁，随你怎么熬，它也不会屈服。熬鹰的时候，把鹰拴在铁链子上，几个人轮番看着它，故意大声说话，吵它，让它烦躁，不给吃不给喝，不让睡觉，这样过上七天七夜，鹰就受不了了，头耷拉着抬不起来，看护的人把冷水浇在它的头上，用鞭子抽打它，它的意志已经被彻底摧垮了，这时候再喂它吃东西，它的性子就被"委"下来了。

原来是这样，人类使用如此卑劣的手段，降服天空之王。而这个天空之王，却是还不足3个月的孩子。

大头又说，有一种鹰隼，是鹰里面最聪明的，也是最容易被驯服的。直到今天，生活在沙漠中的阿拉伯人，还依靠鹰隼来寻找水源。

大头说得兴起，嘴角唾沫星乱溅，好几次都喷在我的脸上，他还没有发觉。后来，大头越说越高兴，他唱起了青海花儿。青海花儿是和陕北信天游一样出名的歌唱形式：

半圆的锅锅里烙馍馍，

蓝烟儿把庄子罩严了；

搓着个面手了送哥哥，

清眼泪把腔子泡湿了。

………

花儿的歌声缓慢悠长，充满了忧伤，就像我小时候经常听到的陕北信天游一样。这种凄迷的歌声让人沉醉，更让人伤感。这是我第一次，也是最后一次听到大头的青海花儿。

在这片高原上，猎鹰都是祖传的，传了几百年几千年。自从 20 世纪 90 年代野生动物保护法颁布后，鹰被列入国家二级保护动物，猎鹰则成为了盗猎。因为，和五步蛇一样，鹰已经越来越少了。

3 天后，大头告诉我说，他们已经看好了一处鹰巢，看到我急着要，他们今天就去猎鹰。

此前，我听说了猎鹰的种种惊险经历，就对大头说："是不是很危险啊？"

大头说："我干这行几十年了，还没觉得有什么危险，没事的。"

鹰是鸟类中的狮子，猎鹰的危险程度丝毫不亚于猎取狮子。

那天早上，我跟着大头去猎鹰。随同的还有两个 40 多岁的男人，一个叫绑稳，一个叫拴牢，他们是一对叔伯兄弟。在西北农村，很多成年人的名字都很口语化，因为父母不识字，所以孩子刚刚出生的时候，父亲就走出家门，第一眼看到什么，就用什么做孩子的名字。所以，柱子、牛娃、拴狗等都做了男孩子的名字，而麦子、梨花、香草等都做了女孩子的名字。大头说，绑稳出生的时候，他的父亲走出家门，看到有一个在县城读书的少年给自行车后座上绑铺盖卷。少年的父亲在一边喊："绑稳啊，别掉下来。"就这样，绑稳就做了他的名字。而拴牢刚出生的时候，他的父亲看到邻居在拴牲口，拴牢就这样做了他的名字。

据说，因为猎鹰太过危险，当地的男人只有在有了儿子后，才能去猎鹰，担心会绝后；亲生兄弟两人，也只能一个人去猎鹰。这是几千年来遗留下来的古训，猎鹰人必须严格遵守。

我们坐在一辆农用三轮车上，大头开车，我和绑稳、拴牢坐在车厢里。车厢里还放着一对钹儿，黄铜制成，拍击后会发出巨大的令人心悸的响声，西北人叫做"恰恰"。它属于西北人所说的"锣鼓家伙"中的一种。还有一副自制的铳枪，用火药，点燃引线后也会发出巨大的响声。每年正月十五打社火的时候，这种铳枪就派上了用场，西北人叫做“三眼铳”。我不明白他们拿这些东西，能派上什么用场。

绑稳和拴牢都沉默寡言，脸上带着怯怯的神情。我对他们说话的时候，他们总是憨厚地笑着，一边频繁地点头，一边嘴里含糊不清地答应着。

农用三轮车在高原上行驶着，风很硬，像鞭子一样抽打在人的脸上，火辣辣地疼痛。每过一座村庄，我都能看到蹲坐在人家门口的懒洋洋的藏獒，鬃毛披拂，威风凛凛。在这片高原上，这种看守羊群的狗随处可见，而在高原之下的城市里，这种被称为“东方神兽”的动物，一头就被炒到了上百万元，甚至上千万元。

农用三轮车开到了小路的尽头，就停下来了。横亘在面前的是一座山峰，山峰切断了小路的去向。大头扛起绳索，绑稳拿着钹儿，拴牢持着铳枪，我跟在他们的身后，一起向山顶攀登。没有路，我们绕过巨大的石块，在草丛中寻找着可以通过的空隙。这座山峰，可能从来就没有人攀爬过。

绑稳说，他查看了好几天，在山的另一边，有一个鹰巢。今天，我们要去掏了那个鹰巢。

大头问：“真的鹰巢里有鹰娃子?”

绑稳说：“真的有，我看了好几天了，老鹰天天把肉叼进巢穴里。”

大头不再说话，继续奋力向上攀爬。我们跟在后面，不时能够看到什么小动物从草丛中飞快跑过，留下飘忽的背影。

大头说：“他妈的，现在老鼠真多，专吃草子，你看，把草场都啃成沙漠了。”大头指着远处黄突突的一片沙子地说。

我问：“那是老鼠？怎么那么大？都快赶上猫了。”

大头说：“鹰是越来越少了，老鼠没有天敌了，就越来越多，越长越大，把人逼迫得一步步后退。我看这最后总要成老鼠的世事哩!”

我们爬上了山巅，站在这里望去，看到遥远的地平线上，几朵白云懒洋洋地飘荡着，像山坡上的羊群。而山坡上吃草的羊群，又像一朵朵散淡的白云。这座山峰一面是斜坡，可以攀援上来；一面是悬崖，刀砍斧凿一般，连猴子也无法落脚。

大头说，距离山顶二三十米远的悬崖上，有一个鹰巢。这就是绑稳观察了好几天发现的鹰巢，鹰巢里有鹰娃子。

大头把绳索放在地上，拴牢将绳索的一头拴在大石头上，然后又检查是否拴牢了，接着将绳子的另一头扔下了悬崖。绑稳双手抓着绳索，使劲拽了拽，看看是否绑稳了。大头从腰间摸出一个扁平的铝壶，喝了两口白酒，然后又把剩下的白酒洒在地上，面朝远方拜了两拜。后来，绑稳告诉我说，每次掏鹰巢的时候，都要先祭拜山神，这是老祖宗留下的古训。

大头拿出一个铁钩，一端钩在自己的腰带上，一端钩在绳子上，然后，对着远处的太阳狠狠地打了一个喷嚏。打完喷嚏后，他的身体不经意地抖动了一下，接着，像壁虎一样，双手抓着绳索，双脚踩着悬崖，一跳一跳地下去了。

那天阳光明媚，微风拂面，谁也没有想到会出事。

那只老鹰是什么时候出现的，我们谁也没有注意到。

大头来到了鹰巢外面，他停止了继续跳跃。他的双脚踩在一块凸出的岩石上，全身贴近悬崖，从后腰带上抽出了一双手套。这双手套很长，戴上后可以直达手肘，是猎鹰的专用工具。鹰娃子天生凶悍，如果不加保护，手臂就会被它抓得鲜血淋漓。

就在这时候，我突然感到天空中掠过一道阴影，抬起头来，看到一只雄鹰从天空中扑下来。它伸展开双翼，足有两三米宽。它像一块巨石一样从天空中掉落下来，一眨眼间，就冲到了悬崖上。我看到它如同铁钩一样的喙，在阳光下闪着冰冷的光。

绑稳操起了钹儿，奋力撞击着，咣咣的声音炸雷一样响起。雄鹰迟疑了一下，又张开翅翼扑向大头。

拴牢操起铳枪，枪眼对准了苍鹰，开始划燃火柴。划了一根火柴，断掉了；又划了一根火柴，又断掉了。他心急如焚，手忙脚乱，火柴盒被打翻在地。

绑稳还在奋力敲击着钹儿，声嘶力竭地叫喊着，声音夹杂在钹声中，显得异常恐怖。拴牢俯下身去，徒劳无益地捡拾着火柴梗。

突然，就听到了大头发出一声惨叫，他摊开四肢，以一种奇怪的姿势从悬崖上掉了下去。他的身影越来越小，最后消失在黑暗与苍茫中。雄鹰的嘴中，叼着一颗蓝莹莹的圆形的东西，那是大头的眼珠……

暗访几年来，这是我第一次亲眼看到有人死亡。

第二天，我就离开了那座高原上的小镇。我一路走得失魂落魄，走得痛苦不堪。我想，如果不是因为我的到来，大头可能就不会死亡。就因为我来买鹰，大头才这样急慌慌地去掏鹰巢，结果，坠落了悬崖。

听说，大头的儿子在南方打工，但我一直没有联系上他。

我觉得我这一辈子都亏欠大头一家人，然而，我又无法弥补。

大头和老古一样，都是盗猎者，然而，他们罪不至死。在一个法制社会里，一个人的生命，应该高于一切。

回到南方那座城市后，我很长时间没有再暗访。我的心中一直在想着大头、绑稳、拴牢，还有老古他们。他们都生活在社会的最底层，忍受着种种痛苦和欺压。他们从事着盗猎，但是生活依旧贫穷。盗猎是如此危险，生命随时受到威胁，他们为什么还要去做？

和所有的行业一样，第一线的产业工人永远都是最辛劳的，也是最贫穷的。大头他们就是第一线的产业工人。当大量的保险业务员风里来雨里去，一月收入仅能裹腹的时候，而保险公司的总裁月收入却以百万元计。当大量的打工妹打工仔依靠加班来赚取生活费的时候，而工厂厂主却居豪宅开跑车。当大量的上班族日复一日地辛勤工作却仅能满足温饱生活的时候，垄断行业的员工却早早过上了奢侈生活。如果把盗猎行业比喻成食物链，那么大头他们就居于这条食物链的最底端，而居于顶端的野生动物饭店老板和那些大肚子食客们，他们才是造成野生动物灭绝的罪魁祸首。大头他们盗猎仅仅为了生存，而如果没有大肚子食客们的需求，大头他们会冒着生命危险去盗猎吗？

也是在这一年的年终，我成为了这家报社的首席记者。

在这条深不可测的道路上，我不知道还要走多远，要走多远才能寻找到传说中的幸福？

来到这座城市的每一个人都在寻找幸福，然而，幸福究竟距离我们还有多远？

我们都不知道，我们只能像探矿者一样，在茫茫的山峰间跋涉，也许，幸福就在山的那一面；也许，碌碌一生，也无法找到传说中的幸福。

我们无法停下寻找的脚步……

记者，永远在路上。